【西嶺雪作品】
大清後宮

目次

楔子

狂飆湧進，席捲漠南草原。

烏雲迅速聚合，天低下去，草低下去，高舉的旗幟低下去，人群也一層層地低下去。

宇宙玄黃，天地洪荒，萬物回歸至混沌未開時的無助而微賤，在黃沙中發出撕心裂肺的吶喊或呻吟。

哭叫聲，砍殺聲，求救聲，斥罵聲，以及刀劍刺入身體的聲音，響成一片。

漸漸地，所有的聲音匯合起來，萬眾齊呼，重複著同一句話：「吾皇太極！吾皇太極！吾皇太極！」

風停了，沙定了，天亮了。

原來，那不是狂風，是十萬精旅。

兵是強兵，袒背，半裸前胸，沙塵與汗糾結著莽莽的胸毛，每一塊肌肉都飽滿賁張，執戟，仰天長嘯，充滿勝利的喜悅。

馬是良馬，赤紅長鬃，四蹄刨動，尾部夾緊，馬頭高昂，不住地打著響鼻，正是最好的蒙古駿馬。

這樣的強兵弩馬之前，沒有人可以抗衡。

所向披靡，無堅不摧。

馬群的最前沿，高高在上地騎坐著這支勁旅的首領、率隊親征的金國汗王皇太極。挎腰刀，佩寶劍，金鎧銀甲，傲然四顧，審視著他新的臣民。

自繼汗位之後，這些年來南征北戰，遠揖近交，蒙古大漠已經盡歸旗下，察哈爾部可林丹汗是草原上最後一個妄想與他抗衡的部落，如今也終於被征服了，成爲他勝利戰旗上又一道輝煌的旌纓。

瘋狂叫囂的可林丹汗逃走了，帳篷化做一片火海，風助火勢，愈燒愈旺，直卷向天上去。那些驍勇善戰，就在剛才的剛才，還高舉戰劍，叫囂著要取下他項上人頭的死士們，已經當真成了他的劍下死士。

他們倒下了，或者，跪下了。

俘虜們被集中在火場的前方，在他的馬頭前卑微地跪下去，跪下去，手腳伏低，以額觸地，在絕對的勝利與權威面前，沒有人敢出聲，甚至沒有人敢抬頭看他一眼。

天地間只有一個聲音，那就是「吾皇太極！」

天下人只有一個選擇，那就是服從他，跟隨他，擁護他。

除了身後的戰隊，他的面前，只有旺紅的火，和一片黑鴉鴉臣服的人頭。

人頭鋪到什麼地方，他的疆土便擴展到什麼地方，亦如熊熊烈火，以燎原之勢，勇不可擋，所向無敵。

皇太極躊躇志滿，仗劍長嘯，嘯聲清越激昂，穿過草原，一徑刺向雲端裏去了。

可是，就在這個時候，他的目光一凝，不可思議地看到了對面火光映照下唯一站立的物體。

那是一個人。

一個女人。

一個美麗的女人。

著白衣，長髮如雲，與寬大的裙一起在風中飛揚，像一面旗。

天地間，除了這火，這雲，這沙漠，這黑色的人頭，那女子便是唯一的顏色。

皇太極震驚至不可名狀。

在他面前，沒有人敢站著面對。要麼跪，要麼死，但是不可以站著。

然而，那女子卻傲立於萬千低伏的黑色人頭之中。於萬千低伏的黑色頭顱間，高高揚起她的臉，向天地傲然地宣佈著她的不屈與美麗。

這真是大逆不道。

可是，那是多麼美麗的一張臉。

美得絕塵。

那張臉上，沒有悲傷，雖然，她的兄弟就臥在她的腳下，從一個有著陽光般笑臉的大男孩轉瞬間變成了一具毫無生氣的屍體，胸前的窟窿甚至還在流血。

那張臉上，也沒有憐憫，雖然，她的姐妹就跪在她的腳下，正像其他苟活偷生的人一樣，瑟瑟地發著抖，含著淚一遍遍跟著人群磕頭下拜。

那張臉上，更沒有恐懼，雖然，她面對的，是魔鬼見了也要退避三舍的草原之鷹皇太極。
那張臉，有的只是平靜，只是不屈，只是沉默。
平靜如霜，不屈如雪，沉默如雷。
它們結合起來，在皇太極眼中心上留下的，卻是一道閃電。清晰而疼痛地，劃亮他的視線。
他揚起手中的鞭子，猛地望空一揮，天地間刷地靜下來。
靜得只聽見風的聲音。
風從蒼茫的遠古吹來，吹過秦皇漢武，吹過唐詩宋詞，吹過元風明韻，一直吹到莽莽草原上來，吹向新一代的天之驕子——皇太極！
他翻身下馬，一步步走近她：「你不怕我？」
她看著他，甚至連一個搖頭的動作也沒有。桀驁不遜，而又從容沉靜地寫作天地間一個大大的定格。
他逼近一步：「你不怕我殺了你？」
她仍然只是看著他，看著他，眼中沒有一絲漣漪。
她的平靜令他激怒，她的不屈又令他佩服，而她的沉默，更令他震撼——是什麼使一個看起來年僅二八的小女子會有如此的從容和無懼？她不跪他！她不怕他！她不服他！爲什麼？憑什麼？
他站在她的面前，只有一步之隔：「你不怕死麼？」
隨著這句問話，他伸出手去，想托起她的下巴，好把那張臉看得再真切些。
隨著那句問話，她也同時伸出了手，迅雷不及掩耳，自袖中抖出一柄短劍，毫不猶豫，刺向他的胸膛，只差一點就命中心臟。

只差一點。

因爲劍尖堪堪刺到，一枝綠羽快箭已經後發先至，直射她的胸口，沒羽而入。

一個滿臉虬髯的年輕武士隨之打馬前來。

那是旗軍中的神射手、皇太極的異母兄弟多爾袞。

「啊！」

兩聲「啊」是同時發出的，以至聽進耳中的只是一聲。那是皇太極，也是那白衣的女子。然後，他們同時倒了下來。

女子在倒地之前，仍然拚盡全力將劍刺入皇太極的左胸，然後，她無憾地撒開手，臉上仍然沒有一絲表情，只像睡熟了一樣輕輕地閉上眼睛，彷彿一切早在預料之中。

而皇太極，卻說了一句話。那是在多爾袞趕到，將他扶起的一刻。他的手握著胸前的劍，掌心迅速被血染紅，是胸口的血，也是手掌的血。

手握住了劍，被劍割傷了。眼睛看到了美色，便被美色割傷。

這時候他已經明白她爲什麼會那樣平靜了。

一個已經做好一切準備，只等待死亡來臨的人是沒有恐懼的，甚至也沒有了驚惶和憤怒。因爲所有的情緒都是活著的人因爲對活著的渴望而產生的；如果已經決定了死，甚至很歡迎那死亡的到來，那麼她對待死就會像對待早晨吸入的第一縷空氣那樣自然平靜，視爲尋常。

他有些震驚於自己的這份明白，明白得這樣清楚，就像明白他自己。這明白使他驀然地有一種激情，彷彿全身的精力都在往外湧，血暢快地從胸口噴濺而出。他知道，再不止住那血他就會死，血流得太快了，心臟已經承受不住。可是，在昏過去之前，他仍然掙扎著說了一句話。很輕，但是很肯定，就像他以往發佈命令那樣，無庸置疑，違令者死。

他說：「要把她救活。」

第一章　大金深處那些淒豔的往事

天聰六年秋。盛京宮城。

十王亭裏，八旗將領和各部固山額真沉默地按品分坐，每人面前一杯來自中原的極品鐵觀音。侍茶的小校跪在奏樂樓前拚命地對著紅泥小爐煽火，這異樣的寂靜使他這樣一個小小的茶奴也感到不安了。這已經是第二道茶，可是兩王八旗都在自己的亭中各自端坐著，沒有一個人講話。連鳳凰樓上的簷鈴都沉寂，偶爾搖動一下，也啞啞地沒有聲響。

水漸漸地沸了，在魚眼方過、蟹眼初生的當兒，小校偷偷從茶香氤氳間抬起眼，迅速向十王溜了一眼。那些，本都是英勇有勳功的滿洲武士，八旗中血統最高貴、地位最顯赫的王族，現在卻像是一群藉藉無名、正候在科舉考場上等著發卷子的中原秀才，呆呆地望著前方的大政殿，一聲不響——平日裏，此時正是皇太極於此主帳問事，公務最忙的時候，可是現在，卻因爲皇太極的抱病停朝而使偌大金殿空空落落的，越發襯出十王亭的滿而無當。

十王亭，其實是十座帳篷的化身，脫胎於滿族最早的帳殿制。但自皇太極繼位以來，八大旗共理朝政的局面日漸廢馳，十王亭形同虛設，作用已經只限於用來舉行慶祝典禮，議政的中心地也換到了西所新建的崇政殿，即使偶爾聚眾議事，也只聽得見皇太極一個人的聲音，大家習慣了諸事由他一人決斷，主持一切政務的做法。可是自從他在察哈爾戰場上負傷歸來，不再自己坐鎮崇政殿獨斷專行，而重新命八大旗於十王亭共同攝政，反而讓大家遲疑起來，忘記該怎麼做了。

水「撲撲」地滾著，已經煎得老了，小校不得不硬著頭皮提起壺來，跪行著往每位親王的杯子裏續茶。那些親王正無事可做，看到小校倒茶，便都齊齊盯著他看，眼睛一眨不眨，彷彿要從茶水中找出什麼破綻來。小校哪裏經得起這樣的注視，死一樣的寂靜中，「叮咚」的水聲顯得突兀而喧嘩，每注完一杯茶，他的顫抖就更加劇幾分，當膝行至禮親王代善座前時，已經緊張得快哭出來了，倒茶時，竟有幾滴水濺了出來，落在代善的手背上。

代善手上一抖，小校早已嚇得立刻丟了水壺，四肢著地，一個勁兒地磕頭。茶壺「嘭」地落在地上，滾沸的水濺得到處都是，迅速淹至小校的膝衣。小校強忍著，仍然只顧拚命地磕頭，連求饒都忘了。

大家先是被那突然的聲響嚇了一跳，待看到小校魂不附體的狼狽樣子，又不由覺得好笑。代善率先哈哈大笑起來，其餘諸王也立刻隨上，一齊縱聲大笑。

茶奴被笑得莫名其妙，抬起頭來愣愣地看著代善，代善隨手拋了一錠銀子給他，說：「下去換身衣裳，再請個大夫瞧瞧燙傷了沒有。傳我的命，挑個漂亮的女孩子來倒茶，別叫我再看到你笨手笨腳地惹人生氣。」可是他說話的樣子，卻實在不像是生氣。小校喜出望外，連忙四腳趴低磕了個響頭，歡歡喜喜地領著銀子去了。

一通借題發揮的大笑，使八旗將領的面色都緩和許多，禮親王代善便抓住這個時機，率先講話：「兄弟們好久沒有坐在一起議事了，都生疏了。可是汗王負了傷，現在養病，說不得，我們總得替他分擔些，好歹不要出了什麼差錯……先議一下這次戰事的成績吧，睿親王多爾袞在本次征服察哈爾部的戰爭中，除英勇殺敵，衝鋒陷陣外，更立一殊功，眼疾手快，施展神射手的技藝，救大汗於危急。如果不是他那一箭，大汗這次只怕凶多吉少。所以，我建議給予睿親王嘉獎。」

代善，是先皇努爾哈赤的第二個兒子，受封四大貝勒之首，德高望重，戰績無數，領有兩紅旗。早在努爾哈赤時代，他就一直參與攝政臨朝，論資歷和威望，都居朝中大臣和眾皇族成員之首，他既開口說話，大家也就都紛紛附和。

「應該的，應該的，此次出師大捷，睿親王功不可沒，無人能及。」

「還有多鐸，在這次戰事裏也表現英勇……」

「肅親王豪格的功勞也不小……」

評功定賞總是容易的，諸大臣互相拍著馬屁，漸漸談得熱火朝天。

可是那談論的中心人物——睿親王多爾袞的心裏，卻並不高興。天知道，他是多麼地盼著皇太極死，盼得目眥欲裂。可是，他卻親手救了他。

因爲本能。一個武士的本能。

整個滿洲八旗裏，沒有一個人可以比他更像一個武士，他的騎、射、刀、劍，都是一流的，反應機敏、出手俐落無人能及，指揮做戰、調兵遣將比皇太極也毫不遜色，而用人善任、運籌帷幄更是略勝一籌。

他無雙的箭法使他成爲草原上的一則英雄神話，而出奇的英俊更令所有的滿洲姑娘爲之瘋狂。無論他走到哪裏，哪裏就會響起小夥子崇敬的叫好聲，和姑娘們熱情的尖叫聲。

他，才是理所應當的大汗。

可是，當年父王努爾哈赤去逝時，只因爲年紀幼小，他輸給了哥哥皇太極，而眼睜睜看著母親烏拉納喇氏被活活逼死。

那慘烈的一幕，成爲他整個童年和青年時代永遠的噩夢。

他不會忘記，那一天，是天命十一年八月十一日。

他的父親，「天命金國汗」努爾哈赤在大政殿去逝，臨終前，將四大貝勒代善、阿敏、莽古爾泰、皇太極召至面前，留下遺言：「我死之後，暫由代善攝政，俟十四兒長成後傳位於他，爲不使大妃烏拉納喇氏干政，就請她陪伴我同歸於地下吧。」

努爾哈赤一生中娶過十六個妃子，烏拉納喇氏是大妃，爲他生下三個兒子阿濟格、多爾袞和多鐸。長子阿濟格雖然英勇善戰，然而衝動魯莽，不足以成大器；幼子多鐸城府深沉，好學知禮，卻失於文弱；唯有多爾袞，雖然只有十五歲，卻天縱英才，早已成爲草原上最善射的騎士和最英俊的貝勒。由他來繼承汗位，可謂水到渠成，眾望所歸。

然而，兒子榮登寶座的代價，卻是母親命赴黃泉，這是怎樣的一筆交易啊？

遺命由大貝勒代善轉述。烏拉納喇氏母子驚呆了。多爾袞抱著母親瘋狂地喊：「不！不要！我不要額娘死！」

代善久久地跪在地上，淚涕交流：「子爲儲君，母則賜死，當年漢武帝殺鉤弋而傳位其子，也是一種不得已的選擇啊。大福晉，爲了十四弟的將來，我請求你答應。」

烏拉納喇氏哭了，哭著哭著，又笑起來：「是嗎？我兒要繼承汗位了，多爾袞要做金國大汗了，是嗎？」她抱著兒子，又哭又笑：「多爾袞，你要做大汗了，是嗎？」

一種慘傷的情緒倏然貫穿了多爾袞的全身，他瘋了一般地大哭大叫著：「不！不要！我不要做大汗！我要額娘活著！」

烏拉納喇氏放開兒子，定定地望著代善，臉上忽然露出奇異的笑容，低低地問：「大貝勒，你說大汗為什麼要讓我殉葬？」

「那是，是為了十四弟呀。」代善囁嚅。

「不！不是！」母親忽然異樣地笑起來，拚命地搖著頭，搖得頭髮散了，珠釵掉了，眼淚也跟著搖落下來：「你錯了，代善，他要我死，不是不放心我教壞了多爾袞，是不放心你啊。」

代善大驚色變，蹬蹬蹬連退數步，要抓住掛在帳角的弓才沒有跌倒：「大福晉，不要這樣說。」

「可這是實情，不是嗎？」母親逼近代善，臉上仍是那種莫名的詭異的笑容，「他一直不放心，一直認為我同你有私情，所以死也要我陪著，就是免得『父死子妻其後母』。他不甘心讓你得到我，所以才要我死，我死了，他才放心把汗位交給你和多爾袞，這就是真相，對不對？」

代善跌坐下來，臉色在瞬間變得慘白，豆大的汗珠滾落下來。

母親也隨之緩緩跪下來，伸出手去無限憐惜地撫摸著代善茂密的鬍渣，說了一句很奇怪的話，多爾袞在很多年後還不能理解的話——她含淚凝望著代善，帶著笑說：「真是冤枉，早知道今天還是要死，當初就應該……」

母親沒有說完，她撲在代善的懷中嚎啕大哭起來。那哭聲滲進黑夜裏，將盛京的夜沁得格外深了。

多爾袞迷茫而震動地望著他們，幼小的心靈中升起一種很特別的感覺，幾分悽愴，幾分神聖，幾分安寧，幾分沉痛。然後，他睡著了。醒的時候，看到代善還沒有走，一直緊緊摟抱著母親，他們就那樣摟抱著坐了整整一夜。

他永遠也無法知道那一夜，母親都和代善說了些什麼，是未了的心願嗎，是托孤的囑咐嗎，是早夭的怨恨嗎？或者，她什麼也沒有說，就只是同他緊緊地沉默地坐擁了一夜，以彼此的體溫照亮了她生命的最後時刻。

當第一縷晨曦射進帳篷的時候，將士們送來了殉葬穿的禮服，請母親更衣上殿。

那珠翠琳琅的鳳冠擺在桌子上，代善的臉刷地白了，眼中露出慘痛的神色。母親卻顯得十分平靜，若無其事地喚來使女打水洗臉，將一頭長髮梳得紋絲不亂，又坐在妝台前一絲不苟地塗上脂粉，彷彿一生中都沒有那樣認真地打扮過，就是大婚時也不曾那樣認真過。與死亡相比，大婚算什麼？大婚的時候她又不認識努爾哈赤，更不知道自己將來的命運。但是現在不同，現在，她，一個將死的人，在活著的時候已經清楚地看到了死亡的來臨，並在死神隆重駕臨前夕意外地迎接了愛神的不期而至。她曾經愛過的丈夫要她陪著去死，她一直暗戀的情人剛剛擁抱了她，她永遠摯愛的兒子即將登上汗位，她還有什麼不足的呢？她不虧。她已經做好所有的準備，可以平靜地去面對死亡了。

她對著鏡子將鳳冠仔細地整理穩妥，猶回過頭很有興致地帶著笑問：「兒子，額娘美嗎？」

多爾袞響亮地回答：「美。額娘像佛古倫仙女一樣美。」

佛古倫仙女，是滿族人心目中最美麗崇高的女神。據說在很早很早以前，當世上還沒有人的概念的時候，長白山頭來了三位仙女。她們脫下晶亮的羽衣，披散柔長的頭髮，躍入清亮的天池水中洗浴。池水因爲仙女的到來而沸騰，水濺出來，池邊的青草鮮花俱豐美。仙女們一邊洗澡一邊歌唱，歌聲響遏層雲，把鳥兒們都召喚來了，有一隻五彩神鳥銜了枚紅色的果子飛來，準準地丟在三仙女佛古倫的手中。佛古倫見果子的顏色鮮豔嬌美，愛不釋手，忍不住放到唇邊嘗了一下，不料果子是有靈性的，立刻一骨碌自己滾進了她的口中。仙女們浴罷上岸，披上羽衣準備飛升，可是佛古倫忽然覺得身子變得很重，再也飛不起來。她明白，有什麼特別的事情要發生了，但不論什麼事，都是上天的旨意。於是，她決定留在人間，直到生下一個男孩後才重新飛升。那個男孩子生而能言，倏爾長成，天賜名布庫里雍順，即是滿族人的祖先。

所以，滿人每年將祭祖與祭長白山同時舉行，奉爲神明。佛古倫的名字，更成了美麗尊貴的代名詞。多爾袞從小隨父親祭山，早將這個名字聽得熟透，聽到母親問自己她美不美，便立刻想到了佛古倫的典故，脫口而出。

大福晉聽到兒子給予她這樣的盛讚，不禁滿意地笑了，說：「我如果是佛古倫，你就是布庫里雍順了。這是個好兆頭，我兒真是要做大汗了。」接著，她又轉向代善：「大貝勒，我好看嗎？」

代善木然地點著頭，眼睛裏有了淚。大福晉母子關於佛古倫仙女與布庫里雍順的對話，其實是有著很大的僭越的成分的。可是，他不想指責什麼。人在臨死的時候，已經成了神。誰又能說大福晉不比佛古倫仙女更加崇高偉大呢？他對她點點頭，再點點頭。是承認，也是承諾。

烏拉納喇氏呆呆地看著他，良久，猛一咬牙，很堅定地站起來朝帳篷外面走去。

多爾袞急了，猛撲上去，想要抓住母親的禮服裙擺，可是剛剛起身便被大貝勒抓住了。代善的大手發著抖，可是抓得很用力，指甲一直掐進他的肩肉裏去。多爾袞哭著，掙扎著，踢打著，大貝勒一動不動，默默地承受，變成了一尊塔。

母親看看兒子，又看看大貝勒，淚珠滾落下來，打濕了剛化好的妝，最後，她將目光定在大貝勒臉上，期待地問：「我死以後，你們兩個，真的可以繼承汗位嗎？你會替我照顧我的三個兒子嗎？」

大貝勒微微遲疑，對她第一個問題避而不答，卻對她第二個問題爽快承諾：「大福晉放心，我做兄長的，不會讓弟弟們吃虧。」

母親點點頭，放心地走了，已經走出帳篷了，卻又回過頭來嬌媚地一笑，說：「這樣子，死也值了。」

那一笑，真美。

像一道閃電劃過夜空，像一柄利劍刺入心房，像一輪落日驀地滾下山去。多爾袞不知怎地，胸口一痛，像被誰重重打了一錘，驀地一口鮮血噴出，昏了過去。

大福晉沒有留下來照料自己傷心過度的兒子，她毅然地走了，一直走進大政殿，走到丈夫的棺槨面前。那是一樽巨大的橡木棺材，棺蓋打開著，裏面靠一側躺著她英偉而多疑的丈夫，簇擁著他的是繁如星辰的瑪瑙玉器、珍珠古玩、織金戰袍、以及鑲著寶石的腰刀，努爾哈赤就威嚴地睡在那些寶物中間，大睜雙眼，若有所待。大福晉在棺材的另一側躺下來，緊貼著丈夫，她說：「我陪你來了。」

她丈夫大睜著眼，沒有回答。他當然不會再回答任何問題。他已經是一個死人。可是他的遺命仍然活著，所以貝勒們在他死後還仍然忠實地執行他的意志，讓他心心念念連死也不願失去的大福晉為他殉葬。

大福晉撥開那些硌人的珠寶，偎近她的丈夫，然後俯在他耳邊悄悄說了一句話。沒有人可以聽清她說了什麼，但是所有人都清楚地看到，就在那一刻，老汗王始終大睜著的眼睛忽然闔上了。

所有人都舒了一口氣，說：「好了，大汗瞑目了。」

於是他們叫來工匠將棺材板蓋上，叮叮咣咣地四角釘穩，不留一絲縫隙。

棺材裏並沒有發出一絲聲音，可是所有的人都同時感到窒息，好像被活活釘進棺材的人不是大福晉，而是他們自己。

這窒息持續了好久好久，但是沒有一個人肯主動說話，更不會有一個人提出將棺材開啓。他們同自己的窒息艱難地搏鬥著，掙扎著，焦渴著，許久，忽然同時感到頸子一鬆，呼吸重新順暢起來。仍然沒有聽到任何聲音，但是所有人都知道，大福晉已經斷氣了。

然後多爾袞兄弟才被通知梳洗觀禮。

按照習俗，他們的頭髮被編成許許多多條長辮子，末端繫了金鈴。這樣被打扮完，已經是中午，然後穿著長可及地的笨重孝袍，踢踢拖拖地走進來，被一直帶到父母的靈柩面前。族人說你們的母親已經追隨大汗走了，皇太極繼承了汗位。

怎麼？是皇太極，不是多爾袞麼？代善驚愕地環視，面無血色。這麼說，大福晉是白死了？母親，白白地犧牲了。死時，年僅三十七歲。

多爾袞忍不住張開嘴，又吐了一大口鮮血，又腥又急，彷彿心跳出來了一樣。

是的，在很多年以後多爾袞都覺得，自己那天吐出的不是血，而是一小塊心臟。因爲從那以後，他就覺得自己的心少了一角，再也不完整。母親的慘死使他失去了對父親應有的尊重。從小到大，他的心裏就只有恨，正因爲這強烈的仇恨，他才可以心無旁騖地，將自己培養成滿洲最英勇的武士，皇太極最強大的對手；也正因爲這恨，他殘缺的那一塊心每當憶起過去時總會絲絲拉拉地疼，就像害風濕的老年人的膝蓋會在風雨夜裏刺痛一樣。

母親究竟是怎樣死的，死之前還說過一些什麼，是否知道自己的枉死，還有，皇太極到底是怎樣借助兩黃旗的兵力威脅另外幾位貝勒，並與東海女真扈倫四部達成協定，矯旨另詔，登上汗位的，都成了永遠的謎，隨著父母的死而長埋地下了。

然而斷斷續續地，他還是從族人口中漸漸了解到一些真相的碎片，屬於他父母的不連貫的故事：母親烏拉納喇氏，十二歲嫁給努爾哈赤爲大妃，在父親的十六個妻子中，最爲受寵，又因連生了三個兒子——哥哥阿濟格、自己，和弟弟多鐸，地位穩固，十幾年來獨擅專寵。可是，忽然有一天小福晉德因澤向大汗告發，說族人傳言大福晉和代善貝勒私通，而且說得有眉有眼，什麼大妃對代善訴苦，說汗王已經六十多了還不肯死，又霸佔著十六個妻子，根本照顧不來，又是什麼反正滿人有「父死子妻其後母，兄死弟妻其寡嫂」的習俗，不如全當他已經死了，讓自己和大貝勒提前成

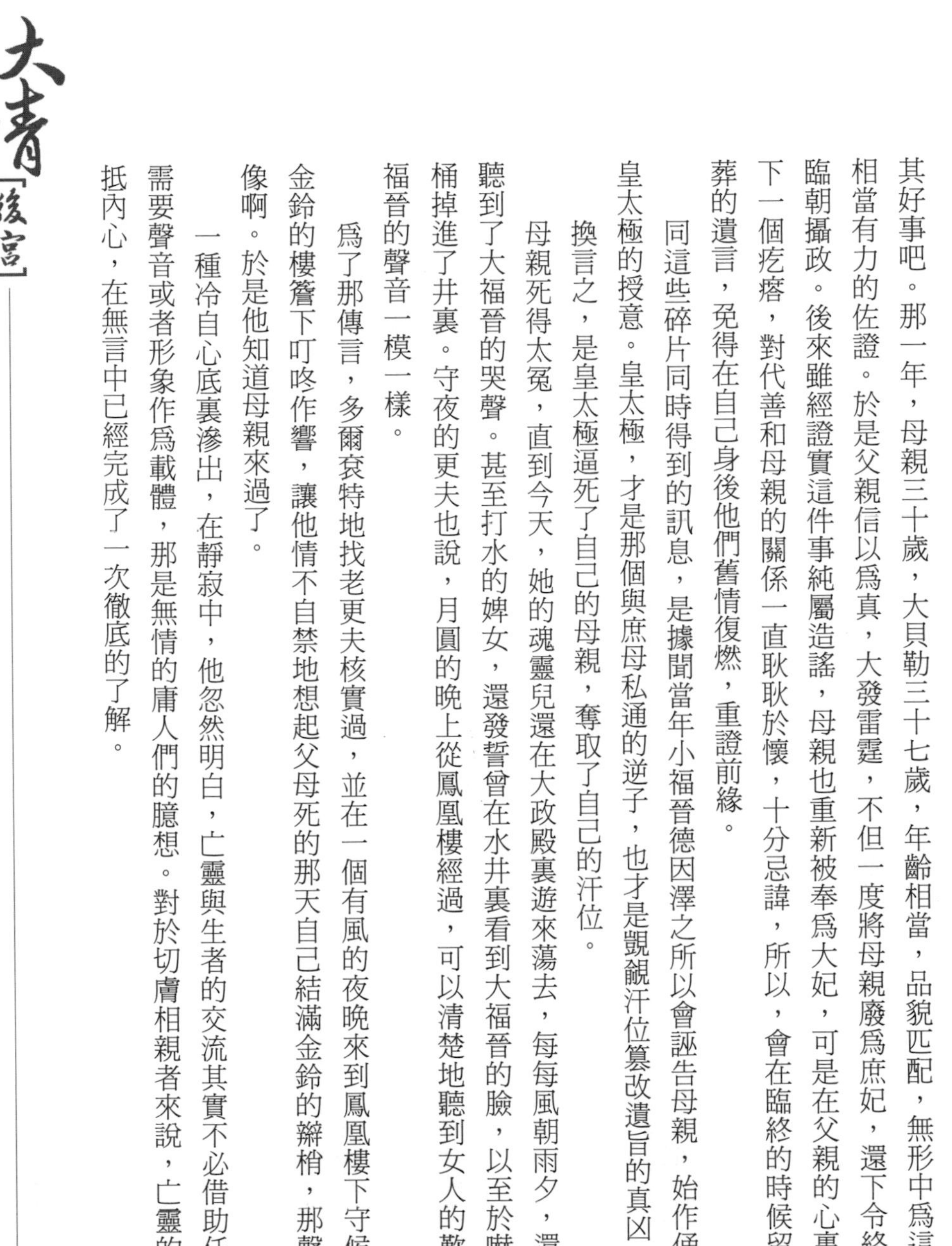

其好事吧。那一年，母親三十歲，大貝勒三十七歲，年齡相當，品貌匹配，無形中爲這謠言提供了相當有力的佐證。於是父親信以爲真，大發雷霆，不但一度將母親廢爲庶妃，還下令終止了代善的臨朝攝政。後來雖經證實這件事純屬造謠，母親也重新被奉爲大妃，可是在父親的心裏，卻始終留下一個疙瘩，對代善和母親的關係一直耿耿於懷，十分忌諱，所以，會在臨終的時候留下讓大妃殉葬的遺言，免得在自己身後他們舊情復燃，重證前緣。

同這些碎片同時得到的訊息，是據聞當年小福晉德因澤之所以會誣告母親，始作俑者正是出自皇太極的授意。皇太極，才是那個與庶母私通的逆子，也才是覬覦汗位篡改遺旨的真凶。

換言之，是皇太極逼死了自己的母親，奪取了自己的汗位。

母親死得太冤，直到今天，她的魂靈兒還在大政殿裏遊來蕩去，每每風朝雨夕，還時時有人說聽到了大福晉的哭聲。甚至打水的婢女，還發誓曾在水井裏看到大福晉的臉，以至於嚇得失手把水桶掉進了井裏。守夜的更夫也說，月圓的晚上從鳳凰樓經過，可以清楚地聽到女人的歎息聲，同大福晉的聲音一模一樣。

爲了那傳言，多爾袞特地找老更夫核實過，並在一個有風的夜晚來到鳳凰樓下守候。風在墜滿金鈴的樓簷下叮咚作響，讓他情不自禁地想起父母死的那天自己結滿金鈴的辮梢，那聲音有多麼相像啊。於是他知道母親來過了。

一種冷自心底裏滲出，在靜寂中，他忽然明白，亡靈與生者的交流其實不必借助任何形式，不需要聲音或者形象作爲載體，那是無情的庸人們的臆想。對於切膚相親者來說，亡靈的感應可以直抵內心，在無言中已經完成了一次徹底的了解。

母親死了，可是母親的亡魂未息，她在提醒自己不要忘記那仇恨。可是，自己又怎麼會忘呢？老更夫已經瑟縮在樓簷下睡著了，可是這時候忽然翻了一個身，含糊地囈語著：「大福晉來了，給大福晉請安。」每個人都沒有忘記大福晉，自己更不會忘記！殺母之仇，奪位之恨，天底下還有什麼樣的仇恨可以比這更強烈？更深沉？

他默默地等待著，等待有一天可以打敗皇太極，將他踏在腳下，食其肉，吮其血，剔其骨，寢其皮。

可是，就在今天，老天本來已經決定假那察哈爾女子之手提前結束皇太極的狗命，自己卻鬼使神差，一箭射中那個偷襲的女子，親手從她的劍下救了他，救了那個與自己不共戴天的世間第一仇人。

他真要恨死了自己。

此刻，他望著當年的大貝勒、如今的禮親王代善，又想起了那些久遠的仇恨。同時，也想起了母親赴死前夜對代善的表白。他們默默相擁的姿態，在許多年後，仍然鮮明地鐫刻於他疼痛的記憶中，成爲愛情的象徵。沒有一種愛可以比那更沉默，更絕望，更徹底，更崇高。在那一夜，他的母親與代善，成爲全世界最相愛相知的兩個人。當他們相擁，他們的心靈便穿透所有的束縛自由地走到一起，毫無間隙。是代善的陪伴使母親的死有了一種崇高的美，也是母親的死使那沉默的愛從此永恆。

那以後，他對代善便一直有種奇特的親昵，他不僅僅是把他看做長兄的，更將他視爲了父親。他痛恨害死母親的父皇努爾哈赤，卻將人性中固有的一份孺慕之情在心底裏悄悄給了代善。只是這種特別的感情，是代善所並不知曉的。

然而代善，他或許不是一個勇敢的情人，坦率的親王，卻實實在在是一個盡職的兄長。這許多年來，他記著大福晉臨終的托囑，默默擔負起照顧她三位遺孤的責任，並以他特殊的身分一直幫他們周旋遮掩。原本皇太極奪位之後，未必沒有想過要對自己一度的對手趕盡殺絕，可是因爲代善的一味退讓和小心斡旋，終使他沒有機會也沒有理由下手，久之，也就把這份舊債忘記了，反而以爲是自己的德政征服了所有族人，消除了異心，並且很慷慨地爲三位兄弟授封和碩親王。因此，與其說是代善的小心保全了三兄弟的性命，倒不如說是皇太極的盲目自信疏忽了危險的暗流。

但是無論怎麼說，代善覺得自己總算是對得起冤死的大福晉了，沒有辜負她對自己沉默的情懷。如今，他已垂垂老矣，可是仍然像一個忠實的麥田稻草人那樣，盡職盡責地守望著在他眼中永遠長不大的三個孤兒，在每個可能的機會裏尋找著可以幫助他們兄弟的方式。此刻，他詳細地落實了嘉獎多爾袞的方案後，本能地抬頭望過去，卻意外地爲多爾袞眼中那灼熱的晶光所刺傷。那眼光中，寫滿的不是驕傲，不是榮譽，而是刻骨的仇恨與自責。

他立刻讀懂了那眼中的含義。天哪！原來這孩子在後悔，後悔自己救了大汗。他巴不得大汗死。他仍然記著母親的仇恨。他已經快要被那仇恨燒毀了。這麼多年來，這孩子只是默默地練功，每一次上戰場都衝鋒在前，不留餘地，立下戰功無數。沒有人懷疑他不是皇太極最忠實的兄弟，最英勇的戰士。卻沒有人想到，原來他英勇的動力不是榮譽，而是仇恨。他之所以那樣拚命，是要借此消耗積鬱在心中的狂熱的恨。上陣殺敵，竟是他用以調整心境的最佳發洩。他因爲這恨而變得精明無比，卻又因爲精明無比而本能地救了自己的仇人，這是怎樣的一個怪圈啊！

代善從來沒有一刻像現在這樣覺得了自己的老邁和無力。恨是一件需要消耗強大體力的事情，很多人都會產生仇恨，可是很少人可以將仇恨的情緒維持得很久。因為仇恨從來都是一柄嗜血的劍，在不能用它來傷害敵人的時刻，就必然要用它來傷害自己。

沒有多少人可以經得起那樣長年累月的傷害與折磨，於是他們放棄了仇恨，放棄超過自己能力範圍以外的報復的信念。只有那些意志堅決而又極度自信的人，才可以將一份仇恨珍藏於胸經年累月而永不減褪。

他已經老了，而且是一個軟弱的人，當年他不懂得該怎樣去愛，如今也不懂得如何去恨。可是，他卻在這個一直由自己撫養長大的孩子的眼中，看到了那麼強烈的可以燒毀一切的仇恨。那恨讓他心驚，讓他憂慮，更讓他無奈。

多爾袞和皇太極一樣，都是他的兄弟。雖然在感情的天平上他毫不猶豫地傾向多爾袞，可這並不代表他就不愛自己的大汗兄弟皇太極，並不代表他對汗王沒有忠心。畢竟，皇太極是布庫里雍順家族的驕傲，是今天的八旗當之無愧的首領，是草原上的英雄神話。固然當初即位的如果是多爾袞，也許他並不比皇太極差，可是既然皇太極稱汗已成事實，他也就順天應命地歸順於新汗王，擁戴他，維護他，服從他，這是滿洲武士血液中固有的精神特質。他沒有辦法消彌自己兩個兄弟之間的仇恨，如果多爾袞是個平庸的孩子，他至少可以保護他一生平安，可是他這樣優秀，這樣強壯，命運卻又這樣奇特而坎坷，註定了他的一生是不平凡的，他的世界是自己這種庸人所無法理解和企及的。自己不過是一個有點功績的老人而已，他能幫得了誰呢？

正像代善讀懂了多爾袞眼中的仇恨一樣，多爾袞也讀懂了代善眼中的悲涼。彷彿有根針在他心臟最柔軟處刺了一下，他驀地心慈了，輕輕低下了頭。

熙熙攘攘的十王亭廣場上，諸親王正討論得熱火朝天，沒有人聽到禮親王與睿親王用眼光進行的這一場交談。每個人的臉上都帶著笑，因爲是評功會，兄弟間顯得和睦融洽，互吹法螺。

再抬起頭時，多爾袞眼中的晶光已經消失了，取而代之的，是那種八旗將領開會時慣有的平和笑容。代善更加驚訝，現在他明白爲什麼這麼多年來，多爾袞一直待在自己身邊，自己卻對他的仇恨毫無察覺的緣故了。可是既然他能夠在這麼多年來都深藏自己的仇恨，卻又爲什麼會在今天於眾目睽睽之下流露出凶狠的眼光，從而暴露了他心底裏最深沉的秘密呢？難道是因爲那個行刺大汗的察哈爾姑娘嗎？是她的出現驚動了他的僞裝，喚醒了他的仇恨？那麼，在這凶狠的目光後面，他下一步要採取什麼樣的行動呢？

代善更加憂慮，也更加彷徨，向多爾袞投去的眼光中甚至已經有了幾分乞求的意味。可是多爾袞不再看他，他迴避著代善詢問的目光，卻轉向弟弟多鐸，一開口，果然便是那位察哈爾姑娘：「你掌管禮部，消息比我靈通，知不知道那個女刺客現在怎麼樣了？」

豫親王多鐸對哥哥向來敬愛有加，聞言立即答：「聽說一直留在太醫院裏，還沒醒過來呢。暫時用長白山老參保住了心脈，可是仍然虛得很；倒是大汗的傷聽說沒什麼大礙，血已經止住了，休養幾天就沒事了，剛剛傳旨到處搜尋千年老參呢。」

多爾袞一愣：「征參？怪道我前兩天恍惚聽說豪格到處找人參呢，還以爲是皇太極要吃，原來是爲了那姑娘。」沉吟片刻，忽地又抬起頭來，「那姑娘，叫什麼名字知道嗎？」

「普通牧民家的姑娘，哪有什麼正經名字？」多鐸不經意地說，「不過姓氏倒是有的，叫綺

「我要把巴圖魯的稱號讓給那個綺蕾。」

「綺蕾？好聽！好聽！」多爾袞忽然毫無顧忌地縱聲大笑起來：「我要把巴圖魯的稱號讓給那個綺蕾。」

注：

八大旗，即正黃旗、鑲黃旗、正紅旗、鑲紅旗、正藍旗、鑲藍旗、正白旗、鑲白旗，除兩黃旗由皇太極親自統領外，其餘諸旗都由各親王及固山額真管理。

滿兵組織，每三百人為一牛錄，其主為牛錄額真；每三十牛錄為一固山，統領官稱固山額真。

滿人有「隔旗如隔山」之說，旗主就相當於一個小君王，對本旗有極高權力。大汗為八旗之主。

盛京宮殿群初建於努爾哈赤時期（一六二五年），原先只包括大政殿和十王亭，皇太極繼位後，繼續建造大內宮闕，包括大清門、崇政殿、鳳凰樓以及清寧宮、關睢宮、麟趾宮、衍慶宮、永福宮等。而親王分封以及后妃賜住諸宮是在皇太極一九三六年改國號為清之後進行，但為了敘述方便，在這裏提前使用了各王的封號，而諸妃也提前住進五宮。

後金體制與漢人頗為不同，銜職複雜，稱呼拗口，不僅建清前與建清後有許多改變，而且入關前與入關後也有很大區別，君臣主僕以及家人間的稱呼都很特殊，此處為了照應讀者閱讀方便，儘量簡化，統一說法，使之通俗易記；另外諸宮殿群幾次翻修重建，文中所述規格未必全如史實，不免虛誇之處。特此說明，以免有考據家提出質疑，認為與史不合云云。

第二章　綺蕾的到來在後宮掀起了軒然大波

有種聲音像風一樣刮過後宮的庭院。

那是自有皇帝以來歷代後宮都會有的一種聲音，已經寫進宮牆的每一道磚縫瓦沿裏了，有風的日子跟風一起傳送，沒風的日子，也獨自竊竊私語，嘈雜而瑣碎，惻惻地，帶著女人特有的殷切和怨氣。

它們從女人的舌尖上生出，又在舌尖上傳播和重複。女人的舌尖有蜜，可以隨時說出甜言暖語；女人的舌尖也帶刀，可以不動聲色地將敵人斬於無形；女人的舌頭是海，可以漂起人，把人在浪尖上拋得暈頭轉向，也可以淹死人，沉在海底裏永世不見天日。

然而那樣多的怨憤與算計，那麼深的城府與仇恨，戰爭的核心，卻永遠脫不了兩個字：爭寵。如果時間可以將後宮的歷史滄海桑田，那麼待到水落石出，你會看到每一塊石頭上都寫著獻媚與嫉妒。

此時大金後宮的海底，亦佈滿了這樣的石頭。

前面十王亭廣場的大會開得熱鬧。後院裏各宮嬪妃的小會卻也毫不遜色。

然而，她們的議題可不是什麼評功論賞或者前途大業，而是一個人，一個剛剛出現在後宮還沒來得及睜開眼睛說一句話卻已經掀起了軒然大波的女人——綺蕾。

永福宮簾幕低垂，婢女們被遠遠地摒於門外，大氣兒也不敢出。連廊上金籠裏那隻會念詩的饒舌綠鸚鵡也噤聲，唯恐一開口不小心洩露了天機。

門內，唐祝枝山《煙籠寒水月籠沙》的卷軸下，皇太極的大妃哲哲公主端坐在搭著繡花椅帔的雕花楠木椅上，一雙高幫滿繡的花盆底踏著同椅子配套的楠木矮几，姿態一如既往的莊重雍容，口吻卻難以掩飾地充滿焦慮：「我們不能讓綺蕾就這樣進宮，她會給我們帶來很大威脅的。玉兒，你讀了那麼多書，要想個辦法才是。」

莊妃大玉兒抱著剛出生的女兒淑慧格格坐在對面，態度恭謹而溫和：「姑姑，別太緊張，不會有事的。」

哲哲，是嫩江流域科爾沁草原蒙古貝勒莽古思的女兒。努爾哈赤稱汗後，除了征戰兼併之外，與各部落結盟的一項重要手段就是聯姻，哲哲公主，便是這樣嫁給了四貝勒皇太極。出嫁後，她持家謹嚴，恪守婦道，但是因爲一直沒有生兒子，在後宮裏地位很不穩固，於是向諸位蒙古王公求助，建議將自己的侄女、草原上豔名遠播的海蘭珠嫁給皇太極。可是海蘭珠自負美貌無雙，一心要找個最英俊最優秀的青年來嫁，不願意與自己的姑姑共事一夫。況且自幼體弱，多愁多病，寨桑貝勒也不捨得讓女兒遠嫁，離開自己身邊。哲哲無奈，只好將目標轉向剛滿十二歲的小侄女布木布泰，這位小格格雖然沒有姐姐海蘭珠的絕世姿容，卻天生的冰肌玉骨、白嫩可人，所以小名就叫作大玉兒。

天命十年二月，科爾沁寨桑貝勒命兒子吳克善台吉親自送大玉兒去盛京與皇太極結親，努爾哈赤率領眾貝勒迎出十里以外，大宴三天，以禮成婚。

冰天雪地間，大玉兒裹在繁複沉重的禮服下，滿頭金玉，周身琳琅，大眼睛一眨一眨，小嘴巴抿得緊緊的，完全像個小玩物。新婚那日，皇太極是將她抱進洞房的，把她放到床上時，幾乎下不了手。

當時皇太極已經三十四歲，比大玉兒大二十有餘，對著還完全是個孩子的她，很難產生男性的激情。他娶的不是她，而是她的家庭；他真正感興趣的也不是她，而是她帶來的陪嫁——科爾沁的八千鐵騎。

他看不見她粉紅花蕾般沒有發育的小小的乳，看不見她嬌嫩卻不解風情的緊攏的腿，甚至看不見她曾經被無數次稱讚的那種草原女兒罕見的白皙，在她的身上，他看到的，只是遼闊的草原，如林的旌旆。一次又一次的聯姻，將他和她的家族聯繫得越來越緊密，這緊密的結果，並不是共同強大，而是弱肉強食。可是現在，野心還不能暴露得太早，科爾沁的王公貴族們還與他勢均力敵，因而雙方都不想輕易引起戰爭，以免兩敗俱傷。俗話說，殺敵一萬，自傷八千，努爾哈赤和皇太極都不會做那樣的蠢事，付出無謂的犧牲。如果糖衣炮彈可以讓敵人歸順，那麼又何必真槍真炮地上陣廝殺呢？可是將來，他相信是不久的將來，不僅是科爾沁的姑娘，而是整個的科爾沁都會成為他的專屬，在他的身下輾轉呻吟，逆來順受，正像此刻這科爾沁的女兒在他身下輾轉呻吟，逆來順受一樣。政治是什麼？戰爭是什麼？也就是一個搶來或者娶來的女人罷了。化干戈為玉帛，是為了據玉帛為己有，戰爭的成果，就是把這降服了的戰場像女人一樣裹入身下縱情肆虐。也正因為這樣，他對待女人的態度向來都是溫和的，正像對待他的俘虜一向很溫和一樣，因為她們既然已經屬於他，就是他的東西了，對待自己的東西，當然要小心些。

可是無論他怎樣的輕柔溫存，對於十二歲的大玉兒來說，新婚之夜仍然是一生中最可怕的記憶，是很長一段日子裏不醒的夢魘。那紅燭照耀的帳殿，那陌生的強悍的男人，那突如其來的親昵，那痛楚的進入，都令她驚恐而委屈。最後，當這一切都結束了的時候，所有的戰績歸結為她身下一塊染血的白布。

屋子裏瀰漫著一股處女破瓜後特有的新鮮而溫腥的氣味。彷彿海洋上的風一直吹到大漠中來了。

大玉兒嚶嚶地哭泣著，傷口燒灼一樣地疼痛，嬌嫩的皮膚上縱橫著形態不一的傷痕。而那個剛才還勇猛如虎的男人從她身下抽出布條，用一種理所當然的口吻對她說：「我讓你流血了，從此你是我的女人，要聽我的。」然後，他翻了個身，疲憊地酣然入夢。

紅燭滴淚，伴著大玉兒嚶嚶的哭泣一直灼痛至天明。

那個男人讓她流血了，從此他成為她的丈夫。

十二歲的大玉兒不明白，為什麼一個男人傷害了她，使她流血，就會成為她的丈夫，而且要求她終身聽命於他。她只是朦朦朧朧地知道，流血，代表著一種征服。而且，自從這夜之後，她便不再是科爾沁草原上寨桑貝勒那個嬌寵的小女兒，而變成了盛京城裏皇太極貝勒的側福晉。

婚後一個月，後金自遼陽遷都瀋陽。第二年，努爾哈赤去逝，皇太極繼位。政務繁重，新汗王更加沒有心思同自己的小新娘培養感情了。有時候大玉兒都懷疑皇太極是不是記得有她這樣一個妃

子，或者乾脆只當她是在後宮長大的一個小女孩。而她自己，也從來不把自己真正看成福晉，一有時間，就鑽到大貝勒代善的帳篷裏找多爾袞玩。有時玩得累了，她就睡在代善的帳篷裏，要等皇太極來把她抱回去。而當皇太極不要她伴宿，而留宿在別的妃子的宮中時，就會根本記不起這個小小妃子，任她留在大貝勒的帳中，直到天完全黑下來，才由哲哲遣人把她尋回。事實上，後宮佳麗無數，皇太極寵愛她這個小妃子的次數是極其罕有的。

哲哲歎息了，意識到自己的這步棋可謂廢招，大玉兒實在年幼，於風流手段一竅不通，根本無力參與到爭寵之戰中來。她也曾苦心孤詣地試圖教會她什麼是女性的嫵媚，什麼是身體的武器，可是大玉兒沒有興趣，對她的教誨全不在意，只等她訓完了，就一轉身找多爾袞玩去了。

多爾袞大她三歲，卻比她懂事得多，兩個人年齡相當，志趣相投，一直往來親密，大玉兒後來可以成爲一個騎射了得的女中豪傑，完全得益於多爾袞的教授。在大玉兒心中，多爾袞才是她的親人，甚至比哲哲姑姑還要親的親人。因爲只有他，才是一心一意地爲她，喜歡她，遷就她，而從不對她提出任何要求。她開始越來越喜歡耽在代善帳中，有時多爾袞出征前線，不在盛京，她也喜歡獨自坐在那兒，抱著他的弓箭發呆，掰著指頭一天天算他的歸程。

所以，每次將士歸來她總是最高興的，而且因爲年紀小，身分又特殊，她那種歡喜的樣子就表現得特別張揚，常常一直衝到馬頭的最前面，又跳又叫，毫無矯飾，讓皇太極也爲之感動，覺得這個小妃子雖然不解風情，對自己卻真正是好的。他可不知道，大玉兒的盼望與歡喜，初衷都不是爲了他。

然而哲哲是知道的，她開始擔心侄女與多爾袞的過分親近或許會埋下什麼禍根，說不定便是

代善貝勒與已故大福晉悲劇的翻版。於是從此約束大玉兒，讓她沒事不許再去代善的帳篷，而規定她每天留在帳殿中讀書習字。好在大玉兒對於學習漢文很感興趣，加上年幼，注意力很容易便被轉移，果然老老實實待在後宮，一心一意鑽研起學問來。不出兩年，女騎士變成了女學士，說起話來引經據典，滔滔不絕，然而於閨閣之道，卻仍然不開竅，見到皇太極，只是嘻嘻笑，毫不懂得眉目傳情。畢竟，那時候所有的書都是給男人預備的，它們教會了男人如何「書中自有黃金屋，書中自有顏如玉」，卻不能夠教會女人怎樣「書中自有後宮床，書中自有大丈夫」。

一轉眼，七年過去了。前線戰事如火如荼，後宮生活卻是風平浪靜。偶爾有小小石子濺起漣漪，也都是針頭線尾的小隙，如石子投進湖心，波紋再大，也翻不起浪頭。哲哲早已放棄了對任女的期待，同時也覺得皇太極雖然冷落中宮，可是對其他諸宮后妃也不過爾爾，一心只關注戰事霸業，於房事上興趣索然，況且，對自己也一直敬重有加，雖不親熱，卻也不算疏遠，便只得罷了。她已經安下心要過一輩子這樣平淡無奇的大妃生活了，可是這時候，綺蕾來了！

綺蕾來了，皇太極的心忽然熱了。

那天，他被抬到清寧宮來，眼睛剛剛睜開，已經先問那姑娘的下落，當聽到她還在急救的時候，他發怒了，將手中的藥碗潑向太醫，怒罵道：「沒用的廢物！要是你們不能將她救活，我就讓你給她陪葬！」接著又命令所有的大夫進殿，逼他們給綺蕾會診，說是如果救不活，就把他們統統活埋，嚇得那些大夫磕頭如搗蒜，驚得哲哲大妃從頭涼到腳。

那一刻，她終於明白，真正的對手來了！

第二天一早，她借著自己大妃的身分，以關心為名去看過那個察哈爾女子，她躺在床上，臉色蒼白，髮絲淩亂，樣子要多狼狽就有多狼狽，可便是這樣，也仍然遮不住那股驚人的清秀。

一個人怎麼可以那樣美麗。哲哲服了。同時感到一種強大的不可阻擋的力量。她明白皇太極為什麼那樣急於要搶救那女子的性命，也明白她帶給了皇太極怎樣的震撼。她猜想自己今後的日子大抵要在冷漠中度過，怕是再也抓不住皇太極的心了。可是，她又是多麼不願意承認這失敗哦！

「玉兒，想想辦法啊。你現在已經不是剛進宮時的那個小女孩了，已經二十歲了，是女人一生中最好的時段，前陣子，你不是已經籠絡住大汗的心了，現在又要眼睜睜看著那個綺蕾來與你爭寵嗎？」

哲哲催促著侄女兒，滿心滿臉的恨鐵不成鋼。她不明白，同樣是女子，這個大玉兒怎麼就這樣不著調兒，好像完全不懂得什麼是女人的天職，而一心只在意學習漢文，研究學問。可是，就算她通曉漢人的四書五經又能怎樣？能去中原考狀元麼？別說女人不興進科場，就算可以，作為皇太極的妃子難道不比當狀元還威風尊貴麼？領袖於群妃，專寵於汗王不才是後宮女子最重要的嗎？

她抓著侄女兒的手，苦口婆心地勸：「如果他娶了那個綺蕾做妃子，那我們往後的日子就難過了，只怕連大汗的面兒都見不著。我們做女人的，一輩子的事業就是抓住一個男人的心，給他生個兒子，穩固自己的地位。姑姑老了，一連生了三個女兒，就是不能生兒子，大汗早已對我沒了心氣兒，我就是再有心也難了；原以為這次你可以一舉得男，那咱們姑侄在這宮裏的地位就更穩固了，可惜你跟我一樣，只有生女兒的命。好在你還年輕，大把的機會，這個時候不抓住汗王，什麼時候抓住啊？難道等那個綺蕾醒過來，眼睜睜看著她把我們所有的恩寵全都奪走嗎？」

大玉兒可是一點也不擔心，甚至對姑姑的小題大做很有幾分不以爲然，可是表面上卻只好做出很無辜的樣子，苦惱地說：「可是姑姑，我已經盡了力了。」

這倒也不是推諉，如果說她從來沒有爲爭寵這件事費過心是冤枉的。初進宮的時候，她不懂事，只知道玩，可是也學了不少東西，像是騎馬、射箭、刺殺，她都不比男人差。誰叫她最好的朋友是滿洲第一武士多爾袞呢，同他一起玩，多少會有些耳濡目染，近朱者赤的。可是後來，她漸漸意識到了自己進宮的目的並不是換一個玩耍的場所或者找一個學習的課堂，而是要在一個男人的領導下學會做個稍微與衆不同的妃子，從而使這個男人在衆多的環肥燕瘦裏對自己稍微與衆不同一些。

於是，她開始動心思製造機會讓自己脫穎而出。

關於邀寵獻媚，她聽說過很多種辦法，凡是在後宮長大的女孩子，都會或多或少地有一些這樣的知識：像是製作幾樣可口的點心小菜，備了酒請那個施寵的男人來對月共飲啊；或是學習最新歌舞找個適當的時機對他表演；再或者私賂裁縫爲自己特意剪製幾件新裝；甚至故意讓他看到自己出浴的身影。

但是大玉兒不屑於這些，她想要找出一個更奇特更新穎的辦法。

機會很快來了，每年秋後，皇族們照例要到圍場進行一次大型狩獵，以示不忘根本。那次圍獵皇上本沒有帶她，可她還是大著膽子偷偷跟著去了，讓多爾袞將她做男裝打扮藏在衆武士中，直到圍獵正酣，競爭進入到白熱化的時候，才突然上陣，戎裝快馬，一騎絕塵，手起劍落，將鹿身劈爲兩半。回過頭，嫣然一笑，將頭盔猛地掀下，露出一頭秀髮。

圍場上先是死寂一片，但是多爾袞適時地大喝一聲「好！」使眾人清醒過來，看清楚那半路殺出的程咬金原來就是皇太極的小王妃，趕緊湊趣地叫起好來。那一刻，她騎在馬上，太陽在她身後鑲了一個金色的光圈，所有人的目光都爲她凝注，狂笑聲喝彩聲響成一片，皇太極更是感到大大的驚喜，他忽然發現，咦，小玩具長大了，不僅相貌楚楚，而且英氣勃勃。

從獵場回來那天，彷彿才是他們真正新婚的日子，那段時間裏，皇太極幾乎每天晚上都召她進清寧宮伴宿，後來又說她已經長大不適合再與姑姑同住，專門撥了這個永福宮給她，封爲莊妃。又因聽說她愛詩，特意命人滿天下尋了這隻會念詩的綠尾鸚哥賞給她，那是怎樣的殊榮啊。讓來自阿霸垓部的那兩個妃子娜木鐘和巴特瑪眼紅得發瘋。

可是現在，這個綺蕾的到來，卻使整個後宮如同炸響一聲巨雷，人還沒有冊封，甚至活得成活不成還不知道呢，哲哲姑姑已經如臨大敵了，甚至不避嫌地跑來向自己求助。

在後宮長大的女孩子，同樣也知道很多發洩妒意的辦法：比如把敵人的生辰八字抄給打小人的神婆代爲施法；比如買通婢女將那女人的頭髮剪一截來絮在自己的靴子底千踩百踏；比如說那女人的壞話造她的謠甚至在她飯中下毒。

但是大玉兒同樣不屑於這些。她覺得她用不到這些個方法。而且她不服氣，皇太極醒來後，一定會娶那個半死不活的綺蕾嗎？她還沒有見過綺蕾，聽姑姑形容得天上有人間無的，可是，她才不相信真有那麼美麗的人。姐姐海蘭珠夠美麗的了吧，還不是一直待在草原上老大未嫁，也沒見有什麼王公貴族不辭辛苦地要把她求了去或者搶了去。聽說這個綺蕾想刺殺汗王，那麼就算她醒來，也

是一定不肯嫁給大汗的了。大汗是什麼人，自己還不知道嗎？天下只有霸業最重，至於女人嘛，要多少有多少，又怎麼肯在綺蓄身上多花精神呢？再說，就算她美麗得過自己，難道也聰明得過自己嗎？她會有自己那般文武雙全、博古通今嗎？連大汗都誇自己的文采武功比許多額真都好，說他日統一霸業，自己堪稱他的賢內助。每個美麗的女人都可以憑藉身體成爲汗王的一時之寵，可是有多少女人能像她這樣，憑自己的聰明勇氣真正成爲汗王的內助呢？「內助」，這可不是一般的詞，是比「親王」啦「額真」啦之類的封號還要難得而珍貴的啊，是不加冕的親王，沒冊封的皇后。有了這樣一種殊恩，她還怕什麼人來搶走汗王的心呢？

大玉兒想到這裏，低下頭親了親女兒的臉蛋，淡淡地笑了。在她心中，覺得姑姑未免長他人志氣，滅自己威風，實在是過慮了。

然而後宮裏焦慮萬分，未雨綢繆的還不只是大妃哲哲公主。

麟趾宮裏的兩位妃子——來自阿霸垓部落的貴妃娜木鐘和淑妃巴特瑪也正爲了這件事相對發愁，密議不止。

這又是後宮裏的另一派力量中堅了。

自古以來，後宮裏的鬥爭總是激烈而血腥的，帶著脂粉氣的殘酷，雖不見刀光劍影，卻處處暗藏殺機。每個進宮的女子，若不想糊裏糊塗地被殺掉，就必得學會怎樣防人，或者先下手殺人，自己防還不夠，還得聯群結黨，讓大家幫忙防著大家，儘管這聯盟未必可信，甚至往往那隻與自己相握的手也就是倒戈相向時暗刺的刀。可是多一雙眼睛，總是好的。

娜木鐘的高明之處，便是她懂得如何撐開更多的眼睛，替自己看，替自己防。就像這會兒，如此秘密的商議，她卻並沒有摒退丫環侍從，而是聚集了心腹手下一塊兒打商量，集思廣益，正像是一次真正的會議那樣。

娜木鐘和大妃哲哲一樣，同屬於部落聯姻的信物代用品。她的父親額齊格諾顏，是蒙古阿霸垓部落的郡主，因爲只有這一個女兒，自幼將她寵得無法無天，殘暴任性。早在她十三歲的時候，就因爲聽說八哥學說話需要剪舌頭，便異想天開用剪舌頭的辦法讓啞巴說話，特命手下找來十幾個啞巴供她做實驗。

嫁給皇太極後，她刁蠻的個性絲毫沒有改變，反而因爲丈夫勢力範圍的不斷擴大，她的脾氣和派頭也越來越大，漢史中文雖然未必精通，漢臣中土的享受卻諳熟於心，麟趾宮裏所有的擺設都來自江南，滿堂的硬木家俱，成套的官窯瓷器，一桌一几、一杯一盞俱精緻華麗，佈置得像明宮裏的貴妃殿一般。香案上蹲著李清照「瑞腦銷金獸」的宋代琉金鏤花香爐，櫃子裏放著「葡萄美酒夜光杯」的朝鮮國進貢水晶酒具，衣架上掛著「昨夜亂山昏，來時衣上雲」、「湘衣爲上襦，紫衣爲下裙」的百蝶穿花滿繡湖錦杭綢衫襖褲褂，首飾匣裏藏著「頭上金步搖」、「耳中明月鐺」、「指如削蔥根」、「口如含朱丹」的各式釵環護甲胭脂水粉，色色樣樣，俱有來歷。

有一次，爲著在畫上看到的一套繪著「沉魚、落雁、羞花、閉月」四美女的湘骨四季扇子，娜木鐘瘋了一樣立逼著禮部即日辦來，逼得小校滿天下搜羅，只差沒有上吊。禮部的人怨聲載道，說光替妃子弄玩物都忙不過來了，哪裏還有精神替汗王管理禮樂。

然而這些話傳到大汗耳中，皇太極非但不責怪她，反而很喜歡她唯我獨尊飛揚跋扈的個性，說這才是天生的貴妃，若是生在貧門小戶那只好委屈了，但是既然嫁給了他，要求再越份也是應該的。不過是玩物兒罷了，如果連女人這樣一個小小的要求都不能滿足，他又怎能稱得上古往今來的第一汗王？反正又不是要不起，就儘量滿足她好了。並當真封了她爲貴妃，賜住麟趾宮。

從此娜木鐘更加被縱上了天，在盛京城裏，除了皇太極外，誰的話也不聽，誰的賬也不買，仗著父親的威力、丈夫的寵愛，連中宮大妃哲哲對她也要退讓三分。

當她聽說皇太極帶回來一個女人，而且那女人曾經試圖行刺時，她立刻就明白一定是皇太極看上了那女人，但同時也想出了一個對策：自己完全有理由以熱愛丈夫爲名將那女人私自處死。

於是，就在剛才，她故意披頭散髮，淚涕交流，哭哭啼啼地闖進太醫院去，口口聲聲要同那「察哈爾沒教化的女賊」拚命。

太醫們看到她來，本來都做出笑臉來客客氣氣地接著，可是看到她撲向還昏迷不醒的綺蕾時，卻忽然乍起膽子來，團團將她圍住，大喊大叫，又跪著求她不要，說是皇上有命，如果綺蕾出了意外，他們幾個都要陪葬呢。

娜木鐘呆住了，這才切實掂量出綺蕾在皇太極心中的地位。這個命懸一線的察哈爾女子，還昏睡在這裏沒有出手呢，皇太極已經這樣看重她；如果她醒過來歸順了大汗，還不得被捧上天去？那時候，自己還有什麼地位？

本來一個哲哲公主加上一個莊妃已經夠讓她頭疼的了，現在又多了一個來路不明的什麼綺蕾與她爭寵，而且，出現的方式是這樣特別，人們對待她的態度又這樣隆重，一切都像暴風雨來臨之前，恍惚有雷聲隱隱自天際而來，即將橫掃一切，而自己既然已經聽到了雷聲，難道還不採取措

施，就這樣束手以待，靜等著暴雨洗劫嗎？

不，跟了皇太極這麼多年，她知道什麼是防患於未然，什麼是先下手爲強。她不是那種靜等著雨來了才想到避雨的人，她要做決定陰晴的大法師，只有她才可以呼風喚雨，如果她不要，天上就一滴水珠兒也不可以落下來。

她看著巴特瑪：「你有沒有去看過那個綺蕾？樣子也不怎麼的，瘦得跟個鬼似的，不明白大汗看上她哪一點了。」

巴特瑪還在爲了傳聞驚魂未定：「我聽說她要刺殺大汗呢，劍尖只差一寸就命中心臟，好險哪，要不是睿親王見機得快，只怕現在……」她打了個哆嗦，說不下去了。由於她的出身不甚顯赫，在後宮裏，她雖然因其秀美溫柔頗得皇太極歡心，卻一向沒有自己的聲音，便是偶爾說上幾句，也不過拾人牙慧，只當沒說一樣。

娜木鐘不滿地瞅著她：「噓，說什麼呢？大汗活得好好的。倒是那個綺蕾，剛才我去的時候，看她還在昏迷，不知醒得過來醒不過來，怎麼想個方兒讓她就此死了才好。」

「那……我們來拜天怎麼樣？」巴特瑪躊躕地說。她一生中沒有做過什麼主張，更是從來沒有想出過任何有建設性的高見，在她簡單的頭腦裏，從來就只習慣於依賴，要麼依賴某個人，要麼依賴某尊佛。後宮裏派系眾多，但是真正有實力的，卻只是哲哲大妃與娜木鐘貴妃這兩位後宮頭領，因爲同宗同部，她很自然地歸順到娜木鐘這邊來，一切以她馬首是瞻。如今娜木鐘既然問到自己的意見，說明人已不足以依賴，那麼自然就只有靠天了。

這說了等於沒說的建議提出來，氣得娜木鐘狠狠瞪她一眼：「拜天？拜天有什麼用？我們得靠自己。」

巴特瑪立刻糊塗了，憨憨地問：「怎麼靠？」

娜木鐘神秘地一笑：「想辦法，在大夫的藥裏加幾味東西。」

「下毒?!」巴特瑪福至心靈，竟然一點即通，卻又被自己難得的穎悟嚇得驚叫起來，「那會被發現的！」

「噓，誰說我要下毒來著？」娜木鐘輕蔑地看著巴特瑪，「說你笨，還真是笨。我會像你一樣笨，想出那樣的笨辦法來嗎？」

一口一個笨，罵得巴特瑪有些暈頭轉向，也有些賭氣。畢竟，在地位上她與娜木鐘是平等的，都是皇太極的側福晉，而且以皇太極對她們的寵愛來看，似乎也不分彼此，並沒有因爲她的出身略遜而輕視於她，還不是一樣賜住衍慶宮，封爲淑妃，與娜木鐘平起平坐？那麼，娜木鐘有什麼道理總是當她侍女一樣地呼喝羞辱呢？而且，又當著這麼多丫環的面。但是她向來不會吵嘴，所以儘管心裏不滿，表面上卻什麼也沒有說，只是有些氣惱地低下了頭。

倒是她的丫環剪秋替她接了話頭，打了圓場：「我們娘娘就是膽小心慈，再聽不得這些生呀死呀的。其實，貴妃娘娘只不過提了句藥，何嘗說過什麼下毒的話兒來著？」

娜木鐘被提了醒兒，自覺過分，扳著那丫頭的臉笑起來：「好乖巧丫頭，當初分房時怎麼不是我挑了你呢？伴夏和你一般兒大，又一起進的宮，當初看她長相也還機靈，不承想繡花枕頭一包草，口齒心思連一半兒也不及你。」

剪秋忙雙腿一屈施個半禮，笑嘻嘻答：「多謝娘娘誇獎。伴夏姐姐調胭脂的功夫，我們可是一絲半毫也及不上的，一樣的鳳仙花，她淘澄出來的就是比我們弄的又紅豔又耐久，顏色也均勻。」

任她兩人議論褒貶，伴夏站在一旁，竟像是沒聽見一樣，娜木鐘恨得戳她一指，笑罵道：「你看她這副木魚樣子，怎麼敲都不知道疼的，好像說的不是她。四宮大丫環一個賽一個的機靈，哪個不是四隻眼睛兩張嘴？只有我這個，竟是個泥人兒。」說著轉向巴特瑪，趁勢緩和了語氣，回到主題，循循善誘地問：「你說，如果那個綺蕾死了，大汗怎麼才會發現是我們做的？」

「檢查藥渣啊。只要一查藥渣，那麼用過什麼藥不就都知道了。如果太醫說沒開過，那就很明顯是你下的藥嘛。」這回巴特瑪聰明了一回，沒有理會娜木鐘話裏的那個「我們」，卻把範圍指定在「你」上，意圖把自己撇清。

娜木鐘看出了她的用意，不由笑了一笑，繼續問：「那如果藥中根本沒有毒藥，而且所有的藥物都是太醫方子裏的，那又怎麼樣呢？」

「那當然就查不出來了。」巴特瑪很肯定地說，但轉念想了一想，卻又糊塗起來，「可是，如果是那樣，綺蕾又怎麼會死呢？」

又一次證實了巴特瑪的笨，娜木鐘卻不再斥罵，而是以聰明人對待弱智動物特有的那種溫和口吻很耐心地解釋：「很簡單，中草藥講究君臣相濟，用量是很固定的，俗話說得好：是藥三分毒。如果哪一味藥擱得多了或者少了，都會引起反效果……」

巴特瑪還是不明白，被剪秋附著耳朵說了一句，才大悟過來：「啊，你的意思是——想加大藥量。」

娜木鐘勝利地笑了：「這回你說對了。」

巴特瑪卻又糊塗起來：「可是……藥渣仍然會查出來的呀。」

「查出來那又怎樣？」娜木鐘將手一揮，更加耐心地解釋：「藥方是太醫開的，藥量是太醫抓的，藥湯是太醫煎的，就算查了出來，他們有什麼證據說是我們做的手腳？況且，用藥過量致人死命，太醫根本不敢以這個理由上報大汗，因爲那擺明了就是他們的責任。他們只會說，那個綺蕾失血過多，創傷正中心脈，回天無力，再順帶將睿親王箭術大加誇獎，說他箭法如神，中招之人絕無生還之理，那麼大汗還有理由治他們死罪嗎？如果治了他們死罪，豈非不給睿親王面子？」

這一次，巴特瑪總算徹底明白了過來：「原來你是想讓太醫們替你頂罪開脫，又把睿親王拉進來做後盾。如果大汗治太醫死罪，就等於在責怪睿親王不該殺死綺蕾，換言之，就是不該救他。那麼，他就是連自己也反對了。所以，他不可能治罪那些太醫。可是……你算準太醫一定會那樣說嗎？」

「一定會的。」娜木鐘胸有成竹地笑著，「這套瞞天過海的把戲連我們娘兒們都懂得，他們這些混江湖的哪裏會不懂，比我們還精著呢，還怕沒人教他們？所以，只要你把握好時機把藥放下去，我算準這一條妙計是絕對出不了紕漏的。」

巴特瑪大驚：「我？你要我放藥？」

「當然是你。」娜木鐘理直氣壯地看著巴特瑪，「我上午已經去過太醫院，同那些太醫們撕破了臉，難道還再去一次不成？他們一定會防著我。你也是大汗的妃子，替大汗看看刺客是天經地義的，你去，誰也說不出一句閒話來。不是你是誰？」

第三章　多爾袞將綺蕾接進了睿親王府

晨。太醫院的朱漆大門緊閉著，兩隻獅頭吊環黃澄澄地發著威。

太陽剛剛探過宮牆，將一對獅頭照得鬚髮皆張，栩栩如生。一雙纖纖酥手已經叩響了那門環。

門內有人應聲：「誰？」

「太醫，娘娘來了，還不開門嗎？」是小丫環嬌軟的回答。

「娘娘？」門裏的太醫們立刻驚惶起來，「那位姑奶奶又做什麼來了？」

門「呀」一聲開了，藥童趕出來，先跪下來行個大禮：「給娘娘請安。」

巴特瑪將手一揚：「起來吧，帶我去看看那個刺客。」

門內以傅胤祖爲首的眾太醫們隨著也迎了出來，看到巴特瑪，都舒了一口氣，只聽說娘娘來了，還以爲是麟趾宮那位刁蠻的貴妃娘娘娜木鐘呢，原來是這位好脾氣的淑妃娘娘，那可是好對付得多了，於是都堆下笑臉來迎著說：「喲，太醫院燒了高香，怎麼敢勞動娘娘貴足踏賤地來的？」

巴特瑪拿帕子掩了嘴，笑道：「誰敢對太醫院不敬？敢說他一輩子不生病麼？」又命身後的丫環們，「怎麼見了太醫爺爺都不知道請安？沒規矩。」丫環們早已得了娜木鐘的令，此刻便都笑嘻嘻過來，拉著太醫的袖子問長問短，又東瞅瞅西摸摸，拿起這樣放下那樣，沒半分安靜。一時間，莊重嚴肅的太醫院忽然熱鬧起來，嘰嘰喳喳，彷彿飛了一群麻雀兒進來，鬧得一干循規蹈矩的老太醫啼笑皆非，面紅耳赤，只管拱了袖子說：「姑娘們有話說話，千萬別拉拉扯扯的，動壞了東西可不是玩的。」

巴特瑪乘亂走向藥爐旁，趁人不備，混抓了幾把藥塞進吊子裏，唯恐不夠量，藥不死人，又被娜木鐘奚落自己笨，因此兩隻手都不肯閒著，藥下得又多又雜，還待再抓，卻看藥童已經掙脫丫環糾纏正朝這邊走過來，趕緊袖起手，裝作好奇的樣子，對著火爐打量半天，問：「這樣小火，可煮得爛這些草根子麼？」

藥童垂了手，恭敬地答：「大火滾小火煎，已經煎了好一陣子，現在只等三碗水煎成一碗，就算好了。」

巴特瑪恍然大悟地點點頭，隨後走進內室，剪秋早快走幾步撩開簾子來，向裏面一努嘴兒。巴特瑪定神看去，果然見炕上躺著個奄奄一息的女子——這就是那個大名鼎鼎的察哈爾刺客嗎？就是這個看起來弱不禁風的小女子親手把短劍刺進大汗的胸膛？看她昏沉沉地睡在這裏，兩頰的肉都陷下去，臉色蒼白，氣若遊絲，好像一陣風就可以吹走，怎麼看都不像一個行兇的刺客，怎能相信她竟會有刺殺的勇氣和力氣？

憑心而論，巴特瑪真是不想害人的。但是在後宮裏，誰能夠完全按照自己的心意活著，不做一點違背良心的事呢？不恃強凌弱，不同仇敵愾，不聯群結黨，那是一天也過不下去的。後宮最大的美德是賢慧，什麼是賢慧？就是聯的群最眾，結的黨最強。要麼自己夠強大，振臂一揮呼朋喚友；要麼自知勢弱，便想方設法去靠近一個遠比自己強大的勢力。巴特瑪的依靠，是娜木鐘。原因很簡單，哲哲比她強，可是哲哲有大玉兒這個親侄女，而且疑心甚重，醋意更重，根本不會視她為親信；娜木鐘也比她強，而娜木鐘卻不會防著她，吃她的醋，反而在很多時候會大方地分她一杯羹。許多事上，她想不到的，娜木鐘替她想到了；她爭不來的，娜木鐘替她爭來了。就像她獨居的衍慶宮，就是娜木鐘替她積極爭取到的，從而使她在待遇上與哲哲，大玉兒，娜木鐘站在了同一高度，成為諸妃仰羨眾人矚目的後宮四妃之一。那麼，如今娜木鐘有令，要她在綺蕾的藥中做一點手腳，她又怎麼能拒絕呢？

可是，下藥那會兒還只是執行一個命令，是個機械的動作，這會兒親眼看到綺蕾了，才忽然意識到那動作的實質是殺人。殺人？巴特瑪忽然恐慌起來，心虛起來，失去了剛才的勇氣。這裏躺著的是一個活生生的人哪，是個雖然命懸一線卻畢竟仍然生存的人，她真的要親手割斷她的生命之纜嗎？

這就像很多武士在戰場上勇往直前，取人頭顱如剖瓜切菜，可是如果讓一個人平坦坦毫無抵抗地躺在他面前，他卻絕沒有勇氣親手將刀劍刺進那人的胸膛。畢竟，戰鬥和殺人是兩個概念。武士不等於劊子手，淑妃既掛了一個賢「淑」的名兒，又怎可能視人命如草芥呢？

門簾兒又是一挑，傅太醫親自端了一碗枸杞人參湯過來了，恭敬地說：「這兩天太醫院裏沒閒著燉人參，娘娘既來了，趕早不如趕巧，就先嘗個尖兒吧。」

巴特瑪正想得出神，倒被嚇了一跳，待接不接地盯著笑道：「怪道太醫院天天往宮裏報說人參不夠呢，敢情都被嘗了尖兒了。」

傅太醫立即叫起撞天屈來，又要急又要笑，脹紅了臉道：「娘娘千萬別這麼說，這要是被大汗知道了，我這顆頭還能在頸子上麼？這是娘娘憐貧體下，一大早兒辛苦趕來，眼下剛入秋，早晚天氣涼，學生怕娘娘體弱，若是在太醫院裏染了風寒，可叫我們心裏怎麼過得去呢？這才特意盛了參湯給娘娘暖身子，倒被娘娘挑了眼，真真地叫我沒話可說了。」

旁邊幾位太醫也都笑著附和：「真真說的一點兒沒錯，平常人來了可給誰敬過參湯呢？就是麟趾宮那位前頭兒來過，也還沒這麼著呢。」

一番話說得巴特瑪得意起來，也不喝參湯了，便滿面紅光地站起身來告辭，說：「我不過隨便說兩句笑話，哪裏就值這麼著。幾位太醫辛苦，我也是知道的，一定會向大汗進言，不枉了你們贊我一句『憐貧體下』。話說回來，最富不過太醫，要說你們貧，可誰信呢？不說了，祝你們妙手回春，藥到病除吧。」

太醫們齊聲稱謝，巴特瑪自覺說得體面風趣，笑盈盈地，帶著丫環一陣風兒走了。

反叫太醫們犯起嘀咕來：「這位淑妃娘娘向來不大好事的，如何今天興致這樣好起來，特特地跑到太醫院來，又說上這一籮筐話。」

正議論著，藥童報說睿親王來了。眾太醫忙又整隊迎接，行禮請安。多爾袞謝了禮，問：「那姑娘可好些？」

傅胤祖答：「小命兒是已經保住了，只是弱得很，只怕要調養好一陣子。」

多爾袞便命隨從獻上參來，用錦盒裝著，彩繩紮著，都是長白山上百年的老參。太醫們大喜，一齊說：「正愁著院裏的參不夠勁兒呢，有了這些個，就不怕打不贏閻王爺了。」

這時藥童已經煎好了藥端來，請示傅胤祖是不是這會兒送給綺蕾服下。胤祖點了點頭，卻又忽然說：「先端來我嘗嘗。」藥童依言端了來，胤祖只略嘗一口，心中早已有數，面上卻並不露出來，只吩咐：「煎得過了，恐藥性不夠，把這碗倒了，重煎一付來。」

原來這傅胤祖原是瀋陽本地人，早在努爾哈赤建都時，便已經攜了一家老小前來投奔。那時努爾哈赤一心挺進中原，對漢人賢才深爲敬重，起用了包括大學士范文程在內的一大批漢臣，其中便也有這傅胤祖。胤祖以漢人身分進駐滿洲後宮，又承恩特封爲太醫院總管，故做事十分謹慎，他自幼飽讀詩書，於皇宮內苑一干傾軋把戲瞭若指掌，剛才見巴特瑪那般來去匆匆，形色恍惚，早已起了疑心，這會兒一嘗藥味，更是了然於胸，然而寧爲人知勿爲人道是宮人做事的規矩，這道理他不會不懂，故而面子上只說藥重，並不肯道破內中玄機。

偏偏另一位太醫不解，說：「一直看著時辰的，分明火候剛剛好，怎麼就會老了。」便也端過藥來嘗嘗，立即臉色大變，卻也不好說什麼，只得苦笑道：「正是煎得老了，還是傅先生高明。」

多爾袞察言觀色，早已猜到個中真相，略一思索，已經有了一個主意在心裏，便問胤祖：「不知道傅先生可願意到我府裏住些日子？」

傅太醫一愣：「這是怎麼說的？我哪裏住得進親王府去？」

多爾袞哈哈大笑：「您只說您願意不願意吧，你只要願意，我自己同大汗說去。」

巴特瑪離了太醫院，一路碎步跑回自己的衍慶宮。未進院子，已有小丫環迎上報告：「貴妃娘娘來了，已經等了多時。」

剪秋不等吩咐，已經一路喊著傳進去：「淑妃娘娘回宮了。」又趕上來給貴妃請安。

巴特瑪匆匆入內，果然見娜木鐘披著大紅織金披風在滴水簷下立等，忙嗔著小丫環：「怎麼不好生侍候著，叫貴妃娘娘吹了風可怎麼好？」

貴妃笑道：「不關她們事，是我自己悶熱，特地站在這裏吹吹穿堂風。倒是你，一大早兒出門，也不多穿幾件衣裳。」

兩姐妹攜手進屋，早有小丫環子奉了滾熱的茶上來，另捧著毛巾唾盒等站在一旁服侍。娜木鐘不等坐穩已經開口問道：「你早晨去太醫院，沒露什麼馬腳吧？」

「怎麼會呢？他們一點兒也沒有懷疑我。」巴特瑪得意地邀功，「那些太醫對我不知多恭敬，我誇了他們兩句醫術高明，他們笑得眼睛眉毛都分不清了。」

「那麼這會兒那賤人應該已經藥發身亡了吧？怎麼一點訊兒也沒有？」娜木鐘擰著眉毛，回身吩咐自己的丫環伴夏，「去太醫院打聽打聽，看看有什麼動靜沒有？」

伴夏為難：「又沒個因由又沒個事頭，我一個丫環，怎麼好隨便進太醫院呢？」

娜木鐘登時惱了，一指頭戳到臉上去：「你自己不長腦子？不會想個由頭進去？你是死人哪？」

便立刻有一個伶牙俐齒的小丫頭子接口：「我去吧，我就說是福晉剛才來的時候把隻耳墜子掉了，不知有沒有人撿著，讓他們幫我找找，邊找邊打聽口風。」

喜得娜木鐘眉花眼笑地趕著叫：「心肝兒，還是你會說話，難怪了你主子疼你，穿的衣裳都比她們新鮮。」又向著巴特瑪說，「看不出你自己不大說話，帶的丫頭倒個個精明強幹的，不比我手下這些繡花枕頭，中看不中用，連句話兒也說不明白。」

巴特瑪笑道：「你既這麼看重她，就把她送了你可好？」

娜木鐘認了真：「你說的可真？我拿兩個丫環同你換，再不讓你吃虧就是。就只怕你嘴裏頭大方，心裏捨不得。」

巴特瑪道：「瞧姐姐說的，一個丫頭子罷了，既然姐姐看中了，我有什麼捨得不捨得的？倒也不用拿兩個來換這個，我也不敢占姐姐的便宜，只要姐姐高興，把那支攢絲金步搖的鳳頭釵子借我用兩天，容我比著樣子打一支來就好。」

娜木鐘笑道：「借什麼借？那樣子的鳳釵兒，我那裏多的是。你既然喜歡，只管拿去好了。就當我同你買了這丫頭了。」

巴特瑪大喜：「姐姐好不大方，只是一個小丫頭子罷了，哪裏值得姐姐拿金釵來換。我可不是占了姐姐的大便宜了。」

娜木鐘道：「你我姐妹，不必計較。」當即回頭命伴夏立時取釵子來交給巴特瑪。又問這丫頭名姓。

那丫頭果然機靈，見問立刻跪下道：「娘娘既抬舉我，一根金釵換了我，以後我整個人都是娘娘的了，哪裏敢有自己的名姓？娘娘那麼好學問，奴婢斗膽，求娘娘給賜個名兒吧。」

娜木鐘奇道：「你聽誰說我學問好？你又知道什麼學問不學問的？」

小丫頭抿嘴兒笑道：「娘娘的學問，連大汗都說好，要不怎麼四宮裏大丫環的名字都是娘娘給取的呢？我們小丫頭子當然不懂什麼學問不學問的，可是四位姐姐的名兒好聽，我們總也是長耳朵的，平日裏就議論著，怎麼能讓娘娘也給賜個名兒才叫造化呢。」

娜木鐘大喜，贊道：「好個靈巧丫環。既這麼說，我不答應都不行了。給你取個什麼名兒呢？你是我拿一根釵子換的，要不，就叫做釵兒吧。」

小丫頭磕頭謝道：「謝娘娘賜名，釵兒在這裏給娘娘磕頭了。」又特地向巴特瑪磕頭辭別舊主，便逕自向太醫院去了。

娜木鐘撫掌大笑，心裏十分得意。原來，她在宮中處處拔尖兒，唯學問一項上，自知差之莊妃甚遠，因此才越要賣弄，吟詩做賦那是不行，可是給丫環取個香豔不俗的名字倒也還在行，當初皇太極買進四個大丫環分賜四宮，她搶著搶著要先給取了名才分，就是要給莊妃使點顏色。按理各宮丫環該各宮娘娘自己命名，但是娜木鐘說，中原大戶人家的丫環都是統一取名才顯得氣派，且多與四季富貴有關，如春蘭夏荷秋菊冬梅之類，咱們偏偏跟他們反著來，把四季放在後面，也找上四種植物入名，而且是藥用植物，比他們值多著呢，沒那麼虛飄。這樣子，就算是把漢人比下去了。

給小丫環取名本來是玩藝兒，可是這提法卻深得皇太極的心思，於是欣然允諾。巴特瑪自然只有說好的理兒，莊妃於這些事上向不計較，哲哲雖然不滿，卻不願為取名小事傷了和氣，損了自己賢良安靜的美名兒，且皇太極已經允了，她也只得默認。因此這四宮丫環的取名大事上可算娜木鐘在宮中爭寵暗戰中的一個小小勝利，最引以為自豪的。如今小丫頭投其所好，怎不叫她順心快意呢。

片刻釵子取了來，盛在紅漆描金檀香盒子裏，足金打製，約二兩輕重，頂端一顆大東珠，耀眼生花。

巴特瑪喜不自勝，緊緊抓在手中，翻來覆去看不夠，又指著那顆東珠說：「金價還有限，單只這顆珠子，已經好換了去我整個衍慶宮裏的丫頭了。」

娜木鐘不在意地說：「一根釵子值什麼？我重的是我們姐妹的情意。只要你我一心，還怕這天下有什麼罕物兒是我們想到得不到的？」

正說著，釵兒已經打探消息回來了，匆匆忙忙地跑進來回道：「兩位主子，不得了，我聽太醫說，要把那個綺蕾送到睿親王府裏去呢。」

娜木鐘一愣：「睿親王府？這關睿親王什麼事？」

「誰知道呢？只聽小藥童說，剛才主子頭前走，睿親王後頭就腳跟腳地來了，拿了一些人參，又說了會兒話，就進宮求見大汗來了，再接著，大汗就傳下話來，說讓太醫和綺蕾一起搬進睿親王府去住。」

巴特瑪的臉騰地紅了，向娜木鐘埋怨道：「這不明擺著嗎，準是睿親王爺猜到我們的心思，跟大汗說要把綺蕾藏到他家裏去才安全。這下子，大汗一定要怪罪我了。」

娜木鐘也恨恨地罵道：「多爾袞這該死的犢子，馬槽裏伸出個驢頭來，真是多管閒事。」又呵斥巴特瑪：「慌什麼？誰要治你的罪了怎麼的？要是大汗真懷疑你，這會兒還有你四平八穩坐著的，還不早派人砍了你的頭去了？記著，如果有人問起你今天早晨的事來，打死也不要承認，就推說一切不知道，許是哪個小丫頭亂動亂拿，貪玩多放了幾把藥進去吧。逼得緊了，還怕抓不著人頂缸嗎？」說著威嚴地向四下眼光一掃，嚇得一干小丫頭一齊跪下身來，不知道哪一個倒楣的會被主子看中抓了來做頂缸的。

巴特瑪略略鎮定，卻仍然兩手撫著胸口歎道：「早知道這樣，不如不要多事的好。」一邊說著，手上卻只是抓著那支新得的鳳頭釵兒不放。

流言像風一樣迅速地傳遍後宮，連每一株草每一道牆都在重複：綺蕾被多爾袞接進睿親王府去了！

娜木鐘聽到了，巴特瑪聽到了，哲哲和大玉兒也聽到了。

同往常一樣，永福宮的丫環們照例被摒於門外，不見傳喚不得進來。大玉兒親自用緞泥提梁大彬如意小壺斟了杯茶奉給姑姑，輕聲道：「姑姑嘗嘗，這是新下的安溪鐵觀音秋茶，味道最清爽的。」待哲哲慢慢地飲了，才款款地問：「姑姑又是爲了綺蕾的事在犯愁吧？」

「就是呀，我聽說多爾袞把她給接家去了。」哲哲百思不得其解：「這裏面關著多爾袞什麼事？他幹嘛要將綺蕾接了去？難道他家裏藏著什麼華佗扁鵲？一旦救不活，不是給自己找麻煩嗎？」

「這也沒什麼好想不通的。」大玉兒慢條斯理地分析著，「不是說十四爺進宮前衍慶宮那位剛去過太醫院嗎？我想，八成是那位主兒做了些什麼手腳被十四爺發現了，向大汗暗示了幾句。大汗擔心綺蕾留在後宮不安全，又分不出身來照顧，所以才要把她保護在睿親王府裏，讓人沒機會下手。」

哲哲恍然大悟：「是爲了邀功啊。」又咬著牙說，「也不怕救不活綺蕾，邀功不成，反被大汗怪罪。」

大玉兒沒有接口，她的心裏也是很不舒坦的，卻不是爲了皇太極，倒是爲了多爾袞。自從她和多爾袞都一天天長大，他們的接觸就少起來，到了現在，已經很難得見上一面了。可是那個綺蕾卻可以大搖大擺地住進他的家裏去，同他日夕相見。這多少讓她有點酸溜溜的醋意。

停了一下，哲哲又道：「以後要想知道那個綺蕾的消息倒難了，多爾袞這倔驢子是不會吐半個字兒的。」

大玉兒彷彿看到一線光明，立刻慫恿：「那倒也未必，多爾袞對姑姑是忠心的，你召他來問話，他未必敢瞞著。」

哲哲猶豫：「可是我用什麼理由召他進宮呢？」

大玉兒輕鬆地笑道：「這有何難？姑姑是後宮之首，後宮裏有人被接出去了，姑姑還不該多叮囑幾句嗎？也是替大汗分憂的意思。」

哲哲笑了：「玉兒，還是你心眼兒活。」便立刻發下令去召多爾袞晉見。

少時多爾袞傳到，哲哲在炕桌後端坐著不動，大玉兒卻親自迎出門去接著。自從永福宮落定，多爾袞這還是第一次進來，初時見到院中荼蘼架牡丹叢已經頗覺觸動，待到進了正房，看到一堂擺設，更覺驚心。只見壁上圖畫條幅無數，淡墨山水，濃情詞句，皆是中原筆墨，案上端硯湖筆，宣紙徽墨，一應俱全，然而映入眼中，卻無半分書卷味，倒是隱隱透著一股子兵氣，唯有炕桌後一座剔紅樓閣人物座屏還有幾分閨閣氣，卻又被南炕上供著的薩滿神座香爐香案給沖得淡了。再看大玉兒本人，也早已不是當年那個拗著自己學習彎弓射箭，騎馬獵鹿的小姑娘，而是舉止淡定，眉梢眼角全是文章的一位莊妃娘娘了。

在多爾袞心中，自打識人事兒起，便已認定大玉兒是他的人，不過是暫時寄養在皇太極處的，只等他日報了仇，就可以「兄終弟及」，不僅奪他汗位，而且娶他遺孀了。皇太極是一心想入主中原的，可是自己不會給他機會等到那一天的，因爲自己要做皇帝。到那時候，就封這個文武雙全精通漢文化的大玉兒做皇后，她比她的姑姑哲哲公主有頭腦多了，也比自己家裏那位睿親王妃像樣兒，只可惜還要等些日子才能遂這心願，而不能立時三刻就把她緊緊地抱在懷裏，狠狠地揉搓親吻。

想著，多爾袞一時再忍不住，跨門檻兒的一刹，趁人不備抓住大玉兒的手狠狠一捏。大玉兒一驚，急急縮回手，臉上卻半點不露，只揚聲說：「姑姑，王爺來了。」來至哲哲身旁，向奶媽手中抱過女兒來逗弄。

多爾袞上前見了禮，哲哲抬起眼，帶搭不理地問了好，又思忖半晌，這才慢吞吞地開口：「我聽說你把綺蕾接家去了，那可真是有勞操心了，她是大汗看中的人，雖然還沒正式進宮，可是大家心裏都明白，早晚的事兒，你既攬了這趟差事，可得小心照應著。」

多爾袞聽這幾句話說得不體面，便不答言，只是躬身又行了一個禮，卻解下腰間繫的一枚玲瓏玉佩來，笑嘻嘻地向大玉兒道：「今兒來得急，沒給格格預備見面禮，這件小玩意兒給格格捧著玩兒吧。」

大玉兒與多爾袞一同長大，向來知道多爾袞所帶之玉佩是爲回疆和闐美玉所製，雕龍鏤鳳，精緻溫潤，而且冬暖夏涼，乃是一件寶物。見他竟然如此輕描淡寫便將寶玉送了女兒，自是待自己情深意重之故，愈發感慨，便抬起女兒小手做拱手狀道：「淑慧謝謝叔叔，淑慧給叔叔磕頭了。」

多爾袞道：「好個粉妝玉琢的淑慧格格，讓叔叔抱抱。」徑走過來，便當著大妃的面兒，趁抱接孩子之際在襁褓底下向大玉兒胸前一陣揉捏。大玉兒心裏一顫，早撒開手來，轉身走開。

哲哲一絲也不察覺，猶裝腔作勢地道：「我們在這宮裏，高牆深院，什麼也聽不見看不見，十四弟不同，人高馬大，眼目眾多，我們想不到的，十四弟要幫我們想著才是。」多爾袞嘿嘿笑著，仍然不置可否，卻在袖子底下向大玉兒做個姿勢。

大玉兒恨得牙癢癢的，又怕哲哲起疑，不好太過沉默，只得也隨聲附和著：「就是，我們娘兒們沒什麼機會出宮，忒沒見識，全賴十四爺指點，以後有什麼事兒，親戚間還該常常走動走動才是。」

一時話畢，哲哲仍命大玉兒送多爾袞出去。到了雕花門前，多爾袞見眼前不過是忍冬等幾個心腹丫環，再無顧忌，猛回身摟住大玉兒道：「想死我了，幾時再回到小時候那樣兒才好呢。」丫環們嚇了一跳，俱掩面背身而笑。大玉兒卻毫不驚惶，只蹙眉道：「我現在是大汗的妃子，你怎麼還這麼沒上沒下的？」

多爾袞笑道：「什麼上上下下的？小時候，咱們一處吃一處玩，你整夜待在我帳篷裏，我摸也摸了睡也睡了，還有什麼不好意思的？老實說，想不想我？」說著只管扳過臉來親嘴。大玉兒板下臉來，下死勁兒推開道：「現在可不是小時候，你我都老大不小了，怎可再動手動腳的？」抽身走開。

多爾袞受了冷遇，卻並不氣惱，只眼瞪瞪地瞅著她走回內堂，滿以爲她臨進門前必會回頭望一下，卻見她徑直進門裏去了，終究也不知她是何心意，心下倒有些悶悶的。

黃昏時分，綺蕾被一乘四帷金鈴翠幄軟轎抬進了睿親王府。

一路鈴聲清脆，喚起多爾袞沉埋的心事。他的眼神陰鬱，只覺得這一段簡直不是回家的路，而是向著皇太極復仇的路上在挺進。每一聲鈴響都呼應著他的心跳，而那鈴鐺覆蓋下的轎中姑娘，雖然還不能睜開眼睛，然而多爾袞覺得，她和他的命，已經連在一起了。

睿親王妃早已得了消息，打中午起就親自監督著讓人將後花園一溜十來間房子打掃出來給綺蕾及太醫們居住，又點了四個伶俐的大丫頭撥過去聽用。一切打點停當了，又忽然想起什麼，一疊聲兒地喚貼身侍女烏蘭翻出那件新做的重錦葛袍來服侍自己換上。

烏蘭不解：「這是預備了冬天穿的，這會兒才剛剛入秋，是不是早了點兒？」

王妃想了想，終究不捨，猶猶豫豫地道：「王爺說要傍黑回來，傍黑的時候，天已經涼了，這些日子早晚溫差大，穿重錦也不算早吧？」她用的是商量的口吻，與其說是在問烏蘭，不如說是在勸自己。然而當烏蘭真個依言翻出衣裳來服侍她穿上，她卻又躊躇起來：「還是你說的對，這時節穿這個，好像是早了點，倒叫人瞧著笑話。」

這是一個五官端莊得沒有特色，身材豐滿得略顯癡肥的女人，說話做事都較旁人慢半拍，彷彿不如此就不足以顯示身分的尊貴似的。然而這也不能怪她，實在是睿親王府的生活太枯燥單調了，完全不給她訓練口才心智的機會。她生在一個和碩親王的家裏，又嫁與另一個和碩親王爲妃，打小兒就知道作爲女人，最好的出路就是嫁個好男人。可是嫁了以後才知道，女人和男人在一起只是半個人，女人和女人在一起才能找全另外半個自己，才是個完整的女人，這樣子的生活才夠充實，才

有心氣兒。然而多爾袞對於內幃之事是冷淡的，他自己不納側妃，也不許她與其他王府福晉來往，害得她自從進了睿親王府後，日子就完全靜止了。過一年等於一天，而一天也像一年那麼漫長。每一天都是前一日的重複，沒半分新意，就是做了新衣裳，也沒有人可以炫耀。如今綺蕾來了就好了，從此自己可就算有了個伴兒了，就算不是伴兒，是個對手也是好的，至少可以在一起鬥鬥嘴，比比身家手段兒——打小兒學的那些閨中手段，到王府後居然用不上，豈非荒疏可惜？因此上興頭頭地，只管同烏蘭猜度著綺蕾的模樣兒：「大汗親自看中的，應該不會錯。可是聽說只是察哈爾草原上一個普通牧民家的女兒，一朝飛上枝頭變鳳凰，不知道性子會不會很驕？」

烏蘭早已猜透主子心意，聞言勸慰：「憑她怎麼驕，現在可還不是汗妃。一日不是汗妃，就一日不能在奶奶面前不敬，就得跪著給奶奶請安。就算她改日真成了汗妃，也只是庶妃，奶奶雖然是親王福晉，卻是正福晉，她也不敢在奶奶面前怎麼著。」一邊翻開櫃子來，也不待吩咐，顧自將各色秋裝旗袍鋪了一炕，盡供王妃挑選。又打開頭面匣子來，替她打散頭髮，重新梳成個一字平髻，插珠貼翠，又特意戴上大裝鈿子冠，理好肩上的絛子，在鏡子裏左右端詳，直至滿意了，才選了一方湖錦熟羅帕子遞在王妃手中。

睿親王妃笑著，在這心腹婢女面前也無可隱瞞，只管在鏡子裏同她對望著討主意：「那麼，依你說，待會兒客人來了，我是接好呢還是不接好？」

烏蘭答：「接當然是要接的，您是主她是客麼，可是也不必太恭敬了，您只管擺出奶奶的款兒來，也好讓她知道咱府裏的規矩，免得太縱了她，以後倒叫奶奶難做。」

睿親王妃遲疑：「不會吧？大汗讓她住到咱們這裏來養病，是瞧得起咱們信任得過的緣故，若是怠慢了，只怕於大汗面上不好看，沒得讓人挑了眼去。二來對她巴結著點，那麼改日她做了妃子，得了大汗的寵，也會多向著咱們點兒，咱們在宮裏也就算多了一個靠山。」

正談論著，小丫環進來報說轎子到了。睿親王妃頓時著忙起來，呼地站起身來便往外走，烏蘭忙忙拉住，拾起絳紗披風來侍候穿上，又重新仔細地理妥鈿子條子，才相隨跟出。

這裏多爾袞和傅胤祖已經在大門前下了轎，卻命抬綺蕾的轎子一路不停，徑直抬進門去，早有十幾個王府小廝迎出來接了傅胤祖手中的藥匣家什，多爾袞便攜了胤祖的手一同進去，胤祖惶恐，深施一禮，整頓了衣冠，這才落後半步恭敬隨進。

入門處迎面一道巨形陽文荷花青玉照壁，此時正值日落時分，夕陽如血，探過牆頭射在照壁正中琉璃方心上，反出一片青冷的玉光。轉過照壁，正對著大堂，兩側開角門通向內院，以雕欄畫柱抄手遊廊連接，四個婆子已經候在那裏準備接轎杆，然而多爾袞親自押著，並不叫停，只揮揮手命仍往裏走。一路山石穿鑿，溪水潺潺，鹿奔兔躍，花柳迷眼，胤祖也不及細看。

又走了一箭之地，方是後花園，睿親王妃正率了丫環站在門內迎接，見到幾個漢子直闖進來，嚇得躲閃不迭。胤祖少不得硬著頭皮上前廝見了，匆匆行過禮，未及多說，只跟著多爾袞，腳下不停，穿花拂柳，來到花房門前。多爾袞這才命轎夫們停了轎走開，又親自指揮著丫環用纏藤軟榻將綺蕾抬進房去。

睿親王妃定下神來，忙忙跟著進去，待到看清了綺蕾的真面目是個只有半條命的活死人，不禁暗笑自己打扮了半天，竟是俏媚眼做給瞎子看，然而見到多爾袞如此緊張隆重，卻又不禁好奇，也跟著鄭重起來，吆三喝四看著眾丫環將綺蕾安置穩妥，又請傅胤祖去看過他的居處。

胤祖重新上前施禮，這才算正式見過了，睿親王妃又將四個丫環叫到面前來命令見過大夫，丫環們便垂著手齊問了一聲傅先生好，王妃罵道：「不懂規矩。」丫環們忙跪下了。胤祖忙親自攙扶起來，連聲說不必多禮。王妃又和顏悅色地，再三說這幾個奴才以後就歸後花園使喚，有什麼事只管吩咐她們做，住在府裏千萬不要客氣云云，胤祖恭身謝過，又領了茶，管家來報前廳已經擺出飯來，便請眾人過去用飯。

自此，傅胤祖便在睿親王府安頓下來，除每日早晚向睿親王請安問候，再偶爾進宮向皇太極回話外，心無旁騖，日夕只以診治綺蕾爲要事。可幸這後花園一帶疏竹茂林，很是幽雅，正是療傷養病的好所在，除南角有一月洞門與前庭相通外，北牆又有一後門直通街上，方便眾醫生出入，免得與王爺家眷相撞。胤祖身受皇太極與睿親王兩重恩寵，自覺任重，診方布藥十分盡心，正可謂施盡平生絕學，不敢絲毫大意。

第四章　多爾袞和綺蕾結成了新的同盟

綺蕾沉睡著。

任憑眾人如何爲了她鬧得天翻地覆，她只是一無所知。

這個至今還昏迷不醒生死未卜的女子，是怎麼也不會想到自己的到來給盛京城帶來了多大的驚擾的，更不知道在這一場夢中，她的命運已經被幾次轉手。

她的夢境，仍然停留在剛剛遭到洗劫的漠南蒙古察哈爾部草原上，那裏長眠著她慈愛的父親，英勇的兄弟，他們的亡魂在對自己哭泣，哭訴著慘死的命運和破碎的家園。

夢境支離破碎，不僅因爲昏迷，也因爲痛楚。太強的恨與太深的愛都會使有情的人痛楚，可是她所有的感情在一天裏耗盡了，在她踏著父兄的屍首跨步上前，將劍尖刺入皇太極胸膛那一刻就耗盡了。倒下的時候，她沒有哭也沒有笑，因爲她不會哭也不會笑了，她從此是一個失心的人。即使她的身體可以活轉，她的心也死了，死在多爾袞的羽箭下，也死在她自己的短劍下。

日和夜不再分明，夢和醒也沒有清楚的界限，她偶爾會睜開眼來，被人強灌幾口藥汁或者參湯，接著便又沉入黑色的夢鄉。

傅胤祖使盡了渾身解數，卻始終不能令綺蕾真正醒來。睿親王一天幾次地過訪，已經明顯不耐

煩，傅胤祖只得據實稟報：「這位姑娘受傷很重，所幸體質強健，底子好，並不致命，只是在她的思想裏，完全沒有求生意志，根本不願意清醒。如果她自己已經放棄了，那是神仙也救不活的。」

多爾袞皺眉沉吟：「昏迷以來，她從沒有醒過嗎？」

「醒過幾次，但是時間都很短，略睜一下眼，就又睡了，問她話，也不肯回答。」

多爾袞便猜到幾分，吩咐說：「下次只要她醒來，馬上通知我。」

次日早晨，家人果然來報，說綺蕾醒了。多爾袞立刻披了衣服匆匆趕去，只見傅太醫正同著藥童合力為綺蕾灌參湯，綺蕾雙眼緊閉，只是微微地搖頭，似不欲飲。

多爾袞揮退眾人，親自接過湯碗來，坐到綺蕾床前，問：「你還記得我嗎？」

綺蕾微微睜開眼來，目光沉靜，黑亮而凝定，雖然剛剛醒來，卻看不到絲毫的迷茫與怯懼，專注地，深沉地，久久望著自己，倏然一閃，似乎想起了他是誰，神情略帶驚訝，不說一句話，卻已經勝過千言萬語。多爾袞只覺那目光如兩道利箭射穿了自己，整顆心忽然變得空空地，他更近地俯向她：「你醒了嗎？太醫說你醒了，你真醒了，就說話。」

可是她不想說話，雖然從她的眼神中，可以看出她分明已經想起他是誰，也記得他就是那個一箭射入自己胸膛差點要了自己命的滿洲武士，可是她的眼光中沒有恨，也沒有懼，只是輕輕地一閃，就又閉上了眼睛。

多爾袞不得其法，只得使出殺手鐧，一字一句地道：「皇太極沒有死！」

她的長睫毛一震，立刻又睜開眼睛來，震動而專注，在他臉上搜索著新的訊息。是的，皇太極，她至恨的仇人，她死之前最後的心願，她親手將劍刺進他的心，他怎麼會沒有死？怎麼可以？如果他活著，自己的死還有什麼價值？

這時候她真正清醒過來，瞬間恢復了所有的理智與思想。死？不，自己還沒有死。皇太極活著，自己也活著，所以，他們的仇恨也都活著，沒有完，也完不了！

她試圖坐起來，但太虛弱了，只做了一個要坐起的姿勢便放棄了。

多爾袞立刻抓住機會，扶著她欠身坐起，一直將參湯遞到她的眼前，冷靜地說：「我知道你恨他，所以，你一定要活過來。他一天不死，你也不能死。」

綺蕾有些糊塗，不是這個大鬍子的武士從自己劍下救了皇太極麼？不就是他想要自己的命麼？為什麼他現在又要自己活著？

多爾袞讀懂了她的疑問，他扶著她，彷彿要借那扶持將自己的精力生氣通過雙手傳給她，他以一種不可動搖的堅定對她，也對自己說：「我也恨他！比你恨得還深，還強！所以，我不會再阻止你，我會幫你，幫你報仇，也就是替我自己報仇！在這之前，你得讓自己儘快活過來！」他把參湯遞到她嘴邊：「喝下去，只有喝下這些救命水，你才能活著，才能報仇，不然，你就是死得不值得！」

於是，她開始吞咽了，艱難地，一小口一小口，不等喝完，已經「哇」地一口，將剛剛喝下的參湯又悉數都吐了出來。她實在太虛弱了，胃臟功能都已減退，已經沒有消化的能力。

參湯淋漓，吐了多爾袞一身，但是他只是抖一抖衣裳，說：「你稍微休息一下，我叫太醫重新煎一碗來，等下再餵你喝。」

一連幾天，他都親自守在床前給她餵湯餵藥，她總是喝了吐，吐了喝，他不介意，仍然堅持餵，她每喝進一口，他就像自己又打贏一場仗那樣，長出一口氣，一邊不住地給她打氣：「對，喝下去，再喝一口。如果你連一碗湯都對付不了，又怎麼對付皇太極？難道你想一輩子躺在這床上做個廢人嗎？你的仇怎麼辦？恨怎麼辦？你得活著，爲了你的父母，爲了你的族人，爲了我們共同的仇恨！」

每次他餵食的時候，太醫和丫環們就都被支開。傅胤祖不明白這是爲什麼，但是他的習慣是不聞不問；可是丫環們就沒有那麼識大體，她們原原本本地把睿親王每天來探望綺蕾的時間和次數都詳細稟報王妃，說是「王爺對那個綺蕾緊張得了不得，天天變著方子弄了補藥來餵給她喝，一輩子沒見王爺那麼細心過」，又說「後花園裏每天不是鹿茸就是猴腦，什麼長白老參，天山雪蓮，又是熊膽，又是虎肝，凡大夫想得到的，王爺都有本事給弄了來，銀子花了海了去了。」

睿親王妃暗暗稱奇，越發覺得這個綺蕾來頭不小，便也一天幾次地往後花園跑。可是花房前有兵把守著，說王爺有令，綺蕾姑娘需要靜養，恕不見客。王妃不樂，這是自己家裏，自己怎麼倒成了客了？但是到底不便硬闖，只得仍向丫環打聽底細。

好容易聽說綺蕾徹底醒了，也能吃東西了，也能下地走動了，也肯說上幾句話了。花園口的兵也撤了，便是傅太醫，也在開春的時候回到宮裏太醫院去了，只每隔些日子來替綺蕾把把脈，開些保養滋補的藥物。睿親王妃便趁著元宵節到，以給貴客送元宵爲由，大張旗鼓地到後花園探望綺蕾來了。

綺蕾聽得稟報，依禮迎出門口接著，卻既不謝過救治之恩，也不曾告叨擾之罪。只見過禮，便讓在一邊相陪，沒半分趨奉之意。王妃有些不悅，卻不捨就此離開，仍一廂情願地握了她手說些針指女紅的閒話，又向綺蕾誇耀宮中見聞，綺蕾仍是淡淡的，臉上連個笑影兒也沒有。

如是幾次，睿親王妃一片熱心漸漸冷下來，這日晚間偶爾向多爾袞說起，略露出幾絲不耐之意，多爾袞已是一驚：「你去看過綺蕾？怎麼我不知道？」

睿親王妃觸動心事，忍不住抱怨：「你哪裏有時候肯聽我說話？我倒想讓你知道，可就是不知道怎麼同你說。這幾個月裏，你難得到我屋裏來一次，除了進宮，就是往後花園跑。我倒不信，那個綺蕾見我不恭不敬的，見了你難道會有話說？」

多爾袞皺眉道：「混說些什麼？那是大汗看中的人，將來總要進宮的，你同她交往，話深話淺都是不便，以後還是不要往後花園去了。」

王妃卻又後悔起來，自恨不該向多爾袞饒舌，因爲即使綺蕾不說一句話，畢竟還是一個外邊來的人，還可以聽她說話，現在不讓自己過那邊去了，可不是連這點訴說的樂趣也沒有了，心中大不暢意。

可巧這日宮裏傳話下來，說清寧宮娘娘和永福宮莊妃召見她，要和她敘敘家常。睿親王妃大喜，立刻隆重打扮了，穿上那件重錦葛袍歡天喜地地進宮去。

原來這睿親王妃也是來自科爾沁草原，細究起來還是大玉兒的表姊妹。因此進了宮，先見宮禮，再見家禮，趕著哲哲親親熱熱叫了聲「姑媽」，因道：「前幾天我在家還念叨著，這元宵佳節，是個團圓的節口，只可惜山高家遠的，連個親人兒也見不著，就想著進宮來看看姑媽和妹妹，只是不得由兒，就這麼巧，咱娘兒們的心想到一處去了，若不是姑媽召見，這宮裏門檻高，我可怎麼見得到姑媽和妹妹呢？」

哲哲笑道：「這話說得噁心，自家親戚見面，還要想什麼由頭？你心裏果真有我，來就是了，何必還要等我召見？」便命小丫環將那元宵節剩下的細巧果點打點出來，裝在食盒子裏讓睿親王妃帶回府去。

睿親王妃聞言大喜，緊著問：「姑媽說這話可真？以後我若想著姑媽和妹妹，可是能隨時入宮來的？」

大玉兒也笑道：「怎麼不真？我們也多想著你呢，只怕你忙，抽不開身。難為你，那麼大一個王府，就只你一人照應，若不是姐姐能幹，換個平常人兒，早累跑了。我們可還怎麼敢不體恤，老要你來宮裏陪我們呢？這些個吃食也不算個禮，親戚見面，有個意思兒罷了，你吃不下，只管賞下人去，好歹是宮裏帶出去的，圖個吉利意思不是？」

一席話說得睿親王妃眉開眼笑，只不知道該怎麼得意才好，果然道了好多府中艱難，又把自己的理家才幹大大顯擺一番。話趕話兒地，便漸漸說到這綺蕾一節上來，說：「初進府的時候驚動得什麼似的，那綺蕾本人雖沒什麼，不過是察哈爾的一個貧賤人家的女孩兒，可畢竟是宮裏送出來的人兒呀，敢不好生侍候著？又憑空多出那麼些個太醫，都是宮中老爺，哪個敢怠慢？一個疏忽不周到，就怕被他們挑了眼去，到時候不說我婦道人家顧不周全，倒說是王爺有意不把大汗公務當要事呢。因此天天留著八個心十六隻眼睛，就只在這綺蕾身上招呼，生怕錯了一絲半毫兒。總算把她一條命找回來了，那人參虎膽的，吃掉我半個王府呢。」

哲哲用了心，抓緊問道：「依你這樣說，綺蕾大好了？」

睿親王妃道：「可不大好了怎麼的？不知吃下幾噸貴重藥材去。可著金子打也打出她這麼個人兒來了。姑媽可不知道，那些太醫老爺們有多疙瘩，開的藥方藥引兒憑你做夢也想不出來的稀罕件兒，什麼子時竹梢上滴的露水，未時瓦上凝的霜粒兒，又什麼初交配的蜈蚣，正發情的貓兒眼兒，不知哪裏來的故事，攛掇得我整個府裏的人不用做別的事，光替他弄霜弄水抓貓掀瓦地就忙不了……」

還待誇功，卻看娘娘臉色漸漸不好起來，也不知說錯了哪句話，不敢再哭窮，便含含糊糊地道，「不過也沒什麼啦，只要是能替大汗分憂，就是咱們的福氣了。」

大玉兒笑了一笑，道：「果真姐姐最是對大汗忠心的，姐姐這番心意，得空兒妹妹一定要向大汗稟報的。還望姐姐以後不要見外，多想著我們娘兒倆，常往宮裏才是。」三言兩語，將睿親王妃打發了去。

王妃一路走一路想，終究也不明白自己哪句話得罪了娘娘，回到家，不敢隱瞞，便將整件事始末原原本本向多爾袞學說了一遍。多爾袞大驚：「你惹了禍了你！」

王妃不服：「我哪裏惹禍了？淑妃娘娘還誇獎我忠心，要向大汗代爲美言呢。」

多爾袞氣道：「你這麼大人，哪句是真話哪句是客套也聽不出來，她哄你呢！你呀，你那點心計，給大玉兒提鞋也不配。我告訴你，從今天起，直到綺蕾離府，你哪裏也不許去，不許去後花園打擾綺蕾，也不許到宮裏去搬弄是非——好好的事，都被你搞砸了！」

王妃哭起來：「我搞砸什麼了？你什麼也不說給我，就發這麼大脾氣！我自己家的後花園，我倒不能去了；好好地進一回宮，又沒說錯什麼，怎麼就惹禍了？什麼叫給大玉兒提鞋也不配？我知道你和她打小兒一塊長大的，對她另眼相看，可人家如今是永福宮莊妃，你想惦記著，可也得惦記得上呀。只知道拿我出氣，算什麼英雄！」

多爾袞被說中心病，也不答言，「咳」地一聲抽了袖子便走，一連數日再不到上房去睡，夜裏只住在內書房，卻每日叫了不同的侍女去陪。睿親王妃漸漸悔上來，打發烏蘭去叫了幾次，只是叫不回。到後來，索性烏蘭也不回來了——被多爾袞留下陪宿。王妃氣得無法，又不好發作，再想想有烏蘭陪著，總好過別的丫頭陪，只得認命。隔了幾天，便嚷起胃氣痛來，正好以此為由不再往外走動。便是宮裏再來傳召，也以托病故婉辭。多爾袞聽說了，這才轉怒為喜，又重新回到上房裏來。自此，睿親王妃的性格兒更被磨得一絲稜角也無，凡丈夫大小事由，一概裝聾作啞，不聞不問。

多爾袞和綺蕾結成了新的復仇聯盟。

這兩個生死敵人，他曾經差點一箭要了她的命的，可是現在，他們成了盟友。他看著她的臉色一天天紅潤起來，身體一天天健壯起來，就好像看到自己的作品一天天完美，看到自己的志願一天天實現，他已經把她當成自己的私有品，她的命是他差點要了去的，也是他好不容易搶回來的，她因為他而死，又因他死而復生，是他的作品，他的武器，他的盟友。她是他的，是他的！

生平第一次，他向別人清楚地剖述了自己，剖述了六年前那段血海深仇，也剖述了六年裏自己的滿腔鬱恨。這些話，是他連對阿濟格和多鐸也沒有說過的，他怕他們不夠堅強謹慎，會不小心洩露了自己的秘密。可是他卻對綺蕾說了，他覺得她是値得信賴的，不僅僅因爲她曾經刺殺皇太極，更因爲自己差點殺死了她而如今又救活了她，她的生命已經與他緊緊聯結在一起，成爲他的一部分了。他就像信任自己那樣信任著她，把她當成另一個自己盡情地傾訴著。那樣深的仇那樣強的恨一旦宣洩出來，直如黃河決堤一樣，再也無所顧忌。

而自始至終，綺蕾都在沉默地傾聽著，她的身體已經休息好了，該是替他效命的時候了。但是在送她進宮前，他又改了主意。他敢保皇太極還像第一次見到她那樣想要她嗎？就算他想要她，敢保他會信任她嗎？她曾經刺殺過他，他不會不設防的，不可能允許她帶著武器接近他的身邊；如果她不能在第一夜得手，那麼敢保她一定還有第二次機會嗎？敢保她在失去他的恩寵之前可以找到恰當時機刺殺成功嗎？皇太極有太多的妃子，而且喜新厭舊，如果他在得到綺蕾之後很快厭倦了她，那又怎麼辦呢？自己豈非功虧一簣？

多爾袞是經歷過父親朝令夕改的那一套的，他知道男人的恩寵根本靠不住，母親前一夜還是父親的枕邊最愛，後一天就成了帳外棄婦，取她的位置而代之的，是小福晉。

綺蕾無疑是個美麗的女子，可是對於男人而言，美麗就像財富，得到了就是得到了，收藏便是最好的珍惜，不一定要時時握在手裏。一個人的財富太多了，他會將它們鎖進倉庫；一個人的女人太多，就會把她們冷落在後宮，不論她是不是最美麗的，他都不會時時刻刻陪著她伴著她。

於是多爾袞向綺蕾說出他新的計畫：「我們必須推遲你進宮的時間，也就是說，推遲報復行動。」

綺蕾看著他，用眼睛發出疑問。多爾袞解釋：「福晉前不久進過宮，她說大妃哲哲和莊妃仔細地盤問過她有關你的事情。她們對你的進宮，早就設了防了。她們知道你的傷好了，這幾天一定在想方設法對付你，這個時候進宮，不是撞到箭頭上去？所以，非得推一推，有了必勝把握才行動。一則穩妥些，二則也鬆鬆宮裏人的心，等她們的心勁兒泄了，咱們再突然襲擊，不然，一旦倒下來，就很難翻身了。」

怎麼才算有了必勝把握呢？綺蕾知道多爾袞必有下文，仍然以眼睛靜靜地詢問。

多爾袞略略遲疑，說：「我們得請一個老師，一個，特殊的老師。」

不能期望綺蕾在一開始就得手殺死皇太極，因爲皇太極也是一個城府極深的人，就是他不防她，他的謀臣們也會替他防著她。後宮裏的眼睛太多了，綺蕾的任務說不定要等個三年五載才能得手。所以，只有設法長期得到皇太極的恩寵，才可以製造更多的機會。但是，怎樣才能保證綺蕾會成爲皇太極的最愛呢？

他想起皇太極爲了他日問鼎中原，實現一統天下的野心，而特意爲宮裏諸妃請了漢人老師教授她們各種漢宮禮儀，甚至收納了許多流浪太監來完善後宮秩序的舉措來，他不是也可以替綺蕾找一位教授內功媚術的老師，來指導她怎樣做一個風情萬種的女人嗎？

那麼誰才是天下最了解獻媚男人這道功夫的行家呢？

只有一種人：老鴇。

馮媽媽進府那天，是個大雪天。

雪粒兒是從半夜裏下起來的，直到第二天下午還沒有放晴，揚揚灑灑的，把整個睿親王府裝點得冰宮銀苑一般。烏蘭因見睿親王妃百般無聊，便想找點什麼由頭讓她散散心，攛掇著說：「都說瑞雪兆豐年，是好兆頭呢。難得這會兒雪停了，想後花園那幾株梅花襯了這雪，正該開得好看，王妃不出去走走，踏踏雪，求個健康？」

王妃大喜，興頭頭地妝扮了，讓烏蘭將幾樣點心裝了食盒，說：「我去後花園，便不能不去看看綺蕾——沒有過門不入的理兒。不好空手，幾樣點心也是個心意。」因讓烏蘭扶著，搖搖擺擺地往後花園行來。

不料，剛走到垂花門處，已經有侍衛攔著，傳出話來：「王爺有貴客，傳令誰也不許進後花園。」

「又有貴客？」王妃納悶，「怎麼我一點風兒也沒聽說。」

「我們也不清楚，王妃有話，只管問王爺。」

「放肆！」烏蘭板了臉，「你好大膽子，怎麼敢用這種口氣跟王妃說話？」

這種時候就看出烏蘭的好來了，王妃已經是氣得發抖，但侍衛不是家奴，她既不能把他怎麼著，又礙著身分不便吵架，所以這擺威風扮黑臉的戲，便只得交由烏蘭代做了。往常，每每烏蘭板了臉斷喝一聲「放肆」，對面的人一定會嚇得跪地磕頭，告罪求饒。然而此刻，侍衛們跪倒是跪了，口氣卻硬得很，仍堅持著：「王妃恕罪。小的只是奉命辦事，請王妃不要爲難小的。王妃還是請回吧。」

睿親王妃無奈，搶過烏蘭手中的點心提盒，重重摔在地上，又踩踏兩腳，這才氣呼呼轉身走了。烏蘭隨後跟著，一路苦勸：「王爺既說貴客，又特意安排在後花園接待，那自然是同綺蕾有關。八成兒就是宮裏來的。王爺不讓您見，也是不願讓您捲進是非裏來，體恤您的意思……」

烏蘭果然聰明，可是也只猜對了一半——王爺的貴客的確與綺蕾有關，卻不是從宮裏來的，而是來自南京秦淮河畔，乃是江南最紅的妓院裏最有經驗的老鴇馮媽媽，由多爾袞的心腹侍衛多克成不惜萬金秘密請來。除王爺，多克成，綺蕾三人外，沒有半絲風兒外泄，就連馮媽媽自己，也只知道客人花重金請自己是要調教一個女子做獻禮——這種事情在達官貴人家裏並不罕見，那時有錢人買官，最常用的方法就是送個女人給上司——她可不知道，這被調教的學生，會是未來的大清皇妃。

「我們的第一課，是教會你笑。」馮媽媽望著綺蕾胸有成竹地說，同時擺出一副行家子的派頭來。

可是綺蕾斷然拒絕：「我不會對他笑。」

一句話將這個擅長於教會女人使用笑容蠱惑男人的老鴇的訓練有素的笑容僵硬在臉上，成了一具遇冷凝結的石膏面膜。她的臉擦得是這樣白，僅餘的一點點血色又因爲極其意外的拒絕而瞬然消逝，就顯得更加蒼白，實在同一具石膏沒有什麼區別。

多爾袞也愣了一下，瞪圓眼睛，不可思議地問：「什麼？」

綺蕾望著他，聲音低柔，卻是斬釘截鐵，重複著：「我不會對他笑。」

多爾袞惱怒了，不耐地將眉毛中間擰出一個「川」字：「我要你笑你就得笑！我警告你，別把我惹火了！我花了這麼大的心血來救活你，可不是讓你跟我對著幹的！」

可是綺蕾毫無所懼，態度依然平靜而堅決：「我答應服從你。但是我不會對他笑，不會對一個仇人笑。」

「笑是你的武器。如果你想報仇，你就要學會笑，用笑來迷惑他，俘虜他，從而殺掉他！」多爾袞咆哮起來，「如果你不肯笑，他憑什麼為你神魂顛倒？憑什麼為你放棄其他後宮佳麗？憑什麼能對你毫不設防，以讓你有機會用毒藥、用刀子、用繩索，用一切你可能用的方法把他殺死，為我，也為你自己復仇！」

然而不論他怎樣震怒，怎樣威脅利誘，綺蕾翻來覆去，就只有一句話：「我不會對他笑，不會對一個與我有殺父殺兄之仇的敵人微笑！」

多爾袞忍無可忍了，這個固執的小女子真讓他受不了，他舉起了鞭子，最後一次命令：「別再惹我生氣了！我不是他，不會對你一再忍讓，如果你再不聽話，我就會打得你遍體鱗傷，我救了你的命，就有權取回你的命！」

他們兩個用滿語對答著，老鴇一句也聽不懂，可是也明白他們一定是為了笑與不笑的問題發生爭執。很明顯這個雖然漂亮卻固執得要命的小女人不肯聽話，如果她身在自己的妓院裏，自己也會用鞭子打她的。但是一個經驗豐富的妓院老闆，對付不聽話但是註定會成為他日紅牌的漂亮妓女當然不只是用鞭子抽這樣一種辦法，而且，這姑娘畢竟不屬於她，而屬於眼前這位暴躁的王爺。如果王爺繼續同她生氣，那麼也許自己的這筆大生意就要告吹了，難道除了笑之外自己就不能教她一些別的了嗎？不，不能讓他們吵起來，那結果必然是兩敗俱傷，而真正的受害者則是自己，因為自己會失去那姑娘的歡心和這王爺的信心，從而失去一大筆進項。

眼珠一轉，老鴇兒忽地拍手笑了，溫聲和氣地對多爾袞說：「喲，老爺，幹嘛發這麼大火兒呀？不就是姑娘不肯笑嗎？其實這不笑也有不笑的好呢！」

「不笑也可以？」多爾袞愣住了，他雖然在戰場上英勇強幹，可是於脂粉堆裏的事卻向未留心，不諳此道，聞言不禁問：「爲什麼不笑也有不笑的好處？」

老鴇兒見自己的話奏了效，王爺的鞭子擱下了，姑娘的眉頭解開了，自己的心裏也長抒了一口氣，當下連說帶笑，連比帶劃地說出一番道理來：「這位爺，大概從沒有逛過咱們中原的窯子吧？咱中原窯姐兒向來分爲三等，那成色一般又品性頑劣、生意有一搭沒一搭的自然居末等；那有幾分姿色，而又懂得賣弄風情，內功獨絕的居二等；那才貌雙全，性格冷僻，骨子裏一股傲氣，輕易不肯對客人展眉開顏的，才居一等，是妓女中的極品，群芳裏的花魁。這爲的是什麼呢？這就要看客人的品好。那三等妓女，自有三等客人來招攬，他們手裏沒多少銀子，眼裏沒多大世面，只要那是個女的，可以供他玩樂已經足夠，一手交錢，一手交人，圖的是個痛快爽利；稍微講究斯文些的客人呢，卻多屬意於二等妓女，他們肯花錢，自然要好貨色，臉兒俏，嘴兒甜，身上又來得，有那樣的妓女相好，客人臉上也風光；但是真正會玩的，捨得花錢的，見過大世面的客人，卻偏偏喜歡那些性子傲，不輕易見客的妓女。他們要的是那個征服的過程。女人算什麼，只要花錢，誰都可以弄來那麼十個八個，天天換人都行。可是一等妓女不一樣，她們打小兒在勾欄裏穿綾著緞，吃香喝辣，早把性子慣嬌了，什麼陣勢沒經過，什麼男人沒見過，比一般的大家小姐還體面氣派呢。就是你堆一座金山在她面前，她如果不喜歡，仍然眉梢眼角兒都不動一下。可是她們嬌貴就嬌貴在這裏，誰能讓一等妓女看上，那比的不是錢，是這男人的魅力，是他的勢。所以誰若在窯子裏攏絡了一等妓女做相好，拔了頭籌，占了花魁，誰就是真正的玩家，風流的班頭，那種榮光，不比妓女掛頭牌來得弱勢。所以說，妓女有品，客人也有品。什麼樣的妓女勾搭什麼樣的客人，什麼樣的貨色對付什麼樣的買家，馬有馬嚼頭，驢有驢眼罩，各有各的妙用呢。」

老鴇這一習話，對於多爾袞來說那可真是聽所未聽，聞所未聞，就是想也從來沒有想過。他又是一個極謙虛的人，凡是自己所不熟悉的領域，都視爲神秘詭異，而將熟諳者奉爲上師。如今，這老鴇兒便是布迷魂陣的高手，他自然恭敬有加，言聽計從。當下換一副面孔，做出虛心求教的樣子，咋舌不已：「好傢伙，當個妓女勾客人，原來還有這麼多講究。可是那妓女一味地耍脾氣弄小性兒，連笑面也不給一個，就不怕客人不耐煩，半路撒開手跑了嗎？」

老鴇笑了，得意地一拍手：「這裏就是學問了，要不怎麼說咱們幹窯子這行易學難精呢。對待客人，那傲與不傲、冷與不冷的分寸要拿捏得恰到好處，鬆一回緊一回，冷一回熱一回，遠一回近一回，半推半拒、欲擒故縱，十八般武藝，都要來得的呢。咱們姑娘這性子，走的是冷豔一路，只要略略收斂些傲氣，稍微長著點機靈，於不動聲色中露那一點半點風情，若有若無，似是而非，不用笑，只要一展眼一回眸已經管保把客人迷得七葷八素。說到這裏，我要請教這位爺，您打算讓這姑娘討好的那客人，倒是個什麼性子的人呢？他嘗過姑娘沒嘗過？有錢沒錢？要是像王爺您這付火爆急脾氣，可就難了。」

多爾袞笑了：「我那位仁兄，見過玩過的姑娘不知多少，只要他想要，可天下的姑娘供他挑。金山銀海更是不在話下，性格也比我柔情得多，對男人聲疾色厲的，對女人可有的是耐煩。」

老鴇笑道：「那就好了，冷美人兒最對的就是這一路又多情又好勝的豪客，您把這姑娘交給我，調教個一年半載，管保把她訓練成天下第一尤物，到時候，就是你讓那客人把全付家當拿出來與你換這姑娘，他多半也是肯的。」

多爾袞一愣：「要一年半載這麼久？」

老鴇笑道：「您以爲呢？這還是往短裏說，要在我們行裏，通常調教一位花魁少說也得三五年的嚼穀呢。一年半載，剛好夠把姑娘領進門兒的，道行深淺，還得看姑娘的修行悟性。教隻八哥說話還得這麼長日子呢，況且這是調人，不是調鳥兒。須知心急吃不得熱饅頭，不是得磨客人的性子麼。」

多爾袞皺眉道：「可是那客人身邊的姑娘一天一換，一年半載，我只怕他早把對這姑娘的熱乎勁兒冷下去了，到時候，只怕把姑娘白送上門，他也不要了。」

老鴇撇嘴說：「這裏的道道您當爺們的就不曉得了。當然這一年半載並不是一面兒都不讓他見姑娘，每隔那麼差不多的一段日子，您就得想個法兒讓姑娘在他面前亮一回相，要麼把姑娘帶他那兒去，要麼把客人請您這裏來，隨便捏個理由，說姑娘有病也好，有事也好，總之不讓他與姑娘親近的時間太長，看得著摸不著，卻又時時撩撥著，讓他茶喝不下，飯吃不香，日日夜夜只管惦記這姑娘到手，把姑娘當磨心兒在肝尖兒上磨著繞著，這樣子磨他半年性子，還怕他不把金山與你來換姑娘嗎？」

多爾袞哈哈大笑，換了滿語說：「我倒不要他金山銀山，就只想他項上一顆人頭！」說罷，回頭看了一眼綺蕾。

他換了滿語，自然是說給綺蕾聽的。可是綺蕾那樣子，就好像什麼也沒聽見。無論是老鴇剛才關於調教妓女那一大通實際上對她多少帶點侮辱性的理論，還是多爾袞這句充滿壯志激情的誓言，她彷彿都沒有聽見。她的目光向著自己的心，活在一個所有人都看不到的世界裏，即使就站在你面前，也好像隔著千里遠，不慍不火，讓人拿不出一點辦法。

多爾袞歎息，如果這就是老鴇說的「磨心」，那麼他寧可自己從來沒認識過這姑娘。且不管這姑娘將來會不會讓皇太極爲她魂牽夢繞吧，自己現在可是已經爲她頭疼得很了。

第五章　一個妖孽在睿親王府悄悄地煉成

綺蕾開始上課了。

馮媽媽每天都會抽出時間向多爾袞彙報進程，她說，綺蕾已經學會穿衣裳和化妝了，這兩天在學走路。

多爾袞很驚訝：「走路也要學嗎？」

老鴇得意地笑：「那當然，走得好看也是女人的身段呢。」她說著便表演地走了兩步，的確有幾分風擺楊柳的媚態，可是配上那一臉打了皺褶的諂笑，無論如何看在眼裏是不舒服的。

於是多爾袞搖了搖手，說：「好了好了，不用演了，你就教她走路吧。」

走路之後是坐立的形體，是看人的眼神，是低頭的側面和正視的分寸，甚至彎腰拾物的姿態和應聲回頭的角度，然後才是歌舞。

日子在弦索間一天天過去。

這期間，多爾袞果然遵照老鴇的主意，儘量不讓皇太極見到綺蕾，可是同時又儘量頻繁地在他面前提及綺蕾。

綺蕾剛進睿親王府那會兒，皇太極來過一次。可是睿親王妃出來擋駕，說綺蕾還在昏迷，一時醒一時睡的，這會兒還沒醒，不要驚動了她，只拉開簾子讓皇太極看了一眼就催促他離開了。

那會兒綺蕾的病已經好了大半，臉上豐潤許多，但是故意脂粉不施，衣衫不整，沉沉地睡著，一把青絲拖在錦被之外，然而細細一股幽香穿過滿屋藥香，依依繞鼻而來。皇太極忍不住用力嗅了兩嗅，多爾袞趁機附在耳邊說：「這綺蕾身子不便，聽丫環說已經多日不洗澡，便凝聚這一股香氣。我問過太醫，說這叫女兒香，是先天帶來的，大汗看中的這女子，果然是人間極品呢。」

那傅胤祖何等樣人，日前睿親王忽然交他一張秘方讓他依方配藥，他已覺得奇怪。細按藥方，只見上面全是龍涎麝精等稀有香料，久服會令人體發出特殊香氣，嗅之有催情作用。然而是藥三分毒，長期服用會藥性入血，等於慢性自殺。他將這重意思說給王爺，王爺只是淡淡說：「你只管照方開藥便是，其餘的，不要問一個字，也不要說一個字。我看你老成才把此事交給你，除你之外，不許一個人知道。」

胤祖心下警然，忙道：「學生必定親自配藥煎藥，絕不假以他人之手。為穩妥計，這藥方也請王爺收回吧，學生已盡記住了。」

藥是煎給綺蕾的，不用問，必是為將來入宮爭寵增加砝碼。這種飲鴆止渴的做法在宮中其實並不罕見，大妃哲哲便不止一次向他索要鉛粉，為的是在見皇太極的時候服之可以使面色紅潤有光澤。但是像綺蕾這樣，大量而且長期地服用香料，強行使藥性入血，滲透肌膚，卻是一種過於冒險甚至於慘烈的行為。但是宮人的規矩是聽命辦事，絕不多言。

如今香毒的作用第一次正式發揮，胤祖更加明白自己所料不錯，見多爾袞既提起自己，不得不順勢道：「王爺說得不錯，這綺蕾姑娘天賦異稟，自帶奇香，的確是聞所未聞的罕事兒。我們平日裏替她把醫問藥，聞到這股子香氣，就覺得一天的疲倦全消。都說綺蕾姑娘是天上的仙女下凡，特地來陪伴大汗的呢。」

皇太極聞言更加歡喜，立即命打賞諸太醫，又吩咐數語，才依依不捨地告辭。

因此上這第一回合，綺蕾不說一句話，甚至眼睛也沒睜一下，已經把皇太極的魂兒勾了一半去。

然而傅胤祖卻從此坐下心病來——倘若綺蕾毒發得早了，自己可不又多了一層罪過，且給綺蕾解毒的重任必然又將落在自己身上，那時可真是搬起石頭砸自己的腳了。於是暗暗留心，研尋解除香毒之方。

且說又隔數月，是睿親王生日，因不是整壽，便只請了幾個兄弟同慶，也請了皇太極。通常這類小聚會皇太極是不參與的，但是多爾袞說綺蕾近來已經可以起床了，或者可以安排他們見一面。皇太極便去了。但是果然也只是一面，就是綺蕾扶著小丫頭子出來給多爾袞敬酒祝壽那一下子。見到皇太極，她倒也守規守矩地行了一個禮，可是既無愧疚也不熱情，好像他們只是第一次見面，在這之前從未有過什麼恩怨，那與死神失之交臂的刺殺全當沒發生過似的。因而這相見爭如不見的短暫會面反而讓皇太極的心裏更難抓撓了。於是他開始同多爾袞商量是否儘快將綺蕾送進宮來，並想納她爲妃。可是多爾袞推說太醫有囑，綺蕾的身子還沒好俐落，不適合新婚生活，不如等她徹底養好身體再進宮；又說睿親王妃同綺蕾感情極好，挺談得來，或許可以找時間勸勸她從了大汗，那樣豈不省些周折，以免掃了大汗的興。

皇太極聽見說得有理，加之戰事緊張，后妃眾多，便不再催促。

可是他不催了，多爾袞卻又著急起來，生怕夜長夢多，皇太極會將綺蕾忘記，便只管催促老鴇加快教程。他去看過幾次綺蕾上課。她穿著華麗的但是非常繁複的衣裳，在跳一種很奇怪的舞。每個動作都很慢，好像唯恐人家看不清她，可是又很柔和，很輕盈，一邊跳，一邊慢慢脫去身上的層層束縛。她的妝化得很豔，可是表情很冷，很靜。而這冷與豔之間有種奇妙的諧調，讓多爾袞也不禁讚歎。

他很想就這樣一直看下去，看她到底可以脫到什麼程度，可是他畢竟也知道這樣做的不妥，便故意做出很不耐煩的樣子用一種不在乎的口吻對老鴇說：「只管學這些做什麼？不如多教幾招床上功夫是正經。你到底會多少種姿勢？」

其實他心裏想問的是，綺蕾可以保障纏住皇太極多少天？捫心自問，如果一個女人可以變換不同的姿勢來侍候自己，那麼自己無論如何總是會嘗遍這種種姿勢才肯放棄她的吧？

老鴇堆下笑臉說：「快了快了，就快到最重要的課程了。」

臘梅花謝的時候，老鴇終於告訴他，已經進行到最重要的課程了。

可是這課程未免也太漫長了一些，好像總也上不完，每當多爾袞叫老鴇來詢問進度，她的答案永遠都只有一句：綺蕾已經進步很多了，可是離最高境界，還差著一步。

沒有人知道那所謂的最高境界是什麼，學習媚功總不會比學習武功更費力吧？多爾袞有些不耐煩了，有些懷疑老鴇是否爲了貪圖教習費而故意拖延。

這天，他找了個時間不讓人通報，自己悄悄地來到綺蕾住處偷窺她上課的進程。

老鴇正在教她如何用舌頭使一個男人臣服裙下。

綺蕾的面前放了一隻深頸的酒杯，她低下頭，輕輕吐出舌尖，眼睛半開半閉，像一條蛇，而身體同時也變得蛇一樣地柔軟，她伸進那酒杯，開始沿著杯沿舔吮，喉中同時低低呻吟。

寒冬臘月，多爾袞卻忽然覺得身上燥熱起來，下體有一樣東西不受控制地硬挺如鐵。綺蕾在呻吟，那聲音簡直要了他的命。不過是對著一杯酒，怎麼可以發出這樣淫蕩的銷魂的聲音，他不明白，老鴇爲什麼要教綺蕾用這麼奇怪的方式喝酒。

他盯著她的嘴唇，不知道爲什麼，清楚地感覺到那嘴唇一定是柔軟而冰涼的。

綺蕾的舌頭向酒杯裏伸得更進了，直抵杯子的底部，她呻吟得更加纏綿，而多爾袞的私處也漲得更加粗大。他忽然之間明白了過來那酒杯意味著什麼，原來，原來女人的舌頭除了製造流言之外，還可以有這樣一種讓男人求生不得欲死不能的妙處。

他忽然面紅耳赤，再一分鐘也待不下去，猛轉身回到自己的寢室，隨便抱了一個婢女，幾乎是放倒便幹，並且刻意地將她的頭按向自己的下體。當他衝擊的時候，他覺得自己幹的是綺蕾。

綺蕾久不進宮，宮裏諸妃的心果然漸漸鬆懈下來。得便時，巴特瑪向娜木鐘調笑道：「當初緊張得那樣兒的，現在沒事人一樣撩開手了。我就說，咱們大汗在後宮的事上是最沒長性兒的，白讓咱們耽著一場心事。」

娜木鐘不以爲然：「多爾袞那犢子不會願意做這賠本買賣的。死不了的小賤人不進宮，多爾袞的馬屁不是拍不出響兒了?依我看，他是在等機會，找個適當時候送綺蕾進宮，順便替自己討賞。

看著吧，這不是仗又要打起來了嗎？仗打完了，大汗回來，多爾袞就該忙乎了，一邊論功行賞，一邊獻妃進宮，攢著勁兒一塊兒討個大封呢。」

「這麼毒？」巴特瑪服得五體投地，「一定是這麼回事。還是姐姐看得透。」

話音未落，伴夏和剪秋一起進來報告：「大汗來了。」

娜木鐘巴特瑪頓時緊張起來，嘻笑著說：「這是怎麼說的？說來就來了。也不提前打聲招呼。」

皇太極的聲音已經響起在院子裏：「兩位愛妃都在？吃體己茶呢還是說悄悄話呢？」

伴夏挑起簾子來，娜木鐘迎出去笑著：「也吃體己茶，也說悄悄話，你要不要來加餐呢？」

「加！加！」皇太極說著進來，眼睛看著炕桌上擺的五六盤點心吃食，卻是梅花煎餃、琥珀核桃、醬雞瓜子兒、煙薰兔肉干絲、和幾碟松仁糖果等吃食，都用琺瑯鏤花刻絲盤子盛著，倒也精緻，只是簡單些。隨手揀了塊核桃丟進嘴裏，笑道：「怎麼這樣節約起來，不像貴妃的性情呢。」因吩咐丫環：「傳話下去，就說我說的，讓御膳房加幾味特別精緻的小菜來，今天晚上我就在這衍慶宮用膳了。」釵兒「哎」地一聲答應著去了。

巴特瑪親自服侍著皇太極脫了外面的大衣裳，拉他炕上坐下，又把自己的手爐塞給他暖著。剪秋送上茶來，巴特瑪又趕緊接過來吹著，怕皇太極燙了嘴。娜木鐘只笑著看巴特瑪獻殷勤，嘴裏嗑著瓜子兒，斜斜地倚著門框站著，一聲兒也不言語。

皇太極點手兒招她，笑問：「哎，你也理我一理，雖說這兒不是你的地方，到底也好久見一面，怎麼擺起架子來了？」

娜木鐘這方笑道：「喲，您還知道咱們是好久才見一面呀？還得我巴巴兒地跑到衍慶宮來等著，站這大半晌，才沾光兒地見一面。要是苦守在我那兔子不下蛋的麟趾宮呀，還不知要多早晚才能見您一面兒呢，站成棵樹也沒人知道，哪天錯了腳進院子，冷不丁地嚇一跳，不說憐我癡心，幸許還嫌礙眼，叫侍衛來拿斧子斫了去呢。」

皇太極一口茶噴出來，笑道：「貴妃這張嘴真比中原說書的還厲害，前朝那些大學士啓心郎都沒你口齒俐落。你說的，既是好久不見，可好意思這樣擠兌我？真是的，我不來你們兩個吃體己茶的倒和睦，我來了，茶還沒吃一口，倒把醋罈子給打破了。」說得眾人都笑了。

娜木鐘也「哧」一聲笑了，不再一味拈酸，撒了瓜子兒走過來，捱著皇太極的肩坐在炕沿兒上，巴特瑪忙往炕裏讓，娜木鐘抿嘴兒笑著搖頭，只不肯脫鞋。

皇太極坐在上首，覷眼看她頭上梳著油光水滑的兩把抓，滿滿地排著玉簪棒兒、金耳挖子、大寶石抱針兒、大東珠墜角兒，並一串新剪的蘭花枝兒，又將兩鬢頭髮挑下來，不知用什麼水貼著耳根在腮邊彎成鉤狀，更襯得面如滿月，俏臉生春。不禁滿心歡喜，親親熱熱地攜了手笑道：「你今兒打扮得這麼俏生生待嫁閨女的模樣兒，可是早猜著會見著我呢？」又道，「上次送你們的西域螺子黛用著可好？那還是前線戰士們從明軍大官的家裏翻出來的呢，據說是西域人進貢漢人朝廷的。」

巴特瑪連忙謝恩，說多謝大汗想著。娜木鐘卻撇嘴道：「你不讀書，所以不知道，螺子黛又叫蛾子綠，早已是舊皇曆了，西域人從隋煬帝時候就開始進貢，宋代以後，已經改成青雀頭黛了。」

皇太極笑道：「我是個大男人，哪裏關心這些個脂粉婆娘的事？都一樣畫眉不是？你想要那個什麼青雀頭黛，趕明兒我打進北京城，替你搶來就是了。」將手攬著貴妃的香肩只管摩挲著，因見她身上穿著織金繡花的旗袍，袍面一直覆到腳面上，露出新做的高幫滿繡的花盆底兒，便問道：「這是誰做的？好精緻的針線。」又要將手去捏腳面。

娜木鐘羞得將腳一縮，頭埋進皇太極懷裏笑道：「你說不關心脂粉婆娘的事，倒理會鞋面針線？平日裏老說漢人女子裹小腳是一大陋習，漢人男子玩小腳是畸型心理，自己倒關心起女人的腳來了？」

皇太極笑道：「我鄙視女人裹小腳，可不是說討厭女人的腳呀。我就是喜歡我們滿洲女人這雙能騎馬擅奔跑的大腳，哪裏去不得？」

娜木鐘歎道：「可我們白白長了一雙大腳，卻是哪裏也去不得。」

說話功夫，眾丫環已經排好大桌子，侍衛太監傳膳進來，請大汗和兩位妃子入席。皇太極一左一右攬了娜木鐘和巴特瑪的手來至桌邊坐定，丫環用孔雀杯奉上金華酒來，三人推杯換盞，調笑共飲。

皇太極因提起舊話，復問道：「方才我進院子時，你們說什麼呢？」

巴特瑪溫言答：「沒說什麼，都是些娘兒家的閒話。」

皇太極道：「我在前庭議了這半天的事，滿耳裏都是戰事敵情，正想聽兩句娘兒家的閒話來散散心呢。就說給我聽聽如何？」

娜木鐘笑道：「您是大汗，心繫天下事的，當然見天裏滿耳朵都是敵情戰事；我們娘兒家，眼裏只有大汗您，腳底走不出宮門一步去，耳朵裏傳的嘴巴裏說的，當然也只是大汗您啦。」

皇太極益發好奇：「那一定是在說我壞話，要不，怎麼見我進來就不講了呢？」

「大汗真的要聽？」娜木鐘斜著飛了一個俏眼，嗔道，「我們說哪，說您三心二意，朝三暮四，吃著碗裏的，望著鍋裏的。」

皇太極哈哈大笑：「古往今來，哪個做汗王的沒有個三宮六院？周天子一后、三夫人、九嬪、二十七世婦、八十一御妻；西漢嬪御分爲十四等；曹魏十二等；晉武帝司馬炎後宮美人過萬……鍋裏的算什麼？總有一天，全天下的女人都屬於我的。」

巴特瑪拍胸驚歎：「一萬個美人？那司馬炎照應得過來嗎？就算每天換一個美人，輪一遍也得……」她有點算不過來了，剪秋在耳邊悄悄提得一句，這才醒悟過來，「媽媽，這得三十年才能輪一遍。還不能重複，不能休息，那司馬炎得有多大的耐性兒才得了呀！」

娜木鐘問道：「那要是大汗得了天下，打算把後宮嬪妃分爲幾等呢？」

皇太極皺眉道：「不能太多，太複雜；也不能太少，那顯得寒酸；等我得了天下，當了皇上，我就把後宮嬪妃分爲八等，皇后、皇貴妃、貴妃、妃、嬪、貴人、答應、常在。怎麼樣？」皇太極越說越興奮，「就這麼定了，我明天就叫啓心郎索尼來，把今兒的話記下來。」

巴特瑪一心只想著綺蕾進宮的事兒，聞言愣愣地問：「那我是第幾等的呢？那個察哈爾的姑娘又是第幾等的？」

娜木鐘惱怒，在袖子底下死勁兒掐了巴特瑪一把。巴特瑪吃疼，「噝」地吸一口涼氣，不解地看著娜木鐘，不知道自己又說錯了哪句話。

皇太極卻已經被提醒了：「察哈爾的姑娘？就是，你不說我倒忘了，算日子，她的病也該大好了。」

巴特瑪這方知道自己不該多話提醒了皇太極，此時悔之已晚，趕緊低下頭去，看也不敢看娜木鐘一眼。娜木鐘眼看躲不過，只得悻悻地接著話喳兒賣個現成兒的人情：「正是，大汗進門的時候我們還替您惦記著呢，那鍋裏的，什麼時候被大汗劃拉到碗裏呀？」

皇太極大笑，卻也觸動心事。就是，這綺蕾不能老是留在鍋裏，到底什麼時候才盛碗上桌呢？他瞇起眼睛，彷彿穿過宮牆望向撫順的戰場，是對娜木鐘說，也是對自己說：「又要打仗了，等我打贏了勝仗，就把綺蕾娶進來慶功，我要給她一個最吉利的封號，也不枉在這兒苦等了她一年。」

娜木鐘大驚，不禁同巴特瑪面面相覷。真叫她們娘兒閒言說中——皇太極從前線回來就要娶綺蕾進宮了，而且還要給她封號！

也許他是觸機而發的隨口一句，然而君無戲言，這隨口的一句，對別人是閒談，對於皇太極，那就是聖旨。

綺蕾進宮的預言再次像一道風那樣傳出去了。一道陰風。

這風不僅吹遍了後宮牆幃，甚至也吹到宮外去了，吹到睿親王妃的耳朵眼裏了。自從綺蕾進府以來，王妃就患得患失地平添了許多心事，雖說綺蕾是大汗看中的人，可是從垂死掙扎到半死不活到現在的活色生香，進宮的丹詔卻遲遲不下。現在終於有了確切的信兒，可真叫王妃心裏的一塊石頭落了地——不對，應該是兩塊石頭：一是王府對綺蕾的招待總算沒有白費，算是為大汗立了一功；二是綺蕾如果進了宮，那麼睿親王爺就不會再動什麼想頭了。

是因了這重歡喜，王妃才興高采烈地，再次往後花園探望綺蕾——侍衛們已經跟著王爺上了戰場，後花園的禁衛早已撤了，現在睿親王妃又是王府裏唯一的主人了，可以隨心所欲地發號施令了，還有什麼禁園是她不能進的呢？

但是她在園裏看到了什麼——琵琶，舞衣，鮮麗豐富的衣裳，妖形怪狀的酒杯，還有一個塗著厚厚脂粉的漢人婆子！王妃瞠目結舌，指著婆子問：「你是什麼人？誰讓你來的？」

婆子瞠目以對。綺蕾代爲淡淡答應：「這位是馮媽媽，是王爺請來的中原老師，教習歌舞的，她不會聽滿語。」

「教歌舞？」王妃驚訝，「誰要學歌舞？你嗎？學歌舞做什麼？你表演給我看看。」

綺蕾平靜地看了她一眼，沒有說好也沒有說不好，甚至沒有任何表情。但是王妃已經意識到了自己的失禮，她恨自己爲什麼在這個綺蕾的面前顯得如此笨拙，像個沒有見識的貧戶村婦，又好像蓬頭垢面幾個月沒洗澡似的。她無法克制自己的緊張和局促，簡直有種捉襟見肘的窘迫，雖然她不明白自己窘什麼，可是站在綺蕾面前，莫名地，她說什麼錯什麼，做得多錯得多。

她覺得懊喪，卻不捨得離開，於是想起自己前來的初衷，便換出歡天喜地的口吻說：「對了，今兒我來，是特地恭喜你的。我聽說啊——」她說著往綺蕾面前討好地湊近了一步，做出一副秘密的神情說，「我從宮裏打聽來的，大汗親口說了，等他從前線打了勝仗回來，就要接你進宮啦。」

她這樣鄭而重之驚天動地地宣佈著這一喜訊，然而遺憾的是，在綺蕾的臉上，她看不到哪怕一點點的回應，這好像是一個摒棄了所有情欲的女子，對待一切事情都有種超然的冷靜。但是這絲毫打擊不了睿親王妃的熱情，她長年待在親王府裏，既不能如尋常人家的女人那麼自由自在，又不能像宮裏妃嬪的生活那樣多姿多彩，她是很需要生活多一點波瀾的，當然，不可以是大波大浪，那她是經不起的，她只要一點小水花來調劑一下就可以了。無論照料病人還是籌備婚禮，都是最好的調劑，因爲這可以使她變得很忙碌，而且顯得很重要。

因此，王妃仍然興頭頭地，幾乎是對著空氣在演說：「打現在起你可閒不下來了，一進宮就要做福晉的，可不能失了規矩，你得學習宮中的禮儀，還得準備嫁妝。對了，你已經沒有娘家人了，不過別擔心，你是打我們睿親王府嫁過去的，我好歹也會替你準備著些。真是的，從今兒起可真是閒不下來了，所有的人都要忙起來了，得趕緊給你準備著了。」

王妃大聲地說著，眼睛明亮，興致盎然，而且做著手勢，彷彿下聘的單子已經送到了王府，彷彿綺蕾明天就要進宮了，彷彿她已經站到了大汗的面前在領功接賞。

大汗皇太極和多爾袞一起上了前線。

在戰場上的時候，他們兩個人都快將綺蕾忘了，皇太極沒有再提起得勝還朝後納妃慶功的心願，多爾袞也沒有確證送綺蕾進宮的日期。他們交換的，是一份來自大明京城的邸報。

邸報由大學士范文程送上：「恭喜大汗，據我派去京城的探子回來說，這一次的消息是確定的了，朱由檢已在兩年前將袁崇煥於午門處斬，而且行的是最殘酷的一種刑罰：磔刑。」

皇太極猶疑：「那爲什麼又聽說袁崇煥於某處起兵，某處叛亂呢？這兩年來，他們一會兒和明廷作對，一會兒又和我們搗亂，可是從沒停過呀。」

范文程道：「那些都是袁崇煥的舊部散兵，他們恨我們使反間計使督師被捕陷獄，又恨明帝不

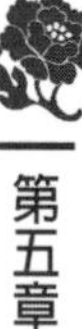

分青紅皂白濫殺忠臣，所以把兩邊都恨上了。這些人只是遊兵散勇，強弩之末，不足爲懼。大汗想想，如果他們真是袁崇煥親自帶兵，又怎麼可能兩年來只是小打小鬧地和我們搗亂，卻一次也沒打勝過呢。」

皇太極點頭喜道：「大學士說得是。我也奇怪他們的作戰方法，全不像袁崇煥的佈署，倒有點像可林丹汗的做法，打打逃逃的。」又問，「這磔刑是什麼意思？」

范文程道：「說來慘烈。明帝朱由檢近年來一連幾次敗在大汗手裏，百姓怨聲載道，對朝廷失去信心。姓朱的爲了推卸責任，竟把罪過記在袁崇煥頭上了，說他投降了我們，縱兵入關，才讓明軍一敗塗地的，說他『市粟謀款，縱敵不戰』，下旨將他『依律磔之』，家屬十六歲以上全部處斬，十五歲以下的男子流放，女子賜給功臣家爲奴，袁崇煥本人，被綁至菜市口，將身上的肉一塊一塊地割下來，還一邊向群眾宣講他的賣國罪行。百姓們不明真相，都以爲袁崇煥是真奸細，都把他恨透了。這報上說，劊子手活剮袁崇煥時，圍觀的老百姓『爭啖其肉，皮骨已盡，心肺之間叫聲不絕，半日而止』，還說『百姓將銀一錢，買肉一塊，如手指大，啖之。食時必罵一聲，須臾，崇煥肉悉賣盡。』」

皇太極聽得心驚膽寒，用手勢制止范文程再念下去，半晌方愣愣道：「這麼說，是真的了？袁崇煥是真的死了？」

「死透了，連皮肉都被老百姓一塊塊吃進肚子裏了。」范文程躬身行禮，「賀喜大汗，從此高枕無憂，問鼎中原如取囊中物矣。」

多爾袞卻歎息道：「這些年的仗打下來，在漢人裏面，最讓我害怕也最讓我佩服的人，就是這個袁崇煥大將軍了，他是個真漢子，大英雄！現在竟這樣不明不白地死了，又死得這麼慘烈，真是叫人抱憾！」

一句話提醒了皇太極，忽然轉身向范文程行下大禮去，謝道：「除去袁崇煥，都是大學士的良計奏效。當年若不是大學士勸我不要和袁崇煥的部隊硬拚，而使反間計散佈謠言，誣衊他降了我們，讓明帝捕他殺他，我們又怎能勝得這麼容易？大學士之計，不僅除去袁崇煥這個最大勁敵，更使大明軍心渙散，將士人人自危，真所謂一箭雙雕呀！大學士雖不能武，卻遠比我們這些只知一味好勇鬥狠的武夫高明百倍，請受本汗一拜！」

范文程惶恐，跪地還禮，磕頭道：「臣蒙大汗重用，雖肝腦塗地而不足報，大汗這樣，豈非折殺臣子！」

多爾袞看著兩人禮尚往來地互剖肝膽，忽覺悚然心驚：一則驚這范文程詭計多端，心思縝密，實乃皇太極的左膀右臂，自己的心頭大患；二驚這皇太極太擅長收買人心，得意之餘猶不忘施恩散惠，確爲帝王之才，要想殺他，談何容易？

這一刻，他忽然想到了綺蕾，綺蕾的功課已經進行了整整半年了，可是當她學成畢業，真的會籠絡住皇太極的心嗎？那是一顆太驕傲太自負太不羈的心，什麼樣的女子可以保障得到他長久的恩寵？

這是多爾袞離家後第一次想起綺蕾，然而一旦想起，竟是如此揪心扯肺，恨不得立時三刻就趕回盛京，闖進後花園，抓著她，抱著她，好好地看個夠。

自從那次偷看綺蕾訓練後，他已經很久沒有見過她了。因爲，他忽然發現他很想要她，想得要命，以至於行房事的時候，不論同哪個女人在一起，都情不自禁地把她想像成是綺蕾。可是同時他很明白，她是自己爲皇太極準備的秘密武器，如果自己先用了，那不僅荒唐，而且危險。

於是，他開始迴避綺蕾，除了儘量不讓皇太極太頻繁地見到綺蕾之外，同時也讓自己不要常見到她。早在綺蕾進府時，他就下過令她不必遵照家中那套早請安晚問候的規矩，因爲她既不是這家的家人也不是這家的奴僕，她是個貴客。到了後來，他更乾脆把自己偶爾的探訪也停止了，只是隔三差五傳老鴇進來問話，報告一下功課進程。

就像當年勾踐一邊臥薪嚐膽一邊訓練西施，卻令西施蒙著臉來見自己一樣，多爾袞也將綺蕾住的後花園視爲禁地。可以供自己求歡的女子滿天下都是，但是可以幫助自己復仇的女子卻是只此一個。他不能因小失大。

但是現在，他發現他發狂地想她。戰爭使他們的距離拉遠，可是相思卻使他忽然覺得她很近。袁崇煥的慘死使他迫切地想找一個人談論，一個懂得自己的人，而那個人，只能是綺蕾。他不明白自己爲什麼會覺得只有綺蕾懂他，也許是因爲綺蕾和他一樣地冷酷，卻又一樣地熱烈吧？只有熱烈的人才會有最恒久的仇恨，在這一點上，他早已認定綺蕾不僅是他的同謀，更是他的知己。他們之間，甚至不需要語言的交流，而只是兩個並肩存在的形式，就可以完成所有的靈犀相通。

就在這時，他忽然聽到了「綺蕾」兩個字，乍聽之下，還以爲自己的耳朵出了差錯，但是看到皇太極期待的目光，他才知道的確有人提到了綺蕾，那就是皇太極，在自己想起她的同時，自己的敵人也同時想起了她，多爾袞不禁苦笑，原來和他靈犀相通的，竟然是自己的手足兄弟，生死仇人。

只聽皇太極說：「袁崇煥死得這樣慘，他的女兒現在雖小，將來難保不為他報仇，說不定，可就是第二個綺蕾。朱由檢斬草不除根，就不怕貽虎為患嗎？」

多爾袞明白，這是皇太極在探聽自己的消息，其弦外之音就是：曾經以報仇為己任的綺蕾，現在還記著那份滅族殺父之仇嗎？這是一個相當棘手的問題，他當然不能承認綺蕾已經視復仇為生命存在的唯一理由，然而也同樣不能說綺蕾早就忘了，如果皇太極問一句：你怎麼知道？你能夠確定嗎？屆時，他又如何回答。

當下多爾袞咳嗽一聲，含糊回道：「我走之前，綺蕾已經身體大好，聽福晉說，她還曾打聽過燒水銀做粉的辦法呢，說是叫什麼飛雲丹。」

皇太極一聽之下，心懷大開，若是一個女人開始著重於妝扮，那就必然不捨得死了，既然怕死，當然也就不會再想著仇恨啦刺殺啦這些個危險勾當。當下再無疑慮，大笑道：「女人呀，就是喜歡打聽這些調脂弄粉的功課，這和我那兩位妃子一模一樣，臨來之前，我這裏出生入死，她們可不管，只惦記著要我幫忙淘澄什麼畫眉用的青雀頭黛。」

范文程笑道：「說到女人妝面，我這裏有一張漢人貴婦製作珍珠粉的方子，大汗不妨拿去送給貴妃，保管貴妃高興。」說著從靴裏取出一張帖子來。

多爾袞與皇太極同看，只見上面用極工整俊秀的蠅頭小楷寫著兩個制粉方子，一曰珍珠粉，乃是紫茉莉種子搗取其仁，蒸熟製粉；又一曰玉簪粉，是將玉簪花剪去花蒂成瓶狀，灌入普通胡粉，再蒸熟製成玉簪粉；旁邊又有一行小字特地注明，珍珠粉要在春天使用，玉簪粉則要在秋天使用，

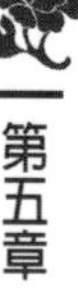

另外用早晨荷葉上的露珠與粉調和飾面，效果更佳云云。

皇太極詫異：「范學士何以將這些婦女調脂弄粉的方兒隨身攜帶？我聽說漢明朝廷幾個皇帝都有上朝前敷粉的習慣，那些宮人太監都專心致志地鑽研塗脂抹粉之道，和女人一樣穿衣打扮，惡習流及宮外，以致許多漢人男子也多喜歡油頭粉面，你雖然在滿洲軍營長大，到底是個漢人，莫非也有這喜好不成？」

范文程笑道：「大汗千萬別誤會。我自幼便跟隨父親投誠天命金國汗，一應吃飯穿衣早已與滿人無異，怎麼會有敷粉陋習？說起這方子，卻與袁崇煥大將軍有關。大汗以為這方子是哪裏來的？正是袁將軍的夫人親手所寫，探子因緣巧合得到這張墨寶，送邸報的時候一併夾送過來。我因敬重袁將軍為人，且有『我雖不殺伯仁，伯仁終因我而死』之憾，所以隨身攜帶，是為紀念之故。」

皇太極聽了歎息：「這樣說來，這張方子著實難得，你隨身收藏，連上前線也不離身，自是看重故交，珍貴懷念之意，卻輕輕一句話就將它轉送貴妃，可見對我忠心。然君子不奪人所好，我若收下，豈不傷了你這一份懷舊之心？」

范文程笑道：「大汗何出此言？范文程對大汗一片忠心，便是要我的頭也絕無二話，何況區區一張胭脂方子？況且我一個大男人，收著這方子也是無用，若能令貴妃娘娘解頤一笑，這方子便也得其所哉了。方子若有知，想也是願意的。」

皇太極也笑道：「這樣說，我便收下了。所謂禮輕情意重，我不僅要代貴妃謝你，更要替我自己多多謝你這一片忠心。」

多爾袞聽他二人對話，暗暗歎息，他自幼習武練射，哪裏想過獻一張脂粉方子也可以表忠心立大功呢？這范文程不禁精通佈陣，更長於攻心之術，長袖擅舞，八面玲瓏，皇太極有了這樣一個城府深沉計策百出的謀臣，真可謂如虎添翼，天假其年。莫非，他果然是真命天子，有天神相助麼？

第六章　睿親王妃成了綺蕾的義母

六月，大軍還朝，多爾袞的睿親王府裏，一片喜氣洋洋，宴開連席。

綺蕾照舊沒有出來應酬，卻在第二天晚宴後，主動遣婢女請王爺往後花園一敘。

多爾袞不以爲意，以爲是老鴇找他有什麼話說，無非是邀功索賞。可是打起門簾時，才發現屋子裏只有綺蕾一個人，她正在梳妝，坐在銅鏡前，渾身珠翠，專注地往髮間插一朵新開的芙蓉花。

他在鏡子裏看到她的臉，當真美豔萬方，攝魂奪魄，不僅奪魄，也一時間奪去了他說話的功能。

他只是呆呆地看著她，一時想不起自己爲什麼會站在這裏。

她慢條斯理地妝扮著，一切停當了，才回過頭，問他：「我美嗎？」

他如被雷擊，這一切太熟悉了，熟悉的妝扮，熟悉的語氣，熟悉的問話。

他立刻被打敗了。

她穿著薄如蟬翼的衣衫，對他說：「幫我把袍子披上。」

用的，是命令的口氣。

沒有人敢這樣命令他，就是皇太極也不可以，不可以遣他做這樣的瑣事。

可是他竟然沒有生氣，也想不到要生氣，他照辦了，失魂落魄地，拾起香雲紗的絲袍走近去，披在她的肩上。

當他走近她的時候，連他們之間的空氣都在顫動。

他的手落在她的肩上，她肩微微一抖，袍子抖落下去，於是，他的手便僅隔著一層絲直接按在她的肩上了。他幾乎可以感覺到她的脈搏。那麼生動，那麼親切，那麼誘惑。

他忽然就失去了自己。他張開手，想抱住她，親吻她，取悅她，蹂躪她。

可是就在這時，她站了起來，冷著一張臉，對他說：「你可以走了，我累了。」

她坐在床上，不容侵犯，冷如冰霜。

他呆頭呆腦，他昏頭昏腦，他不由自己，跪了下去。

是的，他跪了，求她：「不要讓我走，給我吧。」

他膝行幾步，靠近去，想把自己的頭放在她的膝上，想靠近她，挨著她。

可是她說：「我不能給你，我要留著自己，給皇太極。」

他忽然就醒了。

是呀，她是他為皇太極準備的，怎麼可以就這樣輕易為了自己的一時之欲浪擲了呢？

她說：「我找你來，就是想告訴你，我已經出師了，現在，你可以放心把我獻出去了。」

是的，他放心了，她也放心了。

這一役，讓他們兩個同時知道，她已經不再是一個平凡的女人，而成了一個妖孽。他不也是一個男人嗎？她不是剛剛才成功地誘惑了他，令他忘乎所以了嗎？那麼，她自然也可以輕鬆地對付皇太極了。

他這才知道，原來她找他來，是想向他證明，也借他做實驗。她在用一種特別的方式告訴他，她出師了，即使她不笑，也一樣可以擄獲男人的心。她是在為了當初他逼著她笑而向他挑戰，而他全軍潰沒。

他羞愧萬分，為了自己剛才那丟臉的表現，那份丟臉，使他無法分享她成功的喜悅。儘管，她的畢業是他一直期待並渴望著的。

同時，她的最後一句話又讓他有些不捨，她說，他可以把她獻出去了，這大半年來，他費盡心血培養她，訓練她，不就是為了這一天嗎？可是，當這一天終於到來時，他竟然覺得不忍，不捨，不甘。怎樣的情緒？

直到回到自己的屋中，他的手上還留著她肩上的柔軟馨香，他忽然覺得心痛，自從母親去逝後便缺了的那一小塊心又開始折磨起他來。那絲絲縷縷的痛讓他既難受又親切，他忽然覺得，在他心底最深處，原來已經拿綺蕾當作很親近的一個人了，他真是不想將她送進宮。

現在他明白綺蕾為了儘快畢業付出的是怎樣的努力了，在這樣短短的一段時間裏，她把自己從一個女人改變成了一個妖孽，她的妝扮，語氣，舉手投足，都是精心設計的。竟然能想到用扮演臨終前夕的母親這樣的招術來對付自己，她哪裏還是一個普通的女人，根本就是一劑毒藥，一柄利刃？而且是一劑最奏效的毒藥，最致命的利刃。

她既然可以找到自己的死門輕易地征服自己，也一定能夠抓住皇太極的要害致他於死地。

他想，他可以相信綺蕾，他可以把她獻出去了，獻給皇太極，讓她成為實現他復仇志願的秘密武器。可是，他不捨得，不捨得啊！

然而第二天在崇政殿同皇太極討論完國事時，多爾袞還是本能提了一句：「爲了慶祝大汗的得勝還朝，我決定奉上一份特別的禮物。」

皇太極立刻明白了，大喜：「綺蕾答應進宮了？」

多爾袞點頭：「沒有美女可以不愛英雄，大汗的又一次勝利不僅征服了敵人，也征服了情人！」

皇太極哈哈大笑，立即吩咐：「叫多鐸來，一切由他安排好了，我已經等了綺蕾整整一年，還從來沒有女人讓我等這麼久呢，雖然她並不是一位公主，但是我仍要給她一個正式的婚禮。」

於是多鐸被宣進殿來，他獻計讓睿親王妃認了綺蕾做女兒，那麼睿親王府就是綺蕾的娘家了，也算出身顯赫。出閣的儀式，又排場又簡便，可謂一舉兩得。

皇太極欣然大悅，一切首肯，都交給多鐸做主。

睿親王妃聽到這消息也很高興，因爲這等於讓自己一家和大汗親上結親，地位就更加穩固了。雖然也有大臣提出來皇太極和多爾袞是兄弟，這樣的認親豈不是等於皇太極娶了兄弟的女兒，低了一輩，不如認做義妹的合理。但是皇太極不理這些，說咱們滿人原沒這些個規矩，什麼輩份不輩份的，都是漢人的臭講究，大妃哲哲和大玉兒還是姑侄倆呢，難不成我娶了侄女兒就要喊大妃做姑姑了？況且就是漢人自己，也未必真正看重那些個規矩，要不唐太宗的老婆武媚娘怎麼後來又嫁了乾兒子李治，而唐明皇又搶了自己兒子的老婆楊玉環做貴妃呢？他們父子易妻都可以，我們兄弟差輩倒不行，什麼狗屁道理。活該漢人江山遲早要被我們收拾掉的。

於是事情就這樣議定下來，綺蕾的婚期也已經選好。大汗親自下令，婚禮參照大婚儀式，納采禮、大征禮、奉迎禮、合巹禮、慶賀禮、賜宴禮，缺一不可。

消息傳出，後宮大亂。這一次，可不僅僅是哲哲、娜木鐘、巴特瑪驚惶了，就連一向不關心爭寵邀媚的莊妃大玉兒也惱了。

永福宮的婢女們是第一次看到她們的主子發脾氣，而且是大發脾氣，她披頭散髮，赤著腳，捧著手，一改平常的斯文淡定，只管將殿裏摸得著的器物諸如花瓶瓷器硯台杯碟等一股腦兒地向牆上、地上砸去，指天劃地，聲嘶力竭，一字一句：「我，博爾濟吉特氏，科爾沁草原上最高貴的公主，和碩福親王莽古濟的孫女，和碩忠親王寨桑的女兒，以蒙古貝勒之女，嫁與滿洲貝勒爲妃，成婚於遼陽東京城，萬民矚目，兩族通好，天地爲證，百年永結。我們的婚姻，受萬民愛戴，以天地爲媒，可以載入青史，永鐫汗青，就是千萬年後，也依然會有人念著我的名字起誓，將我的生平婚育爲功課。可是她算什麼東西？一個察哈爾草原的普通牧民之女，出身卑微，血統低賤，竟敢與我爭寵，要以大婚的禮儀迎娶，還要從大清門正門進宮！這大清門的轎子，我還沒有坐過呢，她想進，做夢！只要我活著一天，我就絕不許她乘鳳輦，登龍床，從大清門進來！她要是進得來，我再不活著！」

眼淚從她皎好的面頰上緩緩流下，她的表情狀若瘋狂，語言卻異常清醒，像是發誓，又像是咒罵。她彷彿忽然在這一分鐘長大了，從毫無心機的女孩成長爲了一個充滿妒意的女人。她進宮時只有十二歲，從她懂事起，就是一個不被重視的小小妃子，她已經習慣了這樣的生活，從來不覺得要爲自己爭取什麼，後來雖然礙於姑姑的一再督促以及她本性的爭強好勝，讓她一度使用心機獲取過皇太極的歡心，可是也沒有覺得那是多麼了不起的勝利。而娜木鐘與巴特瑪對她的聯手杯葛，因爲是在她未成年時就已經開始了的，所以也就被當成一段成長的功課那樣接受了下來，從不覺得特別。

但是這一次是不一樣的。這一次的事件，是發生在她長大之後，在她已經清楚地知道自己是大汗的福晉，是莊妃娘娘的時候，有另一個女子要以比她更榮耀更隆重的陣勢進宮了。那個女子，將把她比得一絲光芒也沒有，將成爲後宮新的明珠，而她，則在這耀眼明珠的襯托下，黯如瓦礫。她，不能不憤怒，不能不嫉妒！

當一個女人懂得嫉妒的時候，她才是一個真正的女人。永福宮側福晉莊妃大玉兒在突如其來的憤怒和歇斯底里的發洩中，自己也不察覺地，從女孩蛻化成了一個女人。這過程，簡直是可以和蟬蛻相媲美的，比大婚的撕裂帶給她更大的震撼。她不知道，這一刻的發洩，近乎於分娩的痛苦，因爲，一個全新的大玉兒，將由此誕生。

每個女人一生中都會經歷過至少一次的失常，而這失常往往會成爲她性情改變的轉捩點，她思維成長的里程碑。大玉兒一生中最重要的一次蟬變，就在此刻毫不設防地發生了，突如其來得連她自己都沒有意識到。她不知疲倦地叫罵著，詛咒著，摔打著，發洩著，女兒哭得聲嘶喉咽也不理。丫環們毫無頭緒，只唬得手足無措，一行勸，一行躲，一行悄悄兒地把貴重器物偷偷往外搬挪，生怕娘娘只管現在由著性子鬧，事後悔勁兒上來，不說自己任性，倒怨丫環們沒眼色。再說那些擺設裏有好幾件還是大汗賞賜的呢，要是過後問起來，她們可都是有連帶責任，鬧不好要砍頭的呀。

便有小丫環偷偷扯忍冬的衣襟，小聲問要不要去報告給大妃哲哲公主知道，忍冬急忙擺手，壓著聲音罵道：「活得不耐煩了？自家的事兒，不說藏著掖著，還只管到處張揚去，舌頭不剪了你的！聽著，等娘娘的氣平了，今天的事兒誰也不許提起，只要我聽見，一定報給娘娘通通打一頓攆出宮去。」一邊悄悄地命奶媽抱出淑慧格格去不叫哭鬧，

忍冬是莊妃身邊第一等的心腹大丫頭，她服侍莊妃多年，深知主子的脾氣，這位娘娘表面上冷靜閒淡，骨子裏最是爭強好勝的，等閒不會動氣，然而真有人要拿刀子捅她的心尖子，她發起威來可是不得了的。也是難得發洩一回，若不由她鬧一回，也咽不了這口氣去。等她罵夠了氣平了，自會想出妥當辦法來，自己這些當下人的出不得主意幫不上忙，份內該做的，只是怎麼樣順著娘娘的心，不要火上澆油才是，更不能輕舉妄動，走漏風聲，給娘娘貽下後患，留下把柄。遂命小丫環緊閉大門，自己倒了茶默默守在一旁，直等莊妃罵得累了才擠著笑臉走上前去，溫言勸慰：「不怪娘娘生氣，大汗的行事兒的確有些逾了分寸，按理不是我們做下人可以混說得的，可是就算我們丫頭也都知道規矩，人有高低貴賤，情有先來後到，不過尋常選秀罷了，一頂轎子從側門兒抬進來就是了，哪裏有走大清門的道理？打了勝仗的大功臣才有身分資格從大清門正門裏進呢。娘娘喝杯茶，順順口，得閒兒勸勸大汗，何苦這會子自己生悶氣呢？」

一句話提醒了莊妃，悟道：「這事兒和大汗說，他哪裏還有耳朵聽得進？況且這話也不好由我來說，要姑姑跟他說才是。不對，既然姑姑出面，愈發連跟大汗說都省了，事情不是交了禮部了嗎？就讓姑姑直接找豫親王說去。」

暗暗計議已定，又逼著自己順心靜氣，將茶慢慢地一口一口抿了，重新細細地思量停當，再無遺漏不妥了，這方命令忍冬道：「著人把屋子打掃乾淨，打洗臉水來，取我的大衣裳來，我要去見哲哲姑姑。」

就連大玉兒自己也不知道，在從永福宮往清寧宮去的這短短幾步路上，大玉兒從一個天真爛漫有著詩人氣質的少女，已經迅速蛻變成一個心機陰沉擅弄權術的後宮婦人了。

禮部連夜於王亭密會，商量婚禮如何在這樣短的時間裏辦得又體面又隆重，又不壞了規矩。眾親王貝勒都覺爲難，綺蕾即使入宮受封，也只是普通妃子，婚禮怎可與大妃相提並論，豈非不合祖制？然而汗命不可違，唯一辦法只有折衷——所有過程都照著大婚的形式來，然而所有步驟都逢禮減半。

正商議著，大妃的貼身侍女迎春親來傳命：「娘娘請豫親王進宮，有事相商。」多鐸益發爲難，望著眾親王問計：「娘娘這個時間傳我，必然會對婚禮的事發難。她是後宮之首，要是對婚禮議程不滿，我們也只好聽命；然而六禮齊全是大汗親下的旨意，只把我們夾在了中間，便如何是好？」

眾親王也都無良計，唯有安慰說：「兵來將擋，水來土淹，也只有照著我們方才的提議如實上報，再請娘娘的懿旨了。」多鐸遂整理衣帽，隨迎春進宮見禮，且陪笑問：「這麼晚的，隨便派個小太監傳話就是，怎麼勞姑娘親自過來？」

迎春含笑道：「豫親王這麼聰明的人要是不知道，我一個做丫頭的自然更不懂得了。可是的，什麼事，找個太監說一聲兒就好，按理我們是裏邊侍候的，連鳳凰樓都難得出來，何況十王亭。大概是娘娘嫌我懶，誠心叫我多走點夜路，是罰我的意思吧？」

多鐸負責禮部，少不了常往後宮裏走動，自然知道迎春是哲哲身邊的一品管事大丫頭，便想從她處探個口風。哲哲派她來，自然是有密事相商不肯張揚的意思，卻不知她此時是何態度，若是心平氣和，或許還有商量，若是正在氣頭上，便要含糊拖延，寧可改日再議了。不料這丫頭嘴緊，竟是一點風兒不露。沒奈何，只得行一步看一步了。

兩人穿東掖門來至崇政殿前，迎春向侍衛打個招呼，遂前面領路，自殿下左翊門進入鳳凰樓院宇，繞過庭院，拾級而上，前方正中一排最大建築便是清寧宮。

哲哲與大玉兒已在久候，彼此見禮畢，哲哲便開門見山地問道：「那個察哈爾的刺客，終於要進宮了？」

多鐸答應一聲，道：「正要稟報娘娘，禮部草議了婚禮事宜，還請娘娘示下。」遂將眾親王逢禮減半的意見婉轉承達，並說，「按照大婚格式，冊立前須向太后行大禮，綺蕾既是庶妃，這行禮儀式便改成向娘娘行禮，先聆聽娘娘的親自教誨，方可正式入宮。」

哲哲聽了，倒也滿意，卻以眼神向大玉兒詢問。大玉兒微微點頭，又在袖子下豎起三個指頭比了一比。哲哲便道：「你們議得很好，我很滿意。不過議程之外，我要叮囑你們三件事。」

多鐸施了一禮，恭敬問道：「請娘娘示下。」

哲哲緩緩地一字一句說道：「這個綺蕾是曾經行刺過大汗的，當日的情形，你也是親眼看見了

的，到現在想起來我還捏一把汗。雖然你哥哥多爾袞說她現在真心敬服大汗，自願入宮爲妃，我這裏可總是放心不下。若一個照應不到，便是於你兄弟也不好。所以嘛，這第一條，就是她在睿親王府出閣時，我要從宮裏派人去親自督促沐浴更衣，檢查妝奩包裹，不得攜帶任何利器；奉迎禮後，合巹禮前，須得打散頭髮，除冠戴，不著一絲半縷，以錦被裹身，由太監抬往清寧宮侍上，行禮後立即送出，不得過夜，以確保大汗安全。這一點，你記下了嗎？」

多鐸早知大妃會有所留難，卻沒想到竟然這般刁鑽，然而她之所命與大汗旨意並無相悖處，況且話中點出綺蕾刺殺舊事，還扯上了自己兄弟，竟令自己無言以對，不禁冷汗沁出，恭身答應。

哲哲頓了一頓，喝了一口茶，彷彿忽然想起似的，閒閒問道：「聽說大汗要封綺蕾爲妃，封號定了嗎？大汗可提過要賜住哪裏？」

多鐸心中本有答案，但聽大妃問及，便不肯說出，只道：「大汗將此事交禮部商議，尚無定論，正要請娘娘的示下。」

哲哲再和大玉兒對視一眼，都微微有笑意，點頭道：「那正好，這件事，我早已替你們籌畫過了。不過將來如果大汗問起，禮部上下要口徑一致，就說是你們自己商議的，讓綺蕾與四宮嬪妃比肩於禮不合，連豪格貝勒的母親也不過是個庶福晉，綺蕾又有什麼理由一入宮即封側福晉？宮中諸妃心中不平是小事，只怕蒙古諸公也要說話的；從大清門正門進宮也大不宜，這是獎賞功臣凱旋歸來的最高榮譽，一個妃子，哪裏有走正門的資格？傳出去，只怕冷了八旗將士的心，所以，轎子只打側門進就好了；至於寢宮，更不必麻煩，就讓她暫時住在莊妃的永福宮吧。」

多鐸一愣，抬起頭來：「這……」

哲哲截口打斷：「你就別這呀那呀的了，我與大汗成婚在建京之前，還是那年遷來盛京時，才和大汗一道並輦走了一回大清門正門，平日裏，就是我偶爾出入，也都是側門通行；那綺蕾又有什麼資格正門進出？我知道大汗有旨，要一切照著大婚的格式來，可是我大婚時也沒走過正門呀。這不算違抗聖旨吧？」

多鐸一愣，還別說，這番話真正滴水不漏，就是自己也想不了這麼周全。不過也的確幫他解了一重為難，忙躬身答道：「娘娘說的是。如果大汗有異意，禮部也必恭請大汗三思。不過讓新貴人和莊妃娘娘同住一議，只怕不便向大汗啓齒。況且永福宮裏還有襁褓嬰兒，大人孩子擠在一起，十分不便。」

哲哲笑道：「淑慧格格已經滿歲，這兩天就要搬出來跟奶媽子們住的，永福宮空得很呢，別說一個綺蕾，就是再來幾位也住下了。況且她住在永福宮裏，吃住行止都和莊妃一樣，不必和東西側宮裏十多個庶妃同吃同住，已經是抬舉了她呢。莊妃都不嫌麻煩，難道她還有什麼挑剔不成？那綺蕾曾意圖行刺，如果給她自己住著，關起門來，還不得把寢宮布成賊窩呀？這心思大汗自己不擔，我身為正宮，可不得不替大汗想著，難道出了事，你們禮部是不用負責任的麼？禮部不動工，大汗難道自己搭個帳篷給那個綺蕾住不成？有何不便啓齒？況且憑豫親王的口才心思，相信這些個小事也難不倒你的。」

多鐸無奈，只得苦笑答應：「臣知道了。且請示娘娘這第三點……」

哲哲道：「這第三麼，就更簡單了，從現在起，禮部要定下規矩：凡嬪妃入清寧宮侍寢，必先由宮女侍奉沐浴更衣，以錦被裹體，裸身由太監御輦抬進，蒙大汗幸後立即送出。這也不僅是衝著

綺蕾的，我聽說大汗有意充實後宮，以廣皇嗣，這是一件好事，可是林子大了，誰知道會飛出隻什麼樣兒的鳥兒來？不行規矩，何成方圓？這些事，禮部想不到，我們幫你想著，可是制定法則，加緊督促，可就是您豫親王的事兒了。」

多鐸愈發吃驚，暗暗猜到這番言語心思必不是出自大妃哲哲自己的意願，八成是那個又會寫又會算的莊妃娘娘出的主意。這樣一來，綺蕾既然沒了自己的寢宮，就不能和大汗單獨親熱，也就難與大妃姑侄爭寵了。要麼綺蕾去清寧宮侍寢，然而要光著身子進光著身子出，而且承幸後立即送出，可有什麼機會廝磨纏綿？要麼大汗到永福宮來，那既然來了莊妃的地盤兒，可好意思只找綺蕾親熱？這樣子，不論大汗會不會格外恩寵綺蕾，大妃姑侄可都同時會是分一杯羹的受益者了。且一切以大汗的安全爲名，竟讓人不能駁回，這一招，的確是高，連多鐸也不由得不要佩服三分了。

一連數日，睿親王府張燈結綵，大擺宴席，最忙的人，自然要屬睿親王妃。

她的年齡原就比多爾袞大，人又囉嗦，舉止言談難免有些小媽媽的態度，當對待綺蕾噓寒問暖無微不至地關照著時，就格外像個母親。自從多鐸送出納采禮，她就開始爲婚禮忙碌了，不但撥了丫頭專門侍候綺蕾的起居，又找盡藉口一天幾次地親往探問，無論綺蕾怎麼樣地冷淡她，都不能使她的熱情略爲稍減。

納采禮由多鐸親自送達，睿親王夫婦作爲綺蕾的義父母，封賞餑餑桌一百張、酒筵桌一百席、羊一百一十九隻、酒一百瓶。納采宴由內務府御茶膳房預備，其風光隆重幾乎可與王爺納福晉相媲美，只略遜於大汗娶大妃。

到了進宮前夕，大汗的第二次封賞又到了，乃是黃金一百兩、白銀五千兩、金銀茶筒各一具、緞五百匹、布一千匹、並冬夏朝衣、貂裘馬匹甲冑弓箭等等，不勝枚數。

王妃樂得合不攏嘴，面對著耀眼生花的錦袍玉帶，幾乎熱淚盈眶，不住口地說：「大汗太恩寵了，這麼厚的封賞，睿親王府怎麼當得起呀？綺蕾既是我義女，那我們的嫁妝可也不能省減了。」夜以繼日地，將一張嫁妝單子改了又改，塡了又塡，又拿給丈夫過目。

然而多爾袞只是不在意，說：「宮裏面什麼沒有，要你這樣熱心幫她準備。再說也未必用得上。」

王妃不以爲然：「宮裏有是宮裏的，綺蕾的嫁妝轎子畢竟是從我們睿親王府裏抬出去的，可不能太寒酸了，叫人看著笑話。」又拿去向綺蕾炫耀。

綺蕾住的後花園已經裝飾一新，不僅起先的藥鐺碾盞一概不見，就連琵琶舞衣也都收起，佈置成通常王府格格的閨閣。連丫環僕婦也都換過，挑選了幾個老成知禮節的，每日監督指導綺蕾宮中禮儀。王妃甚至特意將自己的貼身丫環烏蘭派到後花園來聽差，方便兩邊通消息。

至於馮媽媽，早在多爾袞回到盛京的第二天，也就是他確認綺蕾已經出師的當晚，就已經由當初請了她來的王府侍衛多克成親自送走了。關於她的去向，綺蕾一個字也沒有問起。也許她回去杭州了，也許遣回老家了，也許死了，誰知道呢。真相多半是最後一種。但是多爾袞既然沒有提起，綺蕾也就絕不會問。這是他們無言的默契。

王妃送嫁妝單子來的時候，烏蘭正在服侍綺蕾試身。單是夜間穿的寢衣，就有十八件之多，一

色的香雲紗衫子，香豔輕柔，益發把綺蕾打扮得花朵兒一般。見王妃進來，烏蘭忙扶起綺蕾，示意行禮問候，口稱「額娘」，叩拜下去。王妃忙忙扶住，喜得贊道：「好個美人兒，難怪大汗嘴裏心裏放不下，我若果然有你這樣一個天仙似的女兒，這一生也不白過了。偏偏嫁進府裏這麼多年，竟是一子半女也沒生下來，雖然王爺嘴裏沒說什麼，心裏難保不怪我。」說著傷起心來。

烏蘭忙勸道：「福晉何必傷心？總是日子還淺，且王爺三天兩頭地上前線，在家的日子終歸不多。這種事原本急不得，況且並沒有人說什麼不好的話。如今福晉已經有了格格這樣一個天仙妃子做女兒，這就是福晉一向積福行善的好人有好報；趕明兒必定生一位小少爺，長大了和王爺一樣，是要立功封爵的。」

王妃聽了喜歡，拿帕子拭了淚，取出單子來給綺蕾瞧。綺蕾只略掃一眼，隨口道謝，並不如何看重。烏蘭卻看一行贊一行，又拾起手中正在整理的香雲紗衫子絮絮地說：「這種中原來的絲據說最矜貴不過，每道工藝都是挑選未出嫁的女孩兒來手工製作的，從養蠶、繅絲、紡織、浸染、泥封、曝曬，一匹紗的成就需要整整兩年時間呢，更不要說裃裙的裁剪和鑲繡了。上色也不是用通常的顏料，而是選用野葛莖的汁子泡出來的，在泥漿裏九捶九打，還要日子好，說是必得每年夏至時節的太陽曝曬上幾天，紗質才又輕又軟，早了絲就不夠熟，晚了又返潮，要是趕上這天沒太陽，這一年的準備就算白費了，曬出來的絲便不算上等好絲。說是香雲紗做的衫子，冬暖夏涼，最是愜意的。我們福晉攢了這許多年，統共也沒多少存貨，這次一併拿出來給格格做寢衣，可見福晉對您的心意。」

王妃拍手叫道：「我女兒做了妃子，風風光光地嫁進宮去，別說幾匹紗，就是要我整個王府做

陪嫁，也是願意的。只是你進宮以後，千萬記著家裏，時常回娘家走動的才好。」

聽憑王妃主僕兩人一唱一和地讚美奉承，綺蕾只是置若罔聞，淡然處之。但是無論她怎麼地從容淡泊，畢竟也要尊旨改稱王妃爲額娘，行叩拜之禮。這就已經讓王妃覺得心滿意足了，近一年來受到的所有冷遇都不算一回事。綺蕾冷淡有什麼用，只要大汗熱情就行了。大汗的熱情讓自己所有的付出都落在了實處，都得回了補償。她現在有了一個汗妃做女兒了，她也就不僅是大汗的弟媳，更是大汗的岳母了。因此，她忙得比誰都起勁，都盡心。

也正因爲這過份的熱心，使她忽視了她的丈夫在這件大事上有異尋常的表現。這件事，本是多爾袞一力促成的，可是在這事到臨頭的時候，他卻忽然猶豫起來。看著人們爲了綺蕾的出嫁忙忙碌碌，他覺得惆悵，覺得沉重，覺得不由自己的心悸。

整件事一直在照著他的計畫進行，雖然多鐸轉述的大妃提出的約法三章讓他明白宮裏對綺蕾仍然心懷戒備，且無疑給綺蕾的刺殺行動帶來極大不便，但這也是早在他的意料中的。當初不就是擔心綺蕾不能一朝得手，才請來馮媽媽教她成爲一個內媚高手的嗎？馮媽媽已經被秘密處死了，雖然綺蕾沒有問，但他想她已經知道事實了。那麼，在這件事上，他們就成了同謀。這使他越發相信她的成熟冷靜甚至可能在自己的猜測之上。以綺蕾的聰明和堅韌，是一定會籠絡住皇太極的心，並且終於找到機會爲她，也爲自己復仇。

多爾袞並不擔心綺蕾的能力，可是，明天，她真的就要進宮，就要從此屬於皇太極，與自己再不相見了嗎？他養了她整整一年，救了她的命，她應該是他的人才對呀。他怎能捨得將她拱手奉人？

夜深沉，睿親王徘徊在自己的園子裏，徘徊在綺蕾的門外，幾次都想敲門進去，可是進去了，他對她說什麼呢？讓她留下嗎？

現在已經不可能了，已經不是他願意不願意讓她留下，也不是她自己願意不願意為他留下的問題，而是皇太極已經決定了要她明天進宮。那麼，她就必須明天進宮。否則，不但他們要皇太極死的意志要落空，而且他們自己是不是可以保住性命都很難說了。

想到這裏，他真想衝進門去，緊緊地抱住她，哪怕什麼都不說，就只是抱著她，默默地坐著，一直坐到天明。他忽然想起母親殉葬前夜與代善大貝勒的緊緊相擁，也忽然明白了母親說過的那句奇怪的話，他竟然有些羨慕代善，羨慕母親，他是不可能擁抱綺蕾的，因為綺蕾不是母親，而他也不是大貝勒代善，他們並不相愛。他是悲哀的，因為他忽然發現自己心底裏除了母親之外，竟沒有一個真正愛著的人。從小到大，他的心裏就只有恨，是恨令他日益堅強，直至成為滿洲第一武士，也是恨讓他千方百計救活綺蕾，栽培她，調教她，好讓她成為幫助自己復仇的一件秘密武器。可是現在他發現，一個只有恨的人其實是悲哀的，軟弱的，因為他即使可以得到全天下，但是得不到一份真正的愛，那麼天下也就是空的。

他張開雙臂，覺得自己的懷抱空落落的，心裏也空落落的。他知道自己想擁抱綺蕾，如果他可以緊緊地抱住他，那麼自己這一生就是充實的，值得的。可是，他能抱得住誰呢？他的心裏已經被恨充滿，還有什麼位置來安放愛呢？況且，就算他肯把一份愛悄悄藏在心底留給綺蕾，可是綺蕾的心中，為他留了餘地麼？她的心和他的一樣，都是只有仇恨，只有報復的呀。

在這個淒寂的月夜，多爾袞的心中忽然升起了一種類似於生離死別的奇特情緒。他覺得似乎自己失去了一些什麼很重要的東西，又似乎在期待著一些什麼從來不曾得到過的東西。但是，他不敢細問究竟，因爲，就是問明白了，他也是不敢去爭取，去挽留的。

月亮升至林梢，更高，也更冷了。

第七章　一連三夜的處子之舞

夜是靜謐的。

但這靜不是萬籟俱寂，不是息勞歸主的那種靜，而是嘈嘈竊竊，鬼鬼祟祟，蠢蠢欲動，虎視眈眈。

是床幃內故意壓低了的淫聲笑語，是耳邊風，也是床頭草，是灶房裏老鼠的悉悉索索，小太監偷嘴吃又悄悄分了一半給相好的小宮女，是不得志的嬪妃咬著被角在喃喃詛咒，是舔傷口，也是放冷箭，是鬼魂們從墳塚裏鑽出來，開始成群結隊，飄忽來去——文人們形容安靜時喜歡說「像墳墓一樣的安靜」。一點兒不錯，像墳墓一樣，但要補上一點，像飄滿了鬼魂的墳墓一樣，安靜而紛繁，空寂而擁擠，帶著噬骨的寒意。

連清寧宮外兩盞不滅的宮燈也像是磷火一樣，是鬼魂的不瞑的眼睛。

今天已經是綺蕾進宮的第四天，然而婚禮上越是隆重熱鬧，到了夜裏，宮中就越是清冷森寒，除了冷冷的紅燈籠外，就見不到半點喜氣。

從盛京的至高點鳳凰樓頂上望下去，整個宮殿群都是沉默而怨憤的，彷彿擠滿了醋意沖天的婦人。即使看不到她們的身影，也可以聽見她們的咒罵；即使聽不清她們的聲音，也可以感覺到她們的窺視；即使抓不住她們的眼神，也可以觸摸到那充溢在整個後宮每一道牆壁每一塊磚瓦裏的酸澀的氣息。

這也難怪，向來一個新妃子的得寵都意味著無數個嬪妃的被冷落，她們的怨氣升上天空，籠罩在後宮的上方，形成一道不散的陰霾。

後宮的初夜，從來都是怨恨大於纏綿的。

皇太極一連三夜幸召綺蕾。

所有的嬪妃都嫉妒得發瘋，後宮的夜晚充滿了輾轉難眠的煎熬和絞盡腦汁的窺測。每當黃昏來臨，她們就和往常一樣充滿盼望地守在自己的寢宮裏等待大汗的傳召，然而等到的消息總是永福宮綺蕾侍寢。

她們眼巴巴地瞅著高高的宮殿頂，祈禱皇太極早一點對綺蕾厭倦，猜測她到底用什麼辦法一連三夜獨霸龍床，甚至設計怎樣賄賂抬輦的小太監，縮短大汗和綺蕾相聚的時間。

然而她們沒有想到的是，這三夜裏，綺蕾和皇太極根本沒有上床。

赤身裸體的綺蕾，和慾火中燒的皇太極，居然，沒有上床！

赤身裸體。是的，綺蕾枉自學了近半年寬衣解帶的優雅姿態，然而在後宮，竟全然派不上用場。

她是被剝光所有衣裳又細細檢驗後才用錦被裹著被太監抬進清寧宮的，錦被打開，唯一的遮掩只是一頭青絲。別說刺刀匕首了，就是一根簪子也無法攜帶進宮。

然而皇太極依然興致不減，他親自執了燭台，照著綺蕾嬌柔冷豔的臉看了又看，而且生平第一次，纏綿綿地念了一句漢人的詩：「今宵剩把銀燈照，還恐相逢是夢中。」

他等得真是太久了，久得都不敢相信眼前的美人是真的，這美人，肌膚如玉，幽香細生，以最無遮攔的姿態出現在他面前，而臉上，卻只是冰清玉潔，若無其事。

她是豔的，豔如春天第一朵桃花；她又是冷的，冷如冬天裏垂在鳳凰簷角的冰凌，晶瑩透剔；她是生動的，每一絲頭髮每一個細胞都充滿了誘惑，令面對她的男人無法不血脈賁張；然而她又是絕對的嫻靜，詩裏說「靜如處子」，又道是「靜女其姝」，而她，可不就是一位秀美婉孌的處女嬌娃？

對著這樣的尤物，皇太極覺得既驚歎又欣然，驚歎於造物主最完美神奇的作品，欣然於自己恒久的等待畢竟值得。他放下燭台，親自伸手去挽扶心愛的佳人。

然而綺蕾將頭髮輕輕低俯，滿頭青絲便滑過柔膩的香肩，露出她光潔的背，那一道起伏優美的曲線。這樣一個姿態，似乎含羞，又分明勾引。

於是皇太極便不由自主，將手落在了綺蕾的肩上，順著那曲線緩緩地撫摸著，感受著手心裏傳來的陣陣悸動。這樣的經驗於他是新鮮的，生平佳麗無數，他也曾自命風流，然而勇士的天性讓他習慣於直截了當的方式，這般小心翼翼的觸摸與若即若離的誘惑對他還是第一次，這全新的體驗令他近乎於感動，而由衷的欣賞和無限的寬容便在這感動中產生了。

一連三夜，他竟然不忍心強奪綺蕾的處子之身，而只是撫摸，親吻，欣賞，讓自己的慾火一次次地被愛慕點燃，又一次次地被憐惜熄滅。

在這三夜之中，綺蕾沒有說過一句話，更沒有明顯的抗拒，甚至沒有一個不情願的眼神。她只是羞怯，楚楚動人我見猶憐的羞怯；她只是彷徨，煢煢白兔東走西顧的彷徨；她只是柔軟，孤助無依欲訴還休的柔軟；她只是婉媚，予取予求進退兩難的婉媚。

她羞怯地低俯著她的頭，卻柔軟地抬起她的手，彷徨地舞蹈，婉媚地回身，這是怎樣一種妖姬般香豔又聖女般端凝的舞蹈，宛如風拂柳擺，水映霞空。她不叫皇太極過久地接近她的身體，卻又在俯仰由他的舞蹈中讓他盡情領略自己身體最驚豔的柔韌與生機。

皇太極爲之顛倒。

還從沒有一個女子這樣地使他傾心，簡直魂授夢與。他總是焦急地等待天黑，又總是在綺蕾剛剛罷舞離去時便開始想念。他從來沒有這樣地想念一個女人，想念一個女人的身體，而又不僅僅是因爲那身體本身。他有點怨恨哲哲定下的新規矩：爲什麼不讓召幸的妃子留宿寢宮，而必須在事後即刻離去呢？他多麼想擁抱著綺蕾比玉生香的身體一同入夢，那樣，他的夢一定會很平和很香暖，而不再永遠是硝煙瀰漫的戰場和大漠蒼原。

然而他壓抑著自己，一連三天。

他並沒有急於佔有綺蕾，他等著她主動投降於他，或者——行刺於他。自願入宮爲妃的綺蕾真的是順服了嗎？被多爾袞調教了一年的綺蕾真的只是一個進獻的禮物、一份忠心的表白嗎？

他等待著，焦灼而悸動。他急不可待地要看綺蕾的底牌，也急不可待地要驗證多爾袞的真心。然而，她只是跳舞，以那樣一種柔順的姿態委婉地欲迎還拒，讓他不能自已，又無法判斷。

既然她不出手，就只有他來發兵了。征服一個部落的辦法是武力或者聯姻，對待女人也是這樣，慣於征服的皇太極，是不會沒有辦法的。

不出所料，到了第四天晚上，綺蕾終於開口說話了。

那個晚上最初和前三個晚上一樣，綺蕾任由皇太極撫摸著自己，卻不肯真正順從。她用身體傳遞著這樣一種婉轉的央求，她舞蹈，香汗淋淋，嬌喘細細，像蝴蝶震翅一樣地輕輕顫慄著，不知是因爲疲倦還是因爲恐懼。

皇太極的憐愛油然而生，他捧著她豔如春花的小臉，忽然說：「爲了你，我會善待所有的察哈爾人，不對他們趕盡殺絕。」

綺蕾一愣，抬起頭來。她看著他，這是她第一次正視他，四目交投，他在她的漆黑的眼仁裏看到了自己，他幾乎有些哽咽，發誓一樣地說：「我知道你愛你的部落，你的族民，我也知道你們的首領可林丹汗從上次戰敗就逃去了青海，並且帶走了察哈爾十萬精兵。現在滅他對我來說是易如反掌，但是爲了你，這一年來我一再拖延，沒有向青海發兵。」

綺蕾看著他，忽然身子一矮，跪拜下來，三天以來，她第一次以這樣一種投誠的姿態面對他，清楚地說：「綺蕾感謝大汗的無上恩寵。綺蕾懇求大汗，他日如與察哈爾相遇，請大汗以德懷之，莫行殺戮。」

「好！」皇太極豪邁地應承，「察哈爾一定會臣服於我！整個天下都會是我的！但是我答應你，一定手下留情，秋毫無犯，不傷他一兵一卒。」

綺蕾閉上了眼睛，忽然覺得全身的力氣都被抽走了。她是爲了她的部落，她的親人而進宮的，以身侍虎，臥薪嚐膽，就是爲了報仇。然而現在，她的仇人告訴她，察哈爾部的首領可林丹汗還活

著，並且帶著十萬精旅遠赴青海，那十萬人中，也必是有她的親人的吧？

原本以命相抵拚死力戰的刺殺計畫現在忽然變得顧慮重重，不再是義無反顧不計後果的了，因爲如果失敗，那將意味著察哈爾餘部的又一次滅頂之災。她彷彿看到年輕的勇士們一批批地倒下來，倒在她腳下的血泊中，不，那不是想像，是回憶。她曾親眼目睹過那場殘酷的鬥爭，就在漠南蒙古的大草原上，紅旗獵獵，殺聲震天，所有人都一層遞一層地吶喊著「吾皇太極」，那聲音把天都震得低了，整個天下彷彿只剩下皇太極一個帝王，而其餘所有的人，都成了他的臣民。當時，可林丹汗逃走了，她的父兄卻戰死在腳下，於是，她孤注一擲，拚著一死將匕首刺進仇人的胸膛。然而，她失敗了。

一年前的蒙古漠南草原上，她失敗了；一年後的今天，在盛京清寧宮的龍榻上，她有機會成功嗎？

漢人有一句話叫做「不成功，則成仁」，那是將生死置之度外的。生與死，她並不在乎。可是，她可以不在乎自己的生命，難道也可以不在乎青海餘部的十萬生命嗎？

除了歸順，綺蕾別無選擇。

而當她心中的劍被解下，她的一部分生命和靈魂也就同時被抽空了。剛才還韌如春藤的綺蕾，忽然變得柔軟無力，宛如一朵桃花從枝頭飛下，飄落風中。

皇太極接住了這朵桃花。

並且，讓她在錦榻繡褥之上燦然開放。

四宮的妃子們第一次空前地團結起來，同仇敵愾，齊心協力，將目標對準共同的敵人——綺蕾。

她們開始越來越頻繁地造訪永福宮，躲躲閃閃地打探綺蕾的行蹤，猜測她到底憑著什麼過人的媚術獨擅專寵。當著她的面，她們不是冷嘲熱諷，就是偷窺打量；背了她，就惡言詛咒，罵不絕口。

眼神起初還是飄忽的，話語也還含糊，後來就漸漸尖銳起來。不知是誰先罵出了第一句「小賤人」，其餘的人覺得這個詞簡直就是從自己的心底裏掏出來的一樣，立刻得到了一致的共鳴。設計懲治小賤人，成了諸宮嬪妃當前最緊張的功課，遺憾的是，一直都沒有人可以拿出良策來。

一日午後，娜木鐘用過午膳，只覺渾身倦乏，口乾舌燥，卻又並不是想喝水，只將小丫環支使著，一會兒叫伴夏給捶腿捏胳膊，一會兒又叫釵兒來把頭髮打散了重新梳起，左右不如意。

天氣熱得突兀，蟬嘶如泣血，空氣中一絲兒風也沒有，極度的嘈吵，極度的靜謐。大太陽白花花地照下來，晃得人睜不開眼睛——也不願意睜開眼睛。這個時候，只該放下所有的事情，在葡萄架下倉促地睡去，做一個汗淋淋的夢。

扇子有氣無力地搖著，不能停，也不敢快，快起來帶動的只是熱風，徒然亂了貴妃的頭髮。看見你們就覺得熱。貴妃罵丫環。可是又不許她們走開。唐宮仕女圖裏的妃子旁邊，不都是有個侍女搖扇子麼？

釵兒覷著臉色，變著方兒討主子喜歡，說：「娘娘絮煩，不如找淑妃娘娘她們來鬥鬥牌，剛吃過飯，可別這麼懨懨地悶在肚子裏，仔細反酸。」

娜木鐘卻只是搖頭：「巴特瑪的牌品太差，跟她打牌，惦記著贏，還得惦記著怎麼能要出銀子來，一場牌倒要擔著兩份心，沒意思。哲哲兩姑侄又老是打通莊，沒得讓人生氣。我是再也不跟她們鬥牌了。」

釵兒道：「說起大妃娘娘，前兒不是說江南新送來了些絲綢布匹嗎？娘娘不去清寧宮選幾匹？」

娜木鐘憤憤道：「不提那些絲綢還好，提起來我就生氣，往年送這些個綢啦釵啦的都是先盡著我挑的，今年大汗犯了邪風，竟然指名兒叫那個賤人先挑。別人挑剩下的，我才不要。」

釵兒無法，只得又出主意說：「那我們來做玉簪花兒粉可好？上次大汗給的方子，不是說到了秋天，珍珠粉就該換成玉簪粉了嗎？我看園子裏玉簪花開得正好，不如現在就做起來，又玩了又用了，自己調弄的總比外頭買的好使。」

娜木鐘果然喜歡，點頭說：「就是這樣，咱們到園子裏逛逛去，看看採些什麼花兒來用。」因鼓起興致來，叫釵兒益發將素日攢的脂粉秘製方子都尋出來，一張張看去，特地選出幾張來，按著方子往花園裏尋香造粉去。

因命伴夏挽著鏤金刻絲籃子走在前頭，自己扶了釵兒的肩，其餘小丫環隨後捧著唾盒、繡墊、雕翎扇、茶壺杯碟等物，一路穿過後院西側宮，從西角門兒石台扶梯下去，浩浩蕩蕩地往園子裏來。

方進垂花門，卻遠遠地看到對面橋上哲哲和大玉兒正手挽了手有說有笑地一路走過，下得橋來，看見娜木鐘的隊伍，迎面站住。娜木鐘少不得上前給大妃請過安，侍立一旁。

哲哲笑問：「你這是往哪裏去？做什麼？」

娜木鐘道：「日子長，閒得發慌，往花園裏去采些花來做香粉。」

哲哲笑道：「你越發能幹了，連香粉也會自己做起來——只是我乍見你這一大隊人，知道的是逛花園，不知道還以爲要學大汗帶兵佈陣呢。」

說得大玉兒也笑起來，問：「貴妃要采什麼花？做什麼粉？我在書上也讀過一些脂粉方子，倒沒自己動手試過，今天難得好太陽，不如也跟著學些本事。」

娜木鐘用手帕子掩著口，笑得花枝亂顫，道：「我哪裏有莊妃的本事大，又會讀又會寫。不過是當玩藝兒罷了。你說在書裏讀過脂粉方子，可看看與這幾張相比怎麼樣？」說著命釵兒奉上方子來。

大玉兒一行邊走邊看，別的且不理論，單挑出那張玉簪粉的方子來，說：「這筆字寫得俊秀工麗，分明是女子筆法，卻沒有閨中常有的扭捏之氣；還有這寫方子的紙，是官中御用的薛濤箋，是用桃花水漂過上等徽宣浸漂出來的，十分難得。」

娜木鐘高興起來，賣弄道：「這方子是大汗賞賜我的，說是那個和咱們打了多少年仗的袁崇煥的夫人手書，被范文程的探子弄了來。我只知道寫的人有些來歷，依你這麼說，連這紙也是有來歷的麼？」

莊妃正色道：「這樣說來，這張方子竟是無價之寶，不可多得的。貴妃千萬要妥善珍藏才是。」又取出一張葵子丁香粉來，議論說：「這一張雖然普通，卻是史上有典的，醫聖賈思勰《齊民要術》有載，說用白米英粉三分加胡粉一分合勻，調取葵花子蒸熟，再用紗布絞出汁來，與粉調合，曬乾。然後再蒸曬，如此三番，做出來的粉又細又勻，最後加進香料，或者就直接用乾丁香花揉在粉中，藏在密封的罈子裏，隔段時間取出，就成了葵子丁香粉了。」

哲哲詫異：「果然漢人的書上也寫脂粉方子麼？我還以爲只是些齊家治國的大學問才可以入書。如此說來咱們這後花園竟是些寶貝，以後那些胭脂水粉竟不消往宮外買去，只自己做來使，豈不又乾淨又新鮮，且也有趣。今天咱們娘兒可跟著貴妃開眼了。」

大玉兒道：「姑姑不知道，除四書五經是正經學問外，那些野史雜書什麼沒有，別說這脂粉的方子，就連房中秘術，春宮圖冊兒都是一套一套的呢。我敢賭，貴妃屋裏就一定藏著有好些。」

說得娜木鐘臉上飛起紅雲，嬌嗔道：「這可是瞎說，你哪隻眼見我屋裏藏著好些春宮冊來？你倒是去翻上一翻，翻不出來，要你現場演給我看。」說著追著要打，大玉兒一行跑一行求饒：「貴妃莫打，我告訴你一個巧方兒。」

娜木鐘停下來問道：「你有什麼巧方兒給我？」

大玉兒念道：「三月三日采桃花，七月七日采雞血……」

娜木鐘先前聽她說到春宮兒，這會兒又聽說雞血，便生了疑，仍追著要打，說：「我就說狗嘴裏吐不出象牙來，你還不肯說出好的來。」

大玉兒躲在哲哲身後說：「你自己心思邪，不肯好好聽人說話，看你到處搜羅胭脂方子，好心說給你聽，你倒罵我。」

娜木鐘見她躲於大妃身後，不便再追，只站住了問道：「那你好好地說完，要真是脂粉方兒便罷，要是賣弄巧嘴取笑人，還是不饒你的。」

大玉兒道：「真個是好方子，李時珍《本草綱目》裏寫的，你聽著：三月三日采桃花，七月七日采雞血，和塗面上，二三日後脫下，則光華顏色也。」

哲哲詫異：「你讀的書越發奇怪了，怎麼竟然看起《本草綱目》來，難道貴妃自己配胭脂還不夠，你連太醫院也省了，要自己坐堂問診，懸壺濟世了麼？」

大玉兒自悔失言，含含糊糊地道：「哪裏，也是恰好在手邊，隨便翻上兩頁，還不是跟貴妃一樣，找找調理的方子罷了，其實和醫藥無關。」

娘兒幾個彼此嘲笑揶揄著，牽牽絆絆走進花園裏來，各自心懷鬼胎，且不急著賞花，只管一徑走到八角亭中坐下。丫環們忙送上錦墊等物，又忙傳茶水點心來，頃刻擺了十幾碟子。哲哲歎道：「可惜現在是秋天，不是丁香花開的節氣，縱然有方子也沒辦法。倒是這張玉簪粉的方子是應景兒的。」

娜木鐘便命伴夏指揮眾丫環往園裏采玉簪花去，自己和哲哲大玉兒用絹帕拭淨，精心挑選上等好花以竹剪刀剪去花莖，製成玉簪盅，灌入胡粉。

原來這玉簪花於農曆二月抽芽，六月開花，莖柔葉圓，大如手掌，葉端尖尖的，從中心的葉脈上分出整齊的支脈來；到了六七月裏，就有圓莖從葉片中間抽出，莖上有細葉，中生玉一般雪白花朵，少則五六朵，多則十餘朵，長二三寸，開放時花頭微綻，六瓣相連，中心吐出淡黃花蕊，香淡而清，並不散發，花瓣朝放夜合，第二天就萎了，所以選取用來製粉的花朵不可早一日，也不可晚一天，早則花苞未放香氣不足，晚則萎謝凋殘香消色殆，挑選功夫極爲苛刻。

幸喜伴夏於花草習性極熟，並不見怎樣用心費目，只隨手采去，總是一叢花裏最新鮮飽滿的幾枝。喜得哲哲贊道：「這丫頭竟是花神托生的，不愧了貴妃的調教，強將手下無弱兵，難怪你的脂粉調弄得好，敢情連丫環也這樣了得。」

娜木鐘笑道：「娘娘算得準，相得好面，伴夏家裏可不是做花兒匠的麼，因她爹死得早，才賣了做丫頭，於別的上沒什麼才幹，這侍弄花草可是極精的。」

哲哲道：「她是花神托生的小仙女兒，你自然更該是正牌神仙了，再不濟也可封個何仙姑的。」三人一邊嘲笑一邊剪花，方做得幾盅，巴特瑪早已得了信，扶著丫環急匆匆走來。哲哲不禁笑道：「又來了一個，剛好一桌麻將。」

巴特瑪上前請了安，一旁坐下，看見一石台的玉簪花盅，奇道：「好端端的剪了這些花來，又不見往頭上插，倒灌進這些個胡粉來，是做什麼？」娜木鐘因向她說了典故。巴特瑪笑道：「你們也真能出花樣兒，連香粉也要自己做起來。趕明兒，只怕把點心房的人辭了，連做點心也索性自己動手好了。」

哲哲道：「只是個玩藝兒，偶爾爲之的，哪裏會認真起來，要拿這個做營生呢？」

娜木鐘卻正色道：「花朵真是可以入點心做吃食的，你們不信，改天我叫伴夏做了來請你們。」

哲哲詫異，向伴夏問道：「花朵果然吃得麼？」伴夏不卑不亢地答道：「回娘娘話：花朵不但可以吃，還可做茶、做蜜餞、煨湯、熬粥、入藥，可做的事情多著呢。」

哲哲逗起興致來，更加問道：「那你說說看，都有哪些花能吃？又能做些什麼點心來？」

伴夏答道：「天下之大，幾乎無毒的花盡皆有用，單以這園子裏來說，像菊花、桂花、臘梅、建蘭、荷、蓮、芙蓉、石榴、梔子、丁香、佛手、鳳尾蕉、益母草……盡可煨湯入藥，只要烹調得宜，都可吃的。」

巴特瑪拍手道：「那好呀，揀日不如撞日，既然你說樣樣可以吃，這便做來讓我們嘗嘗鮮吧，別只紙上談兵、畫餅充饑，叫我們望梅止渴的才好。」說得眾人都笑了，道：「淑妃的這三個成語形容得最妙。」

巴特瑪得了誇讚，十分得意，起先娜木鐘遣小丫環叫她到園裏來，並不知為著什麼緣故，此時見人湊得齊，又聽大妃哲哲說「剛好一桌麻將」，便以為要打牌，於是問道：「輸贏是多少？我好叫丫環屋裏取去。」

說得娜木鐘笑起來：「誰說要打牌來著？況且就是打，也不急著算賬，哪裏就輸窮了你呢？」

哲哲忙止住說：「娘幾個好好說會子話不好？又沒的打什麼勞神子牌，我這幾日害腦仁疼，最怕算數。」

巴特瑪原本無可不可，便順著話頭道：「也好，正是好好地說會兒話的好。莊妃妹妹，你那邊那一位如今怎麼樣了？沒跟你們一塊兒出來？」

娜木鐘忍耐這半日，總算等到巴特瑪提起話頭，立刻接過話頭，先趕著哲哲親親熱熱地叫了一聲「姐姐」，前所未有地恭敬親切：「姐姐是後宮之首，母儀天下，可要勸勸大汗愛惜身體，不能太由著他的性子鬧了。您說呢？」

哲哲淡淡笑了笑，心說你每天變著方兒狐媚大汗那會兒怎麼不說要勸勸大汗愛惜身體，這會兒學會說嘴了。勸勸大汗。大汗是那麼好勸的？表面上不便駁回，只得模稜兩可地歎一口氣，說：「咱們大汗的脾氣，你們還不曉得嗎？也不過新鮮三天罷了。不值這麼驚惶失措的。」

娜木鐘見不是話，又轉向大玉兒含含糊糊叫了聲妹妹，也不管輩份錯亂，稱謂混淆，趕著說：「妹妹，綺蕾住在你那裏，你就管得著她，可不能太縱了她，真當咱這後宮無人啦？」

大玉兒做出無奈樣子來，攤手說：「大汗並不往永福宮來，只是召綺蕾往清寧宮侍寢。姑姑已經定了規矩要太監計時，不許侍妃留宿。難得大汗許了，其餘還有什麼辦法可想？」

巴特瑪將手一拍，叫道：「娘娘這個方法最好。建宮這些年，早該定規矩了，也省得大汗今兒一個明兒一個的。以後大汗有幹什麼寵幸，都要叫太監寫下來報告娘娘，不然可還有什麼譜子？」

哲哲蹙眉道：「那都是以後的話，要交給禮部慢慢議處的。如今且只說這綺蕾，她住在永福宮裏，再張狂也還是有限，改日大汗賞了她自己的寢宮，那才叫饑荒呢。」

娜木鐘驚道：「前些日子恍惚聽了一耳朵，說大汗要給那賤人修建新宮，還說得空想問問娘娘呢，敢情竟是真的？一個察哈爾的小賤人罷了，住進莊妃妹妹的永福宮裏已經是抬舉她了，還不足夠，蓋宮起殿的，她也配？」

哲哲歎道：「你不知道這裏的緣故。前些日子太醫出出進進的，說是綺蕾八成是有喜了，依規矩，妃子懷孕七個月須得安排自己的寢宮，這回可好，八字沒一撇呢，大汗倒已經先給預備下了，派了專人侍候起坐，三餐都是御膳房專人負責專人檢查，都快越過我的頭去了。」

娜木鐘翻翻眼睛，想你剛才還說什麼「不過新鮮三天」，這麼快倒又抱怨「越過我的頭去了」，真是做了大妃，想怎麼說話都行。然而現在不是鬥嘴賣乖的時候，大敵當前，她們須得同仇敵愾，且「綺蕾有喜」的消息也是第一次聽說，不禁大驚失色：「她有身子了？現在都這麼著，果然生了兒子，還不得上房揭瓦？」

哲哲道：「雖然日子淺，還做不得準，看那情形總是有了七八成把握。傅太醫親自把的脈，六月二十四那日給荷花上壽，宮裏散花糕，大汗再三叮嚀給她的花糕要單做；就是方才我去永福宮，她出來請安，傅太醫還在一旁說是大汗親下的口諭，叫她不必跪安呢。」

娜木鐘愈發妒恨，且也詫異，問道：「為何花糕要另做？難道給我們吃的是不乾淨有毒的不成？」

哲哲道：「你不知道，那花糕是用五色米粉、新鮮蓮蓬、拌上熟栗子肉搗的細末，調和麝香糖蜜捏成的。就因為有了這丁點兒的麝香，就把大汗驚得蠍蠍螫螫的，好像螞蟻鬚子上的兩口糕也能墮了胎似的。」

大玉兒也說：「現在我那裏天天太醫進穩婆出的，不但麝香，就是連普通的薰香也不許點，那日賞花糕，還是在姑姑處吃了兩口，送到我們那裏的，都是另做，太醫嘗過了才給發下來，看守得嚴著呢。」

娜木鐘訝道：「麝香能墮胎嗎？這倒是第一次聽說。」又咬著牙咒罵，「射不死的小賤人，多早晚叫她吃下幾斤麝香，真墮了胎去才阿彌陀佛呢。」

巴特瑪驚道：「姐姐可千萬別說這話，傳出去，大汗還不治你的罪呢。」

娜木鐘道：「左右就這幾個人，莫非還有誰會害我不成？」

哲哲笑道：「雖然如此說，到底嘴上留個把門的才好，豈不聞禍從口出？」

大玉兒任幾人三言兩語地亂出主意，只不肯插嘴，一展眼看見兩個小丫環捧著點心盒子隨伴夏遠遠地來了，知道是花朵點心做得了，笑道：「剛聽姑姑教訓說禍從口出，想著要三緘其口呢，這卻是進口的東西來了，又怎麼捨得不張口呢？」說的眾人都笑了。

迎春過來幫著伴夏把點心取出來安箸布碗，看時，卻是荷花蒸鴨、薔薇豆腐、夜來香拌筍尖、玫瑰蛋羹，並一大碗清香撲鼻的玉簪花雞蛋湯，觀之紅香綠玉，聞之心曠神怡，嘗之齒頰生香，哲哲等人不禁一齊喝起采來，便把綺蕾的事情也忘了，只顧喝湯。

第八章　夏日後宮的一個春夢

「風蕭蕭兮易水寒，壯士一去兮不復還……」歌妓一詠三歎，水袖如飛，那樣悲壯的歌聲由江南佳麗們婉轉地演繹出來，另有一種淒婉的憂傷。

多爾袞以銀箸擊金樽打著拍子，醉態可掬。這些歌妓是從綺蕾進宮後買進府裏來的，綺蕾的離去令睿親王府如此空曠，不得不讓她們的歌舞權做填充。

風蕭蕭兮易水寒。荊軻刺秦可以流芳百世，綺蕾呢？她若行刺皇太極得手，可會留一段千古的傳奇？

自送綺蕾進宮那一天起，多爾袞就無時無刻不在焦慮地等待，等著刺殺得手的捷訊自宮中傳來。到了夜間，這種焦灼就更加強烈而意味深長，他充滿妒意地猜測著，此刻的綺蕾一定很妖嬈，此刻的皇太極一定很瘋狂。

她已經將他迷惑了三個月了，爲什麼還沒有動手？他和她的糾纏到底還要延續多久？如果她失敗，會將自己供出來嗎？如果她成功，會不會被處死？

他真想把綺蕾從永福宮裏翻出來當面問個清楚。然而盛京的後宮雖然不比明宮那般闈禁森嚴，貝勒親王出入妃子寢殿畢竟也不是件容易的事，總得捏個因由藉口，還要時間巧，還要接應得心照

不宜——宮院深深，誰又是多爾袞的內應呢？

究竟不知道是莊妃的主意，還是綺蕾自己的心思，多爾袞每每拜訪永福宮，總是丫環陪侍，眾目睽睽，見到綺蕾的機會就少，想單獨說句話，竟是比登天還難。

他唯一的辦法，就是拐彎抹角地向大玉兒探聽，並且一反常態地，鼓勵自己的福晉頻頻進宮，且說：「說什麼我們也是綺蕾的義父母，你這做額娘的，有閒還該常去探望走動才是，也顯得我們領受大汗的好意，知恩圖報。」

睿親王妃巴不得一聲，三天兩頭地盛裝了顛顛往宮裏去，每次都帶回來一籮筐的閒話。她很訝異丈夫竟然有興趣聽她饒舌，便越發添油加醋地，把宮裏那些見聞盡興轉述出來，每每說到興奮處，便獨個兒先感慨嘻笑起來，搖頭晃腦地咂摸著，把剛剛說過的話又原封不動地重複兩三次。

多爾袞耐著性子聽福晉演說，然而一次又一次地，她令他失望。那些訊息沒有半點價值，即使涉及到綺蕾，也無非是些大汗如何厚賞她眾妃如何議論她這些聽了叫人愈發生氣的話。

於是，每次聽完那些廢話，他便叫歌妓們進來，令她們沒完沒了地歌舞那曲「風蕭蕭」。永遠是這一曲。除非成功，他此生都不打算再聽到別的歌。

這樣子捕風捉影地等了三個月，刺殺的訊兒仍然紋絲未動，宮裏卻傳來了綺蕾懷孕、封為靜妃、賜建關雎宮的消息。

綺蕾懷孕了？多爾袞那個恨呀，他說不清自己為什麼這般仇恨，不僅恨上了皇太極，甚至也恨上了綺蕾。這個賤人，她竟然為皇太極懷孕。她沒有讓他死，卻要為他生——為他生孩子！

那天下午，多爾袞把自己關在花房裏呆坐了整整一下午，不許任何人進去，就是睿親王妃也不可以。

他坐在花房裏，看著綺蕾用過的妝鏡，睡過的床鋪，感覺到一種嶄新的從未有過的情緒，叫做寂寞。那蝕骨的寂寞讓他整個人覺得空落得好像隨時可以飄走，蕩在空中，漫無目的，也無可落處。

這一刻比任何一刻都讓他清晰地明白，綺蕾走了。

綺蕾已經走了三個月，然而他一直沒有當她真正離開。現在，他確定了，她是真的走了，再也不會回來。而越是因爲他知道她已經走了，她在的時候的那些記憶就越是鮮明地浮上心頭。

不知爲什麼，每當想起她，他記憶中最鮮明的形象始終不是她豔妝重裹的樣子，也不是她誘惑於他的種種把戲，而只是她傷病時的可憐狀。她那麼無力地而又真實地躺在那裏，毫無矯飾，把性命完全地交給自己，那是怎樣的一種淵緣？

他記得她剛剛醒來的那會兒，他餵她吃粥，可是長久的服藥已經讓她的胃口失去了消化的功能，粥剛喝下沒多久，忽然整個兒地噴吐出來，吐了他一身。他不放棄，換了碗粥，扶起她，繼續餵。她吃得很艱難，吃了幾口，又吐出來，虛弱地搖頭。他不許她軟弱，逼迫她，如果你連一碗粥都對付不了，又怎麼對付皇太極呢？再不吃飯，你就要一輩子躺在這床榻之上了，休想再站起來，那麼，你的仇怎麼辦？恨怎麼辦？她撐起身子，又勉強開始咽粥。

此刻，那餵粥的一幕鮮明地重現在眼前，一遍遍重複著，他現在知道那一刻他有多麼充盈而滿足。如果可以讓他一輩子替綺蕾餵粥，他將有多麼幸福，而生命又將多麼有意義。

可是現在，她離開了他，徹徹底底地把自己從他的生命中連根拔出，棄如敝屣。她是他的人，她的命是他給的，她怎麼可以背叛他，爲別人生孩子？

她真是太辜負他了！

曾經對綺蕾有多麼摯愛，如今就對她有多麼仇恨。多爾袞恨不得衝進永福宮去把綺蕾掐死。然而他能做的，只是掐斷了一枝插瓶用的雁來紅，將它在自己的手心裏揉得粉碎。

微腥的花的汁液從指縫間滲出，如血。

這一日，睿親王妃又一大早就裝扮了大張旗鼓地進宮去了。到了中午，多爾袞在前朝議完政事，大汗留膳，八旗將領向來不慣斯文安靜地細嚼慢嚥，酒至微醺，興致漸濃，便有人提議猜拳，投壺，甚至鬥腕，摔跤，十王亭廣場上鬧成一片。

一時阿濟格因與豪格鬥酒輸了不肯認，兩人爭執起來，紅白旗的子弟各有相幫，竟成兩旗摔跤大戰。皇太極原本喜愛熱鬧，且旗人子弟鬥毆打架都是尋常之事，只要不傷及人命，便不必理。遂不僅不勸，反而興致勃勃地觀戰，並帶頭下注，賭兩人究竟誰輸誰贏，眾額真也都哄然叫好，下注投標，分庭抗禮，竟成賭局。

多爾袞見鬧得不堪，乘人不備溜出席來，逕自穿過崇政殿東掖門往後宮裏來，一路思忖，遇到人查問，只說尋福晉回府順便拜會莊妃就是。

幸喜正午炎熱，除了前庭侍宴的執事太監外，其餘僕婢竟都捉空兒躲清閒去了，從鳳凰樓往永福宮一路行來，除了蟬噪蛩鳴，花影扶疏，竟是一個人影兒不見，鴉雀無聲，連貓兒狗兒也都盹著了。

穿過雕花迴廊，便是永福宮門首，忍冬帶著小丫環恭迎出來：「睿親王妃和靜妃娘娘往清寧宮給娘娘請安去了，莊妃娘娘新浴，正在午睡。」

多爾袞只覺得心裏微微一動，漾過一陣異樣的感覺。「新浴」這兩個字帶給他一種莫名的刺激，使他忽然很想立刻、馬上見到莊妃，一刻也不能慢怠。可是見她做什麼呢？他沒有想過。

「我有密事奏娘娘。」他揮一揮手，「你們不用跟進來服侍了。」

莊妃娘娘果然在小睡。

就睡在院子裏，花架下，涼椅上。

午後的宮苑是靜的，幾隻鶴棲在池邊打盹兒，連廊上的鸚鵡也慵懶。

渴睡的宮女倚著荼蘼架有一下沒一下地給莊妃打著扇，眼睛半開半合，也已經朦朧，見到多爾袞，要想一下才省過來請安。

卻已經被多爾袞的手勢制止了。他接過扇子：「你們出去。這裏有我。」

這句話極不通。這裏有你，爲什麼就該我們出去呢？

可是宮女們沒有多想，她們習慣於服從，習慣於不想。她們溫順地退了出去，靜靜地，裙裾拖在落花上，一絲聲響兒也沒有。

她們剛才的位置，被多爾袞取代了。

他拿過扇子來，卻沒有揮動，只是靜靜地坐在莊妃的涼榻旁邊看著她，看她長長的睫在眼瞼下遮出半輪新月，看她柔嫩的頰因爲熟睡而嫣紅，還看她半搭在身上的錦被滑落，露出一泓湖水般的美人骨與半截酥胸。

看著看著，他就不安靜了，試探地伸出手，輕輕沿著骨的走向撫摩著，一下又一下，緩如打扇。

莊妃沉沉地睡著，毫無知覺，或者，是早已知覺了，卻不願醒來？

他的手漸漸深入，移至莊妃的胸前，撫摸著，迤逗著，然後，他緊緊握住了那一對酥乳，讓她們在自己的巨掌中團成兩隻小鳥，揉捏著，把玩著，甚至將自己滾燙的唇按在上面，輕輕咬齧，舔撮。

莊妃的身體開始扭動，像一條蛇，柔軟而嬌媚。「嗯……」她忍不住地呻吟了一聲，是欲望在身體深處爆裂的聲音。

那彷彿是一聲號令。

多爾袞再也忍不住了，猛地掀掉錦被，將自己化成被子，伏上來，壓下去，深入，撞擊，抽動……

「嘩啦！」躺椅承受不住兩個人的激情，塌倒了。

然而瘋狂的男人顧不得那些，甚至沒容女人翻身坐起，便按住她繼續抽動，排山倒海的激情一陣猛烈似一陣，像草原上刮過的風，像萬馬奔騰……

「啊……」終於，他射擊了，身體靜下來，還依然在微微地抖動。

身下的女人，死了一樣，緊閉著眼，眼角有兩滴淚。

他看著那兩滴淚，心裏有異樣的滿足和安靜。皇太極上了他的女人，而他上了大玉兒，他們扯平了。他對自己說，這是第一次，還會有下一次，第三次，第四次，皇太極令綺蕾懷了孕，他也一定要讓莊妃懷上自己的孩子。

只有這樣，才可以洗去綺蕾帶給他的傷害。

他捧起莊妃的臉，細心地將那淚吮去，抱起她，一步步走進寢宮，輕輕放在榻上，不忘了扯過另一條錦被將她蓋上，然後，離開。

當他走時，他覺得自己拋棄了綺蕾，拋棄了對她的期待和信任，也拋棄了對她的思念和愛慕。

他們兩個，互相背叛了。

而自始至終，莊妃沒有睜開過眼睛。

彷彿，只是一場春夢。

入夜，忍冬服侍莊妃睡了，自己也在外間躺下，卻忽聽得帳內似有抽泣聲，忙起身進來，輕輕問道：「娘娘，可是做夢？」問了兩聲，不見答應，深知娘娘爲人是不喜別人打探心思的，便只做聽錯了，仍回外間躺下。

稍頃，隱隱聞得裏面又有歎息之聲，忍冬猶疑不定，終不敢再進去，只聽莊妃在裏面輾轉反側，忽嗔忽喜，若有無限心事。

忍冬屏息聽著，雖不知白日裏發生什麼事，約摸也猜著了。十四爺出門時，她原留了個心眼，不叫別的宮人進去，只自己一人進了院子，看見籐椅塌散、錦被拋疊，娘娘的褻衣被扯得裂落一地，不禁大吃一驚。再看莊妃，死了一樣躺在榻上，闔目微息，兩頰潮紅，聽得忍冬進來，只微微啓眼看了一看，想要說話又沒力氣，仍闔目似睡非睡，便不敢驚動，只快手快腳收拾了殘局，又替娘娘放下帳子，這方開門叫別的人進來。

近身服侍莊妃娘娘這許多年，雖然莊妃爲人嚴謹，不苟言笑，然而每每遇到十四爺，卻行跡親昵，每涉於狎，十四爺猶喜動手動腳，便當著丫環面也從不檢點，莊妃面上雖惱，其實半推半就，春風上臉，看情形也是願意的。她的心事，忍冬便多少猜到些了，只不確定兩人的關係到底走到哪一步，看今天的樣子，多半是成功的了。

娘娘嫁與大汗這麼多年，雖然貴爲人主，卻並不見得有多麼開心。尤其從綺蕾進宮以來，她更是心事重重，鬱鬱寡歡，忍冬每每想些主意使她開心，並不能奏效。若是她果然與十四爺情投意合，倒也是一件好事，也不枉她的美貌聰明了。

然而，妃子與王爺有染，這是何等的大事，倘若鬧破，是要掉腦袋的。不僅娘娘的腦袋不保，自己這個貼身丫環也少不得陪上一條命，這卻如何是好？

這樣想著，忍冬大是不安，竟也忽嗔忽喜，輾轉反側起來，豎耳聽得莊妃在裏面鼾聲微起，已然睡熟了，自己卻再也睡不著，思前想後，通宵達旦。

大玉兒在夢裏見到了多爾袞，並再一次抵死纏綿。

她彷彿回到了大草原上，那裏沒有後宮，沒有戰事，沒有爭寵，只有一個男人和一個女人。她的多爾袞，是那樣一個輕裘寶馬的英俊少年，而她，貌美如花，天真活潑，他們傾心相愛，如影隨形，片刻也不分離。天爲穹廬，草做錦褥，他們擁抱，親吻，沒完沒了地顛鸞倒鳳，不知疲倦。

醒來時，她的嘴角仍然感覺到多爾袞綿密的親吻，她的懷抱仍然殘留著多爾袞結實的體溫。直到這一刻，她才相信，她與多爾袞，是真的合爲了一體。

夢比真實更清醒。

她十二歲離開科爾沁，在哥哥吳克善的陪同下遠赴遼陽嫁給了皇太極。第二年，皇太極登基稱汗，所有人都說大玉兒好福氣，然而表面的榮華彌補不了內心的創痛，在別人眼中，她是大汗的側福晉；在她自己心裏，卻只當自己是個孤兒。

離開了熟悉的草原，離開了摯愛的親人，對一個十二歲的小小妃子來說，邀寵鬥豔都不是她的真實心思，她最大的痛苦，是孤單。在這宮裏，大汗和姑姑本應該是她最親的人，然而事實並不是這樣。大汗，更像是她的對手，而姑姑，則把她當作棋子。

十二歲的她，既不能成爲一個好的調情高手，亦不能了解對奕之道。面對大汗的冷落和姑姑的抱怨，她覺得挫敗，更覺得無奈，四面楚歌，孤助無援。

而唯一的慰藉，就是多爾袞。

多爾袞是汗宮裏的另一個孤兒。

父死母殉，汗位被奪，多爾袞在一夜間遭受了人間最慘痛的三大悲劇，不僅僅成了無父無母的孤兒，更成了新汗王皇太極哥哥的眼中釘。他的性命岌岌可危，人生旅途荊棘叢生。他變得沉默寡言，內斂乖戾，排斥宮裏所有的人，只除了代善和大玉兒。

兩個孤獨的孩子結成了最親密無間的夥伴。

他們天天一同讀書，習射，騎馬，遊戲，把對方當成生命中最親近的人。所有親情的損失都要在對方身上找回來，所有付不出去的感情都毫無保留地奉獻給了彼此。他們曾經發過誓要一生相守

的，然而隨著一天天長大，那些誓言一天天淡滅起來。

雖然她在心底裏仍然認定他是最親的，但是男女之間的交往想要往前發展，最終總要歸結到肉體的糾纏上。單純以精神之力，除非是無妄的相思，乾脆藏在心底永遠不見天日的，否則總會在日復一日的隱忍和壓抑中日漸消磨。

一個是大汗的側福晉，一個是受封的睿親王，兩個人的距離越來越遠，每見一次面都只會把他們的距離更加拉遠一分——因爲見面，無非是在提醒著他們彼此的身分，告訴他們過去所有的情誼都已經過去，此刻的他與她只是守禮相望的君臣親戚。

直到這個春夢一樣美好的夏日午後。

這個旖旎放縱的午後，這美侖美奐的夢境，這激情纏綿的交合，終於把兩個人重新拉在了一起，近得中間一絲縫兒都不留下。

它不僅喚醒了大玉兒的感情，也重新喚醒了她的身體。

她是自從嫁與大汗的那個夜晚便對身體糾纏心存戒懼的，那撕裂的痛楚，那點點的血跡，那狂暴的衝擊，無不令她驚惶厭惡。她雖然也曾積極地參與到眾妃的爭寵之戰裏，卻並不真是爲了恩寵或需要，而只是面子攸關，是尊嚴的爭取。

但是和多爾袞的偷歡是不同的。

一切那樣猝不及防地發生了，卻又偏偏完美浪漫得像一場精心安排的演出。它使大玉兒彷彿回到了童年那無憂無慮青梅竹馬的交往中，早在那時候，她就應該知道，她和多爾袞才是真正的一對兒。隔了整整十年，他們才終於走到一起，是不是太遲了？

這個早上，大玉兒在梳洗後做的第一件事不是向哲哲請安，而是遣人往睿親王府請福晉進宮一敘。

昨天和多爾袞的交手太激動人心了，她怎麼可以讓這一幕沒有下文？然而王爺和妃子的見面難比登天，她一個側妃，有什麼埋由召王爺進宮？

於是，就只有讓與多爾袞最親近的睿親王妃代勞了——儘管，大玉兒是那麼不願意承認這一點。

昨天整個的過程都好像一場夢，讓她一而再地回味思想，卻怎麼也想不清一切是怎麼發生的。她迫切地要見到一個人，可以與她談論多爾袞，說起他的名字，講述他的故事。這個人，除了睿親王妃，又能是誰呢？

大玉兒的種種心思，睿親王妃是想破頭也始料未及的，她天性裏有一種擇善的憨真，只聽莊妃說是悶了，想找位姐妹敘敘家常，便一廂情願地高興著，找盡了話與她解悶。說來說去，自然便會說起睿親王爺多爾袞——根本除了多爾袞，她的世界裏又哪裏還有別的精彩呢？

通過與睿親王妃時時的敘話，大玉兒覺得和多爾袞又見面了，他們在他妻子的談話中幽會，彼此會心微笑。她不擔心這蠢笨的王妃會不回去向多爾袞彙報今天的談話內容的，所以，當她向著她說話的時候，她看到的根本就是多爾袞，覺得自己在對多爾袞說話，於是那一顰一笑就有了新的意味。

她在這遊戲中樂此不疲，直到有一天聽說多爾袞要奉命隨大汗去塞外圍獵，這叫她忽忽有所失，變得悶悶不樂起來。

她挖空心思地想方設法如何能和多爾袞再見一面，並且生平第一次打破自己寧為人知勿叫人見的做人原則，不避嫌疑地讓忍冬悄悄出宮給多爾袞送了一封信，囑他無論如何設法進一次宮。

然而，她怎麼也沒有想到，多爾袞進宮的那一天，他們卻失之交臂了。

而多爾袞，則在許久的等待之後，到底和綺蕾單獨見了一面。

那天是淑慧格格生日，睿親王妃照例備了些金鎖片長壽麵之類欲送進宮裏去巴結莊妃，早兩天已經開始念叨，臨去這天，偏偏一早兒起來便嚷頭疼，只得將喜包交付多爾袞帶進宮去。

多爾袞自那日與莊妃有了肌膚之親，又接了忍冬的信兒，也一直惦記著再找個機會重溫鴛夢。得了這個由頭，便於下朝後施施然逕自闖進後宮來，逢人問，只亮出包裹說是與淑慧格格送禮，小太監們倒也不敢攔阻，遂被他一路來進永福宮裏，卻見宮裏只有綺蕾和朵兒兩個在挑花兒，見到多爾袞，朵兒忙跪下請安，稟道：「不知十四爺來訪，莊妃娘娘陪淑慧往御花園逛去了，奴才這便去請。」

正所謂有心栽花花不發，無行插柳柳成行，自綺蕾進宮以來，多爾袞不知找了多少機會想求單獨一見而不能，如今輕易得來，始料未及，看著綺蕾，感受到自己心底裏洶湧如潮的欲望和思念，這時候他才發現，他是這樣地想念她，想念這桃花一樣的女子，想得心都疼了，想得面對面都仍然覺得遠，覺得渴，覺得絕望。

然而她冷若冰霜豔如桃李的臉上，一如既往地沒有半分表情。

這提醒了他，她畢竟不是他的情人，而只是他的同謀。他和她之間，有一宗大秘密，而她還沒有給他一個答覆呢。

他的聲音也隨即變得冰冷，幾近威脅：「爲什麼還不動手？」

「他答應放過可林丹汗。」綺蕾坦白地回答，聲音平靜，眼神空靈，彷彿靈魂已經被抽空。

他答應放過可林丹汗。短短九個字，再沒有一句多餘的話。然而她的心志已經表白得再清楚沒有，他知道，這不是解釋，而是宣言——結束合作的一種宣言。

她再也不是他的同謀。

一直以來，他把她當作另一個自己，以爲她就是他，她的入宮是爲了替他報仇。然而忽然之間，她提醒了他，她是她自己，從來都只是他身外的一個人。他們來自不同的部落，擁有不同的使命，儘管他們的敵人一致，然而兩個人的仇恨加在一起，卻仍然不能帶來慰藉。

一直以來，他背著一段仇恨在這世上踽踽獨行，到處都是走著的人和風景，但是沒有人可以幫助他卸下重負。忽然遇到一個同路的行者，他以爲她可以與他呼吸相應，心靈相通。她卻將他拋棄在荒野，毫無顧惜。

一直以來，都是他在自作多情，自行其事。他的悲哀從來都只屬於他自己，她的內心也從來沒有真正對他打開過。她霸道地走進了他的生命，並且借助他的幫助恢復生機，可是她就像一隻吸血的蝙蝠那樣，一旦吸飽喝足，就翩然飛去，再也不理會那具被她抽空的身體。

多爾袞覺得失敗，從未有過的失敗；更覺得孤獨，從未有過的孤獨。

他失去綺蕾了。

也許他從來都沒有得到過。

但是在她誘惑他又拒絕了他的那個晚上，他以爲她是愛過他的。那個晚上她用的方式是扮演他的母親，重演他母親殉葬前昔的情形。這讓他爲她傾倒，同時也以爲她心中有他。

他從沒有真正地愛過什麼人。母親臨終前夜與代善的長久相擁，成了他對愛情的唯一理解，那無言的擁抱，絕望的守候，就是他心中最神聖最絕美的愛了。

曾經有一個夜晚，他徘徊在愛的窗前，他一直以爲，如果當時他可以鼓起勇氣敲門而進，也許他就可以擁抱愛情。可是因爲那時候他心裏裝載得更多的不是對愛的渴望而是復仇的熾願，他與這唯一一次得到他心目中真愛的機會失之交臂了。

可是他至少渴望過。

現在，她的回答把這一點點可憐的想像也打破了。他於是知道，即使那個晚上他破門而入，他也不可能擁有她。她不屬於他，不屬於任何人，而只屬於她的察哈爾部落。她是爲了察哈爾而拚死一搏，而以身侍虎，同樣也可以爲了察哈爾而忍辱負重。

她不是沒有感情，不講義氣，只是，她所有的感情和義氣都給了她的部落，而屬於她自己的那部分人性，早已經在她昏迷不醒的那些日子裏隨血流盡了。

她和他，從此再也不相干，就彷彿兩個陌路人，曾經擦肩而過，然後永無交會。

多爾袞離開永福宮的時候，是低著頭走出的。宮門外，一片荒野，從原始走向永恆。

沒有人知道，他是不是，流了淚。

第九章　當爭寵不是後宮的主題

又到深秋。

秋與窗戶總是緊捱著的，那纏綿的雨絲，飄飛的落葉，都像一幅撲面而來的畫，固執地以窗戶為畫框，鮮明地逼顯在面前，令人無從迴避，從而清楚地意識到，秋天來了。

女人們在秋天會覺得懨懨地沒有興致，男人在秋天卻會摩拳擦掌地覺得渾身的勁兒沒處使。滿洲的額真將領們是從不肯在秋天蝸居屋內的，這個時候風吹草低，正是圍獵的好時候。如果不上戰場廝殺，就一定要去獵場逐鹿，不然，可就不是真正的巴圖魯了。

九九重陽，明崇禎帝這一天將會駕幸御花園的萬壽山，宮眷宦官穿著菊花補服隨同登高，飲菊花酒，吃迎霜兔，以賀重陽；而滿洲大汗皇太極，則要在這一天率領諸貝勒及八旗好漢遠行葉赫圍場，塞外打馬，登高圍鹿，直到過了冬至祭天大禮方回。

皇太極告訴綺蕾：「好好等我回來，我要親手殺隻老虎剝了皮來給咱們的小阿哥做帽子。等我回來，新宮也該建好了，我連名兒也想好了，就叫『關睢宮』。『關關睢鳩，在河之洲。窈窕淑女，君子好逑。』你就是我的『窈窕淑女，君子好逑』，等我回來，就賜你住進去。」

一句話倒有三個「等我回來」。這樣的婆婆媽媽依依不捨，對於皇太極同樣是新鮮的經歷。直

到出宮前一瞬，他還在執著她的手一再央及：「靜妃，自你進宮以來，我對你百依百順，但只不見你對我笑上一笑，這次回來，我讓你住進自己的宮裏去，你肯不肯對我笑一下？」

連問三聲，綺蕾只是低頭不答。

皇太極歎息：「求江山易，求美人心難。古有褒姒千金一笑，只不知欲博愛妃一笑，當須幾金？」直至出宮，仍耿耿不能釋懷。

偌大的宮庭彷彿忽然空蕩下來，雖然並沒有少多少人，但是大汗不在，眾嬪妃失去了爭寵的目標，便頓時失了心勁兒。

莊妃自從那個春夢一般的午後，就把多爾袞的名字烙在心上了。她開始夜復一夜地夢到他，並在夢中與他交合，纏綿，無始無終，沒有足夠。

開始她還每隔幾天便遣人去睿親王府請福晉過來敘話，並且前所未有地以一種近乎殷勤的態度來待她。她也不知道自己爲什麼這樣，也許這便是所謂的愛屋及烏吧？她只是渴望著見到多爾袞身邊的人讓自己有一種親切感，並想聽聽別人怎樣閒扯自己喜歡的人，不論說的是什麼，她都願意聽。

可是多爾袞不在府裏，睿親王妃便沒了什麼新聞，所思所述，無非都是家中生活起居瑣事，甚或丫環如何調皮搗蛋不聽話也要絮絮幾次，令莊妃大不耐煩。

這個拙於口才鈍於思維的表姐從來都不是她的朋友，她們唯一的共同點，就是曾經擁有同一個男人，或者說，曾經爲同一個男人所擁有。

多爾袞的離開使得睿親王妃的面目越發可憎，莊妃不由得遷怒，也不再找睿親王妃來敘話了。這弄得睿親王妃很糊塗，她不明白莊妃爲什麼對自己忽然那般熱情，而如今丈夫不在家，她正想到宮裏散散悶，莊妃卻又不召見自己了，忽如其來的冷淡與忽如其來的親熱一樣，都使她感到惶惑而茫然。

而莊妃的遊戲已經回到了小時候。她想起小時，每當多爾袞出征她就跑到代善的帳篷裏抱著他的衣裳等他歸來；而每次他歸來，她就第一個跑到戰士的馬頭前，載歌載舞，又唱又跳，讓他一走進盛京就看到她的身影；她還想起了那次改變過自己在皇太極心目中地位的圍場秋獵，好不好再來一次男扮女裝，衝到圍場去給大汗一個驚喜呢？

圍場的管理不像宮中這麼嚴，說不定可以找到機會同多爾袞私會。但是，這會不會太冒險了一些？如果大汗不願意自己出宮，會不會就一怒之下廢了自己？

關於多爾袞的記憶與憧憬佔據了她整個的身心，這些個胡思亂想轉移了她對綺蕾的仇恨，尤其大汗不在宮裏，邀寵之戰沒了目標，就更加減了鬥志和敵意，加之綺蕾能文擅賦，才思敏捷，雖然不喜說話，然而自有身孕後爲人隨和許多，閒時與莊妃聯句吟詩，談講學問，也頗投契。因此這一段時間裏，兩人的親近和睦倒不是裝出來的。

這日因提起前人佳句有意思相同而用句不同的，又有用詞大抵一致而意思相差萬里的，莊妃因說：「同寫恨，『砌成此恨無重數』便不如『人生長恨水長東』來得現成而雅，更不如『此恨綿綿無絕期』；同寫情，『但願君心似我心』，竟不如『換你心，爲我心』，何等痛快淋漓？同寫愁，『一江春水向東流』便不如『舉刀斷水水照流』，將無奈之愁竟寫盡了。」

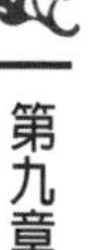

綺蕾搖頭道：「我卻不這樣看，自古而今，詠得最多的就是一個愁字，是相思也愁，相聚也愁，花開也愁，花謝也愁，然而真正愁起來，其實不需著一字而愁自見，如李後主之『夢裏不知身是客，一晌貪歡』，李易安之『不如向簾兒底下，聽人笑語』，這些都是真正刻骨銘心之愁；便是將一個愁字明白寫出的，意境也有高有低，愁情有濃有淡，似『無邊絲雨細如愁』便是淡愁，『西風愁起碧波間』勝之，『以酒澆愁愁更愁』更勝，既至『問君能有幾多愁，恰似一江春水向東流』已爲濃愁矣；而凡此種種，歸根到底，都不如李易安一句『這次第，怎一個愁字了得？』」

莊妃聽得「夢裏不知身是客，一晌貪歡」之句，臉色大變，滿腹狐疑，只得強笑道：「果然好句，一個愁字都說不完了，那自然是真愁了。」

兩人正自閒談，卻見大妃哲哲自外走進來，笑道：「好好兒地，幹嘛左一個愁字，右一個愁字的？哪裏便有這許多愁？」

莊妃和綺蕾連忙起身讓座，哲哲笑道：「我也不坐了，今兒來，原是想著天氣好，約你們兩個往園裏走走。不想你們在這兒對著談愁呢。既說起易安詞來，我倒想起另一句來，說你們兩個可是正好。」

莊妃綺蕾忙問是什麼，哲哲故意沉吟片刻方慢慢地道：「只恐雙溪舴艋舟，載不動許多愁。」

莊妃聽了笑起來，恭敬道：「姑姑平時只自謙說不懂這些，真個搬起古書來，連我們兩個加在一起都不是對手。我白白每日從早到晚裏讀書，也還不及姑姑，曉得拿巧話兒來打趣人了。」

哲哲笑道：「我雖不通，談詩論典那是不行，難道兩三句現成話兒也不會的？說到詩，古人每多詠菊佳作，可見菊花之助人才情。去歲大汗移種了十幾種新菊花種子到園裏，算日子也是該開花了，不如一起去逛逛，我是白看著聞聞香味兒，你們兩個詩人見了，還怕沒有好詩出來嗎？」

莊妃笑道：「可是的，白辜負了春光，竟沒抽出空閒好好觀賞，反正無事，不如去園中陪陪菊花，勿使陶淵明後繼無人才是。」遂催著綺蕾穿戴了，帶著大眾隨從，穿廊倚石地往御花園來。

果然一路菊花夾道，正逢其時，葉碧如染，花繁而厚，開得極是燦爛。繞過湖石，迎面便是菊圃，花色繽紛撲面，高低疏密，盡態極妍，種類竟有幾十種之多。

莊妃一頭看，一頭便叫丫環只管揀開得顏色最好花盤最大的用竹剪刀剪下來，用嵌玉琺瑯盤子托著，以備插戴。

一時大妃來到，莊妃便命小丫環立起鏡子，獻上花盤，請哲哲先挑。哲哲便挑了一枝「柳線」，一枝「畫羅裙」，一枝「秋水芙蓉」，都排列在冠子下；大玉兒只挑了一枝「雲中嬌鳳」，斜插鬢邊，哲哲覺得單調，又親替她選了一枝「金雀屏」插在嬌鳳之下；綺蕾本不欲插花，無奈哲哲和大玉兒都只管相勸，只得選了一枝「明月照積雪」綴在襟前。

哲哲興頭起來，遂命丫環多多地采剪花朵，各宮各院地送去給眾嬪妃們插戴。丫環們都領命分頭去了。隔不多時，娜木鐘挽了巴特瑪一同進園來，老遠笑道：「顯見是親姑姑，連朵花兒也要偏祖內侄女兒，自己結幫打夥地跑進園裏來高樂。這樣好興致，如何不叫上我們，難道人醜，一朵花兒也不許戴了麼？」

哲哲笑道：「你也太要強了些，一朵花也有這些刺兒可挑。過來，看我打扮你。」

娜木鐘正欲上前，隨行太醫早先一步搶上，躬身施禮道：「學生斗膽，請貴妃娘娘和淑妃娘娘將隨身香袋解下，免得傷了靜妃娘娘。」

娜木鐘大怒，拂袖道：「趙太醫，你要搜身不成？」

趙太醫嚇得頭也不敢抬起，反覆施禮道：「學生不敢。學生嗅到貴妃身邊有絕佳香氛，沁人肺腑，當是上等麝香兌新鮮花蕊炮製。此香世間罕有，霸氣凌人，也只有娘娘巧手慧心才配製得出來，然而只恐於胎兒不利。」

哲哲也遠遠笑言：「貴妃，你就別難爲趙太醫了，也不能怪他，這還是傅太醫立的規矩，大汗親自下的旨，叫靜妃所到之處，不許任何人帶有麝香。還不快解了香袋過來呢。」又笑對趙太醫道，「太醫在這裏最好，我正要選些可做菊花茶的花兒來，看到這滿園子菊花千奇百怪，竟不知哪些可以喝得，哪些是喝不得的。倒要請太醫掌眼。」

趙太醫領命答應，卻不肯就去，仍立著等貴妃解囊。娜木鐘無法，只得解下香袋交給丫環送回宮中，這才悻悻走至哲哲身前坐下。

哲哲便叫「花來」，迎春微窺其意，忍著笑自己向小丫環手裏接了盤子遞與娘娘，哲哲遂橫一朵豎一朵，只管重重疊疊將各色菊花來給娜木鐘插了滿頭，逗得眾人都大笑起來。娜木鐘從鏡中看到，隨手翻倒鏡子，嗔道：「不來了，娘娘這樣欺負人！」

巴特瑪因爲聽說大妃在這裏，料想必要喝茶聊天，來時特意備了十幾樣點心，命小丫環以剔紅山水人物八方提梁盒提著，一一奉請眾人。哲哲大玉兒都各自選了合意糕點謝了，唯有綺蕾端坐一旁，一塊不取。巴特瑪尚不怎的，娜木鐘且先發作起來，冷笑道：「哪裏就吃壞了腸子呢？又不見天天吃麝香糕。」

綺蕾雖不知她們前些日子關於花糕所言，卻也猜到幾分，並不辯解，亦無歉然之態。娜木鐘有火發不出，賭氣道：「靜妃有孕在身這麼大的事，可把咱們唬壞了，幾乎連飯也不敢吃，話也不敢說，大氣也不敢出——怕氣味薰壞了靜妃，那可不得了！」

綺蕾這方斂衽行禮，端然答：「各位姐姐恕罪，不是綺蕾輕狂，不肯與姐姐們盡興，實在宮規難違，綺蕾不敢擅自主張。如果娘娘有旨，許綺蕾與姐姐們一同用膳，綺蕾巴望不得呢。」

大妃笑道：「那怎麼可以？有喜的妃子另桌用膳，是咱們向來的規矩，我哪有強你共膳之理？都是貴妃妹妹胡鬧，太挑剔了，可惜這裏無酒，不然，定要罰她三杯。」因岔開話題說：「冬至要到了，我聽太監說，在明宮裏這日子要挨屋兒地發九九寒梅圖，每天塗染一瓣花瓣，守滿八十一天，倒也雅致有趣；咱們雖沒那些規矩，也該早早準備起來才是，倒是想出些別致法子來消寒是正經。」

娜木鐘道：「這有何難，咱們也做九九消寒圖就是。學士府養著那麼些人，還怕沒個會畫梅花的不成？」

大玉兒道：「畫梅不難，只是拾人牙慧，沒什麼意思。不如以文字入畫，九個字，每字九筆，像白描畫那樣兒只寫個輪廓，然後每天按照輪廓塗滿一劃，並在旁邊小字注明當日陰晴風雪，塗滿八十一天，就算消寒，日後重新拿出來，想知道某年某月什麼氣候，也有個記載可查，豈不又雅致又有意義？」

哲哲欣然道：「就是這樣，那九個字，就交你來想了，事先說好，每個字九筆，要連成一句話兒，而且還得是句吉利話兒。」

大玉兒領命，便叫忍冬取筆墨來侍候，苦思冥想如何對出那九筆九字吉利消寒詞兒。

忍冬心細，想主子難得在眾人前展示一回筆墨，今日賞花揮毫，必定安了心要藝壓群芳的，便不肯取那平時慣用的端硯徽墨湖筆貢宣，而特地開了箱子，將莊妃素日所收的珍品取了，用托盤托著，黃巾蓋著，親自捧了回來。

眾人看時，都不認得，笑問：「莊妃學問好，收藏的文房四寶也和尋常人不一樣。正經龍鳳龜的硯台也見了不少，倒是這種鵝形的沒見過，看它黑黝黝有些年歲，感情是硯台的老祖宗不成？」

莊妃見了也自笑道：「忍冬丫頭怪僻，如何把這些個壓箱底兒的存貨也請出來了？」因指著那四樣一一解說，「這是蘇東坡的澄泥硯。你說鵝形的沒見過，其實沒見過的還多著呢，澄泥硯的好處是色澤光潤，質地柔軟，宜於雕刻，我曾見過一隻荷花魚形朱砂澄泥硯，雕工比這還精緻細巧，最難得是沿著朱砂澄泥本來的顏色紋路，因質就材，雕得才叫好看，這只硯不過是蘇東坡用過，所以珍貴；這管毛筆是象牙製的管，嬰兒的胎毛制的毫，貴在材質，其餘也不怎地，這兩件一個是因人而異，一個是因質而異，便珍貴也還有限；倒是這墨和宣紙，正經是李後主所謂『文房三寶』中的兩寶，李廷珪墨，與澄心堂紙，材質和來歷都算難得的。」

巴特瑪打斷說：「什麼『文房三寶』，不是說『文房四寶』嗎？」

莊妃遂侃侃而談：「文房一詞始於南北朝《梁書》，原意是一種官職，和咱們現在的大學士差不多意思；後來晚唐後主李煜把自己的書房稱為『建業文房』，把『文房』和書房混為一談，後人也都混淆起來；宋李之彥《硯譜》中說：『李後主留意筆札，所用澄心堂紙、李廷珪墨、龍尾石硯，三者為天下之冠。』從此有了『文房三寶』一說；再北宋蘇易簡《文房四譜》，遍錄天下筆墨紙硯；後人以訛傳訛，便有了『文房四寶』之說。」

哲哲撫掌道：「如此說來，這『文房四寶』原是『文房三寶』和『文房四譜』合併轉化來的，只不知李後主『文房三寶』與通常筆墨有何不同？」

莊妃舉了那墨說道：「史書上說『南唐有澄心堂紙，細薄光潤，爲一時之甲』；李廷珪墨，『堅似玉，紋如犀』，素有『黃金易得，李墨難求』之說；又有傳說李後主用的龍尾石硯一尺長，硯上三十座山峰，石質雕工俱佳，南唐亡後傳入民間，有人用它換了整座豪宅，只可惜下落不詳，只剩下傳說。」

娜木鐘聽了扼腕，說道：「要是能打聽得到是誰得了那方龍尾石硯，我一定想盡方法弄了來送給妹妹，讓你把這三寶收藏完全。」

莊妃笑道：「談何容易？別說龍尾石硯滿天下也只有那一方，再找不出第二塊的；就是這墨與紙，究竟也流傳不多，細心找了這許多年，我也只有這一塊墨，半盒紙，哪裏捨得用，只藏在箱子裏閒時取出賞玩一回罷了。今兒忍冬丫頭瘋了，竟把它搜出來獻寶，還不快收了去呢？」

忍冬笑著，遂將那四樣寶貝妥當收起，命小丫頭重新取了尋常用的筆墨來，注水磨墨，預備揮毫。

娜木鐘吃著糕，便使性子說：「這一台子花樣兒，都是見天兒吃慣了的，點心房就只會糊弄人，再不捨得弄點好東西來咱們吃。剛才說到酒，倒逗起我的饞蟲來。」因攛掇大妃，「難得今兒咱們湊在一處，又好興致，不如晚膳別再叫御膳房照牌子送那些羊腿豬肉了，每天都是那幾樣，早吃膩了，咱今天要些新鮮的，就在這園子裏吃，一邊看花，一邊吃酒，也是不負菊花的意思。」

哲哲笑道：「偏你就有這些個主意。每天後宮用膳都是有定量的，幾斤豬肉，幾斤羊肉，多少隻雞，多少隻鴨，多少粳米、黃老米、高麗江米，以至白麵、麥子粉、糖、蜂蜜、香油，都是有數兒的，你這會子不叫按水牌來，又不是節，御膳房又沒準備，一時半日哪裏拿得出新花樣兒來？」

娜木鐘道：「這個簡單，咱們又不是要他們做什麼特別稀罕的，要他做，他也做不來；咱只叫他們把那水牌拿來，按上面有的點幾樣，就像那尋常人家逛小酒館子，還不是照著牌子點菜嗎？難不成也坐下來就等酒保上一樣的菜不成？」

哲哲想了想，道：「也使得。竟也不必要水牌來，橫豎平常吃的也就是那些式樣，咱們各自點幾樣自己愛吃的，傳下牌子去，叫御膳房給做上來是正經。雖然絮煩些，到底不是天天這樣，想御膳房也不好意思推辭的。」

娜木鐘笑道：「他們平白領著宮中那些錢糧，就天天絮煩他們又怎樣？也不能叫他們太悠閒了去。」又推莊妃道，「你先別緊著悶那九九消寒詞兒，先替咱寫了菜牌子，好叫御膳房照著做去。」

莊妃提起筆來，笑道：「你拿我當酒館傳菜的了，幸虧叫忍冬把寶貝收了，不然這會子拿它們寫起菜譜來，可不荼毒了——且請說，客官想要些什麼？」

眾人也都笑起來，遂一一口述自己所愛饌食，莊妃仔細謄錄，複交哲哲過目。哲哲看時，卻是：燕窩扁豆鍋燒鴨絲一品，酒燉鴨子一品，酒燉肘子一品，燕窩肥雞絲一品，羊肉片一品，托湯鴨子一品，清蒸鴨子一品，燒狗肉攢盤一品，糊豬肉攢盤一品，竹節卷小饅首一品，孫泥額芬白糕一品，巧果一品，奶子二品。另有蔬菜點心數量不拘。因笑道：「倒也不算囉嗦，只是太累贅重複

些，單是鴨子就有四五樣，御膳房準要說，吃鴨子就吃鴨子，何苦興好多花樣兒。」於是交迎春送餐牌下去，娜木鐘且叮囑：「別忘了要幾壺好酒來，好給我們行酒令兒助興。」

少時莊妃九字消寒令也已擬好，卻是：亭前垂柳珍重待春風。

哲哲看看亭外幾棵柳樹隨風擺拂，點首贊道：「果然應景，天然得體。」

說話時酒已送至，乃是金莖露、秋露白、荷花蕊、寒潭香。娜木鐘喜道：「今兒個御膳房當值的是誰？好知情趣。娘娘該好好賞他才是。」

哲哲含笑點頭，遂命迎春傳賞下去。迎春領命去了，不到一盞茶功夫，轉回說：「御膳房都在門檻邊兒上磕頭謝恩了，說謝娘娘體恤，又說前兒重陽節采的螃蟹還剩下幾隻，因此御膳房自願辛苦，除娘娘令牌上的菜品外，另行孝敬一品蟹黃豆腐，外加一品酒釀圓子宵夜。」

丫環們排出膳桌來，眾人便請大妃哲哲坐了首席，莊妃坐在下首相陪，綺蕾坐了對首，卻在旁邊另置一小桌，每道菜來，都由太醫仔細驗查方端上桌。娜木鐘益發不悅，卻也無法可想。

大玉兒先斟一杯酒，奉與大妃，賀道：「昔慶曆年間，韓魏公見後園中有芍藥一本，分作四歧，每歧各出一花，上下都作紅色，中間卻間以黃蕊，乃是稀世奇種『金纏腰』，百年難得一遇的，因為特地置酒高會，招邀當時四才子同來共賞，以應四花之瑞。後來這四個人在三十年間，竟先後都做了宰相。今天我們五個人把酒賞菊，將來也必有大富貴的。」

哲哲聽了更加高興，道：「說得好，且雅致。正是寡酒無味，剛才我去你們房裏時見你們談詩，竟把我的雅興也勾起來了，不如我們也風雅一回，行個酒令兒才好。」

巴特瑪唬得道：「可別來。我最怕這些咬文嚼字的把戲，我哪裏弄得來這些？」

莊妃道：「又不是真要叫你做詩吟詞，不過是玩藝兒。再沒讀書，幾首唐詩總還是念過的，咱們行簡單些就是。」

娜木鐘也道：「就是要有賞有罰的才好。你不會作詩，還不會喝酒麼？大不了灌幾盅，怕什麼？」

巴特瑪仍然拘促，哲哲向大玉兒道：「你出個簡單的令來，不要太難爲了人，只要熱鬧便好。」

莊妃想了一想，道：「便如姑姑方才說的，我們平時雖不大做詩，現成話兒總還有些，今兒索性也不必做新詩，只將《千家詩》裏的成句念出來，一句一句地合一首新詩出來，合不上的或是錯了韻轍的罰酒就是，如何？」

哲哲道：「這個簡單，使得。」娜木鐘綺蕾也都無意見，巴特瑪雖不情願，也只得從了。

哲哲遂率先喝了門杯，道：「今兒個我們的聚會原是因爲逛後花園戴菊花起的頭兒，我這第一句是現成兒的，就是『雲想衣裳花想容』吧。」因傳令給貴妃。

娜木鐘接了令，聯道：「夕陽明滅亂流中。」

莊妃批道：「這第一句就不對，夕陽也還罷了，這『亂流』二字可是胡說，我們這會兒好好地喝酒吃菜，又不是漂洋過海，哪裏來的亂流？」

娜木鐘笑道：「這個我不管，一句裏面有半句應景已經很好了。」

莊妃無奈，只得應了，又催巴特瑪。巴特瑪只是漲紅面孔，道：「我說不來，你們偏強著我來，起的這刁鑽古怪的題目，卻如何接得下去？」莊妃道：「你是第三句，又不必押韻，又不必對仗，正是最便宜的，隨便說上一句，只要平仄不錯就算你過關便是。」

巴特瑪仰首想了半晌，遂道：「今朝有酒今朝醉。」莊妃贊道：「這就很好，又應景又現成，比貴妃的好。」娜木鐘笑道：「你別只管批評，且往下來，咱們最後論輸贏。」

下首該著綺蕾，接道：「昨夜星辰昨夜風。」

莊妃點頭贊道：「好句。孝武秦皇聽不得。」又傳回令杯給綺蕾。

綺蕾略一思索，聯道：「楚雲滄海思無窮。」

這回娜木鐘也不禁拍手贊道：「對得果然工整。且聽我的，『故人家在桃花岸』。」

該著巴特瑪作結，自知無論如何對不上，自罰酒一杯，告饒道：「還是綺蕾妹妹替我吧，我喝酒便是。」

綺蕾並不推讓，舉杯作結道：「更隔蓬山一萬重。」

眾人舉杯共賀，又吃一回菜，而後第二輪開始，這回由莊妃重新起句：「大漠窮秋塞草菲。」

娜木鐘笑道：「這是大玉兒妹妹想念大汗了。我來對了吧，『羨他蝴蝶宿深枝』。」將杯子恭敬奉與大妃。

哲哲笑道：「這到底是誰在思春，竟連『羨他蝴蝶宿深枝』也出來了。」接過杯來一飲而盡，起頸聯道：「朱門幾處看歌舞？」

巴特瑪搶著道：「這回我可有了，是『片雲何意傍琴台？』如何？」

莊妃笑道：「意思也還好，無奈錯了韻了。」

巴特瑪不服氣：「這還錯？『幾處』對『何意』，還不工整麼？」

莊妃道：「朱門是平起，你該仄收才對。」

巴特瑪只得另聯一句云：「夢裏曾經與畫眉。」

莊妃聽了，笑道：「這句不大工整，不過也還是實情，與上句意思也貫通，罷了，我來起第三聯：天下三分明月夜。」

哲哲喝道：「好氣魄。這句要好好對起，不可誤了好句。」抬頭冥思許久，一時許多句子湧過，竟都不如意，因命綺蕾道：「你且對一句來聽聽。」

綺蕾隨口道：「一生襟抱未曾開。」

哲哲點頭道：「雖然不工些，總算意思不錯。」

莊妃道：「姑姑也太膠柱鼓瑟，古語說『詩言志』，志向意思爲首要，其餘韻腳對仗這些畢竟是玩意兒，不可過強。杜工部『朱門酒肉臭，路有凍死骨』何嘗講究工整？只要有好句子，平仄對仗竟都不消論起。」

巴特瑪不悅，道：「我對的句子，你一時說不合平仄，一時又說不夠工整，偏她對了一句，你就說什麼『平仄對仗竟都不消論起』，太也偏心些。縱然她如今深得大汗寵愛，也不必這樣只管揀高枝兒攀去，真個是『羨他蝴蝶宿深枝』了。」

莊妃辯道：「你因不知詩，故有這些閒話說。你的句子不是不好，只不過成句入詩，並無自家意思，這樣的句子，一時要一千句也有，終究無趣。靜妃對的句子，卻有大志向在內，故而雖然不十分工整，也仍是難得絕對。」

巴特瑪仍然不服，哲哲忙打圓場道：「且休議論。綺蕾這句的確欠工，就罰你再起一尾聯，將功補過。」

綺蕾但聽三人評議自己，並不解釋，亦不感謝，直到大妃有命，方恭敬起道：「無情有恨何人覺？」

該著娜木鐘收尾，結道：「正是歸時底不歸？」

哲哲撫掌笑道：「這一句結得好，更問得好。可以等大汗回來，奉上做禮物了。」令莊妃謄出，反覆吟詠數遍，道：「雖然我們也是聯的古人成句，畢竟有了新意思，該另起個題目才是。」

莊妃道：「這個容易，姑姑細玩這首詩，竟然句句寫實，雖然未提相思二字，然而無一句不暗指大汗，姑姑既說要送與大汗做禮物，題目自當與大汗有關，便是『深宮懷君』吧。」

莊妃點頭贊許，莊妃遂將四字題在詩前，序云：

「天聰七年秋，大汗塞外祭天，眾妃聚永福宮為大汗祈福，聯古人句書成深宮懷君七言律一首，詩云：

大漠窮秋塞草菲，羨他蝴蝶宿深枝。
朱門幾處看歌舞，夢裏曾經與畫眉。
天下三分明月夜，一生襟抱未曾開。
無情有恨何人覺？正是歸時底不歸？」

眾妃又聯了數首，一一抄寫清楚，挨篇看去，當數莊妃與綺蕾並肩第一，哲哲與娜木鐘次之，巴特瑪居末。巴特瑪道：「我原本不來，如今只好任你們懲罰，喝酒便是。」

娜木鐘道：「只是罰酒無趣得很，成了外面的男人划拳酗酒了。倒是今天裝的這些個玉簪花蛊，都交與你，要你按方子蒸出香粉來，每宮裏送上一瓶才好。」

哲哲笑道：「這罰得巧，便是這樣。」巴特瑪也自無話。眾人又喝一回酒，便散了。

此後竟成了例，每隔數日，必定聚一次，或吟詩作對，或調鶯賞花，變著方兒將天下美食只管嘗鮮，把個御膳房忙得團團轉，竟比大汗在宮時還要緊張瑣碎。因大玉兒提議綺蕾身子不便，且每每出動，必定隨從大批宮女御醫，未免興師動眾，因此聚會最宜於永福宮裏舉行。

大妃哲哲贊許：「這想得周到。」眾妃自然也都無異意。

一時永福宮裏香風縹緲，繡帶招搖，熱鬧非凡。只是但凡飲食聚餐，必為綺蕾另置一桌，至於飲酒更是涓滴不沾，且趙太醫時時隨行在側，每令眾人不能盡興。

第十章　誰才是大汗最愛的女人

如此過了月餘，轉眼冬至。大妃果然命太監將九九消寒令特地用蠟黃金粟箋印了，分發諸宮，眾人都道新雅有趣。因跟隨大汗的侍衛趕回通報大汗已與貝勒們離開了葉赫，不日即將回宮，諸妃都歡喜盼望，因此各宮各殿趕製冬衣，不再像前些日子那般頻繁聚會，行酒取樂。

這日哲哲正在細閱御膳房所備大汗回宮接風宴的菜單，小太監趕來稟報，說科爾沁草原吳克善貝勒攜妹子海蘭珠格格來拜。哲哲歡喜：「怪道昨兒燈花爆了又爆，原來應在今日。」忙叫快請入宮中相見，又命人去永福宮通知莊妃。

莊妃聞訊大喜，她與哥哥姐姐幾年未見，豈有不想念之理。因忙忙趕至中宮來與姑姑會合，見到海蘭珠，並不及問候一句，投入懷中，兩行淚直流下來，哽咽難言。吳克善也在一旁拭淚，又緊著勸慰：「自那年送妹妹大婚，距今已經整整十年，若不是宮裏相見，都要認不出妹妹來了。妹妹如今大福大貴，做哥哥的看見，心裏真是高興。」

哲哲也自動情，挽了海蘭珠的手細細端量，見她雖然已經二十六歲，卻依然美若處子，豔光奪人，歎道：「我天天想著你，前兒還夢見你小時候的樣子來著，醒來還跟迎春說我夢見仙女兒了，今兒見著真人，竟比夢裏的還要漂亮。」又指著莊妃道，「你妹妹比你小四歲，也就算是美人胎子

了，我還說她女大十八變，越變越好看呢，這一看見姐姐，就又給比下去了。」

海蘭珠低著頭，羞得滿臉緋紅，掩面低聲道：「我哪裏好和莊妃妹妹比？就是姑姑，雖然大我十歲，然而儀態端方，雍容華麗，也遠不是我輩庸脂俗粉可以相比。」

大妃越發喜歡，當即便命迎春收拾床鋪，要留下海蘭珠與自己同寢。又叫傳命給吳克善另行佈置住處，並傳御膳房準備上等宴席款待貴客。

海蘭珠聽了羞道：「這怎麼可以？姑姑住在清寧宮，是大汗出入之地，我怎麼方便……」說罷低了頭撚著衣角，滿面緋紅。

哲哲笑道：「你不知道，大汗秋圍出宮已經幾個月了，前兒侍衛說大概這一兩天回來，等他回來你再另行安排住處不遲，或者就往你妹妹的屋子裏去也好。」

莊妃聽了，立時便命忍冬回宮收拾。哲哲詫異：「哪裏就急在這一時？」

莊妃笑道：「姑姑忘了？我那裏還住著那位主兒呢，地方又小，鋪設起來不像姑姑這邊方便；若是讓姐姐和我同個帳子，又怕形跡過密，厚此薄彼，削了那位的面子；況且我也打算留下姐姐好好住些日子，所以倒要著實地收拾一番，怎麼也要忙上三兩天才妥當，不然趕明兒姐姐搬過去豈不著忙？」

哲哲蹙眉道：「還是你的心思細密。我倒真忘了這一筆，如此說，珠兒倒是不方便往你那邊去的。」

莊妃忙道：「那也沒什麼不方便，偌大房子偌大炕，別說三個人，十個也睡下了。只是要重新打帳子著忙些罷了。」

原來五宮佈置相仿，都是裏外兩屋，一面是門，三面倒是炕，沿屋連成一圈兒，俗稱「卐字炕」，擺著些炕桌炕櫃，煙榻茶几，供著薩滿神座。妃子們住裏屋，丫環住外間。綺蕾入宮後，一直跟著莊妃住在永福宮裏，兩人各占一面炕頭，並排一式一樣放著兩座寢帳。如今海蘭珠來了，自然便須再騰一面炕出來，少不得要搬動家什，重新佈置屋子。因此莊妃指揮丫環，釘帳子挪家俱縫被頭，著實忙活了兩天。

哲哲更是將宮裏所有辦得出的精品佳餚悉命御廚揀最上等的一樣樣做來，換著方兒要海蘭珠品嘗，仍然把她當作自己當年離開草原時的那個小姑娘。她與侄子侄女睽隔多年，又見海蘭珠出脫得天仙般模樣兒，舉止說話又可人心，最難得是天性裏那一派純真嬌娜，柔和婉轉，竟像是不知世事的小孩子一般，不由得人不變盡了方法去疼愛她。又知她自小體弱多病，見她行止輕柔，態度風流，凡飲食每樣都只取一箸，淺嘗輒止，便疑她不可口，又叫人重新換別的口味來。

海蘭珠笑道：「姑姑真是的，從見面到現在，一會兒茶點一會兒宴席，只是讓人吃個沒完，還只管問我愛不愛吃。我統共只得一條舌頭一張嘴，吃這半晌，早已麻了，哪裏還嘗得出鹹淡甜酸來，愛不愛吃也都不知道了。」說得眾人都笑了。

哲哲也笑著，又命人沏了新采的菊花來漱口。看看時辰將晚，同她閒話一回家常，又喝了消食茶，便命迎春焚起香鼎，又叫太監給準備洗澡水。

海蘭珠從未見過太監，大不習慣，脹紅了臉不肯抬頭。迎春等大丫環都忍不住搗著嘴笑，命小太監抬了水桶澡房門外侍候，親自挽了袖子試過水溫，款款地向海蘭珠道：「格格放心，他們都是知道規矩的，只管侍候洗澡水、澡盆、毛巾、香皂、香水，只在簾外侍候，不會進裏間來的。您看

著他們覺得不好意思是不是？開始我們也彆扭來著，後來才知道，太監根本不是男人，格格儘管使喚他們，就當我們一樣看待好了。可有一樣，我們做得的事情，他們都做得；我們做不得的事情，他們也做得。說他們是男人呢，少著樣兒東西；說不是，可到底又比我們有氣力，所以這漢人的宮裏才養著好幾萬的太監呢。」

海蘭珠坐在椅上，見各人訓練有素，井井有條，果然太監並不進門，一應毛巾胰子都用托盤轉遞侍浴宮女送進來，一一放妥，接著兩個宮女托著只盛滿各色花瓣的盤子走來，將花瓣抖落在木盆中，頓時滿屋裏香氣氤氳，霧氣蒸騰，令人如同置身在御園中賞花尋春一般，心清氣爽，塵慮齊除；且迎春是姑姑身邊的一等執事大丫環，如今親來服侍自己脫衣，若再忸怩，只恐被人笑話小家子氣。只得安心坐穩，由著迎春幫同素瑪服侍寬去外邊衣裳，露出緊身肚兜來。先前那兩個撒花宮女便走來將毛巾在澡盆裏浸透，扶起海蘭珠胳膊來，一遍遍用毛巾輕輕擦拭、溫潤，然後打上胰子，再換過兩條毛巾重新擦拭，如是三番，接著是背，然後是胸；上身清洗完畢，迎春便叫宮女換進新水來，卻倒進另一隻澡盆裏，仍然以花瓣鋪滿，方換過毛巾清洗，這回，是洗下身的水。

海蘭珠一言不發，細心觀察各人行事，暗暗記憶。全身清理一遍，迎春親自捧了一隻羊脂白玉瓶子來，說是玫瑰花露，蓋子打開，只聞得一陣奇香撲鼻，果然是玫瑰芬芳。迎春將瓶中水均勻地灑在海蘭珠身上，再用乾毛巾將全身輕揉輕按，使肌膚吸收香澤，這才算是洗完了。宮女早已捧來一套繡花白綢襯衫，並一件繡花睡襖，說是娘娘所賜。

海蘭珠謝了恩，坐在椅上，由宮女拭乾頭髮，編結髮辮。這才緩緩問道：「那些太監……他們是漢人，又不是咱們家的包衣奴隸，從哪裏來的？」

迎春正有心賣弄，見問，一邊用象牙梳子將海蘭珠頭髮細細梳篦，將桑葉汁兌香料製的潤髮膏替她細細抹在頭上，一邊便絮絮地說些盛京新聞給她聽：「要說他們的來歷呀，還真是夠寫一本書的，說是每個人都有一段故事呢。這些人大多是自己動了刀子要往宮裏自賣自身做太監可是沒被收錄的，也有一小半是宮裏的太監老了或是犯了錯兒被攆出來沒地方去的，他們不男不女，無家可歸，又沒人肯請他們做工，便自己結幫成夥的，只在京城四處遊蕩，人稱『無名白』，自成團體，那病老殘弱的，就乞討為生，那身強力壯的，就敢明搶明奪。那年大汗遷都盛京，建了宮殿，名揚海內，那些人得了訊兒，便都成團結隊地投奔了來，說既是宮殿，不能沒太監，想在盛京裏謀個職事。還是范文程大學士說了句情，說是如今有了後宮，不比從前遊牧時候住帳篷，男侍多有不便，收些太監來做事也是有必要的，且他們對明朝宮事很有了解，說不定對大汗東征有幫助。這麼著，咱們盛京宮裏就開始用太監了。大汗安排他們住在崇政殿和鳳凰樓之間的兩排值房裏，連繫前朝和後宮，等閒也不往裏邊來的。」

素瑪聽了咋舌：「我的媽呀，天下還真有那些人想銀子想瘋了，竟連男人也不要做，要自己割一刀做太監謀營生，可不應了那句話：不男不女，不陰不陽了麼？」

迎春笑道：「妹妹不知道，那太監做了大官的在漢人的宮裏多了去了，叫做宦官，有財有勢，連朝裏一般的官兒都沒有他神氣。家裏人非但不覺得醜，還以為光宗耀祖呢。所以才有那些人爭先恐後，都急不耐地要捱了刀子去做太監，實指望一旦得勢，好雞犬升天的。」

素瑪道：「哪裏有那樣穩妥的發財法子，就是做太監也不敢保一定會做宦官的，一百個裏頭也未必遇上一個，何況做不成的？既然有『無名白』那樣的說法，自然是做不成太監的半截子人多了

去了，怎麼世人還不驚醒，還會有那些傻子動刀動槍地往宮裏去碰運氣？」

迎春笑道：「動這想頭，自然是因爲沒有別的活法兒了。天上仙宮，地上皇宮。天上的仙宮什麼樣子沒人見過，地上的皇宮如果進得去，自然人人都想著要進去的，哪裏還管捱不捱刀呢？別說北京的皇宮了，就是咱們這盛京的汗宮，打一建立起來，每天就不知有多少人想盡了法子削尖了腦袋要往裏鑽呢，要不哪裏來的這些太監。我聽那些太監說呀，有些明宮裏的太監或是犯了事，或是年老多病被攆出來，都不願意走的，大冬天的也抱在一起守在宮門邊兒上，縮在宮牆根兒底下，癡心想著皇上哪一日出宮遇上，或許天可憐見的還會開恩叫他們回去，有些守著守著，就那樣在冰天雪地裏凍死了。」

素瑪焦急：「呀，那不是白死了？」

迎春笑道：「可不白死了怎的？其實，別說皇上等閒不出宮，就算真的會出宮，侍衛也必先清道的，哪裏會讓他們見著皇上真面呢？有些太監在宮裏做了一輩子，到老到死也沒見過皇上的面兒——別說太監了，就是宮女，白守在宮裏幾十年沒見過皇上的也多著呢。」

素瑪益發驚歎，嘖嘖道：「那皇宮該有多大呀。比咱這宮還大麼？」

迎春道：「到底有多大我也沒見過，不過聽那些太監說，北京的皇宮有房子九千九百九十九間半，一個宮殿的房子都有咱們整個宮殿大，那整個皇城該有多大，真是想也想不出的。只盼咱們大汗早日打贏了明軍，或許今生還有緣法可以親身進皇宮裏看一看，走一走，那才真是萬世的榮幸呢。」

海蘭珠聽到這裏，暗暗驚動，脫口問道：「大汗要打進北京城麼？」

迎春笑道：「大汗這些年裏和明軍不知打了多少仗，雖然以寡敵眾，到底打個平手，兵力非但不減，軍心不但沒弱，反而越來越壯大了，就連明軍隊伍裏也天天都有自願投奔來的。照這樣子，大汗打進北京皇宮的日子也不會遠了，大汗遲早是要做漢人的皇帝的。」說到這裏，又看著海蘭珠抿嘴兒一笑，恭維道，「看娘娘對格格這樣喜愛，是一定要留格格在這裏長住的，到時候格格自己慢慢兒地看吧，好玩的故事多著呢。哪日得閒，叫個太監進來問著他，那說得才叫好聽呢。」

一時打扮妥當，迎春和素瑪一邊一個引著海蘭珠回到清寧宮來，哲哲早挽了手讚道：「這美人出浴，洗去一路風塵，就更加脫胎換骨，連仙女兒也比下去了。」

直到睡下，猶讚不絕口，一個勁兒地說：「海蘭珠，你是我的驕傲，是我們科爾沁草原最當之無愧的公主，你天生最應該得到最好的。告訴姑姑，你想要什麼？哪怕是天上的星星，我也要讓大汗想辦法幫你摘下來。」

然而這段話帶給海蘭珠的卻不是感動而是感慨，這一整天下來，每個人和她談話時都不住地提到大汗，儘管皇太極不在宮裏，可是他的影子無處不在，讓海蘭珠覺得窒息。她不禁想起當年姑姑致信科爾沁，最初指定的新妃子原本是自己，然而自己立誓要嫁就嫁給天下最優秀的男人，因此任性拒命，而父親也著實捨不得自己遠嫁，受那長途跋涉之苦，便以妹子大玉兒替了她。

至於那個最優秀的男人到底是誰，是什麼樣子，海蘭珠心中其實並沒有一個明確的概念。她只是朦朧地覺得，總有一天那個人中之龍會從天而降，帶著無限榮光來迎娶自己。許多年過去，她出脫得越來越美麗，歲月與風霜都不能在她的臉上留下痕跡，她依然驕傲、純美、豔麗無雙，但是那個最優秀的男人，卻始終沒有出現。她漸漸以爲上天生出自己這樣的一個人兒根本是個奇蹟，舉世

並沒有可以和她匹配的男人。但是現在，她卻突然明白，那最優秀的男人正是皇太極，這草原上的雄鷹，天下無敵的英勇汗王，中原未來的君主皇帝。

每個人都在議論大汗，男人服從於他，女人邀寵於他，姑姑向自己表示憐愛的方式是要替自己向大汗請賞，可是，可是自己為什麼不可以由自己來完成這賞賜，而要假手於人呢？男人通過征戰而獲得天下，女人卻通過男人來達成一切。她要的，不是天下的財富，不是無上的權力，而是掌握著所有權力和財富的那個男人。

海蘭珠在盛京宮裏的第一晚，徹夜無眠。

且說各宮嬪妃聽說莊妃兄姐來拜，早知海蘭珠是草原第一美人兒，便都捏個因由往清寧宮請安，見到海蘭珠，俱咬嘴咂舌，歎道：「天下竟有這樣的妙人兒，要不是親眼看見，再不能相信的。」

唯巴特瑪拍掌叫道：「娘娘這位內侄女兒的模樣兒，打眼一看，倒不像莊妃的姐姐，倒像是靜妃的姐姐。兩人在一起，活脫一對同胞姐妹。」

眾人細看，也都說像。哲哲笑道：「我說呢，昨天見她時心裏就有些犯嘀咕，總覺得說不上哪裏有點像一個人，還只疑心是把她小時候的模樣兒記在心裏，也沒細想。經淑妃妹妹這一點破，還真是的。」

海蘭珠聽了，便留心向綺蕾多看兩眼，果然面目依稀，似曾相識，不禁心生親切之感，微笑著過來再度行禮問好。綺蕾也溫顏還禮，兩人執手對面而立，便如照鏡子一般，看得眾人都笑了，說這個情形，該讓畫工一筆不差地描畫下來才好。唯有大玉兒卻一言不發，面色尷尬。

按說後宮佳麗無數，大妃哲哲雖已年近四十，然徐娘半老，風韻猶存，難得那一種母儀天下的從容態度，無愧中宮正妃，雍容華貴；娜木鐘豔麗無端，巴特瑪溫柔淑媚，大玉兒英氣勃發，綺蕾更是淡雅中見冷豔，不似人間凡品，其餘嬪妃貴人也都春花秋月，各擅勝場，然而與海蘭珠比起來，竟俱都相形見絀起來。只覺她竟不能以年齡、胖瘦、甚至美醜來評價，無論什麼人見到，腦裏只留得一個詞：妙人兒。

海蘭珠的美已經不是眼睛怎麼樣的亮，嘴巴怎麼樣的潤，皮膚怎麼樣的吹彈得破，腰肢怎麼樣地柔軟纖妙，甚至不是明眸善睞的眼風，花嬌柳媚的神情，不是應對得體，舉止合宜，而是這所有的細節融合在一起，彙聚成一種氣質或者一種氣息，滲透身體的每一寸肌膚，然後再自每個毛孔裏散發出來，讓周圍的人感覺到。

最難得的，是她態度裏的那種可親，你只要和她待上一會兒，說幾句話，或者只是盯著她看上幾眼，就會被她的那種魅力所感染，不由自主地對她體貼憐愛起來。她是一個女人，一個成熟的二十六歲的女人，沒有女人會比她更像是一個女人了；同時因她生得弱，自小嬌生慣養，父母捧在手裏含在嘴裏寵大了的，從未經過什麼煩惱憂愁，雖然已不年輕，舉止作派中卻有一種天然的稚氣，孩子一般的天真和依賴，卻又不是矯揉造作，讓人見了，忍不住心生憐惜，對她予取予求，百依百順。

因此諸宮嬪妃都情不自禁，各自取出自己心愛之物來贈給海蘭珠做見面禮，娜木鐘是一對翡翠蝴蝶並一串大東珠項鏈，巴特瑪是金釧和銀手絡索各一對，其餘諸妃也俱有所贈，無非珍珠玉器，玲瓏如意，唯綺蕾與眾不同，是一本早已失傳的孤本曲譜，珠光寶氣，倚紅偎翠，頃刻堆滿了一桌子。

海蘭珠謝禮不迭，命素瑪取出所備錦盒來一一還禮，諸妃見每個盒子上都以金鎖片鏤出各宮名諱，所有嬪妃連同格格們無一遺漏，知道對方禮數周到，早有準備，自是重視尊敬之意，都覺欣喜欽佩，說到底是位格格，真正識大體懂規矩的。

唯有娜木鐘卻比別人多個心思，私下裏向巴特瑪道：「別看她們現在笑得開心，改天不知怎麼後悔呢。」

巴特瑪奇道：「你這話沒道理，兄弟姐妹久別重逢，自然開心，哪裏有後悔的道理？」

娜木鐘歎息道：「說你呆，真就是個呆子。你想啊，大汗那貪新愛花的性子，要是見了海蘭珠，還不得納爲妃子才怪。到那時，就是她們姐妹姑侄反目的時候了。」

巴特瑪擔起心來，道：「果然那樣，我們可怎麼好呢？」

娜木鐘冷笑道：「有什麼好與不好？一個綺蕾已經進宮了，還在乎多來一個海蘭珠嗎？左右這陣子大汗的心思不在你我身上，樂得看她們爭個頭破血流，我們才來收拾戰場呢。」

隔了一日，皇太極率隊歸來，見過大妃，即往永福宮來。莊妃特意奉上眾人所聯詩句，大汗見了，果然歡喜，道：「我不在宮裏，眾愛妃就是要這樣彼此和睦，想些消閒解悶的遊戲來才好。」又特意指出「天下三分明月夜，一生襟抱未曾開」兩句有大志向，說：「倒像我的口氣。只是後一句『無情有恨何人覺』怨氣重了些，不過有結尾一句收歸到深宮懷君上頭來，也就算還好。」又稱讚九九消寒圖題得別致。

莊妃得意非常，原本還要細說給他哪一句是誰的提意，哪一句當時大家如何批評的，但皇太極早已丟開來，只管執了綺蕾的手噓寒問暖。問三句，綺蕾只好答一句，悉由親隨侍女朵兒代為回答。皇太極亦並無不喜，仍然和顏悅色地，又叫太監將打賞綺蕾之物送上，果然是一頂作工精美的虎皮帽子，道：「這是我親手獵的老虎，當地官兒找的巧手女工做的帽子，給咱們未來貝勒的。」

綺蕾謝了賞，令朵兒將帽子收好。

莊妃這方捉空告訴哥哥姐姐現在宮中，又道海蘭珠就住在清寧宮裏，問大汗剛才可見了沒有。皇太極並不以為意，只擺手道：「等下接風宴上一起見好了。」

莊妃聽了，卻另有一番心思，因又問道：「我哥哥說起那年送我成婚時曾和十四爺比馬，輸了半個馬頭，至今還耿耿於懷呢。這次來，除了給大汗請安送禮外，還想再與十四爺比馬，看看有沒有長進。不知十四爺隨大汗一同回來沒有？」

皇太極道：「他另有公幹，先我幾日回來，已經又出發了，你在宮中沒有聽說麼？」

莊妃大失所望，既擔心前線戰事，又恨多爾袞薄情，頓時啞口無言。

幸好皇太極並不留意，仍含笑向綺蕾道：「我聽禮部說關睢宮已經籌建得差不多了，只等開了春，草木花發，就可以遷進安住了，不如愛妃與我同去遊賞一番可好？」綺蕾形容散淡，無可無不可地，命朵兒取了披風來，便與皇太極同去。

莊妃一番殷勤，忙這半晌，然而皇太極匆匆來去，竟連一盞茶也不肯坐下共飲，從頭至尾，只顧與綺蕾話舊，眼角也不向她略轉半下。這一場冷落，竟比以往逾月不肯臨幸永福宮還更加叫人羞

愧。想自己枉費一番苦心，將綺蕾約束在宮裏居住，原指望可以分一杯羹，吸引皇太極的目光，如今看來，竟是全盤皆輸。皇太極在永福宮出出進進，眼裏只有綺蕾一個人，自己偌大個人站在他面前，竟好似透明一般；現在已是這樣，日後綺蕾搬進關睢宮去，自己豈非連大汗的面也見不到？

又想多爾袞既然回過盛京，又明知皇太極不在宮裏，竟然不肯與自己見上一面，便連句告別的話也沒有，真也薄情得很，因此一腔情懷冷落，滿腹相思成空，頓時鬱鬱起來。自覺進宮以來，明爭暗鬥若許年，大事小戰經了不少，竟數這一遭輸得最爲徹底，簡直不消一兵一卒，已經丟盔棄甲，潰不成軍。同樣是女人，綺蕾就這般受人憐寵，自己就如此微不足道，情何以堪？她大玉兒絕不是輕易認輸的人，只要她自己不認，誰敢宣佈她輸？

雖然表面上聲色不動，然而一場緊鑼密鼓的備戰號角已經在內心吹響，大玉兒慢慢地握緊了拳頭，她知道，一場真正的戰鬥，這就要開始了。

恰時丫環報說大妃娘娘親自送海蘭珠格格搬過來了，大玉兒忙迎出門外，果然見哲哲攙著海蘭珠的手過來，迎春並素瑪帶著三四個丫環捧著些包裹妝鏡跟隨其後，俱是海蘭珠日用之物。大玉兒忙命忍冬接過來，寢帳被褥早已準備妥當了的，便將海蘭珠的衣物妝飾一一收拾整理。

哲哲道：「大汗剛才打個轉兒就說要往永福宮來，我本說帶珠兒過來拜見的，怎麼他倒又走了？」

大玉兒冷笑道：「大汗麼，他哪裏待得住？早和綺蕾逛關睢宮去了。」

哲哲蹙眉不喜，悻悻道：「他會逛，難道我們是不會逛的？迎春留下幫忍冬一起收拾吧，我們幾個都站在這裏，幫不上忙，又轉不開身。珠兒來了幾天了，光忙著說話，都還沒好好走走看看，這會子反正無事，不如也逛逛去。」

海蘭珠拍手道：「好啊，我老早就聽說鳳樓曉日是盛京城裏最美的奇景，來這裏幾天，還一次沒有上過鳳凰樓呢。姑姑這便帶我去好不好？」忽又猶疑：「大汗剛剛回宮，我不好好待在屋裏等著召見，倒四處走動，未免失禮，回頭叫人家笑話到底草原上來的，沒見過世面，不懂規矩。」

哲哲笑道：「那是你多心了，誰敢笑話咱們？至於大汗，等下家宴上總要見的，這時候巴巴地等著，倒覺焦心。」三人遂牽衣連袂而去。

且說皇太極攜著綺蕾一同進得關雎宮門來，但見奇花異草，曲徑迴廊，並有池塘丘壑，假山浮亭，隔水一間亭榭遙遙相望，風裏霧裏，依稀如畫，不禁觸動情致，反覆吟道：「關關雎鳩，在河之洲，窈窕淑女，君子好逑。」又指著一帶松梅道，「古人說梅畔撫琴，松畔聞箏，所以我特地命禮部在此植松種梅，以不負愛妃弦索，你喜歡麼？」

綺蕾斂衽謝恩，望著對岸，溫婉地說：「大汗看這一天秋氣，半箭湖水，倒讓我想起另一首詩，似乎比《關雎》更加應景。」因朗朗吟道：「蒹葭蒼蒼，白露爲霜；所謂伊人，在水一方；溯洄從之，道阻且長；溯游從之，宛在水中央。」她自從那場大病後，原本一直面色蒼白，羊脂雪玉一般，然而如今身懷六甲，雙頰憑添幾分血色，更加豔壓桃花，明媚不可方物。

皇太極癡癡相望，但覺觀之不足，情難自已，歎道：「這首詩裏寫的女子，真像是你，不管我怎麼樣追求接近，你卻永遠好像若即若離，宛在水中央。」握了綺蕾的手，情深意長地說：「愛妃，你知道嗎？我在圍場上的時候，每射出一箭，都在想著，這是我在替我的愛妃射獵，我要把最

好的一切都贏來送給她。白天騎在馬上，我想著你；晚上睡在帳篷裏，就更加想你。在夢裏，我看到你對我笑，眼睛黑得像天上的星星一樣，你的笑容可真美呀！」他停下來，充滿希望地問：「靜妃，你能對我笑一下嗎？哪怕一下也好。只要你肯對我笑一下，你要什麼我都答應你。」

然而綺蕾只是一味顧左右而言他，婉言謝道：「大汗賞賜我的，已經遠遠比我所要求的多得多了，就好比這關雎宮，應有盡有，我還能要求什麼呢？」

皇太極大失所望，思及綺蕾自進宮來，不苟言笑，無論自己怎樣要求於她，終不肯展顏相報，然而自己卻仍不能忘情於她，竟像是前世欠了她債一般，也算一段孽緣了。

一陣風聲鶴唳，綺蕾微微打了個寒顫，皇太極頓時緊張起來：「是不是覺得冷？你身子不便，千萬不可著涼。我們先回宮歇息吧，等下接風宴，還要費精神呢。」親自把臂相扶，仍然自來時的門裏走出。方出院門，已經一眼看到了站在鳳凰樓上的海蘭珠。

那科爾沁草原上豔名遠播的鳳凰女，就站在鳳凰樓上飛簷斗角的金鈴下面，微仰著頭，雙手抱在胸前，彷彿在爲盛京宮殿的宏偉建築而驚歎。哲哲和大玉兒陪在兩旁，分明是正引著她四處遊覽，看到皇太極時，三個人一齊站在樓上彎身行禮。

皇太極仰起頭，看著高高在上的海蘭珠，覺得炫惑。夕陽鍍在她身上，卻無由地卻給人一種夜晚的感覺，彷彿珍珠剛剛自她的蚌殼裏走出，身上灑滿星光。

那珍珠女郎吸盡了天地精華，緩緩站起身來，拾起長長的裙裾，嫋嫋娜娜，自鳳凰樓上拾級而下，只見她頭上戴著金絲翠葉冠，身上披著秋香色遍地金妝緞子鶴氅，下著湖綠宮錦百褶裙子，搖搖擺擺，弱不禁風地，走到大汗身前一尺的距離，鶯鶯嚦嚦地問一聲好，便柳插花擺地叩拜下來。

皇太極親手挽起，只覺觸手暖玉溫香，他驚奇地發現，海蘭珠的眉眼之間，竟有幾分像綺蕾，然而卻遠比綺蕾多著一份可親可愛，不禁一時有些失神。

海蘭珠緩緩抬起頭來，明眸皓齒，莞爾一笑。皇太極益發驚動，那笑容，分明就是他夢中的綺蕾。他的可望而不可及的夢境，竟然在海蘭珠的身上借屍還魂。那一刻，他幾乎無法分清，他身邊的兩個女人，究竟哪一個是綺蕾，哪一個是海蘭珠。

然而海蘭珠卻已經清楚地知道了，從這一分鐘起，她要讓自己成爲，大汗心中最愛的女人。

第十一章　世界上最香豔的一次暗殺

海蘭珠在盛京宮中住了下來。但是並沒有像眾人所猜測的那樣，成爲大汗的新寵，而只是作爲宮裏的客人，被哲哲款留。

這一則是因爲皇太極實在是太忙了，每日政務縈身，而且前線吃緊，不肯再爲兒女情長分心；二則永福宮裏既有莊妃也有靜妃，大汗就算難得來一次，也往往疲於應付，一邊討好綺蕾一邊安慰大玉兒還來不及，眼裏哪還顧得過來第三個？且等閒也不過來，只召綺蕾往清寧宮甚或崇政殿、鳳凰樓陪伴。

海蘭珠無可奈何，且也真心敬重綺蕾，加之自矜身分，不肯太露行跡邀寵，雖每每對月長吁，望花生歎，難免有傷春悲秋、虛擲年華之憂，也只得抱著見機行事的心且先安住下來，走一日看一日了。

永福宮兩間屋倒住了三位主子，且奶媽又常常要抱淑慧格格來請安，人來人往，又是丫環又是宮女，又有太醫要陪伴綺蕾左右，頓覺擁擠不堪；那海蘭珠又是個愛說愛笑的，又對萬事好奇，不時問東問西。大玉兒先時還殷勤招呼，相聚既久，先頭的新鮮勁兒過去，便覺不勝其擾，日間只往抱廈裏讀書寫字，留下海蘭珠與綺蕾獨處。

那綺蕾也怪，平生待人向來冷若冰霜淡如水的，唯獨對海蘭珠和顏悅色，雖然仍沒什麼笑容，態度言辭卻較往常溫和許多，有問必答，從不厭煩。海蘭珠每日裏纏著她聊些草原故事並宮中趣聞，有時夜間睡下了還唧唧噥噥到半夜，反把親妹妹大玉兒靠了後。她小時原也學過弦索，只無明師指點，如今得了綺蕾這個樂中高手，喜不自勝，哪有不請教研習之理，兩人日則同行，夜則同宿，竟是形影不離。

這日因教習「霓裳羽衣曲」一節，綺蕾遂溯本窮源，從容講解道：「樂曲乃天籟之聲，爲風霜雨雪雷電寒暑以至松鳴蛩吟泉嗚鳥咽之綜合，每一曲調所成必是作曲人心有所感，靈與物通，承天地之氣，稟萬物之理，心與意合，意與聲合，遂歌以言志，成其新曲。故學曲必先知其所宗，明其所志，如此方能真正領略曲調所言之幽深微妙，不致刻舟求劍、畫虎不成反類犬耳。」又道，「歌曲往往因哀怨而動人，越是哀調越是委婉，曲調也愈多變化，如典徑通幽，如深谷回聲，攝魂奪魄，催人淚下，千迴百轉，欲罷不能。此皆是因爲大凡爲人者，喜則爲舞，哀則爲歌，所謂長歌當哭，成其哀曲矣。」

海蘭珠點首領教，悉心揣想一回，笑道：「如此說來，靜妃先生每每彈奏，必定聲可裂帛，哀感頑豔，幽怨中藏有兵戈之氣，莫非心中有甚大志向麼?」

綺蕾一愣，知海蘭珠爲人玲瓏透剔，聰明敏悟，不敢多做糾纏，故避而不答，只板起面孔繼續講解道：「今以唐玄宗『霓裳羽衣曲』爲例。玄宗生平酷愛音律，其中尤喜笛與羯鼓，時貴妃每每歌舞，玄宗往往親自執笛伴樂，並親自擴充樂坊十部，爲燕樂、清商、西涼、龜茲、疏勒、康國、安國、扶南、高麗、高昌。而十部樂中，以中原樂舞爲主，兼及邊地曲風，遂使樂曲更多變幻，更富表現。昔興慶宮沉香亭賞花宴上，玉環乘興而舞，玄宗召梨園弟子中十數高手歌詠奏樂，時宮中第一歌者李龜年執檀板而歌，玄宗阻之曰：賞名花，對妃子，豈可用舊樂詞？遂命李龜年持金花箋，宣翰林學士李白呈新詞。李白索酒盡興而飲，揮就《清平樂》三首，其中以『雲想衣裳花想容』一首爲上。李龜年當即調弦配曲，貴妃持玻璃七寶杯而歌，玄宗親自爲笛，每每曲之將盡，必故意拖長笛聲以媚之。」

說到這裏，海蘭珠又忍不住打斷道：「可惜大汗不會吹笛子，不然靜妃歌舞時，大汗若也能吹笛伴舞，何等盛事？」

綺蕾不理，繼續道：「玄宗既好樂曲，復好仙術。每製新曲，往往托言夢中仙人傳授，名曲『紫雲回』、『凌波曲』都是如此，『霓裳羽衣曲』亦如是，這便是意與神合的典型例子。傳說玄宗某年登上三鄉驛，望女山而感光陰易逝，人生無常，悠然神往極樂無憂的神仙生涯。是夜回宮便得一夢，有仙女以桂樹枝引他入月宮，見數百仙姬在廣庭上歌舞，舞姿曼妙，曲聲悠揚，迴旋往復，清妙不可言，遂暗暗記憶在心，醒而錄之，卻已忘記大半，唯剩斷章片曲，忽忽若失。數年後西涼府都督楊敬述進獻印度『婆羅門』曲，玄宗以爲和『霓裳羽衣曲』絕類，大喜過望，遂兩相糅合，成就新曲。貴妃以女道身分入宮後，又將此曲略作改動，配以舞蹈，即爲霓裳羽衣舞。其舞衣中大量使用了道教的羽服、幡節，即是這個緣故。」

海蘭珠恍然大悟：「難怪這曲子又華麗又哀傷，每每聽聞，總叫人忍不住地想要流淚，卻說不出到底是怎麼一種難過。原來卻是有這些緣故。」便要扭著綺蕾學習演奏這「霓裳羽衣曲」。

綺蕾搖頭道：「你根基尙淺，不可眼高手低，盲目求進。欲學『霓裳』，須先習『水調』，再學『紫雲』、『凌波』，循序漸進，方可有成。」因取下琵琶來，道，「豈不聞『樂工彈琵琶，美人歌水調』？今日便先從這『水調』學起。」因抱琴於膝，輪指彈唱詞人李嶠之「水調」曲曰：

「山川滿目淚沾衣，富貴榮華能幾時？
不見只今汾水上，唯有年年秋雁飛。」

她們這裏教學彈唱，卻早驚動了皇太極聽見。他下朝後便順路往永福宮來，正聽見綺蕾彈一回又說一回，因難得聽她這樣多話，便不許宮人通報驚動，只立在窗外廊下靜聽。因聽到海蘭珠「可惜大汗不會吹笛子」之語，不禁微微一笑。服侍的一眾太監宮女不知如何是好，都互相呆呆地看著發愣，跪在院中不敢起身，倒跟著海蘭珠一起上了回聲樂課。

綺蕾述及貴妃道衣歌舞時，皇太極心中已有所感，及至後來綺蕾唱起「水調」來，聽得「富貴榮華能幾時」一句，大不悅意，不禁掀簾子進去，笑道：「傷感太過了，不可再彈下去。」

綺蕾不意他在外偷聽，驀地一驚，手下用力略過，弦「崩」地一聲斷了。海蘭珠忙跳下炕來請安。皇太極笑道：「古人云高山流水，知音斷弦。今日靜妃弦斷，莫非是爲了我麼？」因親手挽起綺蕾來，又叫海蘭珠不必多禮，仍舊如前談笑才好。

然海蘭珠終覺忸怩，告辭不是坐也不是，只自撚著衣角含羞不語。綺蕾也呆著臉不肯多話。皇太極倒後悔起來，心道早知這樣，不如就別進來，仍叫她兩人說說唱唱的讓綺蕾散散心才是。

轉眼立春既過，綺蕾遷入關雎宮居住，永福宮頓覺冷清下來。海蘭珠落了單，大為不捨，每日早早晚晚，仍然只管纏住綺蕾學琴，除了夜裏要回永福宮住宿，一天裏倒有大半天是耽在關雎宮的。

皇太極每每撞見，深以為罕，閒時向哲哲道：「你這個侄女兒，天上掉下來的一般，倒是人見人愛，連綺蕾也肯與她親近，想必是個人物。」

哲哲撇嘴道：「你要誇就誇，只別扯上別人，怎麼我侄女兒好不好，倒要憑某人眼光來定不成？莫不是那人不與我侄女兒親近，我侄女兒就不是個人物了？非要等某人點頭說好，大汗才肯跟著拍手不成？」隔一時又道，「大汗若是果真看好了，收在宮裏不就得了？何必閃閃爍爍的。反正我和玉兒已經進了宮，加上珠兒，正好做伴。」

皇太極不置可否，笑道：「你說我拉扯別人，我不過白誇獎一句，你就扯出這一車的話，到底是誰拉扯別人來著？」遂擱下不提。

偏偏這番話被迎春聽見，因她與素瑪一同在清寧宮裏住過幾日，兩人交情不同，便私下裏悄悄告訴了她。素瑪原是寨桑貝勒府上的家生女兒，自懂事起就服侍海蘭珠多年的，聽見這話，哪有不上報之理，夜間侍莊妃睡熟了，便在枕邊悄悄地如此這般說給了海蘭珠，掏心掏肺地出主意道：「天下做男人的沒有不好美色的，大汗明明對格格有心，偏做出不動聲色的樣子來。依我看來，未必真是對靜妃專情，而是礙著大妃娘娘和莊妃娘娘的面上，不好向格格提親。不然大妃說起來，給了一個侄女兒不夠，還惦記第二個，難不成科爾沁博爾濟吉特家族有十個女兒，大汗也娶十個？因此上便是大汗再有心，也不好意思開口的。我聽跟靜妃的朵兒說，靜妃其實沒有外間傳得那樣神，倒不像是那狐媚子性情，一味癡纏大汗的，雖說大汗住在關雎宮裏，兩個人倒是相敬如賓，並不怎樣親熱的。」

海蘭珠罵道：「你一個姑娘家，知道什麼是相敬如賓？又什麼是親熱？居然聽壁報聽到大汗寢宮裏去了。還不住口呢？叫人家聽見，還以爲我們是草原來的野人，不知禮數呢。」

素瑪自幼與海蘭珠一同長大，兩人名爲主僕情同手足，並沒什麼不可言說的，雖然捱了罵，倒也不以爲忤，仍然笑嘻嘻地道：「男大當婚，女大當嫁，這也沒什麼不好意思的。我又不是存心去打聽來的，是朵兒和貴妃娘娘的丫環釵兒吵架，嚷出來叫我聽見的。」

海蘭珠反倒一愣，問道：「釵兒同朵兒吵架？我怎麼沒有聽說？」

素瑪笑道：「若是連格格都聽說了，那事情還不鬧大了？那日兩個拌嘴，原是因爲一根釵子起的，原來釵兒起初是跟淑妃娘娘的，因爲貴妃娘娘看上了她，拿一根釵子向淑妃娘娘換了來，所以名字便叫釵兒。釵兒原本伶俐，什麼事都要拔尖兒，跟了貴妃娘娘後，主子的性子驕橫，丫頭也野蠻，更加逞強好勝，最喜歡和人鬥口齒。因爲靜妃最得大汗的寵，貴妃大概背地裏沒少說靜妃壞話，主子同主子慪氣，丫頭也跟丫頭不和，所以那釵兒平日裏便看著朵兒不順眼，那日因朵兒得了一根新釵子，大家都說好看，釵兒便覺不順耳，插進來說這樣的釵子她主子匣裏不知有幾百根，隨便賞人的都比這個強十倍。朵兒便頂撞說：知道你是你主子拿一根釵子換來的，什麼了不起？我這一根釵子便比不上你主子換你的那根，到底也是金子打的，換不來個丫頭，還換不來隻哈巴兒狗麼？釵兒聽朵兒比她做哈巴兒狗，哪有不惱的，兩人便大吵起來，幾乎不曾動手，口不擇言地，就把靜妃也罵出來，說她狐媚惑主什麼的，朵兒便辯解說：我們娘娘才不是那起想方設法狐媚大汗的

人呢。這麼著，便嚷了出來。」

海蘭珠聽她一口氣說完，早不禁笑出聲來：「你這丫頭，滿口裏釵兒朵兒，又是主子丫頭的，我竟一句也聽不懂。不過這兩個丫頭吵架，竟然敢對主子不敬，依我說就該告訴姑姑，各打五十大板，都趕出宮去才清淨。」

素瑪慌得求道：「格格千萬別。她們吵架的當兒我剛好經過，還勸架來著。若是她們受罰，一定知道是我告狀，還不恨死我們呢。」

海蘭珠笑道：「蠢丫頭，略說兩句就唬得這樣。我才沒那閒心嚼舌頭呢，免得我自己也不乾淨。況且『狐媚惑主』這種話，也斷不是一個丫頭想得出來，必定是哪裏聽來的。這件事沒嚷出來便罷，若鬧穿了，不知惹出多少事來。你也記著，以後再看見這些個事，趕緊離遠點，別參與，也別勸架，免得招惹是非。」

素瑪這才放下心來，亦笑道：「我才不會。等他日格格嫁了大汗，管保是宮裏最得寵的妃子，到那時我也耀武揚威，眼角兒也不夾她們一下。」

海蘭珠臉紅心跳，斥道：「滿嘴裏胡說些什麼？這些話，也是你做丫頭的說得的？」

素瑪笑道：「格格出嫁是正經事，怎麼不該說得？不過我一個做丫頭的，便說也無用。格格要有正經主意，倒是要請大妃娘娘成全，幫忙說句話才好。只要大妃娘娘點了頭，大汗還不美得顛顛兒的，還有不答應的道理不成？」

海蘭珠見她理直氣壯，倒詫異起來，道：「你來了宮裏沒兩天，別的不會，這彎彎腸子倒已經學了十足十。」

素瑪笑道：「都說漢人心眼兒多，真是的。宮裏又有北京城投奔來的太監，又有民間新采的宮女，還有和我一樣的家生丫環，人多嘴雜舌頭多，個個都牙尖齒利的，不多長幾個心眼子，早晚被人活吃了去。況且格格在明，人家在暗，我要再不替格格留著心眼兒，還有咱們過活的地兒嗎？」

海蘭珠一時心情激蕩，歎道：「這宮裏，也有親姑姑也有親妹妹，可誰才是我真正的親人呢？你才也說了，姑姑在大汗面前故意說那拈酸扯醋的話，哪裏是真心想成全我，倒是要試探警戒的意思，先拿話把大汗的口給堵了。別說對我，就是她們兩個天天在一塊兒過著，還你防我，我防你的呢。真正知疼知熱的，也就是素瑪你了。」

素瑪道：「別人幫不上忙，就得自個兒長點精神留著心眼兒。格格生成這樣的一個人物兒，又打小兒立了志要嫁個天下第一的，見不到便罷了，如今既來了宮裏，見了大汗，格格心裏要有他，就得立定了主意嫁他。我便不信，以格格的人品相貌，只要格格願意，還有男人不心動。」

這番話聽進海蘭珠的耳朵裏，竟是從心底掏出來的一樣。那日鳳凰樓之遇，她從皇太極眼中看到了預期的驚豔和羨慕，可是卻沒有等到預期的追求和提親，不禁對自己的魅力大打折扣，然而素瑪的話，卻又重新讓她在黑暗中看到一絲希望。因此一晚上反覆思索，心潮起伏，一時覺得大好姻緣就在眼前，一時又覺得困難重重，自己的這一番心思正可謂咫尺天涯，斷無成功之理。如是輾轉反側，掂量再三，何曾真正合過眼睛。

次日起來，便覺頭昏眼花，身子綿軟，撐著篝帷下榻，腳下一個趔趄，重新坐倒下來，素瑪唬了一跳，焦慮道：「要不通報娘娘，請個大夫進來瞧瞧吧？」

海蘭珠忙擺手制止，道：「咱們遠來是客，如今住在這裏同她們正經主子一樣穿戴起居，已經讓那起小人抱怨，再要鬧著喊醫問藥的，沒的招人笑話。」喘息既定，命素瑪扶自己起來，無奈眼前一片金星亂冒，要強不得。

恰大玉兒梳洗已罷，約海蘭珠一同往清寧宮請安，見她面白氣虛，立時便要請御醫去。海蘭珠仍擺手不許，又叮囑不叫告訴姑姑，免得驚動宮中。

大玉兒細細向姐姐臉上看了半晌，摸摸額頭，翻翻眼皮，又叫伸出舌頭來看舌苔。海蘭珠由她擺佈一回，倒笑起來：「你這樣子望聞診切的，倒像個大夫。」大玉兒笑道：「我就是個不坐堂的郎中，你不信，我開幾味藥給你診治一下。」說著果然叫丫環侍候筆墨，寫了一道方子出來，命送去御藥房煎來。自己便向清寧宮來請安，因俯在姑姑耳邊悄悄說了姐姐抱恙之症。

哲哲聽了，自是不安，便要就去探視。大玉兒安慰道：「姑姑別緊張，姐姐就是不願意驚師動眾才不叫我告訴您的。您這會子過去，倒讓病人著急，心裏反而不清淨。我已經替姐姐看過了，不過是新來乍到，水土不服，不是什麼病，吃服藥睡上一覺就會好的。」

哲哲詫異道：「你給開的藥？你開的藥也能治病，那還要太醫院做什麼？」

大玉兒省悟過來，剛才看見姐姐身體不適，一則關心情怯，二則也是賣弄，竟露了底細，此時悔悟已遲，只得勉強笑道：「我也是淘澄美容方子時，記過一兩則滋補的方子，左右於人有益的，便是治不了病，也吃不壞人就是。」

哲哲笑道：「你雖這樣說，我可只是信不過。」便叫迎春送燕窩過去給海蘭珠進補，趁機探視。一時迎春去了回來說：「格格吃過藥，燒已經退了，睡得正熟，臉色紅潤，不像是有病的樣子。」

大玉兒道：「姑姑看是怎麼著？我就說姐姐沒什麼病，不過是昨兒逛御花園玩得累了，早上有些起不來就是。」

哲哲自己大驚小怪的，白緊張一回，聽見海蘭珠沒事，再不信是大玉兒醫術高明一劑奏效，只當海蘭珠未免輕狂，不過是小有不適就推病不起，連早請安也脫懶，心下倒有些不喜，淡淡道：「睡了就罷了。她既然不叫你告訴我她生病的事，等她醒來，你倒也不必說我知道，總之沒事就好。」

大玉兒自清寧宮回來，果然不向海蘭珠提起，只說因有外戚親眷來訪，哲哲忙於接待，並不曾留意海蘭珠未來請安之事，叫姐姐不必擔心。海蘭珠聽見，倒覺悵然，心道姑姑對自己這般親熱關照，然而自己偌大個人不見了都不留意，可見再關心也是有限。她又是心裏藏不住事的一個大孩子，再見哲哲時形容之間便有些委屈之意；哲哲原就惱怒海蘭珠託病不起疏於禮節，又見她事後竟一聲兒也不提起，更覺她對自己不敬，對這個侄女兒的喜愛大不如前，漸漸疏淡起來。

眾人見海蘭珠親姑姑妹妹尚且如此，豈有不跟風趨勢之理？便也都時常冷言冷語，不似海蘭珠初入宮時那般親熱。唯有綺蕾卻還是一如既往，仍與她同行同止，親厚無間。海蘭珠也益發與綺蕾親近，視她為平生知己。

且說自綺蕾遷居後，大汗幾乎沒把關睢宮當作了清寧宮，日日夜夜盤桓不肯去，只差沒有在那裏升帳聽朝。諸宮后妃妒恨已極，大汗在宮時不敢抱怨，只等得大汗出征，便紛紛往清寧宮來請願，向哲哲哭訴道：「大汗後宮嬪妃無數，卻獨寵靜妃一個，令我們獨守空房。春恨秋悲，草木尚

知一歲一榮，一歲一枯，難道我們竟都是枯樹朽木，不知冷暖的嗎？」

哲哲歎道：「你們說的何嘗不是？我又怎會不知？只是太醫已經診出綺蕾所懷確為男兒，大汗如今正在興頭上，一心一意只等綺蕾臨盆，只差沒有設個神座把她給供起來，哪裏還聽得進我說話？」

便有東側宮庶妃、豪格之母烏拉納喇氏氣道：「生兒子誰不會？難道豪格是打天上掉下來的？他跟著大汗南征北戰，立了不少戰功，然而大汗待我又怎樣呢？」說著掩面而泣。

不料這話卻傷了娜木鐘，一旁酸溜溜地道：「就為了豪格上過幾次戰場，摸過槍拉過弓，大汗不知前前後後給了姐姐多少賞賜，又封豪格做了貝勒，多大的榮耀。姐姐還不知足，難道也想大汗打個神座把姐姐供起來不成？」

便是哲哲也因不曾生過兒子，最聽不得別人恃子而驕的，便不肯為烏拉納喇氏說話，只向諸妃含含糊糊地道：「左右綺蕾離生產也沒幾個月了，難道到了八九個月上，還有氣力狐媚大汗不成？便是孩子生下來，好歹也要休養三五個月，屆時我再緩緩地向大汗進言不急。」

娜木鐘笑道：「緩緩地進言？只怕等娘娘做八股文章似的兩句一詠三句一歎地，好容易把話說完，綺蕾的孩子都拉弓上馬，也可以跟著他哥哥豪格貝勒上戰場打仗了。」說得眾人都笑了。因見莊妃站在一旁若有所思，便推她道：「你這半晌一聲不響，什麼意思，倒也說句話兒好不好？」

莊妃向來自視清高，況且心中早有主意，豈肯參與眾妃這長他人志氣滅自己威風的燕雀之議，雖然滿心不屑，面上卻絲毫不肯流露，只做無辜狀岔開話題向姑姑道：「這兩日天氣乍暖還寒，驟冷驟熱，姐姐不適應，又病了，我說請太醫來瞧瞧，她又不肯，我這裏正不知如何是好呢。姑姑看是怎麼辦？」

哲哲煩惱道：「我這個侄女兒，自小兒嬌生慣養，不像是大草甸子上來的格格，倒像是中原江南大門不出二門不邁的小姐，三天兩頭地生病，真是叫我操心。又不肯看太醫，那便怎麼好？有病總得看，就是麻煩費事兒，也說不得了。」

莊妃獻計道：「特意地往太醫院請大夫去，又是通報又是安排地總要耽誤半天，且也讓姐姐不安；橫豎對門關雎宮裏天天有御醫聽差，不如就近請了來，倒也方便。」

哲哲道：「你說的也有道理，只是靜妃懷孕已足七月，按照宮規，太醫是要十二個時辰排了班聽差的。我們這會子把人叫了來，知道的說我們貪方便，不知道還以爲是存心同關雎宮找麻煩呢。」

恰時睿親王妃往宮裏請安，聽到議論，不待別人答話，先就拍手笑道：「姑姑說哪裏的話來？綺蕾不是那樣多心的人，她在我府上一住大半年，我白天晚上地教規矩，再不會讓她這般張狂挑剔。我正要請娘娘的示下去看看綺蕾，既然娘娘要召太醫，不如就是我親自去請吧。」

莊妃笑道：「哪裏急在這一時？你剛進來，我們姐倆還沒來得及說上三句話。還是迎春去請一聲好了，等下姐姐去看靜妃，再當面解釋不遲。」

眾妃也都七嘴八舌地說這樣最好，靜妃哪裏就那樣嬌貴了，太醫離開一時半刻都不行，況且臨盆的日子還早，何苦這般張張火火。

哲哲聽眾人說得有理，便命迎春去請，再三叮囑說：「到了那邊，記得先向靜妃請安，稟明原因，不要使她多疑。」遂一同動身往永福宮來探病。

海蘭珠見一下子進來這許多人，自是不安，強撐著起身在炕上給姑姑請了安，又向睿親王妃含笑問好。王妃隨口說些門面上的現成話兒，便出來外間榻上同大玉兒坐著喝茶聊天，因說起多爾袞這次匆匆回京又即日出征的事，不禁滿腹牢騷，抱怨起來：「一年裏倒有大半年不在府裏，在府那幾個月，也多半忙公事，難得不忙公事，也是關著門看書，再不就是練武，哪裏肯與我好好說上半日話？反是綺蕾在府裏養病那些日子，他一天三次地往後花園裏跑，聽侍候的丫環說，連餵粥餵藥這些賤役他都肯親力親爲的。」

大玉兒聽了，大爲刺心，著緊問道：「多爾袞那般豪壯，也肯做這些瑣事？丫環說的可真？」

王妃道：「怎麼不真？我聽丫環說，那綺蕾病得人事不知，吃不下藥，吐他一身一衣，他都不嫌棄的。對我都不曾那樣耐心。」忽見大玉兒臉上變色，後悔起來，唯恐她疑心多爾袞與綺蕾不妥，若是向皇太極提起，豈不痳煩。遂忙改口說：「不過總是丫環們捕風捉影，我倒也沒太當真。」

越是她這樣說了，大玉兒反而越覺狐疑。細想多爾袞幾次往永福宮探望，果然形跡可疑，綺蕾進宮前又並不見他這樣頻繁拜訪，且忍冬說過，多爾袞圍獵走的前日曾來過永福宮，那日自己和睿親王妃一道去了清寧宮，只綺蕾在屋裏，當時忍冬因回宮取一樣東西，恰好看見多爾袞和綺蕾兩個在一處說話，雖沒聽真他們說些什麼，但兩人面色沉重，顯見有甚大秘密，看到忍冬來便散開了。當時自己並未放在心上，只道多爾袞來永福宮自是爲了同自己相會，因沒遇到才快快不安的，如今想來，竟不是爲了自己，倒好似綺蕾才是關鍵。

一時新仇舊恨都勾起來，幾處裏湊在一處，越想越真，越思越惱，不禁銀牙暗咬，怒火中燒，好你個綺蕾，搶了大汗的恩寵不算，竟然連多爾袞也勾上了，存心與我爲難不成？又想綺蕾進宮這半年來，獨霸龍床，受封靜妃，賜住新宮，一步一步越過自己的頭去，下一步，只等她生下男子，就更可以母憑子貴，目空一切了。難道，自己就眼睜睜地看著她這樣作威作福，一刀一刀往自己心窩裏捅刀子不成？真正是可忍孰不可忍，如果她對著這樣的步步緊逼還不還手，也真枉叫作了女中豪傑，後宮學士！

王妃見大玉兒不說話，更加自悔失言，不便多坐，恰時太醫進來，哲哲做別海蘭珠回駕清寧宮，王妃便也端起杯來告辭，要往關睢宮探綺蕾去。

大玉兒整頓臉色，溫言道：「這裏人多事亂，姐姐既惦記著靜妃，我也不便深留。前幾日麟趾宮那位配香粉，送了我好些，只是我又不大用這些香呀粉呀的，不如送姐姐吧。」說著取出一個錦繡輝煌的香囊相贈。

王妃喜得接過來說：「原來是貴妃的親贈，早就聽說她最愛弄些脂呀粉呀的，大汗又縱著她，把天下脂粉方子四處搜羅了送她，她的香粉，那是千金也求不來的。」再三謝過，懷揣香粉離去。

大玉兒一直送到門首，遠遠看著睿親王妃進了關睢宮才回身返屋。

關睢宮裏早有小丫環通報進去，綺蕾由朵兒扶著，親自迎出門外。睿親王妃忙親親熱熱拉住了不叫行禮，喜滋滋地說：「靜妃快別這麼著，你已經懷了七八個月的身子，這時候最要自己小心保重的，萬事不可大意。我都聽傅太醫說了，鐵準是個阿哥，大汗還說，只要阿哥一出世，就封做貝

勒，這真是天大的恩寵啊。」又問綺蕾一日吃幾頓，睡得可好，胎動反應如何，想吃什麼只管說，宮裏沒有，睿親王府做了送來。說是「總歸是睿親王府出來的人，既叫我一聲額娘，你就是我的親閨女兒，親王府的正經格格，再不肯叫你委屈了去。」

綺蕾溫言謝了，又叫朵兒換茶。王妃見她有一句答一句，態度遠不似在府中那般冷淡，更覺高興，話也越發多起來，又誇耀大妃如何善待，莊妃如何和氣，又說新得了貴妃的香粉，怎樣金貴難得，說著拿出香囊來給綺蕾看，評論兩句繡活精緻，又贊奇香難得。

綺蕾接在手中，少不得應付兩句，忽覺一陣奇香直透腦門，頓覺暈眩起來，胸悶欲嘔，不敢多看，忙交還王妃。

王妃見綺蕾臉上變色，似有痛苦之色，打量她有孕之人容易疲勞，不便久坐，又閒話兩句便站起告辭。綺蕾也並不留，起身相送，卻腹中一陣悸動，站立不住，復又坐下了，揮手命朵兒送王妃出宮。王妃在府裏時早已慣了的，並不以綺蕾失禮爲意，顧自離去。

這裏綺蕾只覺腹內似有千斧百杵攪動一般，難以忍耐，不禁呻吟出聲。朵兒驚惶，便要回清寧宮喚太醫去，綺蕾擺手制止：「大妃娘娘剛剛叫了太醫去，這會兒我們又巴巴地找回來，倒叫人笑我張狂。忍一忍，太醫就快回來的。」

然而疼痛一陣強似一陣，綺蕾咬著牙苦苦忍耐，額上汗珠大顆大顆滴下，臉色白得嚇人。宮人們都覺驚惶失措，卻又都顧忌中宮，唯恐果真忙忙地去請太醫，觸了大妃霉頭，只一趟趟到宮門外翹首盼望。好容易遠遠見了傅胤祖影子，直見了救命菩薩一般，忙跑上去拉住，哭道：「先生快來，靜妃娘娘不好了。」

傅胤祖大驚罵道：「如何不早來告訴我？」顧不得禮數，直奔進內宮，只見綺蕾手捂腹部痛得死去活來，雖咬牙苦苦撐持不肯呻吟，已是面如金紙，唇如鉛灰，一條命只剩下半條，見了胤祖，哎呀一聲叫出來：「先生救我。」

傅胤祖一邊命人急報中宮，一邊坐下來爲綺蕾把脈，兩隻手指只往腕上一搭，三魂早已轟去兩魄，變色道：「靜妃娘娘這是中毒之象啊，今天可是吃了什麼不乾淨的東西？」忽隱隱聞到一股異香，頓時明白過來，因問：「今天可有薰過香？或是用過什麼香料？」

綺蕾微微搖頭：「先生叮囑過不要用香料的，只是睿親王妃來過一趟，請我看了個香袋，說是莊妃娘娘賞賜的……先生，我的孩子，保得住嗎？」

傅胤祖聽了，腦裏轟雷掣電一般，恍然大悟：早在睿親王府時，他曾給綺蕾配過一味藥，服後可以遍體生香，然而久服會有毒性。因此綺蕾進宮後，傅胤祖再三叮囑輕易不要薰香，唯恐藥性相克引發病症，綺蕾有孕後，更是摒絕一切香料，連沐浴香水也不用。然而百密一疏，今日王妃來訪時，偏偏自己不在宮裏，竟由她將香袋攜帶入宮，此刻屋中猶有淡淡餘香，其味絕似麝香。麝香素有墮胎之效，綺蕾血液中又原有香毒，只消一點點麝香已足引發，如此看來，胎兒絕難保全。胤祖既曾救過綺蕾一命，對她的關切非比尋常，見問大爲難過，黯然道：「學生必盡平生所學，保全娘娘性命。」

綺蕾聽了這話，自知胎兒無幸，忽然間悲從中來，她進宮本是爲了報仇，後來因故罷手，自覺心如止水。然而自從懷孕後，腹中胎兒一日日成長起來，母子天性，遂重新將她本性中的溫柔慈愛喚發出來，一天比一天更加疼惜這個未出世的孩子，將全部生命都傾注在他身上，視爲自己生存

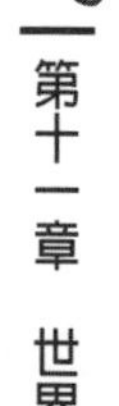

之唯一信念。如今忽然聽說孩子不保，哪裏禁受得起，不禁哭著央道：「傅太醫，求求你救救這孩子，我死了沒關係，只要保住孩子就行。」

傅胤祖聽了，更覺傷感，他自認識綺蕾以來，從未見她有絲毫悲喜，更不要說這般剖肝瀝膽的流淚哀求了。俗話說最難消受美人恩，豈不知美人之淚更讓人難以抗拒。正要說些安慰珍重的話，忽聞綺蕾厲聲慘呼起來，眼見一股鮮血如注，自被子底下直流出來，知道已是小產，忙低頭退出門外，命宮女進來服侍，自己隔著屏風指揮搶救。

其時哲哲早已聞訊趕來，見到傅胤祖，急問：「靜妃如何？」

胤祖流淚道：「學生來遲，靜妃娘娘已經小產了。但請娘娘放心，胎兒雖然已經救不回來，靜妃的性命，可包在學生身上。」

哲哲大驚失色，慌著問：「卻是爲何緣故？怎不早點來報？」揚言要將關睢宮全體捆縛審查，治他們照顧不周之罪。嚇得底下人黑鴉鴉跪了一地，哭著求娘娘饒命。

朵兒幾乎磕頭出血，哭道：「並無照顧不周，晌前睿親王福晉來宮時還好好的，坐著說了好一會子的話，娘娘不信，只管問福晉……」

綺蕾於屏內聽見，咬著牙道：「不要混說……」一語未了，早又疼得七昏八素，暈死過去。

一時藥已煎好送至，胤祖命人撬開牙關灌將下去。又恭請大妃回中宮歇息，不要勞神太過。哲哲也覺關睢宮氣味駁雜，轉側不便，只說太醫操勞，自行回宮。

胤祖仍立於屏風外靜聽，隔了一時，裏面說靜妃仍流血不止，胤祖焦灼，只得另開草藥命碾成糊狀外敷，直折騰到入夜時分，方報說血流漸小，靜妃已經睡熟。

胤祖這方退出，猶不敢出宮，又往清寧宮打聽大妃哲哲可有傳召。果然哲哲並未睡下，立即披衣召見，胤祖如實稟報，只不肯說出聞香流產緣故，一則牽連甚廣，二則怕追查起來引出自己在睿親王府爲綺蕾配藥之事，難脫干係。只推說綺蕾身本虛弱，去年中箭傷了元氣，迄今未曾大癒，且新遷關睢宮，許是新宮陰氣重人氣弱，不宜孕婦居住云云。

哲哲拭淚道：「自她有孕以來，我哪一天不問上三次，偏是這麼著，偏還是保不住。這是她福薄，也叫無法可想。」知道皇太極前線吃緊，若聞此事，必定大起煩惱。然而思之再三，畢竟不敢隱瞞，只得派人連夜飛馬報訊。

第十二章 令人扼腕的第二次刺殺

後宮裏永遠是重複著的故事。

那些故事裏的鬼魂每到午夜便從她們藏身的庭巷深處走出來，她們歌舞，穿行，哭泣，訴說，喧囂而寂靜，翩若流螢。

在周的後宮，褒姒的一笑亡了國；而越的後宮，西子只以蹙眉捧心，已可顛倒天下；秦的後宮，呂不韋獻趙姬於子楚，嬴政的生父之謎遂成千古疑案；漢的後宮，呂后因妒成狂，俟劉邦死後將其寵妃戚夫人割去四肢挖掉五官製成人彘投進永巷的糞池；魏文帝的後宮，甄妃與皇弟曹植私通，抑鬱而終，遂有《洛神賦》傳世；隋的後宮，太子楊廣以侍疾入殿調戲陳夫人，氣死文帝楊堅而繼其位；唐的後宮，每一級宮梯都宣洩著淫蕩的遺跡，韋后爲了效仿武則天而毒殺中宗李顯；五代十國，閩主王曦淫奢無度，覬覦神器，因被宰相王炎窺破，遂於繼位後將王炎發塚戮屍以洩其憤；遼的後宮，太祖阿保機去世後，述律皇后自願以身殉主，因其子年幼而被群臣勸阻，遂斷其腕入棺陪葬，人稱斷腕太后……

她們都是心繫後宮的無主孤魂，耽阻於往生的路上，尋找著下一個不幸的主角，引誘她加入她們的隊伍，參與她們的舞蹈，尋尋覓覓，哀聲不絕。

綺蕾的關睢宮裏，此刻就充滿了這樣的鬼魂。她們來自不同朝代的後宮，卻演繹著同一個故事的不同版本，周而復始，如泣如訴。

她們的眉眼都娟秀嬌好，穿弓鞋或者馬靴，梳單髻或者雙髻，面目依稀，衣飾華麗，帶著某個時代的烙印，穿行在後宮中，長歌當哭，無休無止。

她們說，她們才是後宮真正的主人。

綺蕾窒息地掙扎。

一半是失血過度，一半是藥物鎮定，她昏睡不醒，做了一個又一個夢。彷彿回到了一年多以前，她剛剛來到盛京的日子。

那一次，是多爾袞和傅太醫救了她的命；現在，誰可以為她挽回她兒子的命呢？

她在夢裏看到了兒子。那是她一生中與兒子的唯一一次見面。

她真切地看到了他，一個眼睛像星星一樣明亮的男孩子，一個小小的勇士，一個未出世的貝勒。他向她走過來，笑著，叫：「額娘。」但是不等她伸手相抱，就一笑跑開了。從此再不回頭。

她醒過來，望著宮頂，痛切地知道她已經永遠地失去了她的兒子，一個還沒有來得及見過人世就已經被奪去了生存權力的兒子。

有人說未見人世的靈魂是不能夠升天的，那麼，兒子跑去了哪裏了呢？

如果他可以順利出世，那麼即使夭折，也至少還可以擁有靈魂，可以與他的祖父和舅舅相會。但是現在，他便是死了，也是一個孤兒。

綺蕾還在夢中見到了她死去的父兄，他們死在皇太極大軍的劍下，她還沒來得及爲他們報仇呢。豈止沒有替他們報仇，她甚至成了仇人的妃子，與他同床共枕，俯仰承歡，還爲他懷了孕，有了孩子。

報應。

兒子的死，分明是她背叛父仇的報應。是那些死去的鬼魂不肯放過自己，是他們帶走了自己的兒子。這是報應。

綺蕾好不容易重新建立起來的生與愛的信念，在這一沉重的打擊前，再次被摧毀了。摧毀得比上一次更加徹底。

也許她不是深宮裏第一個失去胎兒的母親，這樣的故事，在歷朝歷代的後宮都並不新鮮。後宮裏到處都是重複的故事，固有的陷阱，可是對每個身歷其中者，卻永遠是第一次，並不能因其頻密的重複性而稍減哀傷。

每一次災難都是毀滅性的，每一次傷痛都是嶄新的，每一個傷心的母親都是絕望的，稚兒的曇花一現的生命也同時要了他們的母親的命。

生命重新回歸到混沌未開的狀態，綺蕾睡了又睡，醒了又醒，在短暫的清醒中，她看到一個峨冠錦袍的男子在對著自己深情地凝望。

那是皇太極。

他在接到飛馬報訊之後，拋下滿營兵將，不眠不休，晝夜兼程，跑死了兩匹馬才趕回盛京。當他看到面無血色昏迷不醒的綺蕾時，心疼得血都快涼了。他痛惜自己未出世的孩子，更憐愛他孩子的母親。他握著她的手，親吻著她，不知道該怎樣疼惜才好。然而她睜開眼來，茫然地看著他，苦苦凝聚起全部的精神，卻仍然想不起，眼睛略轉一輪，便歪頭在枕上，重新睡去了。

這晚雷聲大作，風雨無休，震得簷間金鈴嘩啦啦亂響。綺蕾半夜醒來，呻吟要水。皇太極不肯驚動外間宮人，親自下榻倒了半碗茶餵她。綺蕾在他手裏將水一口一口地喝了，倚在臂彎，靜靜看著他，眼神漸漸幽深。皇太極不及多想，只看到她清醒便已歡喜，柔聲慰問：「愛妃，你要什麼？」

綺蕾向屋中掃視一輪，眼光最終落在壁上琵琶上，抬起手來指了一指，意思要彈琵琶。

皇太極愕然，勸道：「你剛剛小產，身子虛得很，不可太勞神，過兩日好了再彈吧。」又將一個靠墊替她倚在身後，問她：「可是睡久了，想坐一會兒?我們說說話可好?」

綺蕾微微點頭，倚在墊上定一回神，仍然指著琵琶。皇太極無法，只得取來放在她懷裏，綺蕾也並不彈撥，只抱著將手輕輕撫那琴弦。

皇太極陪在身邊坐了一回，聽著窗外雨聲疏一陣緊一陣，漸覺疲憊，合目朦朧過去。剛剛睡熟，忽覺頸上吃疼，驚醒過來，竟見綺蕾披頭散髮，合身撲上將琴弦死死勒在自己頸上，這一驚非小可，一手抓住琴弦不使勒緊，另一手以肘向後用力搗去。

那綺蕾畢竟身子虛弱，氣力不足，皇太極一肘可裂金石，何況血肉之軀，只這一下，綺蕾已撒開手來，整個人直飛出去，撞跌下床。

皇太極向頸上一摸，摸得一手鮮血淋漓，不禁又驚又怒，目眥欲裂，暴喝：「賤人，你敢殺我?」

綺蕾力竭神危，哪裏還有回話的力氣，一口鮮血噴出，僕伏在地，唯有一雙眼睛猶自不肯雌伏。皇太極看她一雙眸子深沉得古井一樣，忽覺心灰，歎道：「愛妃，你究竟是，爲了什麼？」一句未了，竟哽咽起來。

外間宮人早被驚動了進來，見大汗受傷，無不吃驚惶恐，伏在地上叩頭告罪，接著帶刀侍衛也都大呼小叫地搶進來，將綺蕾團團圍住，又往外通報大妃並傳太醫進診。

片時消息傳遍宮中，聞者無不大駭。哲哲扶著迎春顫巍巍地趕來，見狀又驚又怕，渾身發抖，指著綺蕾罵道：「賤人，大汗待你不薄，你竟幾次三番圖謀不軌，真是狼子野心。」命人將她捆了投至柴房，聲言要剝皮剔骨，挖眼剜舌。

皇太極這半日只由著大妃安排，太醫裹傷，久久無言，聽到此時方擺手道：「不必大驚小怪，也不必捆綁，只叫人看著不許她尋死，等我從前線回來再行懲處。她不會無緣無故沒了孩子，這件事沒查清楚，什麼處罰都爲時過早。」又指著眾太醫道，「你們要把她看好了，還是我當年那句話，她死了，你們也都別想活。」

哲哲聽了，如雷轟頂一般，半晌方道：「這賤人兩度行刺，罪該萬死，怎能饒她？」

皇太極倦極搖頭，道：「不必多說，就是這樣。」命人打著傘，冒雨走出。大妃忙隨其後，皇太極擺手制止，不肯要一個人陪，也不回清寧宮，徑去了鳳凰樓宴廳邊帳內躺下，聽到外間風聲如訴，簷鈴淒切，不禁想起在漠南草原上第一次見到綺蕾的情形——茫茫大漠上，萬千人頭跪拜，風雲變色，而綺蕾於萬千人中傲然站立，以一種紅梅傲雪的姿態面對著他，皎潔清秀的臉上沒有一絲悲喜，他走向她，承受了她當胸一劍，從此與她結下不解情緣；然後是長達一年的等待，是接連三夜的召而未幸，是對察哈爾留情不殺的愛屋及烏，是無數日子裏的耳鬢廝磨，種種憐惜寵愛，濃情蜜意，如今竟都成空。自己還從沒有對一個女子如此用心，卻偏偏便是這個女子，一而再再而三地傷透了自己的心。

冷雨淅淅瀝瀝下了一夜，皇太極便也輾轉反側想了一夜。想到情濃處，不禁連聲歎息，流下淚來。

這大概是他生平第一次爲一個女子傷心，真正地傷心。第二天，就回前線了。

且說宮中諸妃先時聽聞綺蕾流產，各個稱願，都道這才是人賤福薄天報應呢，恨不得設宴慶祝才好；待聽說大汗爲了她特地從前線趕回探病，連國家大事也不管了，只一心一意親自守護，又叫人生氣；隔了兩日，倒又傳出刺殺訊來，大汗一怒離宮，哲哲又下令要徹查真相，頓時人心惶惶，草木皆兵，將那得意形色盡皆收起，哪裏還敢招搖生事？

宮人們私下裏兩個一組三個一堆地議論紛紛，疑神疑鬼，只覺這件事裏透滿了古怪，都說綺蕾只剩下半條命，如何竟有力氣在小產後血流不止的情況下忽發奇想，意圖以琴弦弑主呢？而皇太極竟沒有對這大不敬的刺客做出任何處罰，只是在當晚搬出關雎宮，獨宿鳳凰樓，風急雨冷，也不召任何妃子陪宿，更叫人狐疑。

她們無法想像是什麼樣的神力支撐著綺蕾的體力，她柔弱的身體和傷痛的靈魂，無從揣測綺蕾再次噴發的憤怒與仇恨從何而來，更不明白她對於皇太極的不可抗拒的魅力與吸引。他們兩個，幾乎到了一個願打一個願捱的情份上，全不能以常理推論。若不是鬼魅迷惑，又是什麼呢？

要麼是綺蕾中了邪，要麼是大汗中了蠱，總之這件事，必定和鬼神相關。不是連太醫們也說綺蕾的流產是因為陰氣太重陽氣不生嗎？大妃還說要徹查這件事因由，不知有什麼可查的，又從何查起，倒弄得宮裏疑神疑鬼，人人自危，連說話走動也都是屏聲靜氣，生怕一個不小心招了禍患。

唯有娜木鐘向來無風還要掀起三層浪的，何況出了這樣大事，便要借機鬧些新聞出來，嚷嚷著要請大法師來捉妖伏魔；又有一起唯恐天下不亂的小人，見主子尚且這樣說了，哪有不跟嘴兒胡說之理？便有人說宮裏近日果然不清淨，大白天裏也陰風陣陣的，夜裏更是聽到哭聲；又將多爾袞之母、天命金國汗努爾哈赤大妃烏拉納喇氏的生殉慘事重翻出來，說大妃陰魂不散，這是要索命來了。

這些閒言碎語傳得滿宮皆是，哲哲聽了，自是動怒，將娜木鐘找來狠狠訓斥了一番。娜木鐘哪裏肯認，悉推到旁人身上去，哲哲便又找了幾個帶頭說閒話的人來責打一番，傳下令去，再聽見有人胡說，便要將針線來縫了舌頭，吊在奏樂樓下曝曬，宮裏這才消停下來。

娜木鐘氣不過，雖不敢與哲哲對著幹，卻喊起心口痛來，裝腔作勢，三番兩次地囉嗦太醫，若太醫照實說她沒病，她便要發脾氣罵人，說太醫院白拿俸祿，醫術不精，不肯給人好藥吃。太醫裏哪裏肯得罪她，只得順著她的口風說是貴妃得了燥鬱之症，脈浮體虛，需要靜補。娜木鐘得了意，越發喬張喬致，煎了參湯要燕窩，厭了肥雞換肥鵝，不知生起多少故事來。

哲哲拿她無法，只好由著她性子鬧，自己且忙著審問關睢宮一眾服侍的人，一條繩子捆了，白天晚上著人看守，不給飯吃，也不許睡覺，定要找出真凶來才罷。

眾人急了，有的沒的只管信口胡說，上自睿親王妃海蘭珠格格，下到御醫太監，凡去過關睢宮的人，一個也不得清白，一時間牽扯進多少人來。

睿親王妃得了訊兒，三魂轟去兩魄，立時便要往宮裏找莊妃商議去。烏蘭苦勸：「宮裏這時候正翻磚刨瓦地徹查呢，略沾點邊兒靠點譜兒的人都要拘起來審過，王妃這會兒進去，難保不惹是非。倒是請人給莊妃娘娘帶個信兒，請她來府一趟的還好，也隱密些。」

王妃聽了有理，立時便請人送信去宮中，請莊妃務必往睿親王府走一趟。莊妃卻也正在等王妃的信兒，聞請胸有成竹，立時收拾了便來到清寧宮見哲哲，請示要往宮外一行。

哲哲正爲了海蘭珠與綺蕾過從甚密的事在煩惱，見到莊妃，且不理其他，劈面便是一頓牢騷：「珠兒尋常和你一同住著，你也說說她，格格和妃子們相處，親疏遠近要有個分寸，講些規矩，她一個未出閣的姑娘家，現守著親姑姑親妹妹倒不見怎的，有事沒事只管同那個察哈爾的刺客親近，這不，到底惹出閒話兒來了？」

莊妃陪笑道：「姐姐稟性單純，做事原本不計較，喜怒哀樂都在臉上，與那綺蕾雖然走得近些，說笑多些，也只是人情面兒上，若說她和這件事有什麼關連，那是再沒可能的。」

哲哲歎道：「我怎會不知？只是我若不理，那阿巴亥的主兒必又有話說，可不是給我尋晦氣？」因見莊妃裝束齊整，是要出門的打扮，問：「你這是要往哪裏去？」

莊妃道：「正要請示姑姑，睿親王福晉身上不舒服，我想去探病來著。」並不說出福晉遞信請她之事。

哲哲道：「睿親王福晉病了？我正要找她，這樣一來，倒不好說的。也罷，你去看看她，若是

沒什麼大礙，身上爽快了，還請她往宮裏來一趟。」想到審這數日，竟是一點頭緒沒有，倒扯進來三五門子的親戚，攪得四鄰不安；若說擱下不審，已經鬧得滿宮風雨，騎虎難下，罷手不得。不禁長歎一口氣，心下頗爲後悔。

然而最震動不安的，還不只後宮，而是前線的多爾袞。

綺蕾的刺殺帶給了多爾袞新的希望——雖然她失敗，可是，她畢竟出手了。她終於向他的生死仇敵舉起了武器——儘管，那不過是一根纖細的琴弦。

當聽說琴弦在勒進大汗脖子時已經先深深勒進了綺蕾的手心時，多爾袞居然覺得心疼。

多爾袞，他是在自己母親殉葬了父汗的那一刻起，就已經沒有了心的。他的心早已經被仇恨所腐蝕，他以爲它再也不會有感覺，更不會疼痛。然而現在，他心疼了，他最關心的，居然不是綺蕾是否得手，而是綺蕾本人。他想她受傷了，是他令她受傷的；他想她刺殺了，她終於還是爲他出手。

他認定綺蕾是爲了他而行刺的。他甚至想，綺蕾從一開始就沒有背叛過自己，而恰恰相反，是在成全自己。因爲如果她一進宮就動手的話，如果失敗，皇太極一定會遷怒於己的；但是等到現在，等到她已經完全得到了皇太極的心再忽然出手，那麼無論結果如何，都沒有人會懷疑到他多爾袞的身上了。

是的，綺蕾是爲了自己在隱忍，在委曲求全，在臥薪嚐膽地忍耐到今天。現在，她刺殺失敗了，她的性命大抵是要走到盡頭了。但是，他不允許！

他不能讓她死。他曾經救活過她。她的命是他的。只要他不肯，便沒有人可以拿走她的性命。皇太極也不可以！

多爾袞憂心如焚，只覺不讓他儘快見到綺蕾，他會一天也活不下去。他拚命思索著怎樣找個理由回京一次，哪怕就是犯軍規也在所不惜。

然而就在他不顧一切地闖進大汗帳篷要提出離營請求時，皇太極卻先開口了：「十四弟，你今晚就回去料理一下吧，記住，大敵當前，你可要節哀順便，自家珍重啊。」

多爾袞意外之極，一時反而愣住了，不明所指。皇太極見他一副癡迷模樣，會錯了意，拍著肩說道：「也不知道我們兄弟撞了什麼邪，我死了兒子，你死了老婆，莫非真是戰事連年，有傷天和嗎？不過你也別太傷心了，大丈夫何患無妻，不要爲這件事傷了自己身體，等你完了事，這裏還等著你早些回來呢。」

大學士范文程也一旁勸慰：「福晉心疾猝發，英年早逝，正是天有不測風雲，人有旦夕禍福。睿親王一路珍重，早去早回，大汗還倚仗著您呢。」

多爾袞這方漸漸聽得明白，竟是盛京飛馬報喪，說睿親王妃於前夜突發心疾暴斃，大汗准他回京理喪。

事發突然，多爾袞一時不辨悲喜。他與福晉成親多年，但只當她是府裏一件必不可少的擺設，終究說不上什麼感情，如今聽說她忽然暴斃，不覺難過，只覺蹊蹺。然而聽到大汗許他回京，倒又令他有意外之喜，當下並不多言，只施了一禮，轉身出帳。

皇太極見他舉止古怪，還當他驟聞噩耗，傷心過度，並未多想。然而謹慎從事於他已成本能，遂親自送多爾袞出帳，看著他去得遠了，方悄悄地叫一親信侍衛來，命他改道回京，監視多爾袞種種，隨時回報。佈置既罷，仍回帳招范文程共飲，他一向自命天子，然而如今接二連三遭逢意外之事，究竟不知是不是自己的作爲違背了天意，連心愛的兒子也保不住，連摯愛的妃子也幾次三番對自己不利。

想到綺蕾怨恨的眼神，皇太極長歎一口氣，不禁將素日好戰之心冷了一半，望空歎道：「月明星稀，烏鵲難飛，繞樹三匝，何枝可棲。」復向范文程歎道：「曹孟德心懷天下，一世英雄，詩中卻也有這彷徨難顧之句。繞樹三匝，何枝可棲？繞樹三匝，何枝可棲？莫非他也有臨歧而泣，舉棋不定的時候嗎？」

范文程見大汗自從京城回來後一直鬱鬱寡歡，方才與多爾袞對答之言中竟有灰心棄志之意，大爲擔憂，一心想找個機會好好勸慰導藉，此時見他提起古歌，當下心思電轉，故意笑道：「恭喜大汗，此時此刻大汗不提別的詩句，卻單單想起曹操這首《短歌行》，那是吉祥之兆啊。天下英雄，原是一樣的心思。大汗自比孟德，將來必有『周公吐哺，天下歸心』的一日。」

皇太極笑道：「大學士錦心繡口，真正是我皇太極的知己。歌裏說：『青青子衿，悠悠我心；但爲君故，沉吟至今。』這『君』指的可就是大學士你了。」

范文程也笑道：「大汗既然提到『青青子衿』，怎麼倒想不起那句『何以解憂？唯有杜康。』」

皇太極更加喜歡，撫掌道：「正是，『對酒當歌，人生幾何？』你我君臣摯友，這就『何以解憂，唯有杜康』，好好地浮一大白。」

兩人推杯換盞，不知不覺便喝多了幾杯，范文程乘著酒勁，遂向皇太極進言道：「大汗，范文程跟隨大汗久矣，自當知道規矩，本不該對後宮之事饒舌，然而臣不忍見大汗如此煩惱，有幾句話不吐不快，還望大汗莫怪。」

皇太極道：「你我知己摯交，有什麼不能說的？若是藏話，便不是對我忠心了。」

范文程遂坦言說道：「我聞大汗下令徹查後宮，必要審明靜妃流產真相，然而風聲鶴唳，徒亂人心，事情卻仍是毫無頭緒。依臣之見，古往今來最說不清道不明的就是後宮恩怨，雖是女人爭寵，勝則爲王敗則爲寇的道理其實與男人無異，無非是爲了邀主之幸，便是手段極端些，也終究是爲了大汗。俗話說『黃蜂尾後針，最毒婦人心』，宮裏嬪妃眾多，無異蜂巢，發生這種事情其實尋常，若能一舉拿得原凶倒罷了，若不能，倒不如裝個糊塗，等閒視之。否則非但未必拿得到兇手，還會讓無辜的人受到牽累，城門失火，殃及池魚，傷到哪個，都是大汗的妃子，豈非不美？十四爺的福晉暴斃身亡，未必與此事無關，若再查下去，不知更要發生多少慘劇。故而臣斗膽勸大汗一句，不如推個前線緊張無暇旁顧，便把這件事暫且放下，待事情消停了，再慢慢兒地明察暗訪吧。」

皇太極早已接到大妃密信，細述宮中種種，知道綺蕾一案，牽連甚多，涉嫌之人遍及汗宮內外，娜木鐘與大玉兒兩人猶爲可疑，卻苦無實證，心內早已覺得煩惱顧慮，范文程之言，正中下懷，遂連連點頭，歎道：「大學士之言甚是，我原也正有此意，這便請大學士代我修書一封與代善大哥，請他代我了了此案也罷。」

且說多爾袞晝夜兼程回至府中，家人上下俱白袍葛巾，哭得驚天動地。整個睿親王府白幡銀燈，裝得雪洞一般，連樹上一併纏了白布條，隨風招展，一片淒涼之象。

多爾袞不及多言，先進到靈堂，見福晉裝裹了停於太平床上，遂撫屍大哭一場，焚過香紙，隨即命烏蘭進內室詳談。

烏蘭跪地稟道：「福晉那日自宮裏回來，當晚靜妃就出事了，宮裏說要徹查，福晉便請了莊妃娘娘來商議，兩個關起門來說了好久的話。半夜裏福晉忽然嚷心口疼，我忙喊起人去請太醫，可憐福晉疼得打滾，喊得滿府裏都聽見，後來就不動了，太醫來時一瞧，說福晉已經咽氣。」說著哭得聲嘶氣咽。

多爾袞心知有異，拉起烏蘭問：「是哪位太醫來？又是怎麼說？」

烏蘭道：「是傅太醫，說是心疾。」

多爾袞點點頭，立即命人請傅太醫來。誰知傅胤祖聽說王爺回府，早已先來一步，於前廳等候多時。多爾袞聽見，忙命快請進來，兩人於內室談至夜深，家人俱不敢歇息，且也要守夜，遂男左女右，都於靈堂待命。

凌晨時分，多爾袞方親自送太醫出府，復又叫進烏蘭叮囑道：「這件事，有人問起，一切按太醫話說就好，免得另生事端。」自己回到靈堂棺前，見地下火盆火紙金船銀橋俱備，倒覺安慰。點燃了香拜了三拜，便坐在火盆之旁，一路焚化紙錢，一路便不禁想起福晉自進府來，雖然未必恩愛，畢竟結髮多年，往日福晉每抱怨自己不知憐愛，而自己常厭她蠢鈍不願理睬。今日一旦死別，忽念起她生前種種好處來，又想她死得不明不白，大爲不忍。

次日一早，多爾袞即往永福宮求見莊妃。丫環通報進去，大玉兒親自迎出來，哭得兩眼紅腫，哀哀道：「姐姐死得可憐，那天我們見面，她還跟我說了半日的話，不想當夜就去了，真是叫人傷心。」

多爾袞沉著聲音問：「那天你們說過些什麼？」

大玉兒款款地道：「說了許多話，現在也記不真。只是姐姐傷心綺蕾的孩子早夭，說那日她白天才來看過綺蕾，夜裏就出了事，現在宮裏內外翻查，說要把當日所有和綺蕾說過話見過面的人全找出來查問，未免說不清；又說當日王府收留綺蕾，姐姐就反對的，畢竟綺蕾曾經刺殺大汗，來歷不清不楚，若是他日有事，王府難脫干係，不想果然應在今日，到底又鬧出第二次行刺來，人汗發作起來，只怕連睿親王府也牽扯在內；因此姐姐煩惱傷心，焦慮不已，竟然病了。我勸了姐姐好久，說一人作事一人當，十四爺對大汗一片忠心，難道大汗還會懷疑十四王爺不成？可姐姐總是放心不下，還說當年綺蕾在府裏，十四爺親自請醫問藥，還專門找了師傅調教，現在一番好心都付注流水，非但沒有積德，竟成招禍了。」

多爾袞聽了句句驚心，莊妃話裏含意，分明在指綺蕾刺殺與自己大有干係，便是流產也多半和王妃有關，語氣中頗有威脅之意。唯其如此，他越發斷定王妃死得蹊蹺，大玉兒分明暗示自己，只要自己不追究王妃之死，她便也不會舉報刺殺隱情。他看著這個從小一處長大，前不久還曾肌膚相親的青梅竹馬之交，彷彿忽然間不認得她了。

他們對視良久，都是一言不發。

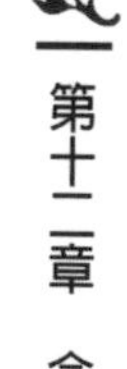

對視，也是對恃，最終，還是莊妃先開口，輕輕叫了一聲：「多爾袞，她死了，我會補償你的。」

多爾袞忽覺一陣心悸，「咳」地一聲，拔腳便走。

莊妃眼睜睜看著他離去，既不相留，亦不相送，於風中站成了一尊鹽柱。

兩個人用了十年的時間才重新拉近的距離，在忽然之間又重新拉遠了，遠到了生死邊緣，就是銀河鵲橋，也無法讓他們再走到一起。

多爾袞終於見到了綺蕾。

這一次的見面遠比他想像中的容易。因爲綺蕾已經不再是那個受寵的靜妃，而變成了掖庭碾房中一個戴罪的賤人。雖然大妃無法照著自己的意願將她挖眼剜舌，但還是將她削去封號，投入掖庭。大汗有命不許她死去，可是哲哲也無法忍受看她好好地活著。

多爾袞在碾房裏找到了綺蕾。她躺在稻草堆中，蒼白無力，奄奄一息，只有一個打水的老婆子照料她，或者說，監視她。婆子稟報多爾袞，娘娘說了，一不許綺蕾尋死，二要她準時服藥，其餘都不理論。

多爾袞看到了旁邊的藥碗，也看到了丟棄的食盒，只是一碗稀得見光的粗米粥並幾根鹹菜。他的心再一次牽疼了，這桃花一樣的女子哦，他怎麼可以把她送進宮裏，讓她受此荼毒呢？從一開始，從她走進王府那天起，他就該把她好好珍藏的，而不讓她走出他的視線。

他扶起她，她便依偎在他的肩上，那樣虛弱，那樣蒼白，彷彿又回到了她初進睿親王府的那會兒。他懷抱她，替她理去黏在臉頰的髮絲，忽然間，情動於衷，將稱王稱雄之念盡拋腦後，毅然道：「我們走。我帶你出宮去，遠走高飛。」

綺蕾微微一震，睜開眼來，她看著多爾袞，那冰冷如深泉的眼睛裏，竟然也似乎第一次有了些許感情。但是不待他捕捉，那眼光已經轉瞬即逝，她說：「不，我不走。」

「不走？」多爾袞驚愕，「你在這裏只有等死，你已經沒機會了，既沒有機會得寵，也沒有機會行刺，你還在這兒幹什麼呢？舂米？洗衣？我不會眼看著你做這些賤役的。我的福晉死了，害死她的人，也一定不會放過你的。」

「福晉死了？」綺蕾一震，眼圈瞬間泛紅。她在睿親王府養病一年，又曾認王妃為義母，雖不親密，畢竟感戴她眷顧之恩，睿親王妃，那是一個多麼單純熱情的女人，如今無辜喪命，必與自己有關的吧？所謂我雖不殺伯仁，伯仁終因我而死，自己怎能忍心？「福晉，是怎麼死的？」

然而多爾袞並不答她，他只是把她抱得更緊，彷彿抱著自己生命中唯一的依柱。福晉之死帶給他的震盪遠遠比他自己想像得要強烈得多，那是比傷逝更加深沉的一種灰飛煙滅的淒涼之感。宮廷裏的勾心鬥角，沙場上的硝煙瀰漫，多少年來，他面對的是雙重的征戰，提頭飲血，九死一生，他已經太累了。如今，看著懷中這個傷痕累累的女子，這謝了一半的桃花，他要保護她，珍惜她，為她擋風遮雨，再不能眼睜睜地看著她萎敗，零落成泥。

遠走高飛。這個念頭一旦泛起，就燃燒得如此熾烈。為了她，他願意放棄一切，帶著她遠離人群，去過平靜的日子。榮華富貴和無限江山盡可拋擲，只要，和她在一起。

「我和皇太極鬥了這許多年，沒有一次勝他，卻白白犧牲了福晉，這也許是天意。我不能再讓

你犧牲，綺蕾，跟我走吧，我們恩也罷了，仇也罷了，什麼都不理，出宮去。天涯海角，我會保護你。」

綺蕾閉上眼睛。恩也罷了，仇也罷了，出宮去。怎樣的誘惑？怎樣的新生？然而……她重新睜開眼睛，宣誓一樣地重複著：「十四爺，對不起，我哪兒也不去。」

「你……」多爾袞大驚。他是一個武士，草原上最英勇最無畏的；他同時是一個貝勒，汗位的真正繼承人。但是，如今這一切他都不想要了，他只願做一個普通的男人，擁有一個自己的女人，攬著她，伴著她，深山原野，男耕女織，過普通老百姓的日子，過平淡無奇的下半生。然而，她竟拒絕他！

「我不走。」綺蕾堅持，「我不會死，也不會走，我就在這兒，等著看他實踐諾言。」

諾言？多爾袞要想一想才明白綺蕾說的是什麼。皇太極曾經允諾她，不對察哈爾發動一兵一卒，秋毫無犯，以德懷之。她仍然記著這句誓言，在度過由失子之痛而帶來的短暫瘋狂之後，她已經又恢復了她的理智和隱忍，同樣地，也恢復了她對自己族人的摯愛與關懷。如果她死了，以皇太極的個性，一定會遷怒察哈爾，大開殺戒；相反，只要綺蕾活著，就有一線希望勸得皇太極回心，遵守承諾。爲了察哈爾十萬部民，她不能走，甚至不能死。她必須活著，活在四面楚歌的深宮，活在恥辱陰暗的掖庭，再艱難再委屈再痛苦，也必須活著！

這是一個真正高貴的女人，她比哲哲，比大玉兒，都更加宅心仁厚，悲天憫人，也更配得上鳳冠霞帔，母儀天下。她的心裏，只有族人，沒有自己。

然而她唯一的錯，也正是心懷天下，卻獨獨沒有自己。

她太高貴，太冷淡，也太完美了。

多爾袞深吸一口氣，覺得失望，也覺得嘆服。在他的心中，原本一直存著一線希望，暗暗以爲綺蕾的行刺多少是爲了他，而綺蕾的心裏也是有他的。然而現在他知道，他錯了，他的愛情與承諾，再一次像輕煙飄進風裏，散去無痕。

當兒女之情淡去，知己之義便油然而生。英雄的惺惺相惜是比男女間的憐愛追求更加可貴的，他更緊地擁抱著綺蕾，他對這女子的愛意在這一刻已經昇華至超越生死的境地，他不僅僅是愛慕她，同情她，而更是敬佩多過欣賞，是一種士爲知己者死的俠義與壯烈，慨然道：「好吧，你放心，如果你要察哈爾的人活得好，我就一定要他們連一根汗毛也不掉。就算大汗要違誓，我也一定幫你勸服他。」

「謝王爺成全。」綺蕾低聲稱謝，兩行清淚直流下來。

多爾袞驚動地看著那兩行淚，這是綺蕾一生中唯一的一次，對他表露感情。那一刻，他知道，他便是捨了自己的生命，也一定要先成全她的意志。

第十三章　弄假成眞的東宮娘娘

天聰八年秋，可林丹汗病亡於青海打草灘。消息傳到盛京，皇太極大喜，立即下命派兵遠征，多爾袞力挽聖意，願意親征招撫，以德懷之。

消息傳到掖庭，綺蕾動容失色，夜夜於天井焚香拜天，祈禱著察哈爾部人安然無憂，又求在西華門當差的茶房跑腿小太監福子代達聖意，求見大汗。

皇太極還是第一次聽說綺蕾主動對他有所求，心中百感交集，卻有意狠下心來，拒絕一見。綺蕾無奈，題詩於絹，再求太監轉交。福子本不肯多事，然而因睿親王爺多爾袞幾次私賞於他，叮囑他但凡綺蕾有所求，須有求必應，遂勉爲其難，覷著空兒將詩絹交與內宮太監陸連科，再伺機轉交皇太極。

奈何那陸連科早已受了大妃哲哲的收買，拿到絹子，且不急著呈交大汗，只顧自往大妃寢宮裏來，命人叫出迎春，如此這般相告。迎春入內回稟了，哲哲驚疑，忙叫進陸連科來當面細問，又命迎春賜座。迎春掇了個小凳子來，陸連科趴在地上，磕了頭請了安才告座，徐徐地道：「這是二門外走動的小太監福子托我的，說靜妃……」說到這裏，忽聽哲哲咳了一聲，嚇得忙咽住，想了一回才道，「不是，靜妃已經削了封貶爲罪人了，小的糊塗該死。」

哲哲款款地問：「你且別滿嘴裏跑馬急著去死，只往下撿重要的說。」

陸連科遂道：「那罪人求見大汗，被大汗駁回，她不死心，又叫人把這絹子呈給大汗。福子求了我，我不敢隱瞞娘娘，特來稟報。」

哲哲命迎春拿過絹子來，且不急著展讀，只問：「綺蕾求見大汗被駁回？怎麼我不知道？是哪個替她求的大汗？」

陸連科道：「本來小的也不知道，還是福子交我這絹子時才說起的，是跟娘娘侄女兒的丫環素瑪去掖庭看那罪人時，那人當面求了她的。」

「素瑪？」哲哲一愣，「素瑪去掖庭看綺蕾？」

陸連科道：「就是素瑪。我聽福子說，素瑪常常去掖庭看那罪人，不只素瑪，就連娘娘侄女兒，格格本人還親去過兩次呢。」

哲哲聽了，心裏又驚又怒，卻不便發作，只捺住性子展開絹帕來，卻是一篇曲譜，蝌蚪般文字題著宮商角徵羽之類，旁邊注著曲子詞：

在河之洲兮水一方，
溯洄從之兮阻且長。
若得君王兮全素志，
願將黃庭兮換紅妝。

哲哲看了不懂，且命陸連科自去，不許向一個說起。自己袖了帕子往永福宮來找莊妃，摒退左右，說明緣故，方將絹子取出來，珍重出示。

大玉兒雖然不通音律，卻將那曲詞反覆吟詠，解道：「這『在河之洲』容易，乃是她曾經住過的關雎宮名字的來歷，《詩經》裏說：『關關雎鳩，在河之洲。窈窕淑女，君子好逑。』是情詩的老祖宗，大汗取名關雎宮就是爲了這首詩，綺蕾提到這一句，多半是敘舊情的意思；至於『水一方』，又是另一首詩祖宗了，原句是『蒹葭蒼蒼，白露爲霜；所謂伊人，在水一方；溯洄從之，道阻且長；溯游從之，宛在水中央。』說的是苦求某人而不得，綺蕾提起這句，或許是說想見大汗而不能如願吧；至於最後兩句，《黃庭》是道德經的老祖宗，這裏的意思是如果大汗肯完成她的心願，她寧可出家爲尼來答謝。只是她的素志是什麼呢？若說是重爲汗妃，則又不該提到出家，這樣看來，前兩句便也不該是爲了訴相思愛慕。因此這詞竟不能當成一般情詩來讀，到底說的什麼意思，侄女兒也不能解，或許只有大汗可以明瞭，應該是他們兩個人中有過什麼承諾吧。」

哲哲別的且不理論，只聽到出家一句，倒放下心來，道：「她既然說要出家，那將這帕子繳與大汗便也無妨了。」

大玉兒笑道：「姑姑但交無妨，綺蕾已經入了冷宮，是沒什麼機會翻身了。便是姑姑寬宏大量，那幾宮的主兒也不肯的，便是大汗自己兩次被刺，也未必還念舊情。想那綺蕾自己也是看明白這一點，才提出要出家的，姑姑大可不必憂心，倒是見機行事，順坡下驢，就此將她打發了也罷。」

哲哲細想一回，深以爲然，復歎道：「玉兒，到底還是你與我貼心，你那姐姐，唉，枉我那麼疼她，倒肯與那賤人親密。」因提起海蘭珠常往掖庭探望綺蕾的事。

大玉兒心裏冷笑，這哪裏是惺惺相惜，分明是明修棧道，暗渡陳倉，打的是借道伐虢的主意。然而這也提醒了她，皇太極自綺蕾和睿親王妃相繼出事後，頗有疑己之意，只是前線戰事吃緊，才沒有認真追究。本來綺蕾在永福宮住了那麼久都好好地，是搬去關睢宮後才出的事，大可推得乾乾淨淨，可是睿親王妃死於非命，連多爾袞都可以猜到是自己的手腳，難保別人不會懷疑。因而這許多日子以來，大玉兒在永福宮裏提心吊膽，一直擔心有朝一日東窗事發，那可便大事不妙。可是博爾濟吉特家族的女兒是不會束手待斃的，海蘭珠的小花招讓她想到了峰迴路轉的最佳法寶，那就是順水推舟，將海蘭珠獻給皇太極，堵住宮中攸攸之口——自己既可以主動成全姐姐與大汗，便自然不會因爲妒忌爭寵而害綺蕾。

不是沒想過這種辦法無異於飲鴆止渴，引狼入室，然而已經顧不得了。她曾經嘗試過以自己的力量來挽回大汗的心，但是失敗了，皇太極那樣的男人，重的是征服的過程，自己早已經從十二歲起就徹徹底底地屬於了他，他看著自己長大，從一個女孩蛻變成一個女人，自己對他而言已經沒有半分神秘，便也就失去了男女原始的吸引。這男人需要的，是新鮮的刺激，另類的誘惑。如果想在除掉綺蕾的同時還要洗脫自己，就必須爲他準備一個新而有力的對手，那個人，只能是海蘭珠。

思想停當，大玉兒便從從容容地向哲哲道：「既如此，姑姑不如就將這絹子交給姐姐，由她送與大汗。」

哲哲詫異：「給珠兒？那卻是爲何？」

大玉兒道：「姑姑細想，當初我嫁大汗原本就是代姐成婚，濫竽充數的，如今正主兒來了，還不該讓位於賢，成其好事麼？」

哲哲聽了，更加驚詫：「你的意思是說……要讓你姐姐嫁給大汗？」

大玉兒笑道：「姐姐自小花容月貌，琴棋書畫無不精通，所以竟把天下人都看不進眼去，這才耽擱至今，一心要找個數一無二的才肯嫁。想這滿天下的男人，除了大汗，又哪裏有第二個配得上娶姐姐？姑姑一直疼姐姐，說要替姐姐尋一門好親事，怎麼眼面前的倒想不到呢？再說那兩宮一心一意同咱們對著來，咱博爾濟吉特和她們阿巴亥在宮裏的勢力是二比二平，如果加進姐姐來，咱們豈非穩操勝券？」

哲哲遲疑：「你說的也有道理。只是不知道珠兒怎麼想，大汗又會怎麼說。」

大玉兒笑道：「這越發不消姑姑操心。天下男人都一樣，恨不得娶上一千一萬個才好，何況咱們大汗；至於姐姐，我看那意思多半也是願意的，不然，又在咱們宮裏一住半年可是爲的什麼呢？又最肯與那綺蕾親厚，真是她們兩個投契麼？依侄女兒看來倒是醉翁之意不在酒。」

哲哲細想一回，果然覺得有七八分意思，便點頭應允：「還是你想得周全，如此，就讓珠兒去吧。」

大玉兒道：「且慢，我們還得找姐姐來當面囑咐幾句，是人情總得做在表面上，不然還只當我們都是傻子呢。」復又附耳細訴，哲哲無不應允，但覺舉宮之內，就只有這個侄女兒最爲貼心可意，因此言聽計從，當即派人找了海蘭珠來當面道喜。

不料海蘭珠聽了，卻低頭含胸，默不作聲。哲哲只道她是女兒家不好意思，笑道：「你在宮裏住這些日子，我冷眼旁觀，真正和大汗是人中龍鳳，天生地設，我做姑姑的不替你做主，難道倒等著你自己開口不成？這件事包在我身上，只要我提出來，大汗斷無不應之理。」

海蘭珠這方抬起頭來，眼中含淚，緩緩地道：「姑姑說的，自是金玉良言，又是一心替我著想。侄女兒感戴不盡。只是宮裏剛剛出了這樣大事，前線又打得緊，姑姑這會子上趕著提親，大汗雖面上不好推拒，心裏未必情願。我便是嫁了也沒意思，倒叫宮裏的人看笑話，說我們科爾沁巴不得地往宮裏送人。」

哲哲聽了這話，心灰了半截，原本滿心以為只要自己一開口，海蘭珠必歡喜感激千依百順的，沒想到她卻不領情，不禁又是失望又是怨恨，冷笑道：「你年紀也不小了，既千里迢迢地投奔了我來，我若不替你操心這人生大事，你父親難保不怪我做姑姑的不替侄女兒著想，只是將你留在宮中，白耽誤了你青春，況你哥哥原本送你來時，便托了我的；如今我好心替你做主，籌畫這門親事，把你許給大汗，何等尊貴？我不在意讓半個丈夫與你，你倒嫌不夠排場，莫非要我把自己的位子讓給你，才算滿意嗎？」越說越氣，拉下臉來。大玉兒聽著漸不是話，暗暗著急，料想必要說到死胡同裏去，只是不敢打斷姑姑。

再看海蘭珠，早已眼圈通紅，滿面是淚，跪下來哭道：「姑姑說這話，侄女兒真死無葬身之地，既然見疑於姑姑，侄女兒也不便再待在宮裏，況來盛京已久，這幾日很是想家，這便告別姑姑，侄女兒明日起程，回科爾沁陪伴老父吧。」

哲哲再想不到海蘭珠竟會出這釜底抽薪的主意，倒覺驚詫佩服，後悔不迭，忙拉起海蘭珠來，滿口自責道：「快別這麼著，我不過是一句玩笑話，你也當真麼？是不是怪姑姑了？」

海蘭珠道：「姑姑說哪裏的話？我來宮裏這麼些日子，姑姑怎樣疼我來著？我若是怪姑姑，叫我天誅地滅。只是我出來這麼久，每每念及老父年邁，很是不安，早想回稟姑姑辭京探父，總不成在親戚家住一輩子不成？」竟是去意已決，死活不肯留下。

哲哲無法，只是拿眼看著大玉兒，意思要她出來打圓場。大玉兒暗氣姑姑不會說話，只得勉強擠出笑臉來，抱住海蘭珠一隻臂膀，將臉捱在肩上，親親熱熱地叫聲「姐姐」，說道：「若說想家，我來盛京快十年了，才真是想家呢。每天站在鳳凰樓上，望酸了眼睛也望不到草原的一邊角兒，那才真是悽惶。日盼夜盼，好容易盼得姐姐來了，才略解我思鄉之苦，倒又急著回去。小時候在科爾沁，我們姐妹是怎樣親密，如今大了，倒生分了？難道是我照顧姐姐不周嗎？或是姐姐已經厭倦和我住在一起，不要我這個妹妹了嗎？」說著拿了絹子拭淚。

海蘭珠聽了，不好答應，只得道：「妹妹言重了，我怎麼會不願意和妹妹一起？」

大玉兒見她語氣中已有緩和之意，遂又抱住胳膊緩緩地進言：「可是天下無不散的筵席，有什麼法子可以讓我們姐妹長長久久地在一起，永遠也不分開呢？就只除了一條：就是我們一塊兒嫁給大汗。只有這樣，咱們才能姐妹一心，互相照顧，天長地久地在一塊兒。」

海蘭珠仍然搖頭，堅辭不允。大玉兒察言觀色，試探道：「如果是大汗親自提親呢？姐姐莫非也要拒婚麼？」海蘭珠這方不說話了。

大玉兒心知肚明，遂不復多勸，只向哲哲打個眼色。哲哲不知何意，只得先含含糊糊地道：「還是你妹妹會說話，不然你明兒個哭哭啼啼地回科爾沁，我這當姑姑的可怎麼安心？快別再說這要走的話了，好歹在宮裏多陪我兩天，就是你真心體貼姑姑了。」也不好再提詩絹的事，只得和顏悅色打發了海蘭珠回宮。

素瑪早已從迎春處得了消息，只當不負所願，婚事有望，俟海蘭珠回來，便要趕上前道喜，忽見她臉上氣色不好，依稀有淚痕，倒嚇了一跳，賀喜的話便不敢出口，只小心服侍她睡下，才在枕邊悄悄兒地打聽消息，問：「娘娘巴巴兒地叫您過去，是有什麼大事吧？」

海蘭珠道：「她要我嫁給大汗。」

素瑪笑道：「這是好事兒呀，素瑪一直替格格盼著這一天呢，格格怎麼倒好像不大高興似的？」

海蘭珠歎道：「你懂得什麼？」

素瑪抿嘴兒道：「我是不懂，就因爲不懂才要格格教著我呀。格格倒是說說看，嫁給大汗有什麼不好？先前咱們還說，這件事非得娘娘出面才妥當，如今難得娘娘親自提起，是天上掉下來的好事兒，素瑪恨不得替格格鳴炮慶祝才好，格格自己怎麼倒不願意呢？」

海蘭珠起先咬著被角兒不答，素瑪也不敢催問，只眼巴巴等著。海蘭珠思忖半晌，轉眼看到素瑪那一臉癡相，不禁噗哧一笑，問：「你看什麼呢？」

素瑪愣愣地道：「我在等格格自己想通了好來教我呀。」

海蘭珠又笑起來，這方慢慢地向素瑪道：「傻丫頭，你想想看，我已經來宮裏半年了，姑姑要真想成全我，早該替我籌畫這件事。但她早不說，晚不說，偏偏趕在這個多事之秋來說，分明是另有緣故；再者說了，大汗心裏只有綺蕾，現在綺蕾剛剛出事，我就趁虛而入，倒顯得以往我對她的

情份也都是假的了，那和乘火打劫有什麼不同？便嫁了大汗，他因爲得到的容易，也不會真心敬重我，我在宮裏也沒意思，倒白落了笑柄。到時候，你想想那阿巴垓的兩位主兒，還有東西側宮那許多妃子，會是些什麼嘴臉？」

素瑪聽了笑道：「說到底，原來格格的意思是想著要大汗親口提親的才肯呀。」

且說哲哲見海蘭珠心意堅定，拒婚不嫁，便也將聯姻的心給冷了，仍將詩絹交還陸連科，只裝自己不知道，倒要看看大汗是何反應。另一邊，則得閒向大玉兒抱怨道：「又說你姐姐在宮裏一住半年，醉翁之意不在酒。現在可怎麼樣？猴子吃麻花——滿擰。她一竿子回絕得乾乾淨淨，還滿口裏嚷著要回草原。若是給她這樣子負氣去了，向你父親一陣撒嬌，倒讓我爲難。」

大玉兒笑道：「姑姑別擔心，我姐姐才不捨得走，要走也不在這一時半日。她若當真想家要去，又怎會大半年一字未提，姑姑剛說要她嫁大汗，她便說要回家了呢？依我說，姐姐這一番矯情，不爲別的，爲的只是個面子上抹不開。姑姑細想姐姐昨日那番話，口口聲聲說要回家，可是從頭至尾並不曾說過一句不嫁。她呀，是不肯擔這送上門的名兒，行的是欲擒故縱之招，想要先回了科爾沁，再等大汗前去提親，風風光光地出嫁呢。」

哲哲聽了不信：「這丫頭糊塗。科爾沁山長水遠，說回去就回去，說回來就回來的？可不是捨近求遠。況且真給她回去了，若是大汗不娶，那便又怎樣？她白守在科爾沁等一輩子不成？」

大玉兒歎道：「姑姑還不知道我姐姐的脾氣嗎？她若肯事事想得周全，又怎會耽在家裏一直到今天老大未嫁？當初姑姑送信去科爾沁要聯姻，她還不是一樣回絕了？爲的就是提親是姑姑自己的主意，不是大汗親自求婚。姐姐自恃貌美，把滿天下的人都看得輕了，把自己當成了月裏的嫦娥，總要男人三催四請才肯下凡的。」

哲哲冷笑道：「既這樣，我也算白疼她了，也沒心思再管她的事。留她住幾日，便打發她回家去吧，我倒要看看，她終究嫁個什麼后羿吳廣。她便在家守一輩子，也不關我的事。」

大玉兒陪笑道：「姑姑這說的可也是氣話。姑姑心裏是疼姐姐的，若是因爲姐姐幾句不懂事的孩子話，便推開不理，倒不是姑姑待姐姐的一片心意了。姑姑細想，那日既然已將許婚的話說出了口，現在倒又撂開不管，若姐姐真格回科爾沁白守著，可不耽誤了一生。姑姑一番好心，倒把姐姐害了不成？」

哲哲聽了煩惱道：「許她婚事，她矯情不允；不管她，你又說耽誤了；正是理也不是不理也不是，依你說現在卻怎麼辦？難道真如她想的，讓她回科爾沁，咱們再大張旗鼓地去草原迎她回來不成？可不是一番夢話？」

大玉兒笑道：「依侄女兒想來，只要大汗肯親口求婚，姐姐的面上有光，多半也就允了，倒未必真是堅持要回科爾沁待嫁。」

哲哲想了半晌，猶疑道：「若是我出面向大汗提親，事情八九是成功的；若要大汗自己提親，這卻由不得你我。前些日子我聽說麟趾宮那位也有意思要把阿巴亥的一個什麼十六歲的格格許給大汗，因爲前線吃緊，耽擱下了，後來也不見再提，娜木鐘還嘀咕了好些日子。如今倒想大汗主動給新妃，只怕癡心妄想。」

大玉兒道：「那也未必不成功，只要我們見機行事，機會都是找出來的。姐姐雖說在宮裏住著，其實與大汗接觸並不多，如果我們多製造點機會使他兩人相處，日久生情，屆時姑姑再敲敲邊鼓兒，大汗又不是柳下惠關雲長，還怕不向姑姑提親不成？」

哲哲聽了深以爲是。

恰好過得兩日便是哲哲生日，因前朝政事吃緊，又不是整壽，便不事張揚，只命迎春在清寧宮裏擺下茶桌，自己同皇太極對坐吃酒。

皇太極心內不安，向哲哲道：「這也未免太過簡略，虧待福晉了。就算福晉自己節儉克己，不事奢華，娜木鐘大玉兒她們也該替你安排張羅，怎麼連禮數也不知道了？」

哲哲笑道：「如今前線戰火連天，八旗將士出生入死，我還只管在宮裏設宴慶生，豈不讓官兵心冷？況且一早各宮已經來磕過頭了，大汗不見外邊炕桌上擺那許多壽禮，她們本來還要出花樣兒好好熱鬧一番，是我嫌勞煩，不許她們借我的生日做由頭大吃大喝的。難得大汗得暇，肯撥冗與我慶祝，已經是叨天之恩，意外之喜了。」

皇太極聞言大喜，點頭贊道：「還是你識大體，最知我心，無愧於中宮正妃。」遂挽了哲哲的手一同出至堂中，炕桌上果然擺滿各色禮物玩器，胭脂花粉，皇太極一一撿在手中細玩，竟有大半不認識，詫異道：「這些玩物，絕非我們滿人所用，竟也不是你們蒙古人的習俗，卻不知她們從何處淘來？」

哲哲笑道：「自然是向漢人女子學來，別說大汗是堂堂鬚眉，就是我這個做妃子的，也竟不懂得那些釵環佩飾到底叫個什麼名堂呢。不止這些，往日裏她們孝敬的還多著，我都叫迎春收在炕櫃裏，留著逢節過禮的好賞人，自己卻是不大敢用，只怕穿錯戴錯，惹人笑話。」

皇太極也笑起來：「你不會用，還不會問麼？就算那些妃子們也不曉得，宮裏許多老太監都從北京宮裏過來，什麼沒看過聽過，問他們就是了。你就是怕費事，萬事圖省儉。其實你身爲大妃，便鋪張些也是應當。就好比今兒個，雖說不是整壽，終也不能太簡便了，就不驚動整個後宮，至少也要御膳房多加幾味菜，請你兩個侄女兒一同過來，我們四個人爲你慶生，如何？」

哲哲見所有對答竟然都被大玉兒料中，倒有些暗暗驚心，當下默不作聲，只任皇太極傳令下去。迎春等聽說要吃酒，知道必有賞賜的，都欣喜雀躍，忙忙地分頭去傳令邀請。

稍頃大玉兒攙著海蘭珠盛妝來到，先給皇太極見了禮，又向哲哲拜壽。皇太極見兩人一個英氣勃勃，一個楚楚動人，大覺開懷，都招呼來炕上坐下，道：「今天我們四個人爲你姑姑做壽，只論親情，不論宮禮，都要放開量好好喝一回，不許藏私的。」便請哲哲坐首席。哲哲自是不肯，皇太極勸道：「你今兒個是壽星，況且我們是家宴，你要再扭捏，是存心不叫我盡興了。」

哲哲只得依言坐了首席，皇太極與大玉兒打橫相陪，海蘭珠對桌。四人坐畢，海蘭珠便要執酒來敬，大玉兒勸阻道：「既是祝壽，免不了敬酒，只是這樣子一路喝下去，倒俗了，也無趣。不如行個令兒，也喝了，也玩了，也熱鬧些，可好？」

皇太極率先叫好，哲哲只得隨聲附和，海蘭珠自然更沒異意。大玉兒遂宣令道：「擲骰子猜對家，對了點的一個出令一個接令，出令的說一句詩，須提到眼面前有的一樣東西，同時又藏著一件屋裏有可是句子裏沒有的東西，那接令的也要說一句詩，卻要把出令的句子裏藏的那樣東西點明出來，意思要吉利，還要應景，說的是眼面前兒的一件事，山南海北地可不成。對了令的一杯酒，錯了的三杯，如何？」

哲哲先笑道：「好不囉嗦，只怕太難些。」

皇太極本不慣詩詞，卻也不在意，道：「這是存心要我喝酒呢，也罷，就醉一回讓你們姑侄笑話。」

大玉兒道：「誰敢笑話大汗？況且也未必輸。」便先擲了一個三點，皇太極、哲哲、海蘭珠也都擲過，四人並無相同點數，按令共飲一杯，重新擲過，這次是海蘭珠與皇太極同點。

海蘭珠怕皇太極對不上令來面上無光，不敢為難，有意出個簡單的，滿桌上看了一回，遂吟道：「暗香浮動月黃昏。」

皇太極聽是如此熟極而流的一首詩，自然明白海蘭珠是有意相讓，倒覺感激，便指著瓶中供梅應道：「格格這詩是《詠梅》，『疏影橫斜水清淺，暗香浮動月黃昏。』表面上提著句暗香，實裏句句說的都是梅花，可是並不提一個梅字，確是好詩。這便就還一句：『與梅並作十分春』，幸不辱令。」

哲哲大玉兒齊聲贊喝，道：「果然是一室春色，吉利得很。」海蘭珠親自為皇太極斟了酒，兩人一飲而盡，互相照杯對笑。

接下一輪，是大玉兒同海蘭珠對點，卻是大玉兒出令，早胸有成竹，笑道：「這可要好好想個難一點兒的出來，不然怎麼給姐姐出題目呢？」故意沉吟一下方道，「有了，就是『香稻啄餘鸚鵡粒』吧。請姐姐還令。」

海蘭珠一愣，心道這句「香稻啄餘鸚鵡粒，碧梧棲老鳳凰枝」，出令詩句裏隱著的乃是「鳳凰」二字，倒不難應對。可是自己若是應了令，豈不自命鳳凰？且有思嫁之意？遂支支吾吾，勉強笑道：「妹妹的令兒果然難對，我認輸就是。」說著要喝酒。

皇太極卻阻止道：「這有何難對？不如你喝一杯，我替你接了令就是。」遂指著莊妃與大妃笑道：「這句令得罪大妃，你可別惱，就是『雛鳳清於老鳳聲』。」

哲哲要想一想才聽明白，笑道：「我原本老了，哪抵得上兩個侄女兒青春當年，花容月貌。」海蘭珠與大玉兒俱忙陪笑說：「姑姑過謙，這是大汗說笑，折煞我們姐妹了。」

大玉兒便向大汗不依道：「大汗這句詩雖然不錯，意思也吉利，可是越俎代庖，太也偏心。難怪姑姑不樂意。大汗還不該罰酒三杯麼？若是不罰，今後我的令也都是大汗代了吧。」

皇太極笑辯道：「我替格格接令，原是因爲你這個令出得好，所謂『有鳳來儀』，若是廢了，未免可惜。你倒不領情麼？」

大玉兒道：「大汗要人領情又有何難？替誰接的令，自然有誰來領這份情。卻是與我無干的。」說罷笑吟吟地將絹子向著海蘭珠一飛。

海蘭珠只裝聽不見，扭轉了臉，指著門外鳳凰樓道：「我這會子卻有了，是『鳳闕龍樓連宵漢』，如何？」

大玉兒贊道：「好詩，且吉利。不過已經遲了，這酒還是躲不過的。」奪過壺來，連斟六杯，逼著皇太極與海蘭珠對飲了。

兩人無奈，只得一杯一遞一杯地飲了。接下來又是大玉兒與皇太極對點，大玉兒有意刁難，出題道：「有了，是一句『和煙和露一叢花』，請大汗接令。」

皇太極連這句詩也沒聽過，卻哪裏接得下？只得認輸道：「好不生僻。我這杯酒又躲不過了。」

大玉兒卻向海蘭珠笑道：「大汗方才替姐姐解圍，姐姐難道不要投桃報李？」

海蘭珠含羞，答應也不是，不應也不是，滿面飛紅，掩唇而笑。

皇太極見她靨生紅雲，壓賽桃花，哪裏把持得住？便借酒蓋臉，深施了一禮道：「便請海蘭珠格格救我一救。」說得眾人都笑了。

海蘭珠無法，只得應道：「妹妹這句詩出自吳融《賣花翁》，原詩是『和煙和露一叢花，擔入宮城許史家。惆悵東風無處說，不教閒地著春花。』大汗只往這『宮城』、『春花』裏來想便是。」

皇太極一想果然不錯，笑道：「謝格格指點。」遂回了一句：「有了，便是『春城無處不飛花』。我是得格格指點自己對的，可不是格格替我答的，不算違令吧？」

大玉兒點頭笑道：「不算違令。」

四人喝了酒，如是又聯得幾輪，面上已俱有酒意，哲哲先告了饒，道：「這令雖好，酒量卻不足，不如換個罰規，輸了的人隨對家出個題目，歌也好，舞也好，總之有命必從如何？」

眾人俱無異議。於是再擲過骰子，卻是哲哲與皇太極對點，皇太極見哲哲滿面桃花，目餳口滯，知她已不勝酒令，便欲出個淺顯的容她過關，遂道：「牧童遙指杏花村。」

哲哲明知暗藏的令核是酒，一時腦裏有無數詩句湧過，什麼『金樽清酒斗十千』，『勸君更盡一杯酒』，『蘭陵美酒鬱金香』，意思雖對，卻都不應景，不由語塞。

大玉兒有意打岔，笑道：「大汗錯了，這屋裏哪裏有什麼牧童？又哪裏來的杏花？除非您給清寧宮換個名兒叫『杏花村』。便是明天就改，今天這酒可還是要喝的。」

皇太極笑道：「這你可說錯了。杏花村雖然沒有，牧童這裏卻現成兒的有一個。」

大玉兒聽了更加笑道：「在哪裏呢？在哪裏呢？」說著故意滿屋亂看。

皇太極咳嗽一聲道：「不就是大汗我了？我們草原上長大的巴圖魯，哪個沒有放過牧，騎過馬？就叫一聲牧童也不為過吧？」說得眾人越發笑起來，連地下侍候的丫環宮女也都笑成一片。

皇太極得意道：「這下你沒得說了？還不替你姑姑喝三杯呢？」

不料大玉兒早趁亂在哲哲耳邊提了一句，哲哲一愣，心想明明無酒，豈不錯了？但見大玉兒暗地裏猛使眼色命她照說，只得笑道：「急什麼？我都還沒認輸呢。」遂舉起酒杯來，吟道：「欲飲琵琶馬上催。」

皇太極果然叫道：「錯了！我的令原出自『借問酒家何處有，牧童遙指杏花村』，杏花村是酒家，故而這裏的謎底藏著一個『酒』字，你的『欲飲琵琶馬上催』雖然有喝酒的意思，可是沒有點明『酒』字，況且也不應景兒。」

大玉兒笑著辯道：「大汗自己剛才說過了，『牧童遙指杏花村』，您騎過馬放過牧，所以是牧童，那麼這句詩也可以說是藏著個『馬』字，姑姑對了這句『欲飲琵琶馬上催』，詩裏有馬，豈不是對了？」

皇太極喝了聲彩，笑道：「是你辯得有理。我認罰便是。不過那不應景又怎麼說？」

大玉兒笑道：「若論戰事緊張，大汗日夜牽繫前線，連喝酒吃宴也不能安心，姑姑這句接令

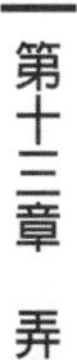

倒也不算不應景，只是意思談不上大吉大利而已；不如這樣，大汗錯了，罰酒三杯；姑姑半錯，出個節目抵酒可好？」說著向哲哲大打手勢。哲哲會意，笑道：「都是這句『欲飲琵琶』的錯兒，也罷，就是珠兒給我們彈一曲琵琶罷了。」

皇太極一心要熱鬧，自然滿口說好，道：「這個有趣。」

海蘭珠爲難道：「是姑姑輸了，怎麼倒要罰我？況且這裏也沒有琵琶。」

哲哲笑道：「這個不難，關雎宮裏不是白放著一付琵琶？就叫迎春去取了來。」

皇太極聽得「關雎宮」三個字，微微一愣，頓時感慨起來，原已有了三分酒，當下更不用人勸，便自斟自飲地，登時將三杯酒一一飲盡，長歎一聲，半晌無語。

哲哲不安，正欲相勸，卻見大玉兒給自己使眼色不許，也不知她是何意思，只得別轉了面孔假裝不見。

須臾迎春取了琵琶來，海蘭珠調柱撥弦，定一定神，便彈奏起來。她所學之歌，原本俱是綺蕾口傳身教，如今懷抱琵琶，扣弦而歌，活脫脫就是又一個綺蕾。

皇太極癡癡相望，那海蘭珠眉目間原本就有三分像綺蕾的，再看她抱著綺蕾的琵琶唱著綺蕾的歌，哪裏還把持得住？不禁恍惚癡迷，心旌動盪，一時間勾起多少舊事來。不知不覺，將一壺酒喝了大半壺下去。

海蘭珠一曲唱罷，抬起頭來，鶯聲嚦嚦地道：「粗鄙之音，有辱聖聽。」說著緩緩跪拜下去。皇太極心頭恍惚，酒氣上湧，癡癡地伸手出去，親自扶起來，脫口道：「愛妃請起。」

一言即出，眾人俱是一驚。海蘭珠驚愕抬頭，與皇太極四目交投，一時愣住。大玉兒早翻身下炕，跪下稟道：「恭喜大汗，賀喜大汗。謝大汗恩寵，納我姐姐爲妃，大玉兒代姐姐叩謝龍恩。」竟將皇太極一句醉語坐實。

海蘭珠起先見大玉兒每句話都似有深意，又每每以出令暗示自己，早已猜到三分，如今見她以訛傳訛，弄假成真，頓時羞得滿面通紅，低了頭一言不發。

哲哲隨即也反應過來，一邊心內暗贊大玉兒心智迅敏，見機得快，另一邊卻也不由驚心，此時方知她叫自己念起「欲飲琵琶馬上催」的深意，竟是伏線千里，如此佈局巧妙，算無遺策，倒也叫人心寒。然而箭在弦上，已不得不發，遂也只得隨之向皇太極與海蘭珠道喜。底下人見狀，也都不知所措，見莊妃跪了，便也都隨著跪下來，滿口亂喊著恭喜祝福的話來。

皇太極被這一番動作言語，早驚得酒醒過來，自思金口玉牙，一言既出，駟馬難追，原無抵賴之理；且看著海蘭珠眉聚春山，眼橫秋水，滿臉都是情意，慶幸尚不及，又哪裏有一絲半毫抵賴的意思。遂順水推舟，嘿然笑道：「大妃賢德，此爲後宮之事，就請大妃代爲籌措吧。」

附注：

史有傳聞，皇太極於天聰六年（一六三二年）曾娶過一位東宮娘娘，而且是自己親選的，到了天聰八年，又娶了宸妃海蘭珠後，這位前東宮娘娘被逐出宮門，而由海蘭珠取而代之。這是清初宮闈之中頗具戲劇性的一段婚姻，也算是奇聞軼事了，無奈詳情無處可查。唯《滿文老檔》真實地記述了當年皇太極親自選美的戲劇性活動，並述娶此女時陣勢頗隆，但於天聰九年產後被逐，原因不詳。今筆者因此女經歷與綺蕾多有吻合處，故大膽猜測，將二人合為一人。

至於海蘭珠何以二十六歲始嫁皇太極，考諸史料文獻均無記載。雖有軼史稱其此前實曾出嫁，因夫早亡而改嫁皇太極，但不能為據。另關於貴妃娜木鐘、淑妃巴特瑪來歷，史聞亦有諸多傳言，其中最常見的一種說法是此二人皆是察哈爾可林丹汗之妃，歸降後為皇太極所納。於此種種，今皆不取，只當四宮早已歸屬皇太極，免去一一敘述大婚情景，重複描寫之累。

第十四章　皇太極登上了大清皇帝的寶座

天聰九年二月，多爾袞親任統兵元帥，岳托、薩哈琳、豪格爲副帥，以正黃旗固山額真納穆泰爲左翼，以吏部隨政圖爾格爲左翼，深入青海，卻只圍不攻，秋毫無犯，懷之以柔，耗時半年，而終使察哈爾十萬兵馬投誠，遂率可林丹汗的后妃與其子額哲班師還朝。

九月五日，凱旋大軍班師過遼河，皇太極親自率領眾福晉、貝勒、以及文武群臣出迎數十里，於陽石木河南岡築壇、設幄、置案、焚香、吹螺、掌號，舉行盛大隆重的凱旋式。

他沒有忘記，特意傳旨掖庭，令綺蕾一同隨眾出迎。

綺蕾已經奉旨出家、戴罪事佛整整一年了。這一年裏，皇太極刻意地讓自己忙於戰事，而不去過問綺蕾的近況。他接受大妃的建議，納了海蘭珠爲妃，並賜住關睢宮，將當年給過綺蕾的所有恩寵都給了她，視她爲綺蕾的替身。

同綺蕾的無求無欲相反，海蘭珠極其愛哭，而且她有多麼愛笑，便有多麼愛哭，她常常可以因爲一個冷落的眼神而流淚不已，但又隨時可以因爲一句俏皮的哄媚而破啼爲笑。沒有一個成年人可以笑得那樣純淨，歡暢，毫無陰影，可是他的確從她那裏聽到了那種只有嬰兒才會有的，屬於天使的迷人笑聲。他越來越迷戀於她，並且因爲她的活色生香知情達意而漸漸對她充滿了比當年對綺蕾更加充盈的人間愛戀。

對綺蕾的愛，從來是欣賞多於親昵的，但是海蘭珠卻不同，她完全懂得他任何一個愛意的眼神，也充分了解他隨便一句親密的話語，她把他的恩寵看得比任何事物都重，對他的依戀跟隨幾乎到了癡迷的地步。她就像一個嬰兒貼戀母親那樣貼戀著他，喜怒無常，予取予求。

如果比綺蕾做花，海蘭珠便是如花解語；如果說綺蕾是玉，海蘭珠則是比玉生香。皇太極享受著這貼戀，這癡迷，並盡力地滿足她的任何請求。他是因爲海蘭珠的酷似綺蕾而移情於她的，卻同樣因爲這酷似而在面對海蘭珠時，會往往聯想到綺蕾：如果當年綺蕾也可以這樣地對自己，該有多好呢？

他知道她奉大妃懿旨侍奉薩滿神座，一則爲己請罪，二則爲金祈福。從早到晚，不是操石杵舂米，就是敲木魚誦經。這是哲哲的主意，也是一直對綺蕾懷恨的其他妃子們的促狹。她們常常想出一些新的花樣，指著名字叫丫環拿一些最難堪的差使交給綺蕾去做，以此羞辱她，捉弄她；她們甚至把砂子摻在半生的米裏賜給綺蕾吃。這些，皇太極都很清楚，但是他逼著自己不聞不問。

他不忍心親自下令給她任何的懲罰，卻也不願意再去保護她，憐寵她。唯一的留情，只是果然遵守當年不對察哈爾趕盡殺絕的承諾，命多爾袞出兵青海，以德降之。在等待前線消息的時候，在面對著海蘭珠那張酷似綺蕾的臉時，他常常會想起她。想她從前的絕情寡義，也想她現在的處境淒涼。帶罪出家的綺蕾，會變成什麼樣子呢？她對自己的行爲覺得懺悔嗎？從一個尊貴榮寵的妃子貶爲任人役使的罪人，將稻草垛換去龍鳳榻，春米杵代替黃金碗，青燈古佛，勞作無休，她總會有一點悔恨的吧？

現在，他終於看到她了，於是，所有的謎團都有了答案。陽石木河旌旗蔽空，金鼓動地，帷幄閃爍，霞冠交輝，然而當睽隔一年的綺蕾再次出現在皇太極面前時，他覺得連陽光都忽然暗了一下。

一年的苦役，並未能奪去綺蕾一絲一毫的美麗，即使在最暗無天日的碾房裏，操持著最低賤繁重的舂米苦役，緇衣芒鞋，素面朝天，卻仍然冰清玉潔，令人驚豔，霜菊難喻其傲，星月難奪其華。兩部的嬪妃福晉彷彿在瞬間一齊消失了，變成庸脂俗粉，那些金碧輝煌的鳳冠霞帔在綺蕾的一身素衣面前，顯得多麼繁而無當。

皇太極在綺蕾的面前，忽覺嗒然若失。當年綺蕾求海蘭珠轉交的詩絹詞句潮水一般流過心間：

在河之洲兮水一方，溯洄從之兮阻且長。若得君王兮全素志，願將黃庭兮換紅妝。

那是只有他和綺蕾才能懂得的詩句。是他和綺蕾初巡關睢宮時的對話，當時他以「關關睢鳩，在河之洲」的詩句對綺蕾表白愛意，綺蕾卻還以「所謂伊人，在水一方；溯洄從之，道阻且長」。如今，他們兩個人，可真是近在咫尺，遠在水一方了。

皇太極仰天長歎，連察哈爾歸降這樣的天大喜訊都不能完全驅走他心裏的失落和無奈。他可以征服全天下，卻爲什麼不能征服一個弱女子的心？她寧可執拂塵都不願戴鳳冠，視封號榮寵於無物，在這樣的女子面前，帝王之尊又有何意義呢？

鼓聲響徹雲霄，一陣密似一陣，八旗將兵忽然歡呼起來，喊聲震天。連福晉和親王貝勒們也忍不住踮起腳尖，極目遙望，那馳騁在隊伍最前面、頭戴簪纓、手揮白旗的，不正是凱旋功臣多爾袞嗎？

大玉兒陪著哲哲站在女眷隊伍的最前面，遠遠看到馳馬而來的多爾袞，英姿勃勃，矯健不凡，心中忽覺百感交集，淚盈於睫。她和他，已經有多久沒有見面了，更有多少隔閡使他們越來越遠，彷彿隔著千山萬水。自從睿親王妃不瞑而逝後，他恨上了她，開始迴避她，躲著她，即使在家宴中遇到，也都側身讓過，不肯正面相對，整整一年，他和她，甚至不曾有過一個對視的眼神。然而，在她心底裏，卻仍然當他是最親最近的人哪，她是那樣深沉地愛著他，而他，怎麼竟可以恨她？

淚珠滾落下來，大玉兒在這一刻忽然覺得深深的懺悔，如果可以彌補多爾袞的怨恨，如果可以讓她和他回到親密無間的少年，如果他們在今生還有緣再一次握手，並騎馳騁，縱馬荒原，什麼樣的代價她不可以付出呢？多爾袞，多爾袞，她在心底裏默念著，多爾袞，在你勝利的光環下，在你高高在上不可一世的時候，可以轉過臉向我望上一眼嗎？給我一個四目交投的瞬間，讓我知道，你的心裏還仍然有我，畢竟，曾經我們是那樣靈犀相通，心心相印的呀。

隊伍停下來，多爾袞滾鞍下馬，皇太極緩步出黃幄，行以抱見禮相迎，並恭請蘇泰太后與額哲下輦。多爾袞親自騫帷引見，蘇泰太后於輦中冉冉而出，儀態萬方。皇太極見她一臉貴氣，舉止威嚴，儼然有天后之態，不敢輕慢，親自讓座於御座之右。

綺蕾原本站在福晉隊伍最後面的，此刻忽然排眾而出，奔跑著迎向舊部主人，口稱「參見太后」，跪地不起。蘇泰太后早已在多爾袞口中得知綺蕾兩次刺殺皇太極以及自願出家爲察哈爾祈福的義舉，心中銘感不已，此時見她一身粗服，頓覺傷心，連忙拉起來抱在懷裏，淚流滿面，叫道：「好女兒，你的忠心，我已經盡知了。」

綺蕾忠心效主，爲了報仇這幾年裏吃盡苦頭，家破人亡，連孩子也不能保住，所有種種委屈慘痛，盡藏在心底，隱忍許久，此刻終於重新見到舊主人，又得到尊貴無比的蘇泰太后親口叫她一聲「女兒」，但覺三年來所受委屈盡已得値，不禁將素日之矜持盡擲腦後，流下淚來。察哈爾部中女眷甚多，見狀也都將手掩面，放聲痛哭。

蘇泰太后親自替綺蕾拭去淚水，眼望皇太極，慨然道：「綺蕾入宮以來，屢行不敬，而能得大汗饒她不死，足見大汗仁義感天。察哈爾如今舉部來降，再無異心，今有一寶奉與大汗，願輔大汗以得天下。」說罷自懷中取出一隻黃綾包裹的寶物，雙手托出。

察哈爾兵士見狀，突然一齊跪倒，大哭三聲，又大笑三聲，以示棄暗投明。

皇太極既震動又驚疑，他曾遭綺蕾兩次刺殺，深知察哈爾女子之剛烈不馴，敢愛敢恨，生怕這又是一招誘敵之舉，唯恐蘇泰要於己不利；然而不接，則未免顯得膽怯心虛，有負一代君王威儀；若命侍衛代接，又覺不敬，因此一時猶疑不決。

而綺蕾早已代爲接過，款步走到皇太極面前，雙膝跪下，舉寶過頂。

皇太極大爲感激，他先前見到綺蕾哭著伏在蘇泰太后懷中盡訴相思之情，又聽太后謝她對綺蕾的不殺之恩，已經覺得愧然，再看到綺蕾冰雪聰明，端莊識大體，在關鍵時刻替自己解圍，輕而易舉地遮掩了自己的尷尬，更覺羞慚。這一年裏，他實在是太委屈綺蕾，也太虧待綺蕾了。在綺蕾的身上，他看到了一個女人的英勇和忠義到底可以做到怎樣的堅決和徹底，綺蕾對察哈爾的付出一切

的決絕是一個最優秀的武士身上也難以看到的卓越品質，這樣既美且慧的絕代佳人是千載難逢的尤物，他何幸曾與她耳鬢廝磨，又何其狹隘不能真正欣賞她的忠心，寬容她的叛逆。而當綺蕾從蘇泰太后手中接過黃綾包裹對他感恩地璨然一笑時，他竟然有種暈眩的感覺。

那是怎樣欣慰的、誠懇的、毫無保留的一個笑容呀。當她歡笑時，耳邊所有的聲音都不存在了，所有的顏色都譁然褪去，天地間只剩下了綺蕾嬌豔萬端的笑容，以及她手中托舉的黃綾包裹。

皇太極覺得窒息，這個笑容，他等待得太久了。他許她對察哈爾永不發兵從而終於得到她處子之身的時候，她沒有笑；他賜她住進關雎宮封爲靜妃的時候，她沒有笑；而就在他以爲自己永遠都不可能得到她的笑容時，然而她，卻在最不可能的時刻如此璨然地笑了。

她的笑容讓他忘記了天地間的一切，甚至忘記了她手中的包裹，直到她再一次輕輕地笑著催促：「請大汗笑納。」他方如夢初醒，遂深吸一口氣，整頓顏色，自綺蕾手中從容接過包裹，徐徐展開，不禁大吃一驚！那裹於黃綾之內的，竟是一方寶光玲瓏，雕龍刻螭的印石，通體碧綠，唯印面一層鮮血，篆刻著四個朱紅大字：制誥之寶。

制誥之寶！這就是二百年來湮沒無聞，天下群雄踏破鐵鞋無處覓的失蹤玉璽嗎？這就是那個天命帝王的象徵，一統天下的標誌，皇嗣儲君爭相搶奪的天符瑞器嗎？這真的是那個「得寶者得天下」，歷代帝王承天之瑞的天錫之寶嗎？

二百年來，不知多少人爲了它拋頭顱灑熱血，百死莫辭，原來它流落在大漠深處，藏匿於察哈爾部落，如今因緣際遇，竟由蘇泰太后親自獻出、綺蕾轉手奉上，最終落在自己的手裏！

皇太極久久地注視著手中的玉璽，屏息靜氣，所有的福晉、貝勒、八旗將士也都凝神矚目，鴉雀無聲，一時間，連天上的雲、陽木河的水似乎也都凝滯了，不敢發出一點聲響。

多爾袞站在皇太極身後，眼看著綺蕾將寶物獻與皇兄，彷彿被一道閃電直貫心胸。看到綺蕾的笑容，他所感受的震動絕不亞於皇太極。她曾經說過：她絕不要對敵人笑。即使面對他的威脅時，她也倔強地抗拒：我是不會笑的。她的剛烈曾令他氣惱，也令他敬服。然而現在，她笑了，對著皇太極。這令他怎不動心動容？

更驚心動魄的，是那個笑容之後的制誥之寶。

制誥之寶，和綺蕾的笑容，這天地間最不可能的兩件珍寶，同時呈在了皇太極面前。

多爾袞的心裏忽然有一種灰飛煙滅的落漠。是他親口答應綺蕾捨卻性命也要維護察哈爾人的安危的，是他親自懇勸皇太極以懷柔爲策，深入青海招降蘇泰太后，並率領察哈爾大軍班師還朝的，而長途跋涉中，這方傳國玉璽竟然一直就在自己身邊，近如咫尺，卻錯之交臂。難道皇太極即位真的是天意嗎？

他再一次與帝位擦肩而過。

蘇泰太后的聲音昂然響起：「啓稟大汗，此爲歷世皇帝傳國玉璽，制誥之寶。自漢代以來，流傳至元，代代相傳，密藏深宮內苑，因元順帝攜入大漠而湮沒無聞二百餘年，不見於世，今明朝庭原是沒有玉璽的朝庭，明皇帝也是沒有玉璽的皇帝，實非真命天子。今我察哈爾誠心歸順，特獻此寶於大汗，俗云得寶者得天下，祝大汗登基爲帝，一統天下。」

此語一出，舉眾震驚。大學士范文程與莊妃大玉兒率先跪倒，高聲呼：「祝大汗登基爲帝，一統天下。」

多爾袞身不由己，也隨著眾福晉與貝勒一齊跪倒，口稱天子，一聲遞一聲，片刻傳遍八旗大營，頓時數十萬兵將跪了一地，山呼萬歲，聲若滾雷地吶喊：「祝大汗登基為帝，一統天下。登基為帝，一統天下。」

整個天地都震動起來，上窮碧落下黃泉，都在排山倒海地重複著同一道神旨：登基為帝，一統天下。這是萬眾的歡呼，也是上天的旨意。

萬籟俱寂，四海咸服，那一刻，皇太極躊躇滿志，撒目四望，他知道，天地歷史將要在這一刻被改寫，一個新的朝代開始了，一個新的帝王誕生了！他不再是大金國天命汗皇太極，而要做一統天下的大清國開國皇帝清太宗！

皇太極要登基了！皇太極要稱帝了！皇太極要建立大清國了！皇太極要做大清國的太宗皇帝了！

滿洲八旗歡欣鼓舞，盛京城裏鑼鼓喧天。登基大典馬不停蹄地籌備著，而代善大貝勒的禮親王府裏，卻是一片慘澹情景。

原來，代善的三子薩哈琳這次也有隨多爾袞出征，卻在青海染了不治之疾，已經病入膏肓，命懸一線。多爾袞與薩哈琳並肩作戰許多年，名為叔侄，情同兄弟，聞訊天天過府探望，與代善朝夕相見，彷彿又回到了小時候父母剛剛去世那會兒。

這日，兩人上朝回來，坐在薩哈琳床前，告訴他皇太極已經擬定要封他為穎親王一事。薩哈琳慘然笑語：「可惜我無福享受。」一語未了，倒咳嗽了數聲。

代善黯然神傷，安慰說：「別太勞神，太醫不是說你這病也並不是什麼大病，過了春就可望大好了嗎？」

薩哈琳慘笑道：「那都是太醫酸儒文謅謅的繞腸子客套話，我們武夫不來這套，誰不知道所謂開春就好，意思就是過不了這個冬天呢。」

代善聞言，心酸喉咽，不能出語。多爾袞慨然道：「薩哈琳，你有什麼心願，跟我說，所有的事，包在我身上。」

薩哈琳眼望老父，歎息不語。多爾袞已經明白了，點著頭說：「這件事，你還有什麼放心不下的嗎？俗話說：長兄如父。我自小由大哥撫養長大，為大哥養老送終那是義不容辭。這件事，就是你不叮囑，我也是責無旁貸的。」

薩哈琳復又眼望多爾袞，半晌，忽然歎息：「十四叔，我對不起你，你不恨我嗎？」

多爾袞詫異：「你我既是叔侄又是夥伴，出生入死，肝膽相照，是過命的交情，哪裏有什麼對不起，又怎麼談得上一個恨字呢？」

薩哈琳闔目不語，許久，眼中沁出淚來。代善看著兒子，心中感傷不已，「知子莫若父」，薩哈琳的未盡之言，多爾袞不明白，他卻全已了然在胸了。

原來，當年老汗王努爾哈赤突然病逝，雖有遺言命多爾袞即位，但除四大貝勒知曉外，並無公開詔示，遂使皇太極有機可乘，秘謀篡位。而那個挑頭出來「推舉」皇太極的人，便是薩哈琳與二兄岳托。這件事，一直是代善心裏的一根刺，自覺愧對多爾袞。然而他天性優柔寡斷，膽小怯事，雖知兒子的做法有失公理，卻因為一則多爾袞年幼無勢，二則自己和大妃烏拉納喇氏的曖昧傳聞使

他立場尷尬不便發言，故而聽之任之，由著皇太極借助兩黃旗的兵力及東海女真扈倫四部的協助，矯旨篡詔，奪汗即位。這是薩哈琳對不起多爾袞的第一宗罪。

從此，多爾袞甘爲人臣，爲皇太極誓死效命，立下戰功赫赫。到了今次招降察哈爾，又是薩哈琳隨同多爾袞出征，奪得制誥之寶，遂以號令天下。按實說來，制誥之寶的真正主人，同樣應該是多爾袞，而皇太極不過是又一次坐享其成，不勞而獲罷了。其實，寶物在蘇泰太后手中，薩哈琳是知道的，而蘇泰也曾向薩哈琳透露過願意交寶物於多爾袞的意思，是薩哈琳矢口否決，力勸太后轉呈寶物於大汗皇太極。這是薩哈琳對不起多爾袞的第二宗罪。

但他既然保了皇太極第一次，就願意再保他第二次，一直保全他到自己生命的最後一分鐘。他要看著他的皇叔登基稱帝，君臨天下。然而如今，他的生命已經走到盡頭，大概是看不到這一天了。

鳥之將死，其鳴也哀；人之將死，其言也善。到了生命的最後一刻，薩哈琳看著面前英氣逼人的十四叔多爾袞，忽然覺得懺悔。這才是先皇太祖努爾哈赤欽定的真命天子，這才是千里遠征制誥之寶的真正主人，這才是最該登基即位的大清皇帝呀。冥冥中，是誰的手撥弄是非，將是非顛倒，君臣換位？而自己，在這場篡位之戰裏，又起著一個怎樣助紂爲虐爲虎作倀的作用？他雖不悔，豈能無愧？

他看著多爾袞，良久，忽然說：「爹，我有幾句話要單獨問問十四叔。」

代善看看薩哈琳又看看多爾袞，想要勸阻，又不忍心，看看薩哈琳的氣色倒好似比往時略精神些，料想略談幾句亦無大礙，便點點頭避了開去。多爾袞遂坐到薩哈琳身邊，握著他的手問：「你有什麼話要說？」

「十四叔，我有一件事不明白。」

「什麼事？」

「你說，怎麼樣，才算是真龍？」

多爾袞一愣，心中百感交集，許久，淡淡說：「成者爲王，敗者爲寇。」

「也就是說時勢造英雄了。」薩哈琳又是慘然一笑，「十四叔，我唯有對不起你了。」

「每個人都有理想，都有自己心目中的英雄，從小到大，我一直很崇拜四叔，視他爲英雄。」

「你沒有錯。」

「你沒有錯。」

「論輩份我雖然叫你十四叔，可是論年齡還長你八歲。我八歲的時候，你剛出生，四叔已經二十歲，是草原上最神武的鷹。有一次他帶我去打獵，我的馬受了驚，把我摔下馬背，眼看就要被別的馬蹄踏到，四叔飛馬趕來，一手掄出套馬索死死拉出馬頭，另一手拋出鞭子把我卷起來揚到半空，再穩穩接住。當時我嚇得哭都忘了，覺得他簡直不是人，而是天兵天將。從那以後，我就立了誓要服從他，追隨他，唯他馬首是瞻，別說他讓我推舉他即位，就是他讓我去死，我也一定赴湯蹈火，絕無爲難。十四叔，我唯有對不起你……」

「薩哈琳，你沒錯。」多爾袞再一次說，已經虎目含淚，「你的話我已經明白，別再說了。」

然而薩哈琳恍若未聞，依然絮絮地說下去：「那一年，大汗病逝，你十五歲，我二十三，四叔三十五，他要我推他即位，我毫不猶豫，在我心裏，你和他沒法兒比。你只是個小孩子，四叔卻已

經屢立戰功，難道讓我不推大英雄，卻推一個小孩子嗎？可是這些年來，這些年，十四叔，你的功績是大家有目共睹的，早已經超過了當年的四叔，這莫大江山是你打下來的，這制誥之寶也是你贏來的，可是十四叔，崇拜一個人，效忠一個人，有時候也是一種習慣。十四叔，我只有再次對不起你……」

「薩哈琳，別說了。」多爾袞心潮澎湃，彷彿有洶湧波濤在胸中起伏，張開口就可以噴波吐瀾似的。天下英雄惺惺相惜，雖然薩哈琳效忠的人不是他，可是身爲武士，精忠報主，難道不也是一種英勇嗎？面對薩哈琳的瀝膽之言，他非但不會抱恨，反而益發敬重，慷慨道：「你的話，已經不必再說，我都明白。四哥能有今天，未嘗不是君權神授，天意所歸。事已至此，我無怨。」

「你果真無怨？」

多爾袞點一點頭：「無怨。」

「十四叔，大典之日，各貝勒會宣誓效忠，你的誓辭裏，會有我的聲音。我在天之靈看著你。」

多爾袞閉一閉眼，暗暗歎息，稍頃，復睜開眼來，重重點頭：「我和你，一起宣誓效忠！」

薩哈琳欣然微笑，伸出手來與多爾袞重重相握，微一用力，復又撒開，就此闔然而逝。

一時禮親王府舉起哀來，文武百官聞訊趕來，並皇太極也親往弔唁，幾次舉哀，甚至哭昏過去。眾貝勒親王屢勸方止。多爾袞冷眼旁觀，終不知皇太極種種造作，究竟是真情痛惜還是收買人心，但是薩哈琳臨終所言在腦際耳畔久久徘徊不去，卻實實將他爭帝謀位的心灰得一分兒也沒有了。

皇太極自此聲望更震，建朝之議瞬息傳遍寰宇，四海歸降，八旗誠服，都說大金雖然戰果赫赫，勢力日張，然而向來一則強攻，二則聯姻，像這樣用招撫懷柔之策不損一兵一卒而使敵人來降還是有史以來第一次，難怪會憑空得到天符瑞器的制誥之寶。

人們只當這是一個帝王走向輝煌的仁慈之舉，然而沒有人想到，在這場決定天下命運扭轉歷史乾坤的戰役裏，還關著一位多情的勇士，一位無情的妃子，以及一個有情反被無情惱的未來皇帝。

天聰十年四月十一日，皇太極登基稱帝，改國號爲大清，舉行了一系列莊嚴而複雜的儀式，向天下宣告他的君權神授。

於此前三日，皇太極已行焚香沐浴，齋戒三日，至十一日這天，晨光微曦，曉月未殘，皇太極身著蟒服，雕鞍寶馬，英姿勃發，君臨天下，在眾王公貝勒及文武百官的簇擁下策馬前往德勝門外天壇。

壇上安放一張香案，上鋪黃綾緞，設「上帝」神位，擺放香爐、燭台、供器及祭品。諸貝勒大臣分列壇前兩側，以代善爲首，下爲濟爾哈朗、阿濟格、多爾袞、多鐸、岳托、豪格等愛新覺羅氏家族的兄弟子侄，其次爲諸額附、固山額真、六部大臣；並耿仲明、尚可喜等漢臣；外藩蒙古有察哈爾、科爾沁等十六部四十九貝勒；還有滿洲、蒙古、漢軍文武官員亦各按旗序排列；並朝鮮李氏王朝也派有使臣前來祝賀。

八旗兵士環列天壇四周，個個裝束整潔，肅立無言；場上遍插滿洲八旗、蒙古八旗、漢軍旗等，迎風招展，此起彼伏，匯合成一片旗幟的海洋，分外壯觀。

萬眾屏息，導引官滿洲、漢人各一名來到皇太極面前，引領他來到壇前，從正中拾階而上，面向上帝神位恭立。贊禮官高呼：「上香！」遂贊上香來；皇太極緩步至香案前牽衣跪下，引導官捧香，皇太極接香連上三次，從西階下，復位，面北恭立；接著，贊禮官高呼：「跪！」皇太極隨率眾官跪，東側捧帛官三員跪呈帛，皇太極接過獻畢，交西側捧帛官，一官跪接，然後起立從中階上，置於香案上，獻帛畢；東側也有捧爵官三員，以酒三爵，相繼跪捧皇太極，亦接過三獻畢，交西側捧爵官，皆跪接，然後升中階，置供案上；敬獻完畢，執事各官俱於壇內東向立，聽贊禮官贊禮，眾行三跪九叩禮。讀祝官手捧祝文登壇，面向西北跪下，贊禮官再贊跪，皇太極率眾官跪聽宣讀官捧讀祭祝文，其文曰：

「欽唯丙子年四月十一日，滿洲國皇帝，臣皇太極敢昭告於皇天后土之神曰：臣以眇躬，嗣位以來，常思置器之重，時深履薄之虞，夜寐夙興，兢兢業業，十年於此，幸賴皇考降佑，克興祖父基業，征服朝鮮，統一蒙古，更獲玉璽，遠拓邊疆。今內外臣民，謬推臣功，合稱尊號，以副天心。臣以明人尙為敵國，尊號不可遽稱，固辭弗獲，勉徇群情，踐天子位，建國號曰大清，改元為崇德元年。竊思恩澤未布，生民未安，涼德懷慚，益深乾惕。伏唯帝心昭鑒，永佑邦家。臣不勝惶悚之至，謹以奏聞。」

讀畢，焚帛及祝文，捧爵官將酒奠灑壇前，復撤祭物。太宗和百官依次入座，飲酒並分食祭品，此為儀式第一階段。

壬午，行上尊號禮，祭告天地，受「寬溫仁聖皇帝」尊號。這一儀式在大政殿舉行，殿內正中一把金交椅，周圍擺放御用的一套新制儀仗，朱紅油漆，刻龍雕螭，十分輝煌莊嚴。導引官引太宗經大殿正面拾階登殿，入坐金交椅，百官仍分左右兩班侍立。

樂聲大作，贊禮官贊跪，百官向太宗行叩首禮。贊禮官再贊跪，多爾袞與科爾沁貝勒巴達禮、多鐸與豪格雙雙從左邊班列中站出；與此同時，岳托與察哈爾可林丹汗之子額哲、杜度與漢臣孔有德雙雙從右邊班列中站出。他們每兩人合捧一枚皇帝御用之寶，上前跪獻給太宗。他們代表了這個政權統治下的滿、漢、蒙古及其他少數民族，把象徵著皇帝權威的御用之寶交給太宗，也就意味著把國家的最高權利授予了他，完全承認他的至高無上的統治地位。

代善站在諸貝勒之首，看著多爾袞跪拜獻寶，不禁百感交集。這個亦兄亦父的長者，在這一刻忘記了自己，忘記了新喪的兒子薩哈琳，也忘記了剛剛登基的皇太極，他的心裏，只有這個最疼愛的十四弟多爾袞。只有他，才知道多爾袞心底裏承受的是怎樣的委屈，怎樣的隱忍，怎樣的無奈和沉痛。

多爾袞，本來他才是努爾哈赤欽定的真命天子，也是他征服了察哈爾，千里迢迢護送傳國玉璽歸來，這不是一個臣子在對著他的皇上效忠，而是一個落魄的君王在對著篡位的逆臣頂禮膜拜，並且親手將象徵天下權柄的御用之寶交到那篡位者的手中，任由他鵲巢鳩佔，霸位登基。舉天之下，還有比這表面輝煌莊嚴，其實大逆不道的一幕更加悲壯痛切，慘絕人寰的嗎？

然而，令代善感到意外和茫然的是，他在多爾袞的眼中，卻看不到以往所熟悉的桀驁不馴，他的目光平和，面容淡定，彷彿對一切都無所謂了，已經決定接受命運的安排，逆來順受，隨遇而安。

代善看著，心中不知是欣慰還是歎息，然而真真切切地，在眾貝勒宣誓效忠的聲音裏，他彷佛聽到了兒子薩哈琳的心跳，不禁若有所悟。薩哈琳對皇太極無以復加的崇敬與忠誠他是明白的，他們父子一家也算爲大清朝的建國立下汗馬功勞了，那麼，此時此刻，兒子的在天之靈也該瞑目了吧？

獻寶之後，滿、蒙、漢各一名代表，手捧本民族文字的表文，站立殿東側，依次宣讀，對太宗歌功頌德。鼓樂齊奏，太宗在諛辭如潮與鼓樂聲中含笑步出大政殿，排列儀仗，乘輿回宮。至此，登基禮初告完成。

當天，太宗在大政殿大宴群臣，歡慶即皇帝位禮成。頒詔大赦令，宣示中外，要求諸貝勒大臣同心輔政，屬共厥職，上合天心，下遂民志。君臣齊集一堂，舉杯同賀。

次日，太宗率百官來到太廟追尊祖先。從始祖、高祖、曾祖，到祖父，都尊奉爲王，而奉父親努爾哈赤爲皇帝，上了一大串尊號，曰：承天廣運聖德神功肇紀立極仁孝武皇帝，廟號太祖，其陵園稱福陵。尊奉母親爲皇后。此外，還給已故功臣追封美號，並正式給予薩哈琳穎親王的封號。

四月二十三日，太宗大封臣屬，先封他的諸兄弟子侄：大貝勒代善位列第一，封爲和碩禮親王；貝勒濟爾哈朗爲和碩鄭親王；多爾袞爲和碩睿親王；多鐸爲和碩豫親王；豪格爲和碩肅親王；岳托爲和碩成親王；阿濟格低一級，爲多羅武英郡王；杜度以下再低一級，爲多羅安平貝勒；另外藩蒙古貝勒也按親王、郡王等級分別敕封。二十七日，敕封漢臣孔有德爲恭順王，耿仲明爲懷順王，尚可喜爲智順王，時稱三順王，是漢官中最高的封號。

接下來，是分封五宮后妃。皇太極怎麼也沒想到，自己的內闈家事，竟然成了建制環節中最繁雜難纏的一環。

原來，皇太極自那日於凱旋禮上重逢綺蕾後，便思茲念茲，再不能忘。然而剛向大妃哲哲略微流露出重納綺蕾為妃的意思，哲哲已經一口回絕：「皇上，綺蕾兩度行刺，大逆不道，如果立她為妃，何以管教後宮？那日於陽木河畔，她不遵體制，僭越禮度，哭笑無狀，分明心懷舊主，對皇上不忠。如此罪人，怎能再委以恩寵，給予封號？」

娜木鐘巴特瑪大玉兒聽到消息，亦都相攜前來，哭泣勸阻；再往後來，連蒙古科爾沁、阿巴垓等部也都參予進來，各自為了自己部落的妃子爭寵邀封；至於綺蕾，本來只有察哈爾蘇泰太后尚為支持，然而自從哲哲將自己的女兒指婚給可林丹汗之子額哲後，太后便也無言了。

如此周旋數月，五宮封號仍遲遲未決。皇太極煩悶不已，深深感到了身為帝王的無奈之處。天下人只知道為君者三宮六院，誰會明白，貴為九五之尊，卻連娶個妃子這樣私密的事情也不能由自己做主呢？分封後宮，從來都和皇權鬥爭緊密相連。後宮的女人，誰的命運不是一枚任人擺佈的棋子？

這日皇上攜眾妃於鳳凰樓午宴，眼看脂擁粉護，鶯鶯燕燕，卻獨不見自己最想念的那個人，心中鬱鬱，宴罷也不回宮，只叫太監陸連科於廳角寢帳中鋪設枕席，合目假寐。

方朦朧間，忽見薩哈琳自樓外進來，走至面前雙膝跪下，對著自己磕頭行禮，三呼萬歲。皇太極夢中心知薩哈琳已死，卻並不驚惶，親自扶起說：「好侄兒，想得我好苦！」

薩哈琳愀然不樂，睨視著皇太極道：「皇叔可知侄兒為何事而來？」

「不知。」皇太極訝然道，「你有何心願未了，但有所求，無不應允。」

「我有一句話要問皇叔，咱們辛辛苦苦打天下，爲的是什麼？」

皇太極一愣，尙不及答，薩哈琳又問：「咱們浴血奮戰，出生入死，難道只爲了一個女人便可將江山社稷盡拋腦後？新朝初建，百廢待興，難道只爲一個女子便可停朝罷議，荒廢典制？八旗將士這麼多人的拳拳之心，四海滿蒙漢朝諸多大事，在皇叔心中難道竟不及一個女子重要？」

接連三個問題，問得皇太極惶愧之至，肅然答：「皇侄此言謬矣。我自即位以來，日夜忙於與文武百官建定新制，何敢有一日疏忽？」

薩哈琳冷笑道：「後宮爲倫常之理，與前朝政事密不可分。皇叔爲了一個女子，將後宮分封推遲不行，豈不令天下人恥笑？皇叔既已登基爲帝，卻不遵體制，荒廢禮儀，豈不讓泉下人傷心？」

言未了，忽有牛頭馬面躥上前來，拉住薩哈琳欲去。皇太極忙起身拉住，苦求道：「二位鬼使，可容我叔侄再少敘片刻？」復向薩哈琳道，「賢侄語焉不詳，可否細述朕有何荒疏之處，容我補過。」

然而牛頭馬面並不肯姑息，強行分開二人道：「不過是一頭牛罷了，至於這樣囉哩囉嗦？」拉著薩哈琳便走。皇太極哪裏肯放，追出殿門叫道：「什麼一頭牛？可否說詳細些？」薩哈琳人已出了殿門，猶自強扭回頭喊道：「叔叔，您還欠我一頭牛哪，太勞事小，茲事體大呀。」言猶在耳，人已無蹤。

皇太極驚醒坐起，一身冷汗，細思夢中種種，歷歷在目，聲聲入耳。當即起身往崇政殿來，命陸連科急召內院大臣進殿，將夢中情形詳細備述。眾人勸慰：「皇上這都是念侄心切，有所思故有所夢吧。」

皇太極搖頭道：「不是，我在此前並未想到薩哈琳，而且夢中他一再提起一頭牛，又是什麼不遵體制，荒廢禮儀，想來我必有何行事疏忽之處，你們細細查來，若有發現，速速報我。」

群臣無奈，於是找出一本明朝《會典》詳細翻查商議，翻至祭禮一節，只見書上明明白白地記著：「凡親王薨，初祭時欽賜一牛。」看到這一句，眾人俱都驚得目瞪口呆，忙忙報與太宗。

太宗皇太極看到，又驚又喜，感慨道：「原來果然是我欠了薩哈琳一頭牛。這《會典》說得清楚，既然封爲親王，就該在初祭時用牛，是我疏忽了。薩哈琳譴責我不遵體制，荒廢禮儀，果然有理。」遂發令下去，重新爲薩哈琳補祭太牢禮，並親自撰文祝誦。文曰：「皇帝諭祭和碩穎親王。爾身雖歿，爾性實靈。所請太牢之禮已感於夢。朕察古禮親王薨逝，初祭有用牛之例。前者不知，故未曾用。今既見夢，又合古禮，朕甚奇之。特遣大臣祀乙太牢，以慰爾心。」

祭禮即罷，皇太極復召代善與多鐸入殿，重述薩哈琳之夢，歎息：「薩哈琳死後性靈猶存，入夢勸朕，他哪裏是爲了一頭牛，分明是擔心我初爲人君，因小失大呀。」代善也隨之歎息，問道：「皇上關於五宮之議，可是已經有了定論？」皇太極點點頭，將一紙冊封草案交與多鐸，道：「這是我的初議，細節你們看著辦吧。」說罷轉身拂袖而去。

代善與多鐸展卷看時，只見卷上圈圈點點，分明改換多次，可見皇太極立議時心中種種矛盾不忍處。其中綺蕾的名字旁圈點痕跡最爲重疊繁複，然而最終仍由朱筆勾去，換作科爾沁海蘭珠的名字。代善與多鐸對視一眼，都是苦笑連連，皇太極分明爲了不能重立綺蕾爲妃一事心懷不甘，故意冊封了最後進宮的海蘭珠爲東宮正妃，其地位僅次於中宮皇后哲哲，卻將早了八年進宮的大玉兒只封了一個西宮側妃，位居五宮之末。兩人雖覺不妥，但也無話可說，只心照不宣地點了點頭，將草案拿與禮部代擬封詔去了。

附注：

阿濟格、多爾袞、多鐸兄弟掌管正白與鑲白兩白旗。滿人帶兵打仗，以旗主之幟為號，故而多爾袞得勝還朝揮舞白旗，這與今天的戰敗一方揮白旗投降全不可同日而語。

「制誥之寶」原藏於元朝大內，元順帝至正二十八年，朱元璋攻打北京，元朝滅亡，元順帝攜玉璽離開京都逃至沙漠，崩於應昌府，此寶物遂遺失無聞。至於何以落入察哈爾部可林丹汗手中，說法不一，最常見的一種傳說是可林丹汗打敗元朝後裔土默特部的博碩克圖汗而得到，並據寶自封為成吉思汗的後代，萌生一統蒙古之志，橫行漠南二十年，而終未得志，到底便宜了皇太極。

第十五章　清宮深處誰是誰的眞愛

崇德元年七月十日，冊封后妃典禮終於在崇政殿得以舉行。皇太極御殿升寶座，執事官將冊、寶置於案上，左置冊、右置寶，正副使二人持節前導，舉案並儀物至清寧宮前。

哲哲與諸妃俱按品大裝，面南恭立。鳳冠霞帔與釵環裙佩交織成歡慶的海洋。這是太宗皇帝登基慶典中最後也是最有趣的一幕，分封五宮在某種意義上比犒賞三軍更讓人感到欣喜，因爲這才是眞正的帝王尊榮，是享受勝利果實的時刻。皇太極看著他的後宮嬪妃，心中充滿了身爲帝王的尊崇與男人的自豪。

使臣取冊置東側案，轉下西向立，開始高聲宣讀滿、蒙、漢三體書冊文，第一道旨，是冊封後宮之主，皇后哲哲——

「奉天承運，寬溫仁聖皇帝制曰：夫開天闢地以來，凡應運之君，必配嫡親福晉輔佐，於是居止成雙，功德咸同，富貴與共。此乃亙古之制。三綱五常爲古之帝王所定之大典，今朕纘承大統，願效先王定制。上天作配朕之福晉係蒙古科爾沁博爾濟吉特氏，特賜爾冊寶出諸福晉之上，冊爾爲中宮清寧宮國主福晉。爾宜清廉端莊恭簡純孝重禮儀，爲諸福晉之楷模，母儀天下，勿負朕命。」

宣讀已畢，使臣將冊授與女官，捧寶官將寶授與另一女官，兩女官皆跪接，置前面黃圍桌案上。哲哲在女官導引下登上御座金椅，正式成爲大清國第一任中宮皇后，號令後宮，母儀天下。

接著，是冊封四位側宮福晉，依次是東宮正福晉宸妃海蘭珠、西宮正福晉貴妃娜木鐘、東次宮側福晉淑妃巴特瑪、西次宮側福晉莊妃大玉兒，也都由使臣以滿、蒙、漢三體文字高聲宣讀。

大玉兒跪著聽宣，贊官一一念過了姑姑哲哲、姐姐海蘭珠、娜木鐘、巴特瑪的名字，最後才念到自己：

「奉天承運，寬溫仁聖皇帝制曰：自開天闢地以來，有應運之君，必有廣胤之妃。然錫冊命而定名分，誠聖帝明王之首重也，茲布木布泰，係蒙古科爾沁國之女，夙緣作合，淑質性成，朕登大寶，爰仿古制，冊爾爲永福宮莊妃。爾宜貞懿恭簡純孝謙讓，恪遵皇后之訓，勿負朕命。」

冊封制誥四米餘，爲黃綾裱，藍線勾邊，絹金雲龍紋飾，上下邊緣繪行龍和流雲，在用滿文書「奉天承運」四字的兩側，各有一貼金立龍作上升狀，看去栩栩如生。滿、蒙、漢三體文字俱工筆豎書，冊文上鈐「制誥之寶」印各一方，上題「大清崇德元年七月初十日」的年款，真正龍飛鳳舞，萬世榮光。

然而大玉兒接在手中，心裏卻並無半分喜悅。五宮之中，除了姑姑哲哲是原配大妃，她是最早入宮的，從十二歲到二十四歲，跟了皇太極整整十二年，如今卻只封了個五宮之末，這口氣，如何忍得？

她看一眼跪在身邊的親姐姐海蘭珠，她比自己晚進宮八年，卻後來居上，成了東宮正妃，這才真叫引狼入室，搬起石頭砸自己的腳呢。若說在此之前，大玉兒一直沒有爲爭寵真正用過心，那麼從今天起，她算是知道厲害了，而且開始學會嫉妒了，而她嫉妒的，是自己的親姐姐。

她對姐姐的妒恨遠遠超過了對綺蕾。這是因爲人們通常對自己身邊的人總是多一分任性的，認爲別人有責任寵著自己讓著自己，一旦發現事與願違，那失望和氣憤是雙份的。

從今往後，莊妃大玉兒天字第一號的敵人，不是別人，而正是自己的親姐姐海蘭珠。

她將那冊詔書供奉在南炕神座案下，焚香禮藏。人們見了，都說看莊妃多麼虔誠，多麼開心。但是只有莊妃自己知道，她珍藏著詔書，不是因爲覺得榮耀，而恰恰是爲了提醒自己，提醒這一段難堪的侮辱。奉旨進宮，封妃十年，卻屈居五宮之末！

她會向這不公平的待遇討還代價的，不僅僅是晉前幾位，不僅僅是覬覦東宮，甚至不僅僅是寵冠後宮，母儀天下。不，她的志向比這更大，更遠，更明確——她看中的，是大清朝整個的天下，是權傾天下翻雲覆雨的真正權力！

入夜，睿親王府靜寂無聲。多爾袞獨坐神壇之下，守著一燈如豆，青煙嫋嫋，閉目無語。有隻蛾子不知打什麼地方飛來，奔著油燈轉了幾個圈子，不肯撲火，又不捨離去，只是沒完沒了地打著轉兒——這樣的命運，最終如果不是引火自焚，就必然被自己的心猿意馬累死。

府裏所有的人都安歇了，烏蘭臨睡前期期艾艾地進來打了幾個轉子，也像那隻心意不定的蛾，不敢走近，也不願捨遠——然而終究還是離開了，只留下一件葛絲暖袍，一壺紹興好酒。雖只八月，然而夜氣已經有些微涼沁骨的意思，有壺酒暖暖身子驅驅寒氣也是好的。

月亮將圓未圓，透過窗櫺照進來，烏蘭翻來覆去，留神聽著隔壁的動靜，只恨不能窺知主子心意，若說是憂於國事，近日新朝初立，百廢待興，雖然勞神，似乎不該如此傷感；若說是因爲家事，又不見有什麼人得罪了王爺，況且聽說皇上最近在大殿上每每提起睿親王，無不褒獎有加，並不曾責怪；難道是爲了十四爺的親哥哥、正在前線大戰明軍的英王阿濟格？可是聽校衛說英王前線傳書，連戰報捷，並沒有敗過一仗呀，王爺何以如此悶悶不樂呢？

鼓交二更，忽然有門房來報，說宮裏忍冬姑娘求見。烏蘭詫異，心想哪有個娘娘身邊丫頭大半夜裏探訪親戚的道理？不敢怠慢，親自出院來迎，歉然道：「對不住姑娘，王爺在秘室靜坐，不肯見人，也不許人進去，已經整個晚上了，我們做下人的，不敢擅做主張，請姑娘恕罪。」

忍冬笑道：「原來果然讓娘娘猜著。」

烏蘭聽這話說得奇怪，不禁問道：「猜著什麼？我們服侍王爺這麼多年，還從沒見過王爺這個樣子，都在心裏納悶兒呢；娘娘隔著這麼遠，倒猜著了？莫非娘娘能掐會算？好姑娘，快說給我知道，別叫我心裏著急。」

忍冬笑道：「這個麼，論詳情我也不知道。只是娘娘晚上忽然交給我這幾樣東西，要我來府裏交給王爺，說請王爺寬心，不要太勞神動慮，要保重身體。我因娘娘這幾句話說得沒頭沒腦，還奇怪呢，說娘娘和王爺近來又沒見過面，又沒什麼事，大清王朝初建，分封親王，賞官加爵，都是些好事兒，怎麼說得上保重安慰的話呢。娘娘說，你別問那麼多了，橫豎照我的話傳去就是了。這麼著，我就來了。」

烏蘭聽了，便如打啞謎一般，只得說：「只要娘娘有話兒就好了，我這便進去回稟王爺，看看是怎麼說。忍冬姑娘，你先略坐坐，喝口滾茶，小心著涼。」遂命小丫頭喚起廚房做些宵夜送來，自己便往內室來見多爾袞。

打開簾子，只見王爺盤膝閉目，默然獨坐，姿態與自己先前退出時一模一樣，這許多時辰過去，竟是一動未動。烏蘭暗自憂心，也不敢勸，只小心翼翼地回稟：「永福宮裏的忍冬姑娘來了，王爺見是不見？」

多爾袞微微一愣，也不睜眼，只淡然說：「不見。」烏蘭捧出禮物勸道：「這是娘娘命忍冬送來的，王爺好歹給句回話才好。」看看多爾袞面上並無不豫之色，遂將包裹打開，卻是一捆香，兩匹帛，一輪磨得鋥亮的圓鏡，並幾樣祭品，不禁奇怪，卻不好多問。

多爾袞睜眼看了，渾身一震，心想普天之下，最知道我心意的人還是大玉兒呀。不禁觸動舊情，轉眼問道：「還有什麼？」

烏蘭道：「還有幾句話兒。」

「說。」

「娘娘打發忍冬來說，請王爺保重身體，不要憂思勞神，傷心太過。」

多爾袞聽了，長歎一聲，說：「罷了，你去告訴忍冬，就說我謝謝娘娘的好意，請她也不必太勞心了，所有一切，我都明白。」

烏蘭益發不懂，卻不敢多話，默默退出，將多爾袞之話告與忍冬。

多爾袞仍於秘室靜坐，內心卻再也不能如前平靜，只將那香燃上，將帛在盆裏焚化，一邊默默想：今天八月十一，是我娘的祭日，這宮廷內外，都只知道慶功賀典，活著的人踩著死去的人的屍骨步步高升，加官進爵，一將功成萬骨枯，歡歌聲裏，誰將與我同悲呢？娘冤死已經整整十年了，十年來，我失去汗位，失去福晉，浴血沙場，出生入死，難道就是爲了讓皇太極登基爲帝嗎？他逼死我母親，侵奪我帝位，霸佔我女人，掠奪我戰果，這不共戴天之仇，殺母奪位之恨，今生今世，真的再不能報了嗎？

香煙將盡，絲帛已化，多爾袞看著化爲灰燼的帛匹，手撫銅鏡，又想：大玉兒，你我兩情相悅，無奈卻有緣相逢，無緣相伴，你雖贈我「香」「絲」（相思），我卻何以爲報？然而你能念及今天是我娘祭日，肯執子媳之禮，就是對我最大的情誼了，以往縱有什麼不對之處，我又豈會記恨於你？你又何必送我銅鏡請我原諒（圓，亮）？

多爾袞原是至情至性之人，愛恨雖然強烈，卻都只在一念之間。一生之中，他心頭最大恨事乃是生母大福晉烏拉納喇氏之死，今日是母親的十年死祭，宮中並無一人提及，而大玉兒竟能銘刻於心，與他同祭，遂令他頓生同心同德之感，重新視她爲最平生第一知己，至於大玉兒害死睿親王妃一事，他原本與福晉沒什麼感情，此時就更不在意。畢竟福晉與母親比起來，在他心目中的地位可謂天壤之殊，只要大玉兒對自己的母親真心敬重，那就是天下第一等的知心快事，心頭第一位的知己愛人，至於其他便全無所謂了。

忽聞「嗶剝」一聲，抬頭看時，卻是那隻圍著油燈盤旋半晌的蛾子到底燎了翅子，墜下桌來。多爾袞手撐著地坐起，方覺兩腿痠麻，遂活動腿腳，挪至案邊，兩指拈起蛾子，丟在火盆中。火苗兒一陣微藍，化了一陣煙散了。

簾子一挑，烏蘭卻再次惶惶來報，說莊妃娘娘親身來了。多爾袞一驚，不及說話，大玉兒卻已經閃身進來，低聲命烏蘭：「你出去。」直如出入在自己宮裏一般。然而她的聲音中自有一種不可違抗的威嚴，烏蘭不敢多話，恭敬退出。

大玉兒站在地中央，退去頭上風兜，露出一張燒得豔紅的桃花臉，雙目灼灼，淚珠閃動，是水做的骨肉，卻是火樣的熱情。她看著多爾袞，輕聲說：「多爾袞，我們兩個，都是一樣的孤兒啊。」

只這一句，已經完全俘虜了多爾袞的心，他再也不及多想，一步上前，猛地將大玉兒扯進懷中，顧不得款言細語，柔撫親吻，只雙手猛一用力，刷地撕開大玉兒的大襟，露出一雙雪白的豪乳來。

大玉兒呻吟一聲，癱軟在多爾袞的懷中，兩行淚直流下來，雙手攬住他的脖子，叫道：「多爾袞，我說過要補償你，我要補償你，你才是真正的男人，你才是真正的皇上。多爾袞，你是皇上，我是皇后！」

「你才是真正的男人！你才是真正的皇上！」對於一個男人，尤其是多爾袞這樣的男人而言，還有什麼讚美比這樣大膽而又大逆不道的宣言更能讓他心旌動搖，勇氣勃發的嗎？

「我是皇上！你是皇后！」多爾袞重複著，宣告一般，盟誓一般，隨著他的宣告，他的動作越來越猛烈，越來越洶湧，越來越瘋狂。

大玉兒呻吟著，歡叫著，哭泣著，糾纏著，兩個人的淚流在一起，汗流在一起，她摟著他，掐著他，咬著他，將他的肩膀咬出血來，但他不覺得疼，反而覺得暢快。就在這神壇下面，就在母親的牌位前，他們兩個，一個是皇上的妃子，一個是皇上的弟弟，卻扭反倫常，顛倒君臣，不管不顧地瘋狂纏綿，他佔有了她，他便是真正的皇上；她屬於了他，她也就是崇高的皇后。

她在他的肩膀上睜開眼睛，看著神壇，看著大妃烏拉納喇氏的牌位，心裏說：看著吧，我才會是那個笑到最後的女人！大福晉，我知道你愛代善大貝勒，但是你不敢，你白白地死了。我不會！我愛的人，就一定要得到！我不但要得到愛人的心，我還要得到真正至高無上的地位！我會記著你，大福晉，永遠把你的前車之鑒當成我的鏡子，警醒我自己，絕不會像你那樣，白白犧牲！

這是盤古開天闢地最瘋狂暴烈的一次做愛，它不僅是一個男人壓抑的熱情和一個女人突然的爆發，它更糅合了仇恨、陰謀、權力的欲望，和對整個不公平世界的報復！它的力量是可怕的，遠遠不僅是表面上的偷情那麼簡單，它更孕育了一個莫大的禍端，並將成爲中國歷史上又一次天意難違的巨大變數。

狂潮退去，兩人仍然緊緊相擁著，大玉兒靜伏在多爾袞的胸前，聽著他沉著有力的心跳，一下，又一下。良久，她抬起頭，仰躺在他的懷裏看著他的眼睛，要求他：「多爾袞，對我說一個字。」

「什麼字？」

「多爾袞，你說過我是最了解你心意，最能想你所想的，那麼，你了解我的心意嗎？你也能想我所想，答我所求嗎？」

「你說吧，你說什麼我都會答應你。」

「多爾袞，我會記著你這句話，我也要你一直記著你自己答應過的話，不論將來什麼時候，什麼情況下，我提出什麼樣的請求，你都會答應我。」

多爾袞一愣，覺得自己彷彿進了一個圈套，任何時候，任何情況，任何請求？他看著大玉兒，將她抱得更緊一些，卻沒有說話。

大玉兒微微地歎了一口氣，似乎非常滿足，又似乎無限委屈，她對著多爾袞的心口處輕輕印下一個吻，輕輕說：「多爾袞，宮裏什麼都有，珍珠寶玉，榮華富貴，可是，你知道最缺的是什麼嗎？」

「是什麼？」

「是一個字。多爾袞，我要你把那個字送給我，只有來自你的饋贈，才可以讓我成爲全天下最幸福最富有的女人，否則，我便永遠都是一個最可憐最貧窮的孤兒。」

多爾袞猛地一震。孤兒。她用了一個怎樣驚心動魄的字眼。她是莊妃娘娘呀，是科爾沁寨桑貝勒尊貴的格格，是大清太宗皇帝新封的妃子，可是她拋棄性命安危於不顧，深夜前來，以身相就，把自己的懷抱當成她唯一的家。

天底下還有比這樣的癡情更令人感動的嗎？如果她的行爲敗露，那可就是死路一條啊。她的愛情，是以死亡以生命爲代價的。哪個男人能夠抵擋這樣熾熱的愛情？

多爾袞心潮澎湃，血氣上湧，再無顧慮，慷慨道：「大玉兒，我不會讓你孤單的，我愛你，我知道你也愛我，這宮裏，不管多麼陰暗，多麼貧乏，但是我們的愛情會讓它變得充實。大清是我們的，天下是我們的，是我和你的，只要我們相愛，總有一天，我會和你稱王稱后，坐擁天下。」

「多爾袞，我相信你。多爾袞，謝謝你的愛。」大玉兒彷彿最後的一絲力氣也用盡了，她滿足地伏在多爾袞的懷中，熟睡過去。

多爾袞懷抱大玉兒，覺得份外踏實篤定，彷彿自己十年來尋尋覓覓，而今終於找到了一生中最重要最寶貴的東西；又彷彿這東西本來就是屬於自己的，只是不小心給失落了，而今終於尋回。他低下頭，平生第一次，用一種無比愛惜的眼光看著懷中的女子，想著剛才自己親口說過的話，承諾的那個字：愛。

愛。皇宮裏什麼都有，就是愛太缺乏了。

愛。自己剛才親口說出這個字，也得到這個字了嗎？

愛。這大抵是人世間最神奇的感情了，當它珍藏於心時，心裏反而空空蕩蕩；而一旦從心中付出，心卻因此而充實起來。

愛。只有付出，才會擁有。

愛。多爾袞能騎善射，文武全才，自以爲無所不知無所不曉，現在他才知道，原來這世上還有一件東西是他從來不了解，此時才知道的，那就是愛。

他更緊地抱著大玉兒，更深地吻著大玉兒，他愛她，他把愛說出了口，就也同時擁有了愛。大玉兒也是愛著自己的。自己再也不孤獨了，因爲這個女人的存在，因爲這個女人的出現，因爲這個女人的給予，孤單的自己，從此與這個女人合二爲一，因爲擁有了彼此而真正地擁有了完整的自己。他多爾袞，現在是有愛情的人了。

他真不捨得將這個女人喚醒，他真不願意把這個女人送走。但是男人的理智提醒著他，不管他有多麼愛她，或者說他越是愛她，就越要小心地呵護藏起自己的愛，把她送回深宮，與她相守承諾，一起等待。

綺蕾離開了他，那不要緊。能離開自己的人，從開始就不是屬於自己的。只有那個主動投向自己懷抱的女人，才是真正自己的女人。這個女人，是莊妃大玉兒，而不是別人。不是雍容而遲鈍的睿親王妃，不是忠順而簡單的婢女烏蘭，更不是心裏只有復仇沒有愛情的綺蕾。

大玉兒，大玉兒才是他的真愛，是他藏在心底十年的那個女人，是他此刻擁在懷中的這個尤物，是在未來人生將與他聯手同心奪取天下的夥伴。綺蕾不是他的同謀，大玉兒才該是他的襄助呀！

他再一次用深深的吻將懷中的愛人喚醒，以生平絕無僅有的溫柔語氣對她說：「玉兒，醒醒，我送你回去。」

大玉兒不情不願地睜開眼睛，媚眼如絲，嬌羞地一轉，低語：「要走了麼？天亮了麼？」

多爾袞大爲不忍，幾乎恨不得就這樣帶著所愛遠走高飛，永不放她回宮。但是，他的宏圖大業呢？他們的壯志豪情呢？大玉兒不是綺蕾，如果綺蕾願意，他早已帶她遠避深山，男耕女織去。但大玉兒不行，大玉兒生來就是科爾沁的格格，十二歲就是皇太極的福晉，她是註定要享盡一世的榮華富貴，理該得到世間最好的一切的，自己若不能給她最輝煌的基業最稱心的享受，就絕不可委屈了她。

「我送你回去，是爲了將來再娶你回來。玉兒，你記著，你是我的人，我早晚會娶你的！大清是我們的！天下是我們的！」

兩人一騎，悄無聲息地潛至宮牆根下，縮身樹叢後面，等著交班侍衛走過。大玉兒悄聲說：「我已經叮囑了忍冬留心，以投石爲號，接我過牆。」隨將一顆石子拋進牆裏。

俄頃，宮裏復拋出一顆石子落地，大玉兒喜道：「好了。」命多爾袞牽著馬，自己踩在馬背上翻上宮牆，婀娜身影望空一躍，宛若大鳥一般，倏地沒入黑夜。

多爾袞看著，忽想起當年並轡揚鞭馳騁草原的舊事，一時情思潮湧，幾乎沒有跟隨翻過，再往永福宮纏綿一番才好。隔牆依稀聞得有窗格開闔之聲，繼爾歸於寧靜。知道莊妃已經安全回宮，遂踹蹬上馬，借著夜色掩映悄悄遁去。

原來這永福宮後窗緊貼宮院西牆，侍衛每更一交班，打個照面後向兩側巡行，每隔半個時辰重新巡行一周，在這兩次巡行之間，足有半個時辰的功夫牆根兒底下是沒有人的。而忍冬在宮裏開著後窗一直嚴陣以待，一則等著莊妃娘娘投石問路，二則留心觀望後窗巷子裏可有人通行，若是石子落地而巷裏無人，她便也投一顆石子到牆外，通知娘娘越牆而入，自後窗潛回寢宮；若是巷裏有人，便不做任何動靜，那麼莊妃就先不要急著翻牆，只靜心等候侍衛下次交班再行問路罷了。如此這般，真正天衣無縫，再穩妥不過。

多爾袞和大玉兒遂借著忍冬幫助，隔三差五地翻牆相會，合唱了一齣西宮記。除睿親王府幾個親信知道外，五宮內外俱被瞞得鐵桶一般，真正神不知，鬼不覺。

他們的偷情，無異於是向大清王朝做出的第一道宣戰書，也是最徹底的背叛。一旦他們的手相握，心相牽，死亡的利劍也就懸在他們的頭頂了，隨時將帶著無可阻擋的威力呼嘯而下，那時，將要為這場驚天地泣鬼神的愛戀付出代價的，將不僅僅是他們兩個，還有與之相關的所有知情與不知情的人！

這一切後果，他們知道，但他們仍然做了。做了，也就意味著義無反顧，意味著生死性命早已置之度外。稱王稱后，坐擁天下，這是他們的夢想，也是他們的宿命，如果做不到，就只有一死了。

不成功，則成仁，多爾袞與大玉兒，沒有退路！

十月底，太醫診出宸妃有孕，皇太極欣喜若狂，益發寵溺東宮。後宮諸妃怨望不已，都聚到清寧宮來，請皇后向皇上進言，要求後宮雨露均沾，一視同仁。

哲哲面子上答應，不過得閒時向皇太極略提兩句，皇太極卻只是不以爲然：「海蘭珠是你的侄女兒，朕對她好，也是看在你們科爾沁家族的情份上。況且剛才朕從後院經過，看到東西兩宮的妃子們在空場上踢毽子遊戲，玩得很是高興，不像有什麼抱怨之情。」

哲哲笑道：「那些妃子就是天大的膽子，也不敢當著皇上的面表現不滿，何況她們能夠見到皇上，當然是高興的，又怎麼做得了準呢？」

皇太極想了想，勉強說：「你的話我聽見了，以後朕儘量公平，無分彼此，遍施恩澤便是。」

哲哲無奈，淡淡笑道：「想讓皇上不偏心，那也還真難，只要盡力公平就是了。」又道，「冬至將近，今年可還要去圍場狩獵不去？」

皇太極想了想，道：「漁獵原是我大清興國之本，絕不可廢。況且今年大清初建，前線又捷報頻傳，英王此次出兵，與明朝大軍先後五十六戰，攻陷十二城，逼得明將張鳳翼、梁廷棟飲藥而亡，大挫明軍志氣。這都是祖宗天恩，積德載福，蔭澤於朕。故而這祭天大典不但不可廢，還須隆

的那個九九消寒令很好，後來怎麼不見再做？今年再照樣兒做出來才好。」

皇太極笑道：「後宮諸事，自然是你這中宮娘娘說了算，又何必問朕？」又道，「你們往年弄

哲哲問：「那宮裏屆時可要有什麼慶典不要？」

重進行，有別於往年才是。明天上朝，朕還要命禮部將此事好好計議呢。」

次日早請安，哲哲便向眾嬪妃發話道：「今年新朝初建，冬至節目須與往年不同，必得有所翻新，出點別致又吉利的新花樣兒，娘兒們好好熱鬧一番。你們也都想想，有什麼好主意？」

娜木鐘最是愛熱鬧喜風頭的，當下第一個說道：「這個容易，冬至節慶，唱大戲是免不了的。今年索性翻個新，不單止戲班子，便叫禮部竟把所有雜耍班子一併叫進來，不問有名兒沒名兒，哪怕他是撂地攤兒的，走三江闖五湖跑碼頭的，只要玩意兒好，有絕活兒，都一總地攬進來，好好熱鬧三天，也叫咱們好好開開眼，解解這出不了宮逛不了會的饞。」

眾妃子聽了，也都叫好，說這個夠熱鬧，夠排場，夠新鮮，也夠喜慶。娜木鐘得了意，越發抓尖賣乖地出主意道：「同時還得傳令給御廚房御茶房，到時候也不能都是往常那幾大樣幾大碗兒。記得咱們在草原上那會兒，爺們兒上前線帶兵打仗，天寒地凍，沒法兒弄吃的，便叫士兵們燒大鍋煮雪成水，把羊肉片成一小條一條丟進鍋去涮著吃……」

話未說完，巴特瑪先笑起來：「我知道了，這不就是涮羊肉嗎？姐姐何必嘮嘮叨叨說這大半天，難道叫咱們在後宮裏擺大宴吃火鍋兒不成？」

娜木鐘冷笑道：「你呀，真是聽風就是雨，就是不動腦子。我這主意，的確是吃火鍋兒，可不

一定非要涮羊肉呀。等我說出來，保準你們各個叫好。」剛要往下說，忽見海蘭珠因聽得涮羊肉一句，頓覺胃酸上湧，將手堵著嘴犯起嘔來。

哲哲忙揮手道：「先別說了，珠兒聽不得這個。」遂叮囑數句，命丫環扶她回去歇息，又道，「那石榴兒雖好吃，可也不宜多吃的，解解酸就好。」眼看著去了，才回頭向娜木鐘道：「現在可以說了。」

娜木鐘悻悻不樂，低頭喝茶不語。哲哲深知其意，也不催逼，且先擱下這件，向大玉兒道：「昨日皇上提起那年的九九消寒令來，要照那樣兒今年再做一個出來。這滿宮裏數你的學問最好，明兒先擬幾個來我看，也須出點兒新意才好。」

大玉兒領命應了。巴特瑪忽然福至心靈，向大玉兒道：「我倒有句話要跟玉妹妹說，大家看是怎樣？前朝大臣們有什麼事跟皇上請旨，都是寫個奏摺出來，給皇上批覆；咱們如今就趁這個寫消寒令的機會，也給皇上奏一旨，讓皇上體恤後宮，不要太偏心了才是。」

不待大玉兒回答，娜木鐘先就拍手道：「這個是正經主意。看不出淑妃妹妹，竟有這樣巧宗兒出來。這才叫應了那句老話兒呢——智者千慮，必有一失；愚者千慮，必有一得。」

巴特瑪難得被稱讚一回，也不理娜木鐘比她作「愚者」，只聽她贊自己一句「正經主意」已覺喜出望外，竟連手也不知往哪兒擺，只亂搖著說：「我也只是一時想頭，到底怎麼樣，還要莊妃妹妹費心呢。」

大玉兒低頭思忖一回，笑道：「我也只有勉力試試。」

娜木鐘道：「莊妃妹妹錦心繡口，妙筆生花，你想出來的句子，皇上一定看得進的。」

說著話，方才送宸妃的那丫環回來，端了一盤子開口石榴稟道：「宸妃娘娘說，剛才攪了大家的興，對不住，這些石榴是昨兒才得的，請大家嘗個鮮兒。」

娜木鐘笑起來：「她一個人貪酸，便以為人人都成饞嘴兒了。不過這石榴個大籽滿，看著還真是挺招人的。」說著便拿了一個過來，丫環趕緊遞上針線，娜木鐘挑了一粒石榴籽兒嘗了，酸得蹙眉緊臉，嘬起腮來，叫道：「好傢伙，真酸！」

於是丫環布好炕桌，把巾子替眾人圍在頸上，眾人便圍著炕桌挑石榴吃。獨哲哲仍倚著靠枕，命迎春拿著碟子身旁侍候，又見娜木鐘顏色稍霽，遂舊話重提：「先別爭嘴。倒接著說說你的主意，怎麼個涮火鍋？說得好，大家給你喝聲采；說不好，可是要罰的。」

娜木鐘笑道：「我這個主意若還不好，情願受罰的。」遂背了手昂了頭，侃侃而言：「娘娘細想，這天下可涮的東西多著呢。吃火鍋原圖的是個簡便，咱們要出花樣兒，索性化簡為繁，況且咱們各人各口味兒，難得慶賀一回，正要借著節日大吃大喝，可不能委屈了自己：第一件佐料自不必說，苦辣酸甜鹹得合著各位的口味兒來，醬碗兒上得下足功夫，油鹽醬醋芝麻香油蔥末辣根茴香蒜汁兒，總之普天下有的都得備齊了，都在大條案上一樣樣擺好，也不用廚子侍候，咱們索性自己動手，按照口味兒自個兒調著吃著，也吃了也玩了還可以換花樣兒，一道菜蘸著不同醬碗兒，倒能吃出上百種味兒來，豈不有趣？」

說得眾人都拍起手來，道：「果然有趣。」娜木鐘復往下說道：「這第二件，是湯頭。草原上大鍋煮水，難道咱們也非得照貓畫虎單煮水不成？就不會把水換成湯？」

哲哲點頭道：「果然不錯，只是天下高湯何止成百上千，咱們倒是弄個什麼湯出來呢？難道也照你說的佐料的法兒，也把普天下的湯碗兒備下，各人調各人的不成？那可得多少口鍋，多少個廚子侍候呀。」

娜木鐘笑道：「那卻不必。湯麼自然只能一種。雖說眾口難調，如今也只可存大同求小異，弱水三千，只取一瓢了。」

哲哲笑道：「方才你說的，各人各口味，不可委屈了自己；這會兒又求大同存小異了。天下的話竟都叫你說盡了，如今倒要聽聽，你怎麼個求大同存小異？如何從這千百種湯頭裏選出一種來，若是有一個人不服氣，就算你說的不好，還是要罰的。」

娜木鐘道：「湯第一講究個『鮮』字，何爲鮮？乃是一個『魚』加上一個『羊』字。北以羊爲鮮，南以魚爲鮮，咱們這湯啊，就用魚和羊來煨，撇了油去了腥，熬得雪雪白，到時候盛在白玉碗裏，飄上幾顆如此碧綠蔥花兒，不等下料，這色、香、味兒，就先全了！」

一言既罷，眾妃子一齊叫起好來，說：「果然是鮮，還沒等吃，光聽著，口水兒已經快下來了。」

大玉兒笑道：「論起吃穿兩字，天下再沒人比得上貴妃姐姐學問大的。」

娜木鐘見大玉兒也佩服自己，更加得意，笑道：「若論詩詞歌賦，博古論今，那是玉妹妹第一；比這施朱抹粉，好吃懶做，我當毛遂自薦。」

眾人都笑起來，說：「這說的沒錯兒。」

娜木鐘遂繼續說道：「有了醬碗湯頭，這三件，才論到吃的主菜上。這倒反而是最容易的一件，無非新鮮蔬菜，魚蝦蟹蚌，雞鴨牛羊，總之天上飛的地上跑的海裏游的，只要能吃進口裏去的，有多少備多少，也像那佐料碗兒一樣，大條案桌上擺著，各人托一金盤，走馬觀花，愛吃哪樣便涮哪樣，邊吃邊看戲，吃累了就歇一會兒，有了胃口便再吃，也不用怕菜涼了，也不必擔心剩下來，看一天的戲，吃一天的火鍋兒，要多熱鬧有多熱鬧，要多喜慶有多喜慶，你們說說看，還有主意比我這更好的嗎？」

哲哲點頭喝采：「果然是一等一的好主意。便是這樣，這就傳令下去，叫御廚房照你的話準備。」

隔了幾日，莊妃果然擬妥九九消寒令交與哲哲。哲哲於夜間轉呈太宗，今次與往次不同，卻是兩句：「香苑幽庭信是相思染，春衿秋袂持看珍珀柔。」

太宗初看不解，細細算去，笑道：「這兩句話每字九筆，合成兩聯，也算是巧筆了。只是既稱九九消寒，自然是九字便好，如何多此一舉，擬了十八字出來？若說是對聯，又對得不工。『香苑幽庭』和『春衿秋袂』還可以勉強說是對得上，『信是』對『持看』已是不妥，『相思染』對『珍珀柔』更是離題。這兩句任拿出一句來都算是一個完整的消寒令了，非要多出一句，豈非蛇足？」

哲哲笑道：「皇上且別急著批駁，倒也好好想想這相思染的意思才好。」

太宗道：「宮裏節令自是頌聖之句，還有別的意思不成？」遂重新吟哦數遍，忽然明瞭，點頭道：「莊妃好心思。分明是借著添令在抱怨朕呢。」說罷大笑。

哲哲故意道：「皇上剛才說不好，這會兒倒又說好了，倒把我給弄糊塗了。玉兒這令，到底寫得好是不好？怎麼個好法兒？」

太宗道：「說不好，是因爲玉兒心眼太多，夾七夾八，不肯好好地添令，非要弄個對聯出來，繞著彎兒罵朕；說好呢，是覺得玉兒難得，才思敏捷，又詭計多端。」

哲哲笑道：「詭計多端？這算是什麼好處？」

太宗遂細細分析給她聽：「這句『香苑幽庭信是相思染』表面上用一個『染』字寫得滿滿的，然而『相思』二字又分明是空，所以『香苑幽庭』也都是空，這一聯說到底其實只是兩個字，即『空庭』；下句『春衿秋袂持看珍珀柔』，用一個『柔』字來對應『染』字，雖不工，倒也巧，表面香豔溫暖，然而宮女們春衫也好，秋袍也好，時時換了帶子上的掛件，沒事兒便只是自己把玩，握得玉墜子都暖柔了，可見有多閒。玉墜子越暖，人心裏越冷，不是春也不是秋，倒是冬天了，所以這一聯九字，其實也只是兩個字『冷清』。這哪裏是什麼九九消寒令？分明是抱怨朕冷淡了妃子，將後宮變冷宮，可謂是一種溫柔的抱怨，別致的請求了。」

哲哲恍然，笑道：「空庭冷清？玉兒真也胡鬧，太大膽了。」

兩人又嘲笑一番，遂議定自即日起，諸妃輪流召幸，雨露均沾，再勿使後宮變冷宮。

哲哲恍然，笑道：「空庭冷清？玉兒真也胡鬧，太大膽了。」

兩人又嘲笑一番，遂議定自即日起，諸妃輪流召幸，雨露均沾，再勿使後宮變冷宮。

此政一出，後宮諸妃著實慶幸了一段日子，各自施盡法寶，把天下花樣兒翻雲覆雨，一一與皇太極演示。故而施行未久，皇太極已告困乏，直將晚間房事看成天下第一苦差，任憑妃子們再窮心竭智亦不能使他情動了。再到後來，遇到喜愛的妃子輪班還可勉強應付一晚，遇到那姿色平平的，就想方設法躲此一劫，每每藉口與大臣們商議國事，入夜猶耽在御書房不肯回宮，甚至佯病脫滑，無所不用。被脫空的妃子又羞又妒，怨氣只有比以往更重。

過了立春，太醫診準宸妃腹中是位皇子，皇太極喜出望外，自謂新朝初建，宸妃頭胎即得皇兒，分明天降龍種，紫氣東來，遂故態重萌，將輪流召幸的話再不提起，又開始一味沉溺東宮了。

到這時，連大玉兒也已束手無策。海蘭珠的步步緊逼讓她終於知道，自己請來的不是一個幫手，而是一個對手了。這個對手，遠比綺蕾還要厲害，因爲綺蕾獲得皇太極的寵愛是被動的，所以畢竟有限；而姐姐獨擅專寵，卻是主動出擊，纏繞有加，哪裏還給自己留下半分餘地？

她覺得歎息，早知今日，何必當初？自己苦苦地將皇太極從綺蕾身邊拉開，然而自己得到了什麼？綺蕾雖然遁入了空門，然而她的影子仍然在這裏，在東宮，在宸妃海蘭珠的一顰一笑間。不僅是皇太極將海蘭珠看成了第二個綺蕾，便是在後宮諸妃的妒意裏，也將她們兩個難以分開。難道自己一番苦心，就是爲了替他人做嫁衣嗎？

大玉兒對著星辰滿天恨恨地發誓：姐姐，綺蕾，走著瞧，笑到最後的才算是笑得最好！

第十六章　有些計畫必須十個月前就得準備

轉瞬到了五月初五，宮裏照例架設天師艾虎，以五色菖蒲製成百草山，飾以珠翠艾花，前庭賞宴群臣，文武百官按品分得些細葛香羅、蒲絲艾葉、彩團巧粽等物，後宮諸妃也都各有所賜，無非金絲墜扇、珍珠香囊、軟香龍涎佩帶等，應景兒取個吉利意思而已。

陸連科帶著一眾小太監挨宮挨院兒地灑雄黃水，自清寧宮起，哲哲少不得叫進去叮囑幾句，又特別吩咐因宸妃有孕，雄黃氣味太過刺激，且皇上有令關睢宮不許閒雜人等進入，故可略過。陸連科恭敬應了，順腳步兒來至衍慶宮，淑妃向來畏羞怕吵，只命剪秋應酬眾人，自己推午覺躲在暖閣內。

陸連科明知其故，正中下懷，故意咳嗽一聲，命令小太監們：「要細細地灑，一處也不可遺漏。」自己便拉著剪秋的手，將一個小小包裹塞在袖內，笑嘻嘻地道：「這是我前兒新得的，你替我收好了，裏頭另有一個小包是給你的。」

剪秋忙袖了，搖手不叫陸連科再說，回身且命小丫環奉茶來，又向裏間張望一眼，見巴特瑪睡得熟了，這才回身向陸連科推了一把，抿嘴兒笑道：「你急什麼？當著人，也不防忌些。」

陸連科笑道：「你以為她們不知道？都猴兒精似的，誰在這宮裏沒個相好的？況且我是皇上身

邊的一等大太監，你是淑妃娘娘身邊的人，他們就算知道咱倆好，還敢上告不成？」又道，「我告訴你個故事，你知道福子和釵兒的事吧？他們兩個吃對食兒也不是一天兩天了，福子現做著御茶房的跑腿兒，西華門掖角上自有屋子，更比別人方便，釵兒卻不是天天可以偷偷出來，所以福子耐不得寂寞，前些日子竟將原先跟靜妃後來給了宸妃的那個朵兒也勾上了。被釵兒撞破，堵著門，非要福子當面兒把朵兒打一頓，不然就要嚷出來，大家活不成呢。」

剪秋嚇了一跳，又擔心起來：「哎喲，這可怎麼好？釵兒和朵兒原就有仇，這下子結得更深，還肯甘休？若她當真鬧出來，會不會連我們也扯進去？」

陸連科道：「那不會。好端端的他們咬我們出來做什麼？俗話說『拿賊拿贓，捉姦捉雙』，這種事只要沒有把柄在人家手上，誰敢說三道四？就算有人舉報，抵死不認就是了。況且釵兒未必有膽子真鬧得魚死網破，對她自己又有什麼好處？」

剪秋憂心道：「你不知道釵兒那火爆脾氣，紅冠子公雞托生的，最是爭強好勝，面子看得比臉大，惹火了她，真是什麼都做得出來的。」

陸連科道：「那也沒什麼好怕，等我改天勸勸福子，叫他擺個東道出來，向釵兒好好賠一回禮，和那朵兒一刀兩斷就是了。」

原來後宮之中陰盛陽衰，除了皇上是十足的男人且是人上之人外，其餘無非都是些嬪妃婢女並奶媽稚兒，再就是些半截子人的太監。妃子們一心一意只想著爭皇上寵，無所不用其極，宮人們有樣學樣，都攢了一肚子的風月故事，雖沒個男人對著演習，於那些抓乖獻媚的本事卻並不生疏，又正當青春妙齡，花容月貌，漫漫長日難保不會覺得寂寞，便少不了心猿意馬，思春願月。太監雖算不得是真正的男人，到底有比沒有強，再有那相貌俊俏嘴頭油滑或是心眼活絡路子靈通的，就額外受到宮女青睞，一來二去地，便有些太監和宮女結成了對家兒，做些望梅止渴聊勝於無的荒唐事，俗稱「吃對食兒」。雖是假鳳虛凰，卻也真情實意，背了人海誓山盟指生咒死的，甚或私設花堂拜天地吃喜酒，一心一意地過起日子來。將上面瞞得鐵緊，在奴才中卻都是心照不宣的，就好比陸連科和剪秋這一對，已有兩三年的交情，太監宮女中十成倒有七成知道，都把他兩人看成夫妻一般。

因此陸連科聽了剪秋一席話，對於釵兒倘若不依不饒鬧嚷出來大家沒臉這一宗事，倒也不無擔憂。出了衍慶宮，便往麟趾宮來，想覷空兒找釵兒聊幾句。

偏那貴妃娜木鐘因他是皇上身邊第一號大太監，不肯怠慢，親自迎出來，命小丫頭奉座上茶，自己陪在一邊問些祖上何處兄弟幾人的閒話，又打聽皇上近日臨幸過哪個妃子，往何處去得最頻。陸連科一一答了，兩眼咕嚕亂轉，只管向釵兒猛打眼色。

一時小太監灑放完畢，陸連科告辭出來，釵兒假裝送客，隨後跟出宮來，陸連科悄悄兒地笑道：「釵兒姑娘果然聰明，福子好眼光。」

釵兒聽得「福子」兩字，早打鼻子裏哼了一聲，扭過身去。陸連科笑著做個揖，勸道：「我和福子一場兄弟，福子得罪了姑娘，我這裏先替他賠個禮，改天福子還要親自擺一席請請姑娘，還望姑娘賞光。」

釵兒也因他是皇上親信太監，不敢得罪，且也覺面上有光，遂道：「既然陸公公替他說情，釵兒自然無不遵從，只是有句話要請公公轉告福子：這些日子來我對他怎樣，他心裏應該明白，我釵兒是說一不二的人，他對得起我，我是心肝也可以挖出來給他；他若三心兩意，我眼睛裏可揉不進沙子，管教他七葷八素，顛三倒四，不信咱們就試試。現在他要請客賠禮，我便原諒他一次，只是我有個條件：請客時須要有四位證人，還要把那賤人也叫上，福子得當著我和各位證人的面兒立個毒誓，和賤人從此斷了，還得給我寫個字據。不然，這件事再完不了。」

陸連科心知難爲，只得道：「這個麼，還得福子自己度量。」拱手告辭，復向永福宮來。

卻見永福宮簾幕低垂，小丫環們都守在房外，神情凝重，進退不安，連忍冬也鎖緊了眉頭，見到陸連科，忙迎出來擺手兒不叫聲張，悄悄兒地道：「莊妃不許人進去呢。」

陸連科不明所以，詫異道：「這是皇上的聖旨，端午節各宮灑雄黃水驅蟲是老禮兒，我也是奉命辦事，若漏過永福宮，皇上問起，可怎麼回話呢。」

忍冬攤開手道：「怎麼回話？自然是說灑過了便算。咱們做奴才的，只好上下遮瞞，大事化小，小事化了，否則你我都不清淨，又何必呢。」

陸連科也只得道：「也只好這樣。莊妃娘娘向來和氣識大體，今兒個是爲著什麼事發這麼大的脾氣？」

忍冬含笑道：「公公見多識廣，還有什麼想不到的。」

陸連科想了一想，笑道：「既如此，我也不耽擱了，還要到別的地方灑雄黃去呢。」

忍冬倚在門上看太監們去得遠了，遂回轉身來，復把院門兒關上，仍舊坐在廊沿兒下，悄無聲息，既不敢進去，也不敢遠離。

莊妃已經把自己關在裏面很久了，整整一個上午，不思飲食，也不許人進去。原因或許不難推測，不過是皇宮后妃最常見的憂慮——皇上已經很久沒有來過了。

廊上的鸚鵡也寂寞，一遍遍空喊著「皇上駕到，莊妃接駕」。

往常那叫聲常引起人們一陣哄笑，有時對了，有時錯了。對的時候，清太宗皇太極會扶著莊妃的肩，一併站在鸚鵡籠下，餵牠珍珠小米，和加了糖的泉水，逗牠叫得更響亮些；偶爾叫錯了，莊妃也只是嗔怪地朝牠做一個要打的手勢，可是手還沒有放下，臉上已經笑開了，似乎在那叫聲中得到了某種滿足和希望。

可是現在，鸚鵡除非不叫，否則，總是錯的。

而每叫錯一次，莊妃的肩就忍不住輕輕一顫，而忍冬和丫環們就會很緊張，恨不得立刻把牠來掐死，至少，也把牠毒啞了，叫牠不要再亂說話——因爲皇上，是不會來的。

如今，海蘭珠才是皇上身邊床上唯一的愛侶，其餘諸妃，包括她莊妃大玉兒，都已成昨日黃花，唯作壁上觀了。竟然敗給大自己四歲，晚自己進宮八年的親姐姐，怎樣的恥辱？怎樣的失敗？

然而最令莊妃大玉兒焦慮的，還不止於此，她的心中另有一樁說不出的隱憂，連忍冬也不敢告訴。那就是——她懷疑自己懷孕了。

皇上一連數月不曾臨幸永福宮，那麼這個孩子是誰的，答案也就不問而知。一旦東窗事發，那可就是殺頭的罪呀。莊妃看著眼前的粽子，知道送給關睢宮的必然是重新另做，不放麝香的；人家懷孕就得大張旗鼓，小心侍候，自己也有身孕，卻是天大的禍患，要藏著掖著，枕席難安的。這一盤香甜的粽子吃下去，可就是打胎的毒藥啊。

她思前想後，若說想個萬全之策把孩子流掉，在她倒不是什麼難事。這幾年來，她苦苦研習

醫藥之術，救人未必有把握，論害人卻有的是法子。但是，那畢竟是自己的親骨肉，是好不容易才懷下的心血結晶，如何捨得？然而若要保住孩子，唯一的辦法，就是無論如何也要邀天之幸，務必讓皇上臨寵一次才好，如此則一可遮羞，二者也好順水推舟，就此認了自己懷孕之喜，豈非兩全其美。

然而，皇上獨寵東宮，目無旁顧，她有什麼法子從自己的親姐姐海蘭珠那裏分一杯羹呢？

莊妃在對著鏡子切齒。

鏡子，真是一件可怕的東西，冰涼而堅硬，卻能映出人的影像，讓人清楚地明白自己的相貌美醜。

莊妃是美的，長眉入鬢，睛若點漆，豐滿頎長的身體像草原上的鷹。可是，美得過自己的親姐姐海蘭珠嗎？

她永遠忘不了海蘭珠站在鳳凰樓上初見皇太極的那一幕，從那以後，不論什麼時候見到海蘭珠，她都覺得她像是站在鳳凰樓上，那飛簷斗角的閣樓，雙手捧心，對著月亮歌唱。她那月光一般皎潔的臉，還有星光一樣閃爍的眼，都讓她感到一種壓力，一種追趕不及的豔光。

大玉兒抱緊自己的雙肩，感到深深的孤獨。

深宮內苑，誰才是自己真正的朋友？原本至少還有一個姑姑可以依賴，然而自從海蘭珠得寵，連姑姑對自己也冷淡多了。在五宮爭封的鬥爭中，姑姑從頭至尾沒有幫自己說過半句話，她心中關注的，只是不要讓綺蕾重新得寵，不要讓阿巴垓那兩位占了上風，至於自己和姐姐海蘭珠到底哪個排名在前哪個排名在後，她才不在乎呢。對於哲哲來說，自己和姐姐海蘭珠，都是科爾沁部落擺在皇宮的兩枚棋子，勢均力敵，無分軒輊。

多爾袞，多爾袞才是她唯一的愛人，可是現在，就是多爾袞也幫不了她，她在這深宮內苑，真正是孤軍作戰，求助無援。能幫自己的人，唯有自己。自己現在已經身在井底了，如何能夠生出天梯來，讓自己浮出水面，重見天光？

大玉兒逼著自己冷靜，逼著自己不要憤怒，不要妒忌，兵來將擋，水來土掩，有一劫必有一解，她會想出辦法來的，會想出來的。自己可以用幾炷香兩匹帛輕而易舉地利用時機重新贏得多爾袞的心，也一定會奇兵突襲重新贏取皇太極的心。哪怕一夜也好。只要一夜便好。

但是，到底該用一招什麼計呢？她知道，爲了爭取皇上的寵幸，綺蕾曾經用過歌舞聲色的招術；娜木鐘除了盡心盡意地調弄脂粉香料，新近又開始遍天下搜集珍饈佳餚的秘方兒，用美食來引誘皇上；淑妃巴特瑪則一味地賠小心，逆來順受，她那一套作派，自己是學不來的，也不願意學；而姐姐獨擅專寵，則與其說是憑藉長得美，倒不如說是長得像——姐姐如今的風光是集合了她自己的風情和綺蕾的魅力於一體的，自己曾利用這一點誤會將錯就錯，抓住皇上的一句口誤把姐姐推進了東宮；現在，她該用什麼辦法，再把她從東宮拉出來，讓給自己半張床呢？娜木鐘、巴特瑪、綺蕾……

大玉兒忽然想起綺蕾那年送詩絹與皇太極請命爲尼之事，心念電轉，想得一計。皇上冷落的，豈止是自己一個人，自己又何必鑽進牛角尖，獨力掙扎呢？既然孤助無援，就要想辦法聯合別人，爭取援助。

打定主意，大玉兒翻身坐起，叫進忍冬來，如此這般，吩咐下去。

忍冬在門外候了半晌，正爲著主子的忽嗔忽喜擔心焦慮，忽然見她沒事人一樣張羅起請客喝茶來，倒覺詫異：「若是她們不來又如何？」

大玉兒笑道：「你只說我有事相商，她們必定來的。」忍冬不解，但見主子面上有笑意已覺安心，遂命小丫頭分頭往各宮請人去。果然貴妃娜木鐘與巴特瑪正在一起吃茶點，說已經吃過了，多謝莊妃想著；又有繼妃烏拉納喇氏一早奏准娘娘，出宮往豪格貝勒府過節去了；也有那心窄眼低，不肯與五宮妃子親近的，只推說身上不好歇下了。因此應邀前來的，不過三五位沒甚份量的東西宮庶妃。

忍冬揣測別人猶可，唯貴妃淑妃兩位是正主子，若推拒不來，莊妃必定埋怨自己不會辦事。遂親自來至衍慶宮裏，果見兩位妃子正盤腿兒坐在炕上，指揮著丫環逗葉戲玩兒，卻不是賭銀兩，只將些糖果做注，無論輸贏，都賞給與戲的丫環吃。炕几墳漆食盒裏滿是糖果蜜餞、各色花糕，上上下下俱玩得興高采烈，笑聲不絕。見了忍冬，笑道：「怎麼你也來了？可要一起玩兒？」又叫伴夏拿糕賞忍冬吃。

忍冬遂捱著炕沿兒跪下謝賞，又賠笑磕頭道：「兩位娘娘金安。我們娘娘因爲今兒個是端午，說是團聚的日子，故而想請兩位娘娘一同聚聚，大家聊天吃粽子。若兩位娘娘不去，娘娘必定罵忍冬不會說話，親自來請的。只是已經有幾位娘娘等在宮裏了，所以娘娘不好丟下客人過來，求兩位娘娘千萬體恤我們娘娘一番心意，還請移駕前往才好。若是娘娘怕永福宮的茶點不如這裏的可口，拿過去大家一起吃也好；或者娘娘吃了茶不願走動，忍冬情願背了兩位娘娘過去。」

一番話說得娜木鐘笑起來，手裏的瓜子兒也撒了，指著忍冬笑道：「你這丫頭會說嘴。打著請我們吃茶的旗號，倒想訛我的東西去；也罷，我便要你背了去，你背不動，是要打的。」

忍冬果真背對著炕蹲下身去，笑道：「這便請娘娘上馬。」笑得娜木鐘一掌推開忍冬道：「我把你這不知死活的小蹄子，只管吹牛，你若敢把我摔了，要你十條命也賠不了。」釵兒一邊湊趣道：「我這便給娘娘取馬鞍馬靴去。」剪秋也笑道：「馬鞍且罷了，只千萬別忘了馬鞭子馬嚼子才是。」說得眾人都笑起來。

伴夏與剪秋遂侍候貴妃淑妃穿戴了，又叫釵兒將不曾用過的花糕蜜餞另裝了一食盒提上，一併帶往永福宮來。

次日皇太極臨朝，諸臣如常上疏議政，臨散朝時，禮親王代善面有難色，上前一步稟道：「皇上，臣這裏還有一本，卻是代人做伐，不知當奏不當奏。」

皇太極見他表情忸怩，倒覺好奇，問道：「卻不知什麼人這麼大架子，敢請禮親王代勞。」

代善笑道：「說起這托老臣求情的人，卻不是一位兩位，而是後宮諸位娘娘集體託付的一道密折，故而老臣雖覺爲難，卻不便推拒，望皇上體恤。」說著奏上折來。

皇太極啓封看去，初而一愣，繼而略一思索，大笑起來，復將摺子合起，向代善問道：「你可知道折上寫些什麼嗎？」

代善搖頭稟道：「臣不知。娘娘奏的是密折，臣不敢擅自開啓。」

皇太極笑道：「不妨，你既然插手了朕的家務事兒，幫著遞折求情，總得知道到底求的是件什麼事？倒是幫朕看看，這奏摺上寫著的，究竟是個什麼意思？」

代善恭敬接了，啓開看時，卻是灑金紙上題著《一斛珠》三個字，下面是篇曲譜，角上蓋著諸宮嬪妃的寶印。代善看了不懂，復奉還密折稟道：「臣愚鈍，竟不能替皇上解疑。」

皇太極大笑道：「代善啊代善，你的確是老了，真正不通風月，不解風情。」遂袖了密折，罷朝自去。

代善打了這個悶葫蘆，好生納悶。下得朝來，猶低頭百思不解。多爾袞見他這樣，不禁好奇問道：「大哥，那摺子上到底寫些什麼，竟然讓您這位身經百戰的老臣也看不懂。」

代善遂將折上內容說了一遍。多爾袞一愣，心下遲疑，一時無話。代善會錯了意，笑道：「十四弟也不懂？若依皇上的話，你也是不通風月，不解風情。你也老了嗎？」

多爾袞搖頭道：「大哥可知道這《一斛珠》的典故嗎？」

代善皺眉不解：「一斛珠？那是什麼東西？好兄弟，老哥已經滿頭霧水，你就別再給大哥添堵了，你倒是跟我說說，這些娘娘們玩的到底是什麼把戲？」

多爾袞笑道：「難怪她們要托大哥來遞這個摺子，又難怪大哥不明所指，更難怪皇上說大哥不解風情。這其實只是個文字遊戲。大哥是馬背上打滾兒的人，向來不喜歡漢人的學問，自然不知道這裏的典故。」

代善皺眉道：「文字遊戲？莫名其妙。」也不復再問，甩袖離去。

多爾袞卻墜進另一個悶葫蘆去，也犯起嘀咕來。他一聽即明，這必是大玉兒的手筆。玉兒與自己情投意合，如膠似漆，難道還不滿足？何必這樣苦心積慮，討皇上歡心，連集體上疏這樣的招術也想出來了。真不知她說動諸宮妃子上這簽名疏要有多麻煩，分明志在必得的樣子，難道她這麼在乎皇上的寵幸？她不是和自己賭咒起誓地說要推翻皇太極，幫助自己取而代之嗎，難道又改了主意？左思右想，大不適意。

皇太極下了朝，照舊先往關雎宮裏探問一回海蘭珠，然後才往清寧宮來。

哲哲因年後接二連三的慶典活動，吃力不堪，又發了哮喘之症，故形容懶怠，每天除了早請安時坐在清寧宮裏受幾個頭外，便少理雜務，大小事只交迎春代擬意見。見皇太極進來，也只命迎春奉茶，懨懨地不欲多話。

皇太極也循例問了一回病，故意問：「大玉兒沒來陪你嗎？」

哲哲懶懶地道：「她每天裏也不知忙些什麼，別說我這個姑姑了，連閨女也不大理睬，一門心思地研究學問，大概要考女狀元呢。你只管問她做什麼？」

皇太極笑道：「她們幾宮的妃子們聯合起來告了我一狀，你也不知道麼？」遂將密折授與哲哲。

哲哲不解：「這是什麼？又不是詞又不是曲，單單的一個空名兒，算是什麼狀紙？」

皇太極歎道：「或許真是要你這樣省心省力的脾氣，才可以載福吧。」也不多加解釋，只將密折重新收起，又叮囑大妃數句，遂向永福宮來。

且說莊妃遞出摺子，已經算到皇太極下朝後必來宮中，一早吩咐丫環薰香灑掃，將仕女捧花瓶裏遍插著葵榴梔子花，環繞殿閣，滿室生香，連屏風壁畫都一併換過，她知道皇太極雖愛她文采，

卻不喜她書卷氣太重，故一反常態，只往脂香粉豔裏做文章，將宮殿佈置得花房一般。又命御膳房做了幾樣精緻小菜，葷膩油腥一概不用，肉菜素做，別出心裁，都用鑲藍碟子盛了，置於花廊之下。自己蘭湯沐浴，精心梳妝，她雖不及姐姐海蘭珠的美豔，卻也是膚如凝脂，睛若星辰，長得十分動人的。美中不足的是臉上的線條不夠柔和，有些稜角，在有情人的眼中看去或許會覺得是一種英武，而皇太極卻是覺得女人就該柔情似水的，如果讓他來評判，或許覺得巴特瑪那張線條模糊卻溫軟的臉較之大玉兒還更耐看的吧。然而今天她有意改變風格，濃妝重彩，打扮得豔而不俗，媚而不妖，端坐在美女插花屏前靜等。

一時皇太極來到，莊妃跪接了聖駕，請安後並不起身，仍然跪著稟道：「請皇上恕罪。」

皇太極故作不知，詫異道：「愛妃這是何故？你有何罪？」

莊妃笑道：「皇上聖明，洞察秋毫，高瞻遠矚，無遠弗屆，有什麼不知道的？臣妾因卻不過後宮眾姐妹情面，斗膽遊戲筆墨，學前朝臣子們參了一本，冒犯天威，還望皇上憐恤一片癡心，不予降罪。」

皇太極也笑道：「你說我高瞻遠矚，你才真是運籌帷幄呢。」遂親手挽起，看她臉如滿月，唇紅齒白，烏黑濃密的頭髮上插著鳳凰銜紅果的釵子，白皙豐腴的頸下掛一串重重疊疊的黑珍珠項鏈，素白雲錦緞子繡荷花的旗袍把個成熟的身子裹得玲瓏浮突，胸前衣襟高高鼓起，雙峰奔湧，飽滿得似要噴薄而出，不禁贊道，「愛妃，你今日與往常好像有些不同，面色光澤如許，也胖了，倒像個新婦模樣兒。」

莊妃暗暗吃驚，掩飾道：「只准皇上給貴妃淘弄脂粉，就不許我這個醜人東施效顰，也學學妝扮麼？」

皇太極笑道：「你如今真是學壞了，慣會挑錯找碴兒。昨日端午，朕命太監給你禮品，你自比梅妃，搬出《一斛珠》的典故來，怨我『何必珍珠慰寂寥』；今兒我不過是看你打扮得漂亮，誇讚兩句，又招你一番閒話。」又指著壁上畫軸道，「端午還沒過完，倒把七夕的畫兒先掛出來了。怎麼這樣性急？」

莊妃笑道：「這畫兒上畫的，原出自一句詩。皇上猜得出《一斛珠》的含意，可猜得出這畫兒是道什麼題目麼？」

皇太極笑道：「這畫的是牛郎織女鵲橋會，並不難猜，難得的是著色，在白描之上泥金，倒也特別，又雅致又華貴，竟比那些彩繪仕女圖來得還要俏麗，又不至太俗豔，又不至太素淨。」暗想古來詠七夕的詩句本來就多，後宮心願，無非兩情相悅長相廝守，便道，「若說詩謎，莫非是柳三變『願天上人間，占得歡娛，年年今夜』？」

莊妃搖頭道：「這用的是秦觀的典，『金風玉露一相逢，便勝卻人間無數』，皇上自己也說過，這幅畫最特別乃是著色，怎麼倒想不起來了？」

皇太極恍然道：「原來取的是『金風玉露』二字。」遂攜了手一起往花廊下賞花飲酒去，因嘗了一口，卻是極清淡的甜米酒，戲道：「莊妃又不是白娘子，難道也怕雄黃麼？」

莊妃胸有成竹，從容笑答：「皇上要喝雄黃酒麼？臣妾這就取來便是。只是臣妾忙這半晌，想了這幾味小菜出來，最宜米酒的香甜清淡，若被雄黃的醇烈一激，則虧損其味，反爲不美。」

皇太極笑道：「朕正想問你呢，又不是齋日，如何儘是些素菜，未免清淡太過了吧？」

莊妃抿嘴兒笑道：「皇上倒是也嘗一口這素菜再評說不遲。」親挽了袖子，搛起一箸餵到皇太極唇邊。

皇太極就手兒吃了，大爲詫異：「怎麼倒像是肉味兒？這明明是黃瓜絲兒、胡蘿蔔絲兒、這粉盈盈的說不上來是什麼絲兒，難道竟不是？」遂又細細嚼去，猛醒過來，「是了，這是將火腿干絲兒煨在蔬菜汁子裏，沁成菜色，吃著沒有一絲兒油膩，既是葷菜，也是素菜，虧你怎麼想來。」又嘗那幾樣，原來也都是葷菜，分別是荷葉盛的鹿腦豆腐、竹節裏的紅燒鵪鶉翅、香肝和醬雞胗拌的各色花瓣、大紅棗塞肉糜，便是那碗玫瑰百合湯，也是將瑤柱燕窩人參蟹乾足等煨成高湯，再以上等細絲過濾得一星兒油珠都不見，再灑上玫瑰花瓣做成素湯形色。皇太極吃一樣便誇一樣，龍顏大悅，讚不絕口。

莊妃敬過頭杯，笑道：「古人說美味佳餚須『色、香、味』俱全，如今我們於這三項上再加一項，就是『意』。不然，再好的食物，一頓風捲殘雲，也是焚琴煮鶴，終究無味。」

皇太極道：「偏你總有這許多講究，吃頓飯也有許多道理。你且說說看，怎麼一個意字？」

莊妃一邊布菜一邊笑著講解：「這盤做成豆腐狀的鹿腦，以荷葉清香去其腥味，暗藏『呦呦鹿鳴，食野之苹』；這道『身無彩鳳雙飛翼，心有靈犀一點通』，是將鵪鶉翅子醃過後，再塞進挖得中空的竹管裏紅燒，同荷葉去腥是一樣的道理；這盤花瓣拌雞胗，顏色最好，是『草樹知春不久歸，百般紅紫鬥芳菲』；這棗子塞肉，是『投我以夭桃，報之以瓊瑤』；這玫瑰百合湯，是『嫦娥應悔偷靈藥，碧海青天夜夜心』……」

皇太極聽到這裏，打斷問道：「幾樣菜都說得有理。論到這碗湯，這丸子可以比作『靈藥』，

『碧海』、『青天』也都好解，唯是嫦娥卻在哪裏？難道美人兒也可入湯麼？」

莊妃掩口嬌笑道：「湯裏有蛋花，可以比作明月，嫦娥麼，自然在月亮裏面啦。」

皇太極大笑，將筷子橫在湯碗上道：「朕也給你出一題，如果你這便算『碧海青天夜夜心』，那現在又叫什麼？」莊妃訖異道：「一碗菜，怎麼還有剛才現在的？」皇太極做個手勢笑道：「原來也有你不知道的事情，朕來教你，這個名堂啊，叫做『野渡無人舟自橫』。」說罷笑得前仰後合。

莊妃羞得滿面通紅，背過臉去。皇太極扳過她肩膀，滿眼是笑，臉對著臉兒低低地道：「愛妃，難爲你想出這麼些個刁鑽古怪的主意，一會兒是上摺子『何必珍珠慰寂寥』，一會兒出畫謎『金風玉露一相逢』，一會兒又『碧海青天夜夜心』，曲譜裏藏著話，畫兒裏藏著話，菜裏也藏著話，你到底有多少話要跟朕說呢？今兒朕就好好地聽你說上一晚，我們也『金風玉露一相逢，便勝卻人間無數』，如何？」

莊妃見時機成熟，偎在懷裏笑道：「皇上既樣樣都猜穿了，臣妾還有什麼可說的？只別怪我多嘴便好。」

皇太極推心置腹，坦然相告：「你們的摺子朕已經看過了，是你的主意沒錯兒吧？其實起先你上那九九消寒令的時候，我便想過了，納妃原是爲了充實後宮以廣皇嗣，一味偏寵的確有違本意。也想過要改個法子，免得你們怨我施恩不勻，無奈前朝政事緊張，朕身爲天子，一味在後宮嬪妃事上用心，終究也不算明君。若不想招你們這些妃子埋怨，還真是難爲。依你說，便該如何呢？」

莊妃早已成竹在胸，獻計道：「宸妃原是臣妾的親姐姐，姐姐幸召於皇上，臣妾與有榮焉，難

道反會埋怨不成？只是後宮眾妃也都可算是臣妾的姐妹，昨兒端午，她們借過節爲名到宮裏來與臣妾商議，想個什麼辦法勸得皇上回心轉意，對後宮一視同仁；臣妾也知道皇上並非無情，恰是因爲太重情義，才有顧此失彼之虞。況且後宮佳麗無數，若要皇上雨露均沾，的確也太癡人說夢些。依臣妾建議，不如叫司寢太監爲所有嬪妃建立花名冊兒，按日子算去，每個妃子在三個月中至少有一次與皇上同寢，這樣後宮每人便有瞭望，不至太過怨憤；而皇上便是厚此薄彼，也無傷大雅了。」

皇太極聽了大喜，點頭贊道：「這法子果然不錯，你若是統領後宮啊，準比你姑姑強。」

莊妃聽了，推開桌子跪地稟道：「皇上千萬別說這樣的話，臣妾一時出語無狀，還望皇上莫怪。」

皇太極忙親手扶起，抱在懷裏笑道：「朕並沒有責怪你的意思啊。正相反，你替朕出了這樣一個平衡後宮的好主意，朕還要好好賞你呢。」

莊妃撒嬌問道：「賞我什麼呢？」皇太極故意沉吟道：「這個麼可要好好想一想，你這個主意到底效果如何，朕還不是很清楚。要不這樣吧，今晚就先在你這裏實行新政，若是法子果然好，再賞你不遲。」

是夜被薰濃香，帳暖鴛鴦，皇太極與莊妃過了異常和美甜洽的一夜，無須細述。

次日諸妃按花名冊每三月至少寵召一次的新令傳出，後宮額手稱慶，有口皆碑，都說幸虧莊妃妙筆生花，勸得皇上回心轉意。

數月間，後宮接二連三，喜訊頻傳，莊妃大玉兒、庶妃那拉氏、伊爾根覺羅氏等都先後受孕，據太醫診脈均爲男子，皇太極益發喜悅，以爲是振邦興國之瑞，因這一切都是採納了莊妃的建議，故對她額外眷顧，更與別妃不同。而莊妃費盡心機才得到皇太極再度垂顧，再不像過往那般矜持自重，等閒看之，每每服侍，必盡心盡力，曲意承歡；且她這番苦心，原只求遮過自己懷孕之醜，倒並非意在爭寵，故而不爲己甚，每每勸皇太極分澤於其他諸妃。於是衆妃感激涕零，益發推她爲重，尤其東西諸宮那些素向不得志的妃子，更加感戴莊妃眷顧之恩，凡有疑難，大事小情都願與她相商，大玉兒在後宮的威望日益高昂，雖然名列五宮之末，其實在衆妃心目中的位置已經遠居諸妃之上，足和中宮比肩。

那哲哲原本是有城府沒心機的人，又向和大玉兒親密，以她爲膀臂的，雖然漸也察覺莊妃令行禁止，頗有些自作主張取代自己之勢，卻深知皇太極爲人最重禮法，絕不至廢后另立，況且大玉兒只是在妃子間受歡迎，真論邀恩，尚不及海蘭珠之萬一，故而並不放在心上，反而益發將諸事調度交與大玉兒，而莊妃也盡心悉意，必將每一件事處理得妥妥當當，使宮中后妃有口皆碑，唯她馬首是瞻。

第十七章　桂花樹下的天仙女子

七月，海蘭珠誕下皇八子，皇太極眷愛非常，大宴三日，並特頒大清朝第一道大赦令，使萬民共賀，普天同慶。滿朝上下，俱已心知肚明，這位得天獨厚的小王子，將來必會立為儲君，繼承帝位無疑了。

但是海蘭珠自己，倒並不見多麼開心。

她這是第一次生產，已近三十「高齡」，從懷孕到生產所經過的，是一條極為漫長痛苦的辛酸路，但也習慣了。每每疼起來，都好像生命沒有盡頭的樣子，巴不得它趕緊結束——而一旦果真結束了，她卻又若有所失，身上心裏空落落的，這才知道當一個女人做著母親的時候，當那個將要稱她做母親的孩子還寄存在她體內的時候，這女人是多麼地充實有擔當。

她拒絕去看那個哇哇哭泣的孩子，因為他竟然這樣毫無留戀地離開了她的身體，變成另一個獨立存在。

海蘭珠的性格裏原本是有著一些不講理的任性的，她擁有一件所喜愛的事物時，總是竭盡全力以一種最徹底的方式盡可能地完整擁有——當母親擁有孩子，是在孕育期裏最為包辦容納，密不透風的。那時候他是她一個人的，只有她可以感受他的心跳，舉手投足，他依仗著她的生命而生存，每一次呼吸每一次心跳都是因爲她。

然而現在，他自由了，獨立了，成爲一個完整的人，告別她的身體，以一種連她也不能預知的姿態與她對恃。這就是她的兒子麼？他會一天天長大，離開她，離得越來越遠。

她有一種異樣的揪心。在這個舉宮歡賀，萬民同慶的時刻，她的心裏充滿的，卻是一種深沉的近於絕望的無力感。她甚至從兒子的小臉上，清清楚楚地看到了兩個字——悲劇。

她開始失眠，沒完沒了地做惡夢，醒著也會看到奇奇怪怪的人穿著奇奇怪怪的衣裳在奇奇怪怪地舞蹈。她哭泣，揮著手厲聲叫那些鬼魂走開，她趕走那些自稱是後宮主人的無主孤魂，求她們給她安寧。

但是她們漠視她，沉浸在自己的世界裏，說著她聽不懂的語言，哭笑無度，揮灑自如，爲著自己的悲歡而絮絮。她們穿著三秦五代唐宋元明的衣裳，釵環叮咚，足履飄然，穿行在她的周圍，穿行在她兒子的周圍，以舞蹈的姿態向她招手，命令她加入她們，與她們共舞。

她不願意。她不肯放棄身邊的情愛，不肯放棄這得之不易的宸妃恩寵，不肯離開關雎宮和她的皇上，她沒日沒夜地與她們討價還價，呼喝她們，乞求她們，讓她們走開，放過她。她說：這不是你們的地方，你們走，我就算占了別人的地方，也只是占了綺蕾的，不是你們的！

皇太極爲了宸妃的不安而不安，看了太醫看巫醫，卻就是治不好海蘭珠的失眠症。還是素瑪提點了一句：格格夢中一直喊著綺蕾的名字，或許佛法無邊，可以給格格帶來好運的。

於是，不等滿月，海蘭珠便掙扎著起來，讓皇太極陪著、素瑪扶著，去禪房看了一次綺蕾。她說，只有綺蕾的琴聲，才可以爲她帶來寧靜。

綺蕾在拜佛。

前朝的風雲變幻，後宮的爭寵邀封，都全不與她相關。

她已經是這紅塵之外了斷青春華豔的一個悟道者，是放棄了所有的名利財勢與恩怨情仇的檻外人。兒子死了，察哈爾降了，額哲娶了大妃的女兒，皇太極已經登基稱帝，海蘭珠接替自己的位置住進了東宮，並且終於順利地生下了皇八子，每個人都有了自己的歸宿和位置，她活在這世上的使命已完，再也不必爲任何人任何事憂心縈懷了。

一生之中，她從沒有像現在這樣輕鬆，這樣自在，這樣了無牽掛。她再也不做噩夢了，她把那些糾纏都留在了關睢宮裏；她再也無所求無所怨了，她所有的祈求都有了結果。

然而，她眼中的精氣神兒卻也因此散了。

她依然美麗，可是已經沒了從前那不可直視的豔光，她依然俏如春梅，卻只是一株沒有香氣的梅花，沒有了以往那種凌霜的冷傲清華。

偶爾午夜夢迴，或許她會記起，某一年的某一天，曾經有一個男人，對她許下終生的諾言：私逃出宮，天涯海角，永不分離。

然而她拒絕了，就像她拒絕大清建國皇帝的寵封一樣，她也拒絕了十四爺睿親王的愛惜，她是連自己心底最強烈的願望也要拒絕的，爲了她的察哈爾。

而今，察哈爾已經成了一個虛空的名頭，屬於大清國的一部分，她終究是保全了它，還是徹底失去了它？難道她以往所做的一切，刺殺、入宮、失子，都只是爲了幫助皇太極多征服一個部落？

那天，皇太極陪著海蘭珠來到御花園，在碾房之外遇到了她，他看著那昔日的愛妃，只覺恍如隔世。登基之後，他雖然無法給她任何封號，卻下諭免去了她的舂米苦役，許她另闢禪房獨自清修。然而她卻自願仍然住在碾房，不戀奢華，拒絕安逸，也拒絕他的恩寵與眷顧。他的至高無上的地位，權傾天下的榮光，在她的眼中似乎都不值得一哂，即便此刻，她看著他，眼中也全無敬懼崇仰之色，也許在她清心寡欲的情懷裏，只有高高在上的薩滿神位才是她唯一的皈依，唯一的想念吧？

皇太極覺得落寞，彷彿有滿腹的話要說，卻又覺得對著這樣的一個世外仙姝，不論說什麼都是多餘而且無謂的，他看著她，面前隔著一截短短的漢白玉拱橋，卻彷彿隔著天塹銀河。流淌在他們之間的，是濤濤的歲月，如花的流年，以及言述不清的恩怨和糾纏。他和她，曾經有過一個共同的孩子，然而那個孩子不等出世便夭折了，於是也割斷了他們最後的聯繫。

現在，他又有了一個孩子，一個他視若珍寶的兒子，一個他心目中皇位的繼承人。而那孩子的母親，正承受著綺蕾曾經承受過的不安與驚夢。他是為了他新生子的母親來探訪她的，他們之間本來已經沒有了恩也沒有了怨，然而現在，他卻要向她乞恩來了。他如何面對她？如何啓齒說明來意？

三人之間，唯有海蘭珠是真正心無芥蒂的。她一派天真地招著手，氣喘吁吁卻是親親熱熱地拉住綺蕾的手說：「好妹妹，我好久沒來看你，你怨我不？前兒我叫素瑪送來的喜餅糖酒，你吃著可好？你若喜歡，我叫素瑪多送些來。」

綺蕾抬手拂去海蘭珠肩上的落花，平和地答：「多謝惦記，出家人不貪口福之欲，飲酒更是於我不宜。但我已經供在佛前，爲娘娘祈福。娘娘喜得龍子，千祈保重金安，切勿大意。」

海蘭珠不好意思地指著自己的肚子低頭笑道：「整個人散遝遝的，很難看是不是？」

綺蕾輕輕搖頭，凝視著海蘭珠，語重心長地道：「做母親是一個女人一生中最偉大的成就，卻也是最艱險的任務，望子成龍，一日不可輕心。」

皇太極聞言一驚，想起綺蕾當年懷子七月而終於小產之難，忽覺綺蕾似乎話外有音，不禁注意地向她看了一眼。

海蘭珠卻是全無心機，只拉著綺蕾絮絮地說著她的夢境與困擾。論年齡她其實大著綺蕾幾歲，而且已經做了母親；然而兩人在一起的時候，綺蕾看她的眼神卻充滿祥和縱容，彷彿對著一個小孩。

皇太極倚著一棵桂花樹站著，看這兩個長相酷似而性情各異的麗人閒話家常，只覺所聞所見，彷彿天上人間最美的一幅靜畫。總是海蘭珠說三句，綺蕾難得答上一聲，可是兩個人在一起，偏有一種言語形容不出的和諧靜美，讓人的心覺得安逸，勝敗與得失都變得微不足道，人生的至大享樂無非是對著滿樹桂花，一雙佳人。

驀然一陣清風拂過，驚動得桂花繽紛，落紅成陣，皇太極脫口道：「久未聞仙子佳音，可肯爲朕撫琴一曲，以賀宸妃？」

綺蕾微微遲疑。皇太極已覺後悔，便是從前他與綺蕾朝夕相伴之時，再四央她彈琴也難得如願的，況且如今兩人已經仙凡殊途，自己對著一個出家人提此要求，未免失禮。

然而綺蕾只是微一錯愕，便婉然答：「這就爲皇上取琴來，只恐拙劣之音，有辱聖聽。」說罷轉身回房，果然抱了琴出來，便置在桂花樹下，以水淨手，燃起沉香，十指輪撥如蝴蝶穿花，行雲流水地彈奏起來。

皇太極靜息聆聽，悠然神往，看著桂花樹下撫弦而歌的綺蕾，益發覺得她不像一個真人，不像一個真正活在這世上的血肉之軀，她的心太高太遠，她的眼睛又只對著自己的心，即使一個帝王的愛情也不能使她溫軟。他看著她手中的琴弦，那琴弦，曾經勒緊自己的頸項，將一段柔情從此斷絕，讓他和她永成陌路。不是他貶逐了她，而是她先拒絕了他，在她面前，他從來都是軟弱而無力的。

他曾經深愛她，她曾經痛恨他，而如今兩個人沒恩也沒仇了，卻可以重新平平靜靜地坐下來，彈琴，聊天，做朋友——通過海蘭珠，皇太極在遠離了綺蕾之後，終於又在另一個極點起步，向她跨近了一步。這就是命運的撥弄麼？

皇太極長歎一聲，又看一看立在綺蕾身後的海蘭珠，她的眼睛那樣明亮，笑容那樣恬淨，她是上天賜給自己的最豐厚的禮物，是對於綺蕾的峻拒所給予的一種補償，她是代替綺蕾來陪伴自己、安慰自己的，她甚至替綺蕾終於爲自己生下了一個可愛的兒子。自己已經永遠地失去了綺蕾，可再也不能失去海蘭珠了。

想著，忽見海蘭珠眼中淚光一閃，竟是傷心欲泣的模樣兒，不禁走近一步，握了她的手，輕聲道：「好端端的，怎麼傷起心來了？」

海蘭珠嚶嚶地道：「我看著綺蕾這樣子，忽然想起那年她教我彈《霓裳羽衣曲》的事來了。她說霓裳舞是楊貴妃脫了道服入宮後做的，這才隔了幾年，她自己倒穿起道服來了。」說著眼中滾下淚來。

皇太極一驚，愈發感慨造物弄人，世事無常，耳畔忽響起綺蕾那年唱的《水調》來：「山川滿目淚沾衣，富貴榮華能幾時？不見只今汾水上，唯有年年秋雁飛。」心中忽忽若有所思，卻不便說什麼，只道：「你身子弱，禁不得風，站這一回也該累了，回宮吧。」

海蘭珠也自神倦力竭，遂點頭允諾，素瑪傳了軟椅來，抬著回宮。那日以後，海蘭珠果然安心多了，不再莫名其妙地哭泣，也不再做那些含含糊糊的怪夢。

皇太極感念綺蕾之恩，明知她不重賞賜，只叫陸連科記著，每月按時送鮮花果品與綺蕾奉佛，並再次下旨另闢禪房，又親自選了兩個宮女過去侍候。

綺蕾固辭無效，只得擇日遷入，然而派去的宮女，卻終是拒絕，說是出家人豈可自視清高，奴役他人，倘使不能抗命必得接納她二人，也只可視爲同道，寧可反過來照顧她們的。皇太極知不可強其志，也只得罷了。

轉眼立冬，算日子莊妃有孕已經七月，當年侍候過綺蕾的趙太醫住進了永福宮。他驚訝地發現，其實自己的侍奉根本是多餘的，因爲這位莊妃娘娘的醫藥知識遠比一般老中醫還要豐富，幾乎每每自己開方治藥，她都要親自驗過藥方，酌爲增減，而用藥之準，心思之細，似乎更在自己之上。

趙太醫悄悄將這一奇事告訴了傅胤祖，又道：「我診出莊妃娘娘的脈象沉穩，身孕似乎不止七月，竟是臨盆之象呢。我曾出語試探，娘娘說是因爲吃了補藥的緣故。她有時與我討論起醫理來，竟是滔滔不絕，思維綿密，針插不進的。」

傅胤祖聽了，點頭歎息，半晌，忽然說了一句十分奇怪的話：「果然是她。」隨即再三叮囑趙太醫，這件事再勿向他人提起，否則難保不會言多有失，惹禍上身。趙太醫聽了，更加不明白，卻唯有唯唯諾諾，點頭答應。

這日，大玉兒閒坐無聊，往關雎宮來探宸妃，姐妹兩個坐著親親熱熱地說了一回話。因小阿哥醒了，海蘭珠便抱起來方便奶媽換尿布。

大玉兒羨慕道：「皇上心疼你，許阿哥同你住在一處，不像我，淑慧沒多大就被抱出宮去，我天天夢裏頭都聽見她哭，那陣子心裏真是悽惶。」

海蘭珠笑道：「皇上啊，倒不是心疼我，心疼阿哥倒是真的。就算我捨得把阿哥交給奶媽帶，皇上自己也不肯答應的。他說征戰半輩子，生了這些個阿哥，就數八阿哥長得最像他。」

奶媽子也在一旁附和著道：「說的怎麼不是？男人疼孩子，我看得多了。可是像皇上疼八阿哥這樣兒的，真就還沒見過呢。有一回半夜裏阿哥醒了，也不哭也不鬧，所以連我們也都不知道。皇上睡在夢裏不知怎麼倒給知道了，叫醒我們說：八阿哥該換尿布了。我起來一看，娘娘猜怎麼著？八阿哥眼睛骨碌碌轉著，瞅著人嘻嘻笑呢，打開尿布，果然尿個精濕。人家都說母子連心，卻原來這父子也通著骨頭連著筋兒呢，我們都說到底是皇上，疼起兒子來也和凡人不一樣，連夢裏都睜著一隻眼呢。」說得海蘭珠和大玉兒都笑起來。

大玉兒伸手道：「讓阿姨抱抱。」遂抱過來逗弄一回。小阿哥先還瞪著眼看人，忽然嘴巴一扁，彷彿針紮一般大哭起來，倒弄得海蘭珠不好意思，忙抱過來交還奶媽說：「大概哥兒餓了，你抱他下去餵奶吧。」又問大玉兒：「淑慧格格的感冒好些了沒有？我因爲哥兒太小，也不敢去看看。」

大玉兒歎道：「別說是你，竟連我這個當娘的也不能去看，太醫說怕我著了病氣，過給腹中孩子。只得一天三遍地遣人去問候一聲兒罷了。」

海蘭珠道：「太醫也是好心，到底小心些總沒錯處。」恰時丫環進來報說東西側宮幾位妃子相攜來訪，海蘭珠忙命快請。

於是一路聽得釵環清脆，繡鞋踏地，五六個妃子並丫環嘻嘻哈哈地擁進來，頓時將關睢宮擠得水泄不通，都說來看看八阿哥，沾些喜氣。海蘭珠只得重新命奶媽將小阿哥抱出來拜見各位娘娘，眾人見小皇子生得虎頭虎腦，眉清目秀，雖是不足歲的襁褓嬰兒，可喜竟不懼人，因此無不喜愛，爭著說些吉慶讚美的吉利話兒。

說來也奇，那八阿哥眼神清明，笑容可掬，舞手紮腳地要人抱，唯獨一到大玉兒面前，便縮臉擠眼，做出要哭的樣子，嚇得奶媽趕緊抱開。

大玉兒坐不住，心想人家說新生的孩兒眼睛乾淨，嘴裏雖然說不出，其實心裏什麼都明白，難道竟是真的？自己的計畫便是多爾袞面前也不曾明言過的，這小小嬰兒倒未卜先知不成？遂佯推身子不適，告辭回宮。

一路上越想越氣。自己和姑姑、姐姐共事一君，鼎足三立，然而先自己入宮的姑姑做了中宮，後自己入宮的姐姐做了東宮，一個是現成兒的皇后娘娘，一個是未來的皇太后，自己呢？自己算什麼？皇太極竟為了一個初生的孩子頒出大清第一道大赦令，萬民同慶，這無異於頒了一道立儲遺旨，遍告天下，八阿哥將來必是大清皇位的繼承人，要坐主江山的。看那些妃子們簇擁著海蘭珠母子的諂媚樣子，分明也都看清楚了這一點。她們的眼裏，哪裏還有自己呢？海蘭珠的兒子登基為帝，自己的兒子怎麼辦？就像多爾袞對著皇太極那樣，把本來屬於自己的帝位拱手相讓，再為了一個奪位仇人浴血沙場，鞠躬盡瘁嗎？

想著，且不急回宮，徑往御花園來，意欲散散步調養胎息。太醫按時間掐算說她已有七八個月的身孕，她卻自知臨產日近，但為不使人起疑，又自恃身子壯，故意裝出一副身手敏捷的樣子，雖不必早請安，卻時常往各處走動。

昨日剛下過雪，園裏人跡罕至，梅花香得驚人。大玉兒暗暗歎息，心想今年比往年雪下得更早，也更冷，滿宮裏防感冒不敢出門兒，竟把梅花也誤了，真可謂因噎廢食。

一路循著梅花香氣行來，順腳兒走至西華門角，也是合該有事，行經值房，忽聽內裏傳出爭吵聲，大玉兒見是小太監的住處，料想不過是奴才們內訌，原不欲理睬，正要走開，卻聽到其中一個女孩子的聲音頗為耳熟，竟像是娜木鐘房裏的釵兒，便站住了，掩在一棵老槐樹下，靜聽裏面吵些什麼。

這御花園後角西華門兩旁各有一排房屋，左膳右茶，御膳房供應滿宮裏兩頓正餐，排場大，活計多，可是有鐘有點兒；御茶房除了早點宵夜外，還要侍候娘娘們心血來潮的下午茶，甚至各房丫頭的體己小灶，又瑣碎又操心，且慢不得粗不得，一個招呼不周，不定碰著誰的霉頭，派個「看人下菜碟」、「狗眼看人低」的罪名兒，就是一場好鬧。然而也有便利處——就是隔三差五可以偷個嘴兒，孝敬相好的丫頭宮人，且出入宮門也方便，故雖在二門外，難得親近天顏，卻比裏邊侍候的另有許多得益處。

那與釵兒吃對食兒的太監福子，便是這御茶房的跑腿兒，答應宮裏傳茶遞碗的，夜裏便睡在西華門掖角上的值房裏——這門除了採購太監出入，等閒不開，故並不另派侍衛看守，只是太監們輪班值夜——當日多爾袞爲著綺蕾下重金收買了福子裏應外合，便是看中這一點方便。

那福子是個心靈嘴巧，八面玲瓏的角兒，年齡又輕，生得唇紅齒白，戲台上小生一般，又天生的會做低伏小，甜言蜜語，最會賣乖討好兒。爲著他爭風吃醋的宮女原不在少數，那福子又是個多情的，對誰都不肯咬死口兒，又對誰都不肯撂開手兒，那日爲著陸連科出面調停，當著釵兒面應承與朵兒斷了，心裏到底不捨得，遂藕斷絲連地，隔三差五送些花粉頭繩獻殷勤兒，一來二去，竟和關睢宮新請的奶娘又勾搭上了。釵兒不知從哪裏得了消息，哪裏肯讓，也不顧光天化日，大白天地便冒死找到值房來與福子理論，說是「你既和我好，便不該再勾三搭四；便要勾三搭四，也不該再吃回頭草，況且吃著鍋裏望著盆裏，和朵兒那不要臉的賤人勾上了不算，還要和奶娘打通夥兒來欺瞞我一個，誰看了不笑話？如今我豁上性命不要，大家撕破臉來，好好地鬧上一鬧，不叫那賤人和奶娘兩個四腳朝天，見不出我釵兒的手段！」

莊妃愈聽愈驚，心道深宮後苑，竟然有這男盜女娼的勾當，成何體統？自己若破門叫出二人來教訓，卻又羞於啓齒，連自己也沒體統；待要走開，又覺不捨，且心中隱隱覺得，這裏藏著一個天大契機，將有助於自己完成絕世心願。

正自猶豫，可巧忍冬因見她久不回宮，不放心，出門來找，遠遠看見，大喜叫道：「娘娘，叫我好找，原來卻在這兒。大冷的天，站在這雪地裏，凍著可怎麼好？」

裏面人吃了一驚，頓時鴉雀無聲。莊妃也不說破，故意應道：「這梅花香得驚心動魄的，就忘了冷了。你不說我倒還不覺得，站這半晌，真凍得腿都木了。」說著轉了身做出要走的樣子，卻足下延俄，有意試探那不知死的奴才可懂得見風使舵。

果然未及行得兩步，門上吱啞一聲，福子共釵兒兩個搶步出來，也不顧雪水泥濘，一聲兒不響，只管跪下磕頭。忍冬倒嚇了一跳，驚問：「是怎麼了？」

福子忙再磕一個頭，道：「求娘娘可憐，若娘娘要奴才死，奴才再沒活路。」又向忍冬打千作揖地道，「求姑娘說情，千萬留我們一條狗命。」

忍冬約摸猜到，吃了一驚，啐道：「你們兩個作死！幸虧是我們娘娘，若是旁人，這就剝了你們的皮。」

莊妃卻和顏悅色，輕鬆地道：「這說的是哪裏的話？平白無故的，我要你們的皮做什麼？難不成宮裏沒鼈子皮做衣裳麼？」

福子聽莊妃語氣中若有玩笑之意，不知何意，唯更加磕頭不迭。釵兒卻是凜然無懼色，直挺挺跪著，一副豁出去不管不顧的神氣。

莊妃看了，倒不禁暗暗點頭，心知需得再給點鼓勵方可收服，遂道：「這不是貴妃屋裏的釵兒麼？我和你主子情同姐妹，她的丫環便和我的丫環一樣，打落牙齒和血吞，只有替你維護的理兒，沒有讓你吃虧的理兒，你有什麼委屈，說出來，我替你做主便是。」

釵兒起先本著拚死無大礙的一股子猛勁兒，只想這回死定了，索性豁出去，及至見莊妃語氣緩

和，存了僥倖之心，反倒軟服下來，流淚回道：「是伴夏姐姐說的，叫我到園子裏采梅花，要給娘娘做點心。所以我到園裏來，和福子遇上，白拌了兩句嘴，驚擾娘娘，求娘娘饒命。」

莊妃知不可強問，並不追究，只順著她話頭道：「貴妃又有新鮮主意，要吃梅花點心麼？」

釵兒叩頭道：「娘娘若喜歡，我便多采些梅花，叮囑廚房多做一碗出來，晚些送給娘娘。」

莊妃見釵兒如此知機乖巧，倒心中讚歎這丫環著實難得，遂點一點頭，笑道：「便是這樣，晚上你來時，我叫忍冬給你留門，不要驚動旁人，悄悄兒地送來便好。」說罷轉身離去，竟不再多話一句。

福子不知是福是禍，只看著釵兒發愣。忍冬也是不解，但她習慣了只要莊妃不說的便不聞不問，遂扶著莊妃走開。

莊妃面帶微笑，一尊佛般地平和慈愛，手撫在自己高高鼓起的肚子上，隔著肚皮撫摸著自己的兒子，未來的大清皇帝。只有他，才可以繼承大清的無限江山，並且把這江山擴展得更大更遠，創萬代基業。她知道，他會做到的，一定會做到的！

隨著生產之期日近，大玉兒腹中所懷胎兒確定為男子，她的意志也越來越堅定，彷佛懷胎十月，肚子裏漸漸成長的不止是胎兒，同時還有仇恨和野心。

絕不能讓自己的兒子對海蘭珠的兒子俯首稱臣，這是自己的志向，也是多爾袞的仇恨！與多爾袞翻雲覆雨之際發過的那句誓言一直響在耳邊，且愈來愈洪亮，愈來愈堅定：「你是皇上，我是皇后！大清是我們的！天下是我們的！總有一天，我會和你稱王稱后，坐擁天下。」

稱王稱后，坐擁天下。如何稱王？如何稱后？弒主謀反，奪朝篡位嗎？當今大清戰事連綿，國力尚虛，若要起內戰，非但沒有必勝把握，甚或可能被外敵趁虛而入，坐失江山。

那不是她大玉兒所爲，不是一個巾幗天子女中豪傑的見識，她不是那種鼠目寸光只顧眼前的娘們，她要母儀天下，就得高瞻遠矚，雄才偉略，忍常人之不可忍，更要爲常人之不可爲。她不僅是自己要享一時榮光，更要讓未來的兒子享萬世江山。

兒子！這個兒子才是真正的天龍！他是自己向海蘭珠要回萬千寵愛的法寶，更是多爾袞向皇太極討還大清江山的憑藉，他是上天的旨意，是神的使命。無論把他視爲多爾袞的骨肉也好，當成皇太極的血脈也好，他都有足夠的理由稱王稱帝，一統江山！他，才是真正的大清皇帝！

所有擋在兒子登基路上的障礙，她都要替兒子掃除；所有違逆自己坐擁天下意志的人和事，都是自己的敵人；而釵兒和福子，卻是自己射向敵人的兩支箭。

掌燈時分，釵兒果然悄悄地提了一隻食盒來到永福宮，忍冬已在等待，見她來，一聲兒不問，徑直領進來見莊妃。下人們早被支開去，連忍冬領進釵兒來見了禮，也以倒茶之名走開。

釵兒遂跪下來，打開食盒，獻上一盤梅花餃道：「娘娘不殺之恩，釵兒死不足報，若有驅遣，絕不敢違。」

莊妃暗暗驚心，好丫環，被我抓到這樣致死的把柄，不說求我饒命，倒來表忠心了，分明知道我這樣待她是另有所圖，跟我做生意來了。若留下她來，早晚是個禍害。等借她的手完了我的願，第一件事就是封了她的口才是。打定主意，遂誠心誠意地拉起釵兒道：「你是個聰明孩子，也是個多情的，那會兒在園子裏，你們的話我已盡知了。我和你主子不一樣，最是個圖省事的，不肯輕易讓大家撕了面皮，傷了和氣。然而這件事既然讓我知道了，少不得就要設法平定了，神不知鬼不覺地大事化小，小事化了，不然傳出去，大家面上都不好看，深宮內苑的，竟容奴才這般胡鬧，可還有規矩沒有？」

釵兒見莊妃義正辭嚴，又羞又怕，又不明所以，只得重新跪下，流淚道：「釵兒知錯了，求娘娘教給釵兒，只要逃過眼下這一劫，釵兒來生做牛做馬報答您。」

莊妃歎氣道：「糊塗孩子，快起來，我若不幫你，又叫你來做什麼？這件事若不了，早晚鬧出來，還是逃不過一死。原本也不是大吵大鬧的事，除非一方走了，眼不見心為淨，才真正大家平安無事呢。我是斷捨不得你走的，可也不能無緣無故地叫關睢宮的出去，若是明白說出來，又不是幫你了。所以倒要想個妥當辦法，隨便捏個錯兒，讓人走了便是，於大家顏面上都好看。我這樣做，也是為了宮裏的體面，不全是為了你，這個，你要明白，以後做人做事須得小心謹慎了。」

釵兒哪裏還有話可回，唯磕頭稱是而已，又道：「娘娘肯這大干係保全我，釵兒若還不知錯，還是個人嗎？娘娘大恩，釵兒粉身碎骨也難報答，娘娘若看我還有點可用之處，便榨骨吸髓也是願意的。」

莊妃笑道：「好丫頭，真個伶俐懂事會說話，難怪你主子疼你，肯用一根釵子換你。連我看到你，也忍不住想向你主子要了你來，天天跟我做伴呢。」

一根釵子換丫頭原是釵兒生平至得意之事，如今見莊妃也鄭重提起，不禁臉上浮起得意之色。莊妃察言觀色，知她再無防逆之心，遂取了一小包藥粉在手，叮囑道：「這包粉末，叫回奶散，是大戶人家媳婦給孩子斷奶時回奶用的，只要抹一點點在乳頭上，奶水就停了，最是乾淨爽利。」

釵兒猶自不解，欲接不接地。莊妃笑道：「糊塗丫頭，那奶媽若是沒了奶，關睢宮還留她做什麼呢？便連旁邊侍候的人，也會派個疏忽不周之罪。」

釵兒這方恍然大悟，趕緊接過來揣在懷中，淚流滿面地謝道：「娘娘這樣幫我救我，真叫釵兒無話可說，便是連下輩子搭上，也報不了恩的。」

莊妃又叮囑道：「這件事，連福子也不可以告訴，一個不妨，就是幾條人命。你趁洗衣晾衣的時候，找機會悄悄把藥粉抹在奶娘的貼身小衣上，不叫一個人知道。事成之後，你在福子的值房等我，記得提前遣走旁的人，我還有事要託付你。」說罷，故意沉吟半刻，方緩緩地道，「福子是十四爺心腹的人，到時候，記得聽著門，讓十四爺進來。」

釵兒一驚，自謂這樣隱密的事娘娘都不防我，自然當我是心腹知己了，難怪要幫我，原來也是一樣的人，要借我來替她搭橋鋪路，早風聞莊妃娘娘和睿親王爺有交情，原來竟是真的。想今後有了這個倚仗和把柄，自己和福子的事那就等於過了明路了，還有什麼可懼的？遂得意非常，再無一絲疑憚，只將藥粉收妥，磕頭謝恩而去。

第十八章　稱后路上的第一個犧牲品

崇德三年正月廿七日，夜色如鐵，彷彿敲上去會有冰冷的金屬聲。整個盛京後宮都睡熟了，連守夜的更夫敲梆子的聲音聽上去都像是夢囈。

御花園有吱呀的開門聲，壓低了嗓子請安的諂媚，太監和宮女偷情慶功的蕩笑，以及來不及發出聲響的臨終驚吼。有兩對瞳孔幾乎是同時地放大了，看著眼前那個臉色如冰的男人，那偉岸的王爺，那個他們苦心巴結的靠山，那閻王的使者，那個一言不發血刃相見的殺手。他們甚至沒有來得及問他一聲爲什麼，就已經化作了兩條枉死的冤魂，匆匆奔赴九泉，正應了他們曾經的誓言：不願同年同月同日生，但願同年同月同日死。

清寧宮照舊是清冷安寧到靜寂的。哲哲早早地睡了，天冷，覺卻長了，迎春守在外間炕上，警醒地聽著屋裏的聲音。大妃每晚三更必會起夜，這是上了三十以後就有的毛病，她自己也覺得窘，並且因爲窘，便尤其不耐煩迎春答應得慢了。倘若大妃已經起了炕而迎春還不見進來，必然是要捱罵的。所以每晚睡下，迎春前半夜總是半醒著的，要等到侍候大妃起過夜了，才能夠真正睡得沉。日子久了，便也成了習慣。

永福宮和往常沒有什麼兩樣，太醫和丫環各自安寢，莊妃通常晚上要看一會兒書才睡下，便是大腹便便也不曾改變。今晚她看的是《三十六記》，正讀到「借刀殺人」一則。很早就看過了的，如今再看一回，讓心裏踏實。看過了，踏實了，便睡了，並不曾多說多問過什麼。

麟趾宮門關得早，關門的時候伴夏發現釵兒不見了，猜也猜得到她的去向，暗暗歎了一聲，不敢聲張。貴妃問起的時候也替她遮瞞了過去，何必呢，張揚開來，大家都不得安心。臨睡前又悄悄起來，將門栓子拉開留得一縫，心裏說天保佑那蹄子快些回來，別只顧作死忘了時辰。

衍慶宮裏的淑妃這幾天身上不痛快，夜裏起了幾回換裏身布條子，肚子疼得躺不住，叫剪秋幫忙揉著，便歎了口氣：「疼得倒像是人家有身子的要生產似的，偏又沒懷上。後宮裏這一年來那麼多妃子有孕，連東西兩宮那些人也都喜氣洋洋的，偏我一點動靜沒有。」

剪秋早聽慣了主子的這些自怨自艾，也說慣了勸慰的套話，偏今夜不知怎的，想起新故事來，竊竊地笑道：「娘娘便沒有一男半女，也好歹是衍慶宮裏的正頭主子，那起東西宮的側妃又敢怎的？要說懷不上孩子，我倒想起十四爺來，聽說十四爺和他們府裏的好多丫環都有手腳，可是這些年來，就沒生出一點骨血來。非但那死了的睿親王妃抱怨，那些癡心妄想等著一舉得男或許便可扶正了的丫頭們也都懊悶著呢。」

巴特瑪還是第一次聽見這話，訝道：「十四王爺和自己府裏的丫環們很不妥當嗎？」

剪秋笑道：「娘娘沒聽說麼，整個盛京皇城，就屬睿親王府的丫環又多又漂亮，簡直環肥燕瘦，無所不有，十四爺就跟那些大戶人家收古董的一樣收著那許多美女兒，明著說是丫頭，其實都算是小老婆。合府裏大小通吃，整個就是小後宮麼。」

巴特瑪笑道：「果然有些我自為王的味道。睿親王妃死了這許久，皇上幾次勸十四爺納福晉，十四爺只說國事當前，私事當後，卻原來背地裏這樣風流快活。」忽又問道，「這些個閒話，你卻是從哪裏聽說的？我在後宮裏就跟瞎子聾子一樣，萬事不知，你倒耳目通天的，哪裏來的這些笑話兒？」

剪秋臉上一紅，豈敢說出自己是從大太監陸連科處得知、陸連科又是從王公大臣處聽來，只好含含糊糊地道：「也是聽人家瞎說……」一語未了，忽然聽得門外大亂，又哭又叫，倒像有千軍萬馬一般，忙起身叫醒其他宮人，開院門問時，卻說是關睢宮出事了。

關睢宮裏一聲淒厲的慘叫之後，緊接著哭聲震天，足聲雜遝，整個後宮都被翻騰起來了。宸妃娘娘哭得死去活來，連皇上也赤著足滿地裏奔來奔去，紅著眼睛喊打喊殺，守衛們衝進來，所有的下人都被悉數捆綁，說要究查原因——八阿哥死了！是突然暴斃的！是中毒死的！是中了鶴頂紅的毒死的！

同時中毒的，還有八阿哥的奶娘！而毒液，來自奶娘的乳頭！

八阿哥是在吮吸奶娘乳汁的時候忽然痙攣而死的，奶娘被捆起來扔在房間一角等待發落，她哭著叫著表白著，然而聲音漸漸微弱，當人們發現她情況有異時，她已經死了，乳頭潰爛，口角流血。

起初宮人們還以為是畏罪自殺，但是太醫很快發現奶娘的死和八阿哥的死因一樣，是由於中毒，鶴頂紅的毒。這才想起要翻查奶媽全身上下，結果發現毒液就在她的奶兜上，隨著奶汁的洇濕而發作開來，毒死了吮奶的八阿哥，也毒死了奶娘自己。

奶娘死了，再沒有人知道那毒液是誰塗抹在奶兜上的；其實就是奶娘活著，她也想不通怎麼會平白地中了毒，且是鶴頂紅那樣罕見的劇毒。

「鶴頂紅！怎麼會有鶴頂紅！是誰下的毒？是誰毒死了我的八阿哥！」皇太極幾乎瘋狂了，揮舞著雙手，大喊大叫著，就是前線戰事最吃緊最危急時也不曾叫他這樣失色。

海蘭珠死死地抱著兒子，不肯讓任何人奪走他，她不相信兒子已經離開了自己，她不相信這麼小這麼可愛的兒子會死——死？那是多麼遙遠的事情。兒子才只有幾個月呀，他才剛剛會含糊不清地叫媽，還沒有學會說話呢。他得學說話，學寫字，學騎馬，學射箭，學習怎麼做個好皇上。他是未來的皇上呀，他是天子的兒子呀，他怎麼會死？

她抱著兒子，輕輕呼喚著他，搖晃著他，甚至不敢動作稍大一點，她想他是睡了，她怕驚了他，弄疼他。眼淚從她皎潔的臉上滾珠一樣跌落下來，她哽咽著，可是不哭。

她不哭，她爲什麼要哭啊？兒子這麼可愛，這麼會逗她笑，她抱著親愛的兒子，怎麼會哭呢？

太醫跪著請求：「娘娘，八阿哥已經去了，您放下他，讓老臣爲他清理一下吧。」

去了？去了是什麼意思？海蘭珠癡癡地抬起頭，恍惚地看著太醫，不明白他在說什麼。她發現自己忽然失聰了，起先還只是聽不懂太醫的話，漸漸就什麼聲音也聽不到了，她有些知覺，發現素瑪在搖晃她，在哭，但是漸漸素瑪的臉她也看不清了，她看不到素瑪，看不到皇上，也看不清兒子，她只是抱著他，感覺著他——感覺著他的身子越來越冷，僵硬如鐵。

她忽然明白過來死是什麼了。死就是一團冰，一塊鐵，就是了無聲息，就像懷中的兒子。

海蘭珠終於放聲驚叫起來。那是多麼慘烈的不可置信的一聲驚叫呀，它是一個母親心碎的嘶喊，更是她對上蒼憤怒的聲討。

然後，海蘭珠就暈死了過去。

素瑪大哭著，宮人也都哭著，連皇太極都帶著哭腔，胡亂地下著命令：「救醒宸妃，救醒阿哥，快救醒他們啊！」

宸妃可以救醒，可是八阿哥再也救不醒了。

這小小的襁褓男孩，這個皇太極最鍾愛的兒子，這大清王朝未來的皇帝，就這樣不明不白地暴死了，尚不足滿歲。

八阿哥的死，就這樣成了大清建朝後的後宮第一宗懸案。緊隨著他之後的，將是更多的殺戮，更深的心機，最辣的陰謀。

他並不是宮廷奪位的第一個犧牲品，也決不會是最後一個。

然而，他卻是他母親唯一的摯愛，是海蘭珠的命。

從哭出第一聲後，海蘭珠便再沒有發出過任何聲音，只是無休無止地流著淚，對萬事萬物視而不見，聽而不聞。

她甚至沒有聽到，皇太極對著一眾宮人下的格殺令。

那是事發之後的第二天早晨，皇上廢了早朝，正於清寧宮與哲哲等商議爲八阿哥造棺發送等事。侍衛來報：當早班的小太監一進御花園，就在門口發現了太監福子和丫環釵兒的屍體，他們雙雙死在花園門口，看情形，是有人從園門裏進來用刀捅死的，手法很乾淨。讓人想不通的是，福子自己看守園門，怎麼倒會放人進來殺死自己呢？釵兒又爲什麼會和他死在一處？去？！」

皇太極不耐，揮手咆哮道：「兩個下人，死了也就死了，這些芝麻小事也來報告，還不快滾出去？！」

哲哲卻上了心，小太監和小丫環的死原無關緊要，但是死的時辰太蹊蹺，未免不簡單，況且他們一個是御花園的太監，一個是麟趾宮的丫環，能和八阿哥扯上什麼關聯呢？因阻道：「且慢出去，你說昨晚是福子值夜，他把守著後花園的門，怎麼倒會放個殺手進來？況且，三更半夜，釵兒跑到後花園去做什麼？貴妃，釵兒是你宮裏的人，你昨夜有派她去後花園麼？」

娜木鐘脹紅了臉，叫起來：「皇后這樣說，難不成是懷疑我毒死了八阿哥嗎？我的丫頭死了，我還不知道找誰要人呢，娘娘倒來問我？」

「你且別嚷。」哲哲喝道，「誰說你什麼了，你便大喊大叫。既然能在奶兜上塗毒，那麼這個下毒的人必然是後宮的人，而且是個女人。她的目的很清楚，就是衝著八阿哥去的，算準了奶兜上的毒液會在餵奶的時候洇開了，那麼就會隨著小阿哥吃奶也把毒汁吃進嘴裏去。這下毒的人斷不會是奶娘自己，她要下毒，用不著這麼費事，更不會把自己也毒死。所以這下毒的人還活著，就活在這後宮裏頭。其心如此險惡，若不清查出來，後面必然還有更大的禍患。」

然而皇太極暴怒至極，根本不想思考留情，只聽一句「下毒」，便喝道：「還查什麼？查出來，八阿哥能救得活嗎？凡有嫌疑人等，一概處死。」

眾人聽了，又驚又怕，都不敢出聲。太監立時通傳出去，讓侍衛進來抓人。反是哲哲不忍，勸道：「皇上三思，這斷不是關睢宮自己人做下的，道理明擺著，想要下毒，辦法兒多的是，何必費

事往奶媽的奶兜上打主意？況且能接觸到奶媽衣物的人也多的是，洗衣房的人有機會，來關睢宮竄門子的妃子，連同跟隨妃子的丫環，也都有機會。尤其是丫頭子們，她們正是愛笑愛玩的年紀，不管進了誰的宮，自然是主子同主子吃茶，丫環找丫環說話，前院後殿的哪裏去不得？奶媽是下人，媽媽的屋子她們更該去得了，抽冷子做點手腳，機會多的是。皇上倒不要冤枉了好人。」

然而皇太極只是聽不進，冷哼道：「好人？他們好好地在關睢宮服侍，卻害死了八阿哥，就是失職，就是該死！」

一時侍衛來到，逕往關睢宮拿人。眾人聽到口諭，只驚得癱倒在地，屁滾尿流，一行躲一行哭一行求，口裏只嚷「皇上饒命」。

朵兒拚死力掙脫一個侍衛，衝出宮門，大聲喊著：「皇上，奴才有話稟告。」迎面見到皇上正帶了哲哲等往這邊行來，不管不顧，直衝過來。

陸連科忙擋在皇上面前，喝道：「放肆！還不拿下！」隨即兩個侍衛跟隨上來，抓住朵兒一齊跪倒，向皇太極謝罪。

朵兒大哭高叫道：「皇上冤枉啊，這明明是釵兒和福子吃對食兒，嫉恨奶娘，害死了八阿哥，現在害怕了，畏罪自殺，與旁人無干。我們可是清白的呀！」

「吃對食兒」一說於皇太極卻是頭一次聽說，登時愣住：「後宮中竟有這等不成體面之事？朕在前線餐風露宿，出生入死，就是保衛後宮的安寧。你們不知感恩，竟然做下這等醜事！穢亂後宮！死不足惜！」遂怒向哲哲道，「都是你管的好家！」

哲哲聞言也是驚疑不定，又見皇上大怒，不敢再勸。連娜木鐘也嚇得呆住，不敢說話。巴特瑪更不消說，舌頭從來都只用來吃飯。其餘的東西兩宮側妃更不肯多嘴，生怕惹火燒身。一時眾人都念起大玉兒，要是這會兒她在就好了，必然會想些法子出來平解，偏她又臨產不來。

偌大院殿又是皇上又是妃子又是太監丫環又是侍衛，卻不聞得半點聲息，只聽得皇太極鐵一樣的聲音宣佈：「八阿哥猝死，關睢宮上下難逃其咎；麟趾宮的丫環和太監私通，穢亂綱常，該死！旁人知情不報，該死！朕意已決，來人，立刻將兩宮服侍之人悉數捆綁，押入值房，明日午時於鵠場處死！」

一句話，葬送了關睢宮和麟趾宮上下十幾條人命。

就這樣，爲了八阿哥，皇太極頒佈了大清建朝後的第一道大赦令，也發起了第一次後宮奴婢大屠殺。

那一天，太監宮女們奔逃哭叫，披頭散髮，然而不論他們的哭求有多麼慘切，他們的掙扎有多麼瘋狂，最終還是一一被捉，捆在值房裏等待處死。

娜木鐘看到這般情形，哪裏還敢再鬧，然而別人猶可，獨伴夏也要一同陪綁，大爲不忍。少不得軟了聲口，苦苦求皇后：「釵兒死在後花園裏，是我管教不嚴；可是伴夏爲人皇后也是知道的，不聲不響，便如木頭一樣，她和這件事再不會有什麼干連的。記得舊年皇后娘娘還誇讚過她的百花點心呢，好不好留她一條小命，閒時也可侍候皇后呀。」

哲哲搖頭歎道：「我也知道這件事裏冤枉了無辜，但是昨兒的情形你也看到了，許多年裏，你可曾看到過皇上發那般大怒沒有？這個時候說什麼也是聽不進去了，說不定，還要把旁的人搭進去。不如大家都省些事兒，存些小心罷了，好歹停過這一陣子，再慢慢地尋訪不遲。橫豎這兇手總在這宮裏頭，殺幾個下人警告一下也好。今晚我且叫迎春帶幾個人過去服侍你，明天你再另挑服侍的好了。」

娜木鐘聽了，皇后這話裏分明還有疑己之意，不禁恨得咬牙，卻也不敢再說，唯有委委屈屈地應道：「迎春是娘娘的貼身丫頭，娘娘一會兒也離不得她的，便和我離不得伴夏那丫頭一樣。古話兒說的：己所不欲，勿施於人。我怎麼敢使喚娘娘的丫頭？隨便找個什麼人過去支應一聲就是了。」

哲哲卻堅持道：「派別人去我不放心。這件事著實委屈了你，我叫迎春去服侍你，也是一番心意。」

迎春有感於貴妃待伴夏的主僕情重，也情願服侍的，遂上前跪下回道：「娘娘既命迎春服侍貴妃娘娘，求貴妃娘娘好歹給些薄面，容我代伴夏妹子盡點孝心。迎春雖不如伴夏妹子心靈手巧，總也服侍了娘娘這許多年，好歹規矩是知道的。」

娜木鐘不好再拒，只得帶了迎春出來。既至回了麟趾宮，見茶冷燈熄，庭空院靜，更是淒涼。想起伴夏種種好處，益發傷心。

迎春命小丫頭捅開爐子燒沸了茶，恭敬奉上，勸慰：「娘娘對一個丫環也肯這樣念情，便是迎春見了，也覺感恩。」

娜木鐘接了茶，見不是常喝的菊花，更覺刺心，歎道：「你哪裏知道她的好處……」一語未了，又咽住了。

迎春覷著顏色，悄悄兒地獻計道：「娘娘果然捨不得伴夏，不如讓我出去，拿幾個錢買準了看守的校衛，放伴夏出來與娘娘磕幾個頭見上一面，也好知道娘娘的一片心意，便是死，也覺得心安了。」說到末一句，聲音不禁哽咽起來。

這幾句正撞在娜木鐘心坎上，立時便取了錢來交給迎春，命她悄悄地去打點。又叫小丫環準備兩樣吃食，直等天黑得透了，才好去值房探伴夏。

且說剪秋在宮裏聽到消息，說是釵兒與福子雙雙死在御花園，已經約摸猜到後宮穢聞即將曝露，只怕自己也要耽干係。又忽然見到無數侍衛衝進關睢宮拿人，忽然又衝出來，將麟趾宮諸人也綁了，更是大驚非小可。

連小丫環們也都驚悚，直向剪秋討主意，問道：「剪秋姐姐，關睢宮出了事，怎麼麟趾宮也要陪綁？我們衍慶宮會不會有事啊？難道八阿哥出事，皇上要殺了我們所有宮人陪葬嗎？」又有的說，「那釵兒和福子死得奇怪，怎麼會有宮女和太監死在一處的呢？又是什麼人進來殺的？御花園豈是隨便什麼人可以進進出出，既進來了，又不偷又不搶，只是殺了他們兩個，這明擺著是自己人幹的了。又什麼人同他們兩個有仇呢？難道是皇上自己派的兵？」

說得剪秋心亂如麻，罵道：「別滿嘴裏跑馬只管混說，也不看看是什麼時候了？小心禍從口出，連我們也被綁了去。」

好容易等得淑妃巴特瑪回宮，剪秋急忙迎上去，扶到屋裏坐下，也不等喝口茶喘匀氣，便急著問她主子：「娘娘剛才在清寧宮，可知道到底出了什麼新聞？怎麼忽然有那些兵衝進來，把兩宮的

奴僕都綁了去，我聽他們哭天搶地叫得好慘，頭皮直發疹呢。」

巴特瑪歎道：「咱們衍慶宮沒事，已經千恩萬謝了，只管打聽什麼？」待不說，自己卻又忍不住，便將小丫頭們支出去，悄悄兒地把緣故告訴剪秋，又問：「那朵兒說是釵兒和福子吃對食兒，皇上氣得發抖，所以拿人。你可知道，什麼叫吃對食兒？如何吃法？」

剪秋唬了一跳，又驚又怕又傷又羞，驚的是朵兒這蹄子該死，如何竟能把這天大秘密說出，害死許多無辜；怕的是自己身上有屎，皇上果然把這「吃對食兒」追究下去，自己也不得乾淨；傷的是又有多少好姐妹就此陰陽永隔，做奴才的真正生命如草芥，任人踐踏；羞的是巴特瑪這樣相問，卻是如何回答是好。遂紅了臉，含含糊糊地答應：「我哪裏知道什麼是吃對食兒，又去哪裏聽這樣的話來？」

好在巴特瑪並不深問，擾攘這一天，跟著大驚小怪大呼小叫一場，也是倦了，遂命剪秋盛了稀飯來吃，早早歇息。

那剪秋心神不寧，哪裏坐得住，只侍候娘娘睡了，便抽身出來，遮遮掩掩地在清寧宮門前踮腳張望。恰好那陸連科也正要尋她，正慌慌張張往外走呢。兩人見了，也不急說話，拉著手一溜小跑，來在高牆後面，見左右無人，這才交握著手，眼對眼兒看了一回，猛地抱在一起。

這一天裏，兩人都是驚心動魄疑神疑鬼，人雖不在一處，心卻想著同件事，好容易見著，竟像是隔了多少年，生死重逢似的，都是哽咽不已。剪秋哭道：「釵兒和福子死得奇怪，終究不知道和朵兒可有干係。現在朵兒也要死，那也罷了，偏又饒舌，害死許多人。倘若明天行刑時她再胡說八道，供出更多事情，連你我也都難逃一死。那麼今日之見，便是永訣了。」

陸連科安慰道：「你放心，朵兒的事，我早有佈置，定不叫她胡說。便是有事，我一個人扛了便是，死也不會牽連到你。」

不料剪秋聽了，怫然不喜，甩袖子道：「你這說的可是人話？我前兒怎麼同你說的，不管你是什麼人，我總之已經當你是我的男人，與你生死都在一處，我剪秋生是陸家人，死是陸家鬼，你若死了，我豈會獨活？」

陸連科心情激蕩，哭道：「我陸連科自小家貧，割了命根子做這半截子太監，再沒人拿我當個人。只有你剪秋，才真正當我是男人。你這麼漂亮，又這麼聰明，趕明兒出宮，什麼樣的人家找不到？我豈可害你一輩子？今兒有你這一句話，我已經死都瞑目了。」

剪秋也不再辯，只淡淡道：「你看我可是那言而無信的人？只等著瞧罷了。」

且不提這兩人盟山誓海，只說那兩宮十幾個太監丫環關在值房裏，自知必死，都啼哭不已。忽然見著迎春進來，都指望有一線活路，頓時哭天搶地起來，叩頭哀告，拖手拖腳，只求迎春姑娘救命。

迎春與這些人素日也有交好的，也有不和的，此時見這般慘狀，頓起了兔死狐悲之心，拭淚勸道：「各位姐姐妹妹，我們相識多年，今兒個各位先我而去，我這裏無法可想，只好磕幾個頭送過各位了，趕明兒必定多多地化紙錢超度各位，也算是姐妹們相好一場。」說罷果然跪下，連磕了三個頭起來。

那些人聽聞，自知無望，都放聲號啕起來，與迎春對著磕頭。唯伴夏一聲兒不響，臉上竟無懼迎春過來拉住道：「隨我出來，貴妃娘娘來看你。」伴夏聽聞，這才抬起頭來，眼中泛起淚光，問道：「果然娘娘來看我了？」一語未了，哽咽難言。

一時出來，果然貴妃已經在外等候。伴夏意出望外，跪下磕頭行禮，哭道：「給娘娘請安，恕伴夏不能再服侍娘娘了。」

不等說完，娜木鐘早拉起來哭道：「我時常只是罵你，如今一旦分離，才知道你是我身邊最得力的一個，左膀右臂一般。如今你要走，便如拿刀子剜我的肉一樣。伴夏好丫頭，你往日兢兢業業，我卻只是嫌你笨，待你不好，你怨不怨我？」

伴夏放聲大哭，說道：「娘娘待伴夏的好，比天還高比山還重，伴夏感激還來不及，豈敢抱怨。況且今天有娘娘來送伴夏一回，就是伴夏的天大福份了，伴夏死不足惜，只是娘娘身邊再也沒有了親信的人，宮裏是非多，伴君如伴虎，娘娘一定要自己小心哪。」

娜木鐘聽她口口聲聲都只是在替自己著想，半句不提求情的話，愈發感念。

伴夏又拉著迎春拜託道：「我們娘娘每天早晨要喝花粥，晚上要用花茶，用金銀花泡的水漱口，桑木汁兌的水梳頭，鳳仙花搗的胭脂染指甲，茉莉花蒸的米粉搽臉，有時心口疼或是食欲不振，總要做些新鮮花糕調解……」說到這裏，不禁哭道，「若是我們麟趾宮的姐妹有一位在，也還有個知道娘娘口味習慣的服侍身邊，我便走也放心了。只是皇上好狠的心，竟然滿宮姐妹一個不留，叫我們娘娘今後可怎麼辦啊。我這裏雖有許多弄花的方子，可恨我不會寫字，不能留下來，一時又說不了那麼多，只好撿重要的說給姐姐，求姐姐好歹記在心裏，早晚幫我們娘娘做一碗，也就是咱們姐妹一場的情份了。伴夏就是死了，陰靈兒也感謝姐姐的。」又口述烹製之方。

娜木鐘聽了，更似萬箭攢心，淚流不止，竟不顧體面，抱住伴夏號啕起來。

校衛看了害怕，跪下回道：「娘娘保重。已見過了，就讓伴夏姑娘進去吧。這是皇上欽點了要處死的人，若出了差錯，小的人頭不保。」

不及貴妃說話，迎春先就罵道：「糊塗東西！娘娘只是念伴夏追隨服侍多年，不忍分離，與她敘舊話別，又不是要劫獄，你怕的什麼？難道你這會兒項上人頭保住了，明天敢保還健在嗎？」

侍衛嚇得叩頭不迭，不敢再多話。反是伴夏主動勸道：「深更夜靜，這裏離宮裏又近，風又大，娘娘若是受了風，又或是因爲伴夏明兒惹了口舌，伴夏是死也不安的了。還求娘娘早些回宮安歇吧。」

貴妃哪裏肯捨，顧不得侍衛與迎春百般勸說，又拉著哭了良久，直到侍衛來報說大太監陸公公來了，才不得不走開，尙一步三回頭，拭淚不止。

陸連科不意貴妃在此，忙跪下見了禮，直等貴妃走遠方敢起身，帶著幾個小太監進得值房來，向侍衛點一點頭，也塞了一錠銀子入手。

侍衛心領神會，低聲道：「陸公公，您做得乾淨點，別害了人命，讓兄弟耽干係。」自行出去，關上門。

陸連科遂過來，親手解下朵兒，笑道：「我和福子兄弟一場，他既去了，你又是他心愛的人，我做哥哥的少不得要替兄弟照顧你。」

朵兒不明所以，求道：「公公救命！」

陸連科歎道：「你與福子那樣深情重義，他就這麼去了，就沒留一句話給你麼？」

朵兒搖頭，驚怔不定，卻也覺出不妥，只悄悄兒地向牆角蹭去。

陸連科裝模作樣地又歎了一聲，笑道：「這倒怪了，他與你那樣好，不給你留句體己話兒，倒托夢給我了。你猜他跟我說什麼？」

朵兒仍是搖頭。

陸連科道：「他托夢給我，對我說，他想你，要你去下邊陪他，仍然同你『吃對食兒』。」

朵兒大驚，這方知道這些人生怕明日鵠場行刑時自己供出更多姦情，今夜乃是殺人滅口而來。方要喊救命時，幾個小太監早上來死死按住，連連掌嘴，不許她出聲。

陸連科扳了她臉，逼近了冷笑道：「你好快的嘴，好利的舌頭，一句話就送了麟趾宮多少人命。我若救了你的命，只怕連我也被你害死！」說罷，一手抓住朵兒頭髮不使她的頭臉轉動，另一手便將個刀子伸進口裏，只一絞，已經將個舌頭斬下半截。

朵兒連哼一聲也不及，便暈死過去。眾人雖看見，也都恨朵兒供出「吃對食兒」一說牽連甚大，暗暗稱快。

次日午後，兩宮僕從被校衛們按在西華門外貝勒們閒了射鵠的空場上，以繩索一一勒死。朵兒口角流血，半死不活地被拉出來，可憐至死不曾再說過一個字。旁的人也都沒發現異狀。

那十幾條冤魂的哭聲在盛京皇宮的上方盤旋了幾十個夜晚，淒厲慘切，令人不忍卒聞，最終還是眾太監們湊在一起，捐了些錢請道士來打了個醮場，才算將紛擾平歇了。

唯一得了特赦令的人是素瑪。

她是海蘭珠打小兒陪伴的人，是她的心腹，就算全天下的人對不起海蘭珠，素瑪也不會做一丫點背叛格格的事的。故而直到行刑之前，皇太極忽然想起了她，怕海蘭珠清醒了會找她，特意傳旨到值房命放了素瑪。

但是素瑪自己卻不能釋然，自事發便一直以淚洗面，自責不已，又在值房裏胡思亂想地過了一夜，次日見一同關押的人頃刻間全成了孤魂野鬼，獨獨自己還活著，反倒不相信起來，疑神疑鬼，幻視幻聽的，總以爲自己已是一個死人，還說看到了小阿哥，還聽到小阿哥說話呢。

皇太極怕她的胡言亂語惹得宸妃傷心，只好讓人將她帶去綺蕾的禪房，暫與神座爲伴。

從此之後，大清皇宮的御花園裏，除了一個冷心冷面的妃子外，又多了一個瘋瘋顛顛的丫環。

第十九章　福臨和八阿哥是同一條命

鵠場的淒厲哭聲傳進後宮，驚醒了多少不眠的皇族。

他們是大清王朝最尊貴的人物，高居在萬民之上，位於權力的頂層，卻飽受著生離死別的折磨苦痛，無能爲力。

皇太極可以輕輕一句話便斷送兩宮十數條人命，也可以任性發動一場戰爭荼毒蒼生，但是，他卻沒有能力決定自己兒子的生死，不能留住這世上他最珍惜最寶貴的親生骨肉。

他抱緊海蘭珠，他的兒子的母親，然而兩個傷心的人抱在一起，卻並不能將痛苦分擔。海蘭珠自從兒子死後就再沒有說過一句話，她的面容憔悴，神情慘澹，是一朵抽乾了水份將要枯萎的花。兒子突然的慘死，在瞬間耗盡了她的心智，她曾用盡所有的意志來拒絕相信這一慘事，然而終究回天無力，那一切如此殘忍而倉猝地發生了，不容她迴避。當兒子在淒厲的掙扎後，抽搐著在她的懷中閉上眼睛，吐出最後一絲微息，母親的生命力也就隨之煙消雲散，從此後，世上的姹紫嫣紅都再不與她相關，她再也聽不到任何的聲音，看不見所有的色彩。

她的心裂成了碎片，而每一片上記錄的，仍然是兒子淒慘的哭聲。

皇太極的心也碎了，他握著愛妃的手，不知道該怎樣安慰這個絕望的母親。身爲天子，他不明白，爲什麼越是心愛的越挽留不住，一次又一次，他看著自己的骨肉支離破碎而無能爲力。

這一刻，懷中擁著的這個柔弱而絕望的女子，這失去了至親骨肉的母親，究竟是海蘭珠還是綺蕾？皇太極覺得恍惚，是不是自己每一次動了真情，就會失去一份至愛？是不是自己只合生在沙場，而無福享受溫情？是不是自己的罪孽深重，必要用兒子的血來清洗？

夜寒刺骨，月光透過窗櫺照在大清國第一任天子和他至愛的妃子身上，卻是縞素如冰，沒有絲毫人中龍鳳的輝煌炫麗，倒彷彿一對亡命鴛鴦般淒豔哀絕。

與此同時，在咫尺之隔對面而居的永福宮裏，卻極具戲劇性地上演著人生另一幕大戲——莊妃要生了。

莊妃的胎動是從午時就開始了的，從鵠場上第一條被勒死的靈魂升天時就開始的，並且一開始就來勢洶洶，疼痛難忍。忍冬慌慌張張地招了產婆來，見這樣子，也是大驚，忙叫：「還不趕緊鋪炕？」

原來，照滿人規矩，產婦臨盆時，炕上要鋪一層厚草，稱之「落草」。待孩子生下後四天，這草才拿去埋掉，取個吉利平安。

一時丫環們抱進曬好的草來，便請娘娘下炕。大玉兒哪裏有力氣挪動，直將身子掙得挺直，繃得臉色慘白，雙眼突出。嚇得忍冬又是哭又是勸，夥著三四個丫頭才將娘娘扶住了，產婆鋪過了草，重複讓莊妃躺穩，便將手在她腹上輕輕揉按，緊著問：「娘娘覺得這會兒怎樣？要喊便喊，不必忍著。」

莊妃瞪著兩眼，滿頭是汗，想說又說不出來的，孩子在肚子裏踢打著她，不知道是太想出來還是不想出來。彷彿有兩種力量同時存在於她的身體裏，將孩子向兩個方向拉扯。瞪了半晌，方扯著嗓子喊出一句：「皇上救我！」然後便一聲遞一聲地喊起來，停也停不下。她嘶叫著，呻吟著，翻滾著，掙扎著，從不信太醫的她顯露出從未有過的軟弱，哀叫：「太醫，救我！」停一下，又喊：「皇上，救我！」

皇上是九五之尊，他的力量可以驚天地泣鬼神，但是此刻他正爲了另一個兒子的死傷心莫名，自顧不暇，哪裏還顧得上生死徘徊的莊妃和她未出世的胎兒？太醫們汗如雨下，手足失措。莊妃並非頭胎，平時體力又壯，原不該如此受罪。然而按日子計算，這胎兒分明是早產了，雖然胎音強烈，妊娠反應也正常，可畢竟是提前發作，而且是如此強烈的發作，看莊妃的情形，竟是難產呢。

他們飛趕去清寧宮報訊，哲哲由迎春扶著顫巍巍地趕來，拭著淚：「這可怎麼好？那邊兒剛出了事，這邊兒又這麼著，真是造孽啊。這可怎麼好？」

迎春忙勸慰著：「娘娘別是急慌了，生孩子是大喜事呀，有什麼怎麼好的。這裏這麼多太醫，不會有事的。您就等著抱小阿哥吧。宮裏這幾天上下不寧，也該有點喜事來沖一沖了。」忍冬也附和著：「皇后娘娘放心，迎春姐姐說得對。我們娘娘大福大貴，積善行德，定會平安無事順利生產的。這裏人多氣味雜，招呼不周，千萬別薰著皇后娘娘，就請娘娘先回宮休息，這裏的情形，我們隨時回報就是。」

哲哲聽了有理，且自己近來也七歪八病的，受不得累，又見莊妃鬧騰半晌，此時朦朧睡了，便先點頭出來，叮囑忍冬有什麼事隨時來報，又命人去關睢宮給皇上送信。

然而哲哲方走，莊妃卻又疼醒過來，復又嘶聲大叫起來。產婆看時，羊水已破，卻仍未有生產跡象，俱又驚慌起來，都暗想：「莫不是橫生倒養吧？又或是死胎不成？」更有那沒知識的太監宮女私下議論紛紛，怕道：「前院殺人，後院生子，這陰陽互沖，怕是陰盛陽衰，陽不敵陰，不會是那些冤魂兒纏著娘娘和小阿哥吧？娘娘和孩子看這情形竟是凶多吉少呢。」

說來也奇，兩宮十幾條人命雖是勒死，不見刀光的，可是行刑時，卻蓬起一陣血霧升上天空，盤環不去。入夜後格外分明，便如一陣腥紅的光暈般，籠罩著永福宮，襯著莊妃強一陣弱一陣撕心裂腑的慘呼，格外滲人。因此冤魂索命的說法不脛而走，十成人倒信了九成。小丫頭們未經過事，聽見這說法兒，哪有不饒舌的道理，俱都當一件大事般傳說著。

不防被忍冬聽見，大罵一頓，恐嚇：「再叫我聽見這話，立刻報給皇后娘娘，打一頓趕出宮去！」說著便要向清寧宮來，嚇得多嘴的小丫頭跪在地上，滿面是淚地求道：「求姐姐饒我這一回，再不敢了，姐姐報給娘娘，我哪裏還有活命！」

忍冬道：「我有事回稟，與你無干。」小丫頭哪裏肯信，只是抱著腿哭求不放。忍冬氣道：「你再不放，我現在就叫人趕你出去。」小丫頭嚇得鬆了手，又哭起來。

忍冬也無心與她理論，匆匆往清寧宮來，面見哲哲，跪下求道：「娘娘不要怪忍冬多嘴，近來宮裏出了一連串的事，我們娘娘又正在生死關頭，或是請道士來做場法事請請神安撫一下也好。我們娘娘的情形，竟是不好呢。」說著嗚咽起來，又不敢哭，唯有拿絹子堵著嘴。她心中尚有一句說不出口的話來，就是明知釵兒和小福子死得蹊蹺。那日在後花園裏，她眼見娘娘撞破了釵兒的姦情，卻並不發作，只叫她晚上悄悄兒地到永福宮裏來一趟。兩人關起門來說話，連忍冬也不叫進去。隔了沒這幾天，關雎宮便出了事，說是有人在八阿哥乳娘的胸衣上下了毒，還不及審，釵兒和福子倒又雙雙死了。如今這些事想起來，竟似都有干係的。為了這事一連死了那許多無辜的人，他們的冤魂兒纏著永福宮不去，未嘗沒有緣故的。

然而這些懷疑只好悶在心裏，豈止不敢說，便是想也不敢往深裏去想的。當下忍冬只跪著給哲哲磕頭，求道：「午時行刑起，我們娘娘便不好了的，如今已鬧了幾個時辰了。先時大白天的還不覺得，如今黑下來，宮頂上竟是籠著一團光，宮裏都說是冤魂不散，陰盛陽衰呢。這也怨不得人，這個時候兒，誰心裏不怕，怎麼不疑神疑鬼？皇后若是不信，自己親眼去看一看就知道了。」

哲哲聞言遲疑：「這話原說得也有些道理，只是皇上正在傷心，又素恨這些怪力亂神的事情，宮裏現亂著，倒又請一班子人進來裝神弄鬼的，難保惹皇上不喜。」

忍冬磕頭道：「托了陸公公幾次報訊關雎宮，皇上總沒一句話傳下來，難道我們就這樣白看著娘娘受罪嗎？可憐我們娘娘現在人事不知，不能為自己說話。奴才斗膽，求皇后娘娘做主。我們難道不知道擅作主張是死罪，也只得乍著膽子奔命罷了。」

哲哲本是沒有決斷的人，耳根子軟，又心思遲鈍，想來想去也拿不出什麼好辦法，況且永福宮頂上的紅光也是她親眼見的，未嘗不心驚，遂只得說：「大膽奴才！單憑你這幾句話有怨上之意，我就可立時命人拿了你去，治你個大逆不道之罪。只是看在你對主子一片忠心上，且饒你情急無狀，口無遮攔。你先自去，我這便叫人請一班和尚來念場平安經，安一安大家的心也好，只是不可太張揚了。」說罷命丫環請進陸連科來商議叮囑，又叫迎春去永福宮傳話，若再聽見誰信口雌黃，立刻捆了送進值房等候發落。

眾人聞訊色變，知道並非恫嚇，兩宮剛死了十幾個人，還怕再加一個永福宮進去嗎。因此俱緘口封舌，一聲大氣也不敢出。

夜色一寸寸地跌下來，永福宮燈火通明，足聲雜遝。人們進進出出，卻只聞衣衫悉索，而無一語交耳，個個面色凝重，心思沉鬱，都不知莊妃娘娘終究抗不抗得過今晚，若是有個三長兩短，自己的命運又將何去何從。

莊妃的呼吸緊一陣緩一陣，疼痛疏一陣密一陣，一縷靈性縹緲，只是虛虛蕩蕩地守不住，駕著風，浮游搖曳，和尚們一波連著一波的念經聲也挽繫不住。她飄過宮廷，飄過草原，飄過如夢如幻的莊妃生涯，一直飄回自己的少女時代。

那一年，她十二歲。

曠野蒼穹，送親的馬隊浩浩蕩蕩，十二歲的大玉兒不肯坐轎，騎在高高的馬上，被眾人簇擁著向遼陽姍姍而來，從這一個部落走向那一個部落，從少女走向成人，從父親的掌上明珠走向陌生男人的帳篷，成為眾貝勒妃之一。

日出而行，日落而息，茫茫的大草原，彷彿沒有盡頭。

那天晚上，她徹夜難眠，不知天亮後迎接自己的將是什麼樣的命運。

馬隊都安歇了，她抱著膝坐在帳篷外，望著極遠的天際，那草原的盡頭。晨光微曦，再過一會兒，太陽將要從那裏升起。太陽會升起來嗎？

大玉兒等待著，這馬背上長大的小姑娘曾經迎接過無數個日出日落，卻唯獨這一次，是以前所未有的虔誠在守候，在祈禱，在等待著太陽的升起。

她等待著，這等待是如此虔誠而熱切，漫長而盲目，彷彿沒有盡頭……

「啊——」陣痛驚醒了莊妃的夢，也打斷了少年大玉兒對日出的等待。她聲嘶力竭地慘呼起來，叫聲淒厲而含糊，侍候的人很用心才能聽明白，娘娘喊的是皇上。

「皇上啊，皇上來了嗎？」大玉兒雙手緊緊地絞著穩婆塞給她的被子兩角，面如白紙，汗如雨下，掙著脖子問：「皇上呢？皇上在哪兒？我要見皇上——」

「皇上就在外面等著哪，男人不許進產房，這是老輩兒的規矩。」穩婆欺哄她，也是可憐她，身爲娘娘又怎麼樣呢，生死關頭連個知冷知熱的人都沒有。

太醫們又忙忙擁上來診脈，忍冬卻哭著跑了出去，她要去見皇上，求皇上，如果娘娘今夜便要去了，那麼至少，她在走之前，應該見到皇上！

可是關雎宮的人把守著宮門不許進。八阿哥死了，奶娘死了，朵兒死了，關雎宮服侍的所有人都死了。一夜之間，關雎宮已經完全換了模樣，雖然還是那些假山池水，還是那些古樹梅花，但是樹不再綠，花不再香，人們，也都不再歡笑。如今的關雎宮，被一陣愁雲慘霧所籠罩，到處懸掛著白燈籠，鬼氣森森，連守門的侍衛，都像是沒有人心的泥偶，冷而僵硬，任憑忍冬怎麼哭怎麼求，都只有一句話：「皇上有旨，不見任何人！」

亂了，全亂了。這還是後宮嗎？這裏竟沒有一個忍冬認識的人，沒有一個宮女，甚至沒有太監，有的，竟是帶著武器的侍衛。男人是不許進後宮的呀，而這關雎宮的門前守著的，分明是御前行走的帶刀侍衛，他們怎麼竟然進到了內宮來，怎麼會阻止莊妃娘娘的身邊丫環，他們怎麼敢？死了一個八阿哥，難道連後宮的秩序都沒有了嗎？莊妃娘娘陪伴了皇上整整十年了，如今在她生死關頭，竟連見一面的願望都不能達成，這什麼都有的皇宮裏，難道竟獨獨容不下一點點人情味兒嗎？

忍冬跪在關雎宮門前，伏地大哭起來。

紅光蔓延，太陽就快升起來了！

大玉兒沉沉地想，皇上在外邊等著呢，等著呢，太陽就要升起來，太陽會出來的，就要出來了。

她鬆開手，又在等待中重新昏睡過去，並在睡夢中繼續著她另一輪的等待。

太陽，太陽就會升起來了。十二歲的玉格格坐在帳篷外，似乎只是打了個盹兒的時間，再一抬頭，地平線上，草原的盡頭，太陽竟然探出了小半個臉兒。

小格格跳起來，目瞪口呆，屏息而待，那澄紅的、凝脂般的、初升的太陽，有稜有角，灩灩欲滴，一點一點，探出來，探出來，猛地一掙，躍在半空——

「太陽出來了！」小格格歡叫一聲，扯開馬繩躍馬揚鞭，向著太陽升起的地方狂奔過去，奔過去，初升的太陽照在她身上，流光泛彩，萬道光芒。

「太陽！太陽！」莊妃喃喃著。

「生出來了！生出來了！」穩婆歡叫著，報喜聲頃刻充盈了整個屋子，「是個阿哥！是個阿哥！」

「恭喜娘娘，是個阿哥！」穩婆用金剪剪斷臍帶，手腳俐落地纏妥，抱至莊妃眼前。

然而莊妃的眼睛只是微微開闔，低語一聲：「太陽出來了！你們看到了嗎？」頭一歪，再度昏迷過去。

穩婆莫名其妙，卻懂得見機行事，立刻以更加喜悅的聲音大聲告訴著：「是個阿哥！娘娘說看見太陽了！是太陽落到永福宮裏來了呢！是大喜之兆啊！我們都看見了！真是太陽呢！」

眾太醫從午時勞累至夜，如今終於大功告成，母子平安，遂分外興奮起來，隨聲附和著：「是呀，咱們都看見了，太陽降到咱們永福宮了呢，小阿哥大福大貴，將來必是龍虎之材！」

永福宮一時掛起紅燈，又分別去各宮報喜傳訊，眾人自謂這一番辛苦必得重賞，俱喜氣洋洋，顧不得辛苦勞累，都腳步輕盈起來。

忍冬正自跪在關雎宮前哭得撕心斷腸，忽聞一聲嬰兒的啼哭劃破夜空，不禁一震，心道：好響亮的哭聲！爬起來便往回跑，卻與來報信的丫環撞個滿懷，忙拉住問道：「娘娘怎樣？」

「生了，是個阿哥！」小丫環歡天喜地，嘻笑著，「我們正往各宮報訊呢，皇后娘娘已經來了，命我過來請皇上呢，姐姐也快回去吧。」

忍冬大喜，回頭對著侍衛啐道：「莊妃娘娘生了個阿哥，還不去報訊嗎？狗仗人勢的東西！」拉著小丫環一路跑回。

侍衛氣得直翻眼，卻不敢怠慢，只得跑進關睢宮報喜：「恭喜皇上，永福宮莊妃生了，是個龍子！」

然而皇太極彷彿沒聽見，又或者聽見了卻不清楚太監話裏的真正含意，仍然維持著同一個姿勢摟著海蘭珠默默坐在八阿哥小小的棺槨前，對侍衛的話置若罔聞。

侍衛不得法，只得磕一個頭再次稟報：「皇上，莊妃得了一個龍子。皇后娘娘已經在永福宮裏候著了，請皇上也過去看看。」

皇太極這才抬起眼來，微微地一揮手，淡然道：「知道了，去吧。」

小阿哥嘹亮的哭聲驚天動地，被裹在一床小小的錦被裏，雖是剛出生且是「早產」的嬰兒，卻已經稀稀地有了一圈胎毛，臉蛋飽滿通紅，皺成一團，張大了嘴，用哭聲向全世界宣告著自己的降生，彷彿在說：人們，看吧，我來了！

哲哲從產婆手裏抱過嬰兒來，笑道：「難爲這麼小小的一個孩兒，倒有這麼大嗓門，將來跟他父皇上了沙場，不用舉槍動箭，就是一聲獅子吼，也可退敵了。」

產婆將胞衣提去房後埋掉，忍冬指揮著眾人手忙腳亂地收拾水盆毛巾，又在門首高樑上懸起一張小弓和三枝小箭，紅線爲弦，蒿杆作箭，射向門外，預祝孩子將來必會長成一名英勇擅射的巴圖魯。忽遠遠地見陸連科來了，大喜，忙拉著進來見哲哲。

陸連科跪著見了禮，又向哲哲道喜。哲哲因問道：「皇上知道了嗎？」

「知道了。」

「那皇上怎麼說?」

「就說知道了。」

「就說知道了?還說什麼了沒有?」

「再沒說別的。」

哲哲聽了,又驚又歎,半晌無語。忍冬等更是如入冰窖雪洞一般,將一團高興逼住,宮人們面面相覷,俱失落莫名,卻不敢怨言。永福宮得子偌大喜事,卻只興奮了幾分鐘,彷彿石子投湖,蕩幾圈漣漪就平淡了下來,非但不見半分喜氣,反而有種壓抑隱忍的悽惶感。

人們一時靜寂下來,都不知說什麼才好,唯聽見嬰兒洪亮的啼哭聲,穩婆先驚醒了,跪下問道:「回娘娘,紅雞蛋已經煮好上色,是這便送去各宮,還是等到天亮再送?」

忍冬也轉過神來,回道:「炮仗一早備下,現在可以鳴放嗎?」

哲哲歎口氣,低頭想了一回方道:「送雞蛋的規矩是滿人的老禮兒,爲小阿哥祈福的,斷不可省,各宮這時候早已驚醒,這便送去吧,也讓大家高興高興;至於鞭炮,皇上一早有令,舉宮三月不許聞絲竹之聲,何況炮竹?還是免了吧。」

莊妃得子的喜訊轉瞬傳遍宮中,有人歡喜,有人妒恨,而皇太極,卻只是冷淡。

後宮原是勢利之地,永福宮莊妃生兒子這樣大事,皇上就在咫尺之遙的關睢宮裏,卻不肯移駕走幾步過來看一眼,連句安慰嘉獎的話兒也沒有。其冷淡之情,不要說與當初海蘭珠生八皇子時的那般大張旗鼓相提並論了,就連東西兩宮的那些庶妃都不如。如此種種,宮人們豈有不看在眼裏的？私下裏俱議論紛紛，「一樣是生兒子，宸妃生產的時候怎樣熱鬧來著，這可好，冷冷清清的，連句話兒都沒有。」「小戶人家生兒子還得分雞蛋放鞭炮呢，何況皇上得了阿哥？」「誰敢啊？關睢宮那位正傷心，舉宮上下三月不許聞絲竹之聲，還放鞭炮？」

這些話，莊妃並沒聽見，但是也猜得到了。生了兒子，可是皇上連看一眼都不肯，永福宮一早備下炮竹喜燈，也都不見鳴放。難道就爲海蘭珠死了兒子，別人就不許生兒子了嗎？生了兒子就不能高興了嗎？

新生的嬰兒聲嘶力竭地哭泣著，聲音宏亮，所有的人都說，聽啊，這孩子的聲音，好像號角一樣呢。大玉兒睜開眼睛，在她恢復說話能力的第一時間，在她的神智還不曾真正清醒時，她說的第一句話是：把福兒抱來。

福兒。這新出生的孩子就這樣擁有了他的乳名兒。他被抱至他母親的面前，被他的母親緊緊擁在懷裏。大玉兒看著自己新出生的孩子，暗暗發誓：兒子，別哭，你出生了，你來見媽媽了，你就像太陽升起一樣光芒四射，這是多麼好的事情。你還爲什麼要哭呢？是在怨恨你父皇不疼你嗎？沒關係。眼前的小恩小惠不算什麼，咱們想要，就要他整個兒的江山，父皇的懷抱算什麼，那崇政殿的金鑾椅才是你的位置！孩子，我一定會抱著你，陪著你，走上那代表無上尊榮的金鑾殿的。

兒子，你來了，來奪你父皇的江山來了，來替你額娘討還公道，建立不世功勳來了。你又何必哭呢？你該笑才對，該陪著額娘一起笑，笑到最後，笑得最好！

但是此刻還不是慶功的時候，還不能無顧忌地笑，還不可以把所有的心思表露在臉上。度過了生死攸關的一日一夜，再醒來的大玉兒已經非常清醒而且理智，並且慈愛寬容。對於皇上的種種冷遇，她非但無怨無尤，反常常對人講：「姐姐出了這樣的事，我做妹妹的最傷心，要不，也不會提早了整個月生下福兒，好在看著還筋骨齊全，沒病沒殘的，就是八阿哥在天之靈保佑了。我在月子裏出不得門，不能去看望姐姐，你們誰替我帶句話兒，請她得空來看看她的親侄兒，就當是看見八阿哥了，也可略寬心些。福兒緊著早產，還是晚了三天，也沒緣看見他八哥的面兒。」說著傷心落淚。

旁邊的人趕緊勸慰：「莊妃千萬別這樣，月子裏的人見不得眼淚，傷了身子最難補的。已經是早產了，要再不好好保養，坐下病來，可是要不得的。都這時候了，還只顧著別人寬心，怎麼自己倒好好地傷心起來了呢？」

莊妃復又拭淚道：「各位娘娘說得是，只是我心裏想著，我姐姐打小兒就身子單薄，若再不自己當心，可叫皇上心裏怎麼過得去呢？雖說人死不能復生，然而姐姐還年輕，自己調養著，不過一年半載，再生個阿哥格格，也是一樣的。豈可爲去了的人傷了身邊的人呢？」

眾人愈發感戴，都說：「到底莊妃是讀過書的人，想得比旁人周全深遠。」說了幾次，話風終究吹到皇太極耳中去。太宗覺得內疚，這方離了關睢宮，匆匆往永福宮來探望一回。奶娘抱出阿哥來，皇太極也只是在奶娘懷中看了一眼，並不伸手來抱，臉上也毫沒一絲兒模樣兒。

大玉兒暗中切齒，臉上卻絲毫不露，陪笑說道：「皇上雖傷心，也要自己保重。福兒雖生早了一個月，倒幸喜身子強健，還等著皇上給取名兒呢。」

皇太極淡淡地道：「你不是已經定了叫福兒嗎？就隨你好了。」

莊妃道：「這只是一個乳名，隨口叫叫的，正名字還等著皇上來起呢。」

皇太極道：「急什麼？哪個阿哥不是等著滿了歲辦了禮才起名的，便是八阿哥，也還沒個正名字呢。」說到這裏，想起八阿哥至死還沒來得及有個名字，不禁刺心傷懷，聲音哽咽。也不及囑咐幾句，拔腳便走。

宮人們見說得好好的，忽然皇上站起來走了，嚇得伏地叩送不迭。大玉兒氣得發昏，卻唯有強自忍耐，自己發話下去：「阿哥的名字，我自己來取好了，就叫福臨！」

關於福臨的出生，宮裏流傳著很多種神奇的說法：有人說莊妃因爲受了驚嚇動了胎氣才早產的，可是福臨生下來面闊體壯，足斤足月的，哪有半點早產兒的柔弱，分明天生貴人，有神明暗助；也有人說福臨的出生和八阿哥的死僅差了三天，根本就是八阿哥英靈未遠，轉世重生，他們兩個，其實是一條命，永福宮頂上的紅光就是明證；還有的說，大傢伙兒親眼看見的，福臨出生的時候，永福宮殿頂上光芒萬道，就像有太陽罩著一樣，這位阿哥長大了，必定是大福大貴，位極人臣的。

這種種的說法，讓皇太極聽見了，大不耐煩。在他心目中，是沒有任何人可以代替死去的八阿哥的。況且，就算福臨可以補償八阿哥的死，又有誰能補償海蘭珠的香消玉殞呢？

任憑太醫們窮經皓首，翻破萬卷書，餵了幾十公斤的參湯當歸下去，海蘭珠卻仍一日瘦似一日地萎頓下去，急得皇太極每天跳腳兒罵人，恨不得解散了太醫院，改成死囚牢才好。

傅鼐祖一日三番地跪著磕頭，口稱罪臣，直說臣等無能，罪該萬死。皇太極焦慮萬分，罵道：「罪該萬死，罪該萬死，你們便是死一萬次又有什麼用？太醫院供佛似的供著你們，難道是白吃飯的？宸妃若有事，自然要提你們的頭來，便磕爛了也沒有用。」

太醫們唬得衣襟簌簌，只不敢說話。皇太極一時軟下來，又央著傅太醫：「當初綺蕾病成那樣子，十成死了九成，你還不是妙手回春，從閻王殿裏給拉回來了？現在宸妃不過是傷心傷身，又不是病，怎麼倒不見你有主意了呢？」

傅胤祖磕頭道：「皇上，當初靜妃娘娘重傷，只傷在身，未傷在心，她爲人意志堅定，兼在底子好，所以能救；如今宸妃娘娘憂思至深，原本自小體質薄弱，如今又自己不肯保養，每日裏只念著八阿哥，要與阿哥一道去。俗話說心病還須心藥醫，老臣縱有回天之力，卻也無法可想呀。」

皇太極聽了，益發揪心裂膽，痛不可當。每日一有時間就守在海蘭珠身邊，搜心刮肚地說些寬心的話，除此也只有聽天由命而已。哲哲先時還一天三次地往返探視，守著說些節哀順便的現成話兒，然見海蘭珠待搭不理的，漸漸心也淡了，只命太醫小心服侍便是。

可憐那海蘭珠原本花朵一般嬌豔柔軟的人兒，如今卻如遊絲灰槁，彷彿隨時都會隨風散去，且一時清醒，一時糊塗，算起來，竟是糊塗的時候多，清醒的時候少。

而福臨的降生，加速了她的死亡。一夜又一夜，福臨的哭聲穿閣越戶，讓她清楚地聽到，卻恍惚地遲疑：是八阿哥在哭嗎？八阿哥去了哪裏？

她總是一遍遍地問宮人：你們聽到八阿哥的哭聲了嗎？他是不是餓了？是不是醒了？

宮人們莫名其妙，她們並沒有聽到任何的聲音，但是面對宸妃的問題卻不能不含糊回答：不，不是八阿哥，是永福宮莊妃的兒子、九阿哥福臨的哭聲。

皇太極聽了，更加煩惱憐惜，不顧青紅皂白，命陸連科到永福宮傳口諭，叫奶媽好好看著阿哥，不叫哭鬧，驚擾宸妃休息。

莊妃聽了旨，氣了個發昏，卻只得勉強忍耐，隔著簾子說：謝謝陸公公關照。我尚在月中，就不起來了，請公公回稟皇上，小阿哥很乖，並不大哭的。至此大玉兒徹底死了心，再也不指望皇太極來探望於她，便是偶爾來了，她也只守禮應對，並不如前歡喜。

生下了福臨，生下了她與多爾袞共同的兒子，這叫大玉兒對自己的前途、對兒子的前程已經看得很清楚，她這一生已經沒有了退路，是必須陪著福臨健康地長大、並且勇往直前、一直走上金鑾殿的帝皇寶座，除此更沒有第二種選擇的。皇太極的心中只有海蘭珠，只有八阿哥，即使是一個死了的八阿哥吧，也要比剛剛出生的九阿哥更叫他看重。這樣的丈夫，不要也罷；這樣的阿瑪，不要也罷。況且，他本來就不是兒子真正的阿瑪。

抱了這樣的心思，大玉兒反而坦然起來，每日只加緊自己調養，閒時便看看書下下棋，或者逗鸚鵡玩一回，頗為悠閒自得。

且說哲哲因那日朵兒臨死之前說過一句「吃對食兒」的話來，心中大不快意。只因宮中接二連三的紅白喜事，才一直隱忍著不曾顧上。

這日早請安畢，因舊話重提，面向眾妃道：「按說宮裏的女孩兒服侍這麼些年，也都大了，該是放出去的時候了。那天朵兒的話你們也都聽見了，宮女和太監們竟有這些勾當，我再容不得這些個事，雖是釵兒和福子死了，難保還有不乾淨的，這盛京皇宮裏豈是藏汙納垢之地？因此我的意思是，上下通算一算，按照花名冊子將各宮裏的大丫頭一齊發放出去，或賣或配，或令父母領回，又

或者看她服侍得好，賞幾兩銀子令她自尋去路，另換更好更新的來。你們看是怎樣？」

貴妃娜木鐘因自己的丫頭去得盡了，巴不得各人也都像她這般丟了心腹的才好，因此第一個搶先說道：「皇后這說得最是有道理不過，古往今來的宮女也都有規矩的，幾年一采，幾年一放，沒有總扣著耽誤人青春的。況且這些女孩兒這些年也大了，知道的事兒也多，脾氣也大，不知養出多少種嘴裏形容不出的壞毛病兒來呢，也的確是該清掃一回了。」

諸宮妃子聽了，俱面面相覷，大有不忍之色。尤其巴特瑪，最是心軟面和之人，偏是手下的幾個丫頭卻個個伶俐練達，尤其大丫頭剪秋，更是身邊片刻少不了的眼線膀臂，比尋常主子還聰明有決斷呢，大凡巴特瑪思慮不定的事兒，多是剪秋代她拿主意；又或是日子裏該添該減的，也都是剪秋留心著增減調度；便是宮裏的眉高眼低，也都是剪秋在旁提著她，助她逢凶化吉，察言觀色。因此聽了這話，竟是摘心尖子一般，忍不住辯道：「也不一定是各個都該去的，也該問問她們自己的意思才好。」

娜木鐘一愣，她與巴特瑪一處，向來是她說一巴特瑪絕不說二的，如今竟為著一個丫頭和她唱反調，不禁大怒，反唇相譏道：「若是事事都問她們的意思，咱們也真叫白做一回主子了。」

巴特瑪紅了臉，不敢再說，然而努嘴別頭的，分明是不願意。哲哲看了，也不好立下嚴命的，看看四周，五宮之中，原已有兩宮的下人是死絕了的；如今莊妃剛剛生產，告假不來；巴特瑪雖在，卻是說明了不樂意的。推算下來，竟唯從自己的清寧宮清除起來，方可服眾。

正欲說話，不料迎春早在簾外聽得一清二楚，明欺皇后心軟，又缺乏手段，遂拚了一個目無尊上之罪，掀簾子進來，朝著哲哲身前便跪下去，抱腿哭道：「娘娘，奴才是早立了誓要一輩子跟隨

娘娘的，娘娘若攆我出去，迎春是唯有一死了。那釵兒沒廉恥，是她自家做下的醜事情，至於朵兒的話，不過是臨死前要拖人下水，她說的那些混話，奴才是聽也聽不懂的，更絕無此等骯髒行徑。求娘娘明鑒。娘娘若是因爲宮裏新近出了許多事情便要攆出奴才去，那奴才便跳進黃河也洗不清了。」說著大哭。

哲哲早已軟了，不由地說道：「迎春丫頭起來，我又並沒說你什麼。只是你也大了，難道一輩子守在宮裏不成？」迎春只是磕頭不起，指天誓日地說要服侍終生。

諸妃看見哲哲顏色鬆動，知她心中早已允了，只是話說得滿了下不了台，遂都假意勸說，都贊迎春忠心，這是皇后娘娘慈恩浩蕩感動上蒼，老天才特意派下這麼一個人來服侍她的，就同王母娘娘身邊的金童玉女一樣，是她命中如此，倒不可強其志的。

哲哲聽了自是受用，遂笑道：「這也贊得她太過了，做奴才，自然該是忠心的，若是各個都像那個叫什麼釵兒的那般油腔滑調，藏奸耍鬼的還了得？」又命各宮回去整飾宮闈，裁減僕從，說是「做主子的別只惦著一心邀皇上的寵，自己身邊養著小鬼兒呢都不知道。回去說給那起不長眼的奴才們知道，宮裏的聲名要緊，若是再有那起不三不四的人事叫我知道，非但當事的人要死，便是知情不報的也要連坐的。」

各宮都不好應聲，只得低頭聽訓，過後應景兒地隨便點一兩個用不上的丫頭報數，隨哲哲發出宮去。剪秋等一干人心懷鬼胎，都以爲這回必定死了，大驚小怪多日，打聽著事情消停了，這才放下心來，從此果然收斂許多，不敢再像從前那般頻約密會，無法無天。

第二十章　綺蕾又回到了關雎宮

春將盡時，海蘭珠的生命卻也走到了盡頭，便如一朵風雨飄搖中的嬌花，在開到最盛的時候，突然地萎謝凋零了。

那一天，園子裏的春花一夜謝盡，萬木蕭條。綺蕾在桃樹下彈琴，想著那年也是在這裏奏琴給皇太極和宸妃聽的情形，忽有所感，停下弦來對著素瑪說了一句奇怪的話：「去送送她吧，晚了，就再見不著了。」

素瑪去了，可是她已經不認得她的主子，她從小服侍到大的海蘭珠格格，那草原上美麗得像一個神話一段傳說那麼珍貴的仙女，那盛京宮裏集萬千寵愛於一身的宸妃娘娘，那嬌嫩光滑像一隻剛剛出蚌的珍珠樣的美人兒，怎麼會是這麼一副枯槁的模樣？

宸妃，海蘭珠，她在生命結束之前，靈魂已經走遠了。這個冬天，苦苦掙扎在世上的，只是一具傷心的軀殼，如今，這軀殼耗盡了最後的血氣，終將化爲一縷輕煙歸去。

她已經兩三天粒米未進，然而見到素瑪，卻又像有些明白過來似的，喘著氣問道：「素瑪，這些天你跑到哪裏去了？這麼大的人了，還只是貪玩。」

素瑪撲到帳前跪下，哭得哽咽難言，只知磕頭，將炕沿碰得梆梆響。海蘭珠歎一口氣，嗔道：

「我又沒罵你，只管哭什麼?別磕頭了，去，把我的鴿籠取來，光知道玩，也不知道餵鴿子。」

聽到這話，連哲哲也滴下淚來。她曾聽說過的，海蘭珠在草原時，頗喜歡養鴿子，說是鴿子比人飛得遠，看的世面廣，有知識有靈性。如今看她雖然言語好似清楚，神智卻是迷糊，所說所想都只在兒時徘徊，便知她大限已到，由不得傷心。

皇太極早已哭得喉咽聲嘶，這幾日夜裏守在海蘭珠身邊，幾乎就沒闔過眼睛。先還顧及體面強忍，既聽得海蘭珠這話，又見哲哲也哭了，再無遮掩，遂抱住海蘭珠失聲哭道：「愛妃，等你好了，我同你一道回科爾沁去。」

「科爾沁……科爾沁……我好想回科爾沁。」海蘭珠聽得「科爾沁」三個字，倒又似清醒幾分，定定地看著皇太極，好像要努力辨認他是誰，喃喃道：「皇上，我只是捨不得你，我要走了，你可怎麼好呢?」一時又說，「皇上，記得要送我回科爾沁呀，記得給八阿哥準備衣裳，同我一道兒回去。」

說完這一句，海蘭珠眼中忽然放出光來，緊緊握了皇太極的手，使盡最後的力氣叫道：「皇上，我去找八阿哥了，我只有捨了你了……」一語未了，兩眼上插，早又昏厥過去。

皇太極放聲大哭，抱著她的身子只管呼喚，海蘭珠哪裏還有答應，只聞喉中咳咳作響，漸漸只有出的氣兒，沒了進的氣兒。太醫們一齊跪下來，請皇上與娘娘出外暫避，說是將去的人，濁氣最盛，恐於貴體有違。皇太極哪裏肯捨，猶拉著手連聲叫喚，哲哲只得也跪下了，稟道：「皇上好歹避一避，也好叫人給她換衣裳呀，再誤一時，可就遲了。這裏交給迎春照料就好，連太醫也要一齊迴避的呢。」

宮人們見皇后娘娘尚且跪了，都不知所措，只管跟著跪了一地。太醫又再四懇請，皇太極無奈，只得一步三回頭地出去了。

於是宮人們進來服侍更衣，素瑪豈肯叫人動手，搶上前來要自己做，只說：「服侍格格穿戴，是奴才從小做到大的，別人替她打理，哪裏知道格格的心思？」

迎春怕她眼淚弄濕衣裳，讓海蘭珠靈魂兒不得超生，欲不叫她做，又哪裏勸得，只得一旁小心，幸喜素瑪並不哭泣，只是絮絮地叨咕著，仍同往昔與格格同寢時一般有說不完的話。

一時哲哲安頓了皇太極，自己重複進來坐下看著素瑪和迎春料理。她素日裏以中宮皇后自重，又因各宮妃子每早須向清寧宮請安，總是要見的，故而尋常並不大肯往各宮走動，這幾日爲了宸妃的病，一天裏倒有半天是在關雎宮起坐，卻是第一次好好打量宸妃起臥的這間屋子。各宮各殿的家俱不是紅木就是花梨，都是一堂一堂的，透著沉穩大方。這一間裏卻怪，所有的木器都是雕花嵌貝，透著輕薄鮮亮，卻有點壓不住似的，老有種隨時隨地一陣風就飄去了的輕盈，活潑是夠活潑了，看著倒也順眼，卻不硬氣，是留不住的樣子。哲哲便歎息起來：這樣的一個人兒，怎能載得住福呢？

她想起早先在草原上的時候，那時海蘭珠還是小小格格，可美麗明豔已經出了名了，卻偏偏生得單薄，所以寨桑貝勒老是耽心養不活，請了寄名符、長命鎖、富壽玲瓏玉墜子，頸上腰間累累垂垂繫著好些，連手腕腳踝也都戴著金鈴，說是金子墜得住，用金子壓住四角，神鬼就帶不走了。也是因這份過度高貴挑剔，才耽誤了海蘭珠的青春，叫她老大未嫁地擱在家裏許多年，直至進宮跟了大汗。後宮粉黛爭妍，偏她又與皇太極投緣，不肯分一點兒恩澤與旁人，怎怨得鬼神忌憚呢？

哲哲一味尋思著，卻聽素瑪跪在海蘭珠帳前，絮絮叨叨，竟將她心裏的話全都說了出來，哲哲乍聽之下，還以爲是自己的耳朵聽岔了呢，或是管不住舌頭，竟然自言自語起來。定一定神，才發覺是素瑪在一行哭一行說，字字句句，竟都像是打自己心窩子裏掏出來的一樣，不禁呆了。

只聽那素瑪並不哭泣，只跪著哀哀訴說：「格格，奴才自小服侍您，知道您一直想著要嫁一個全天下最偉大的男人，一個獨一無二的英雄，您做到了；您嫁了大汗，做了東宮，您跟奴才說過，後半輩子最大的心願，就是把八阿哥守大，看著他成爲第二代明君。這一回，咱們敗了。格格，敗了，那也沒什麼，您還年輕著哪，還可以再生呀，哪個娘娘不是生過三兒兩女，您沒了八阿哥，還會有新的阿哥來陪您的。幹什麼萬事都只要獨一無二呢？格格學問深，不聽見說『紅顏薄命』嗎？生得天仙模樣已經受人忌天妒的，恩深愛重也是折福，八阿哥那樣聰明靈透卻偏偏短命，焉知不是鬼神忌妒折了福呢？格格但凡肯看開點兒，也斷不會落得今天這樣。格格又美麗又聰明，是人尖兒中的人尖兒，只是心太重，打小兒是這樣，一輩子都是這樣。心太重，得到一點就失去一些，太在乎那得到手的，還不如沒得到。這就好像格格給我講過的那個『剖腹藏珠』的故事，若是爲了一顆珠子，把肚子剖開，連命也捨了，倒不如沒有那顆珠子的好。格格若不是這樣美得天仙一般，又或者不是這樣聰明絕頂，也許便不會這樣看不開了；又或是格格不曾嫁了大汗，做了東宮，又或是不曾生下八阿哥這樣絕世無雙的一位阿哥，也就不會這樣傷心了。格格生了八阿哥，又丟了八阿哥，格格放不下，一定要去找回來，素瑪勸不住，只有跟著格格去，咱們一塊兒找八阿哥，我還是服侍您，死活都不離開您。那年咱們一同來盛京的時候，在路上格格就說過的，到哪兒都帶著我，這次，您也不要丟下素瑪啊。」

她這樣說著，聽者無不落淚。哲哲聽她比出「剖腹藏珠」的典故來，話中竟有大道理，不禁癡了，心想這丫頭半瘋不癲，說的話卻通禪，倒不知是癡人近佛，還是因爲跟著綺蕾念經的緣故。迎春卻暗暗憂心，悄悄地叮囑了宮人留意素瑪，不要叫她尋了短見，自己再三催請娘娘回宮休息。哲哲已是望四的人，且身體發福懶動，鬧這一回也著實累了，看海蘭珠已口不能言，卻又不能一時就去，料還有三五更的時辰可拖，遂由著迎春扶回休息。料皇太極必不能捨，知勸也無用，只命太醫小心照看，見機行事。

果然到了臨天明，素瑪守著海蘭珠吐出最後一絲微息，也不哭也不鬧，親手替主子再次淨了面，又跪下來嘭嘭嘭磕了三個響頭，轉身就向牆角撞去。饒是宮人留著心及時拉住，還是將額頭蹭破了一層油皮，只得送回禪房求綺蕾代爲照顧。

關睢宮裏一時舉起哀來，皇太極哭得幾乎昏過去，太醫們再四跪求皇上節哀，且去小息片刻，皇太極只是流淚不允。

哲哲來哭了一回，將傅胤祖拉在一邊，拭淚問道：「有什麼法子可以讓皇上休息一會兒，這樣子哭可不行，大清朝可都指望著他呢。」

傅胤祖也早在爲這件事設法，只不敢擅作主張，聽得哲哲這樣說，心裏有了依仗，遂回道：「回娘娘話，若是四周點起安息香來，再煎碗藥水給皇上服下，不難使皇上少睡片刻，只怕皇上醒後生氣，怪罪下來，這欺君之罪臣豈敢擔當？」

哲哲歎道：「傅太醫過慮了，這是忠君，何罪之有？你有什麼靈丹妙藥但用無妨，皇上怪下來，有我呢。」停一下又道：「太醫醫術高明，可有一種藥，叫人不要傷心太過的？」

傅胤祖苦笑道：「都說人心難測，心病難醫。測都測不來，又從何治起。除非眼下有什麼人或事可以讓皇上把心思從宸妃去逝這件事上轉開，不要憂思太過，或可稍解。」

哲哲聽了，低頭默思許久，終無良策。

一時藥已煎好，傅胤祖跪獻皇上，皇太極正哭得口乾舌燥，接過來一飲而盡，究竟是苦是甜也不知道，並未查覺是藥。胤祖鬆一口氣，果然稍時皇太極朦朧起來，漸不能支，忙命宮人扶去就寢。自己與眾人也都橫七豎八，胡亂找地方將息一夜。

天方亮，皇太極醒來，換過衣裳，又到靈前撫床大哭。哲哲率領眾妃子一齊跪求皇上珍重，終不能勸。各宮各殿也都來拜祭了，連莊妃也掙扎著從炕上起來，由忍冬扶著過來大哭了一場。忍冬連聲勸慰：「娘娘，九阿哥不滿百日，您且不可傷心傷身，傷了元氣啊。」

哲哲也道：「月子中的人，不宜在新喪之地久留，小心過了病氣給九阿哥，反爲不美。」

莊妃遂由忍冬扶著起來，又交了一塊銜口的玉蟬給哲哲，拭淚道：「這是給姐姐含在嘴裏的，就當我陪著姐姐了。」

哲哲見那塊玉晶瑩溫潤，兼且雕工精美，較原本擬用的玉蟬精緻十倍，遂點頭歎道：「還是你心思細緻，知道準備。」

莊妃一窒，欲待解釋，倒又不好說什麼，只得借著哭啼含糊避過，又向靈位拜了三拜才離去。

一時禮部擬了誄文上來，宸妃諡號敏惠恭和元妃，大禮發送。只因宸妃無後，故捧盆截髮盡孝儀皆由小阿哥們代執。

皇太極聽得「無後」二字，又觸動起八阿哥早夭之痛來，復又大哭起來，幾至昏厥。哲哲等深恐他痛極傷身，只得又命傳太醫送上安歇之藥，哄得他睡了。

如此幾次三番，連胤祖也怕了，跪著向哲哲請罪道：「娘娘恕罪，胤祖無才，這睡藥的覺吃一兩服是救急之方，然而事不過三，多用只恐於龍體有礙。」

哲哲無奈，也只得由著皇太極哭靈陪床地鬧去，唯盡人事苦勸而已，自己也少不得陪了幾夜，便覺頭昏體沉起來。實指望皇上悼亡之情於封棺後會好些，不料竟是毫無起色，此後一連數月，不但上朝問事常常脫空，連前線戰報也都懶得過問。

後宮裏多的是錦上添花的小聰明，卻缺乏雪中送炭的大智慧，皇上從來都只是爭寵的目標，又什麼時候向別人乞求過同情和幫助呢？

清宮內外，一時籠罩在濃郁的愁雲慘霧之中，即使戰事最吃緊損兵折將的時候，也不曾這樣蕭條。

這日多爾袞從朝堂上回來，正坐在自家府裏飲酒，英王阿濟格與多鐸一齊來訪。三兄弟廝見了坐下，阿濟格便開門見山道：「皇太極登基以來，也還算精明肯幹，咱兄弟雖不甘心，卻也佩服。然而如今他爲著一個妃子每日裏昏昏沉沉，不理朝政，卻實在不像個皇上，豈止不像皇上，簡直連普通將士也不如，全朝文武都很不滿他，不如想個法子，叫他把皇位還給你算了。」

多爾袞飲酒不語，多鐸卻笑道：「哥哥都封了郡王了，說話還是這樣直爽無顧忌的。」

阿濟格道：「這裏只有我們三兄弟，難道還怕你兩個會告我一狀不成？何況我看皇太極那個半死不活的樣子，就算你們告了，他也未必有心情理會呢。咱們兄弟幾個成天前線作戰盛京上朝的，他可好，就只知道抱著棺材哭喪。」

然而無論阿濟格與多鐸如何議論，多爾袞卻只是顧自飲酒，因酒壺已空，遂叫：「酒來。」烏蘭卻偏偏倒了茶出來，給三位王爺醒酒，勸道：「三位爺，也喝了有些時候了，又不肯吃東西，這乍暖還寒的天氣，最容易著病的，小菜雖不可口，好歹略嘗嘗，暖暖胃口也好呀。」

阿濟格見那四樣小菜十分精緻，不禁大喜，笑道：「好丫頭，這麼知疼知熱的，給個主子格格也不換的。」俟她出去，遂向多爾袞道，「我知道你早已把她收房，也該給她個名份才好，雖不便扶正，封個側福晉卻也使得。」

多爾袞笑而不答，卻果然將酒杯換了茶。

他在盛京待不住。在自己的睿親王府也待不住。

再大的花園也不及草原敞亮，再柔的清風也不如馬背瀟灑。連陽光透過窗櫺照在紗帳裏，都有一種陰鬱的味道，令人窒息。他急不可耐地要出去，揚鞭馳騁，哪怕是上戰場也好吧，只要能撒開馬蹄，揮得圓彎刀，然後搭弓上箭，一矢中的，那是何等的暢快？

在府裏，唯一的馬就是女人；或者說，女人就是馬。烏蘭，所有的婢女，老媽子，甚至廚子的妻，只要被他在「需要」的時間裏碰上，就難以逃過被駕馭的命運——然而那些女人也並不指望逃脫，反而有些期盼的意思，隨時隨地地期望著驚喜。

相對來說，烏蘭是他較爲固定的伴侶，也是唯一可以與他同床共枕的。這或許是看在去了的睿親王妃的面上，因爲烏蘭是王妃默許了的——從這一點看來，多爾袞的心中，對王妃其實是一直有

著份忌憚的，即使在她死後，也仍然本能地敬重，不敢越過那道無形的雷池。

福晉是一種身分，也是一種名份。多爾袞從不曾給過她足夠的情愛，然而於名份上卻是給足了的，她是他的正室，也是他的唯一。無論他怎麼縱性也好，總會避過她的耳目，雖然只是形式上的避一避；她顯然也是領情的，故而對他在臥房以外的放浪從來不聞不問，只要他不叫她「看見」，那麼便知道也做不知道，彼此倒也相安。

對於福晉的死，多爾袞始終存著一份虧欠，因他明知她的死因卻不能替她報仇，而且是不願替她報仇，甚至和那個殺妻仇人如膠似漆。因爲這一份虧欠，他始終不肯再娶，而將那個睿親王妃的名號當作亡妻永遠的靈位。

那日莊妃送信出來，叫他無論如何要趁夜入園殺了釵兒與福子，他雖不知莊妃如此佈置究竟爲著什麼，卻猜到她必有重大圖謀。不料次日即傳出八阿哥暴斃之訊，很明顯兩件事兒是連著的。他猜不透莊妃到底用了什麼法術致八阿哥於死命，又因莊妃生產而無法約她出宮見面，但他們兩個曾經有過稱王稱后坐擁天下的誓言，所有的一言一行，都是爲著這個偉大目標而努力著，這一點，他時刻都不會忘記。只是莊妃深藏在永福宮裏，他怎樣才能想法與她見上一面，好好謀議一番呢？

此刻能與他相謀議論的，只有兄長阿濟格和弟弟多鐸。可是莊妃的事是無法向兄弟們明言的，因此他只默默地喝酒，把所有的虧欠和隱衷隨酒咽下，然後才忽然抬頭，另起話題：「咱們和明朝的軍隊打了這許多年的仗，依你們看到底什麼時候才可以打進京去？」

多鐸笑道：「哥哥只問什麼時候打進北京，並不問勝敗如何，那麼是已經勝券在握了。可是便贏了又如何，還不是替他人做嫁衣裳。」

阿濟格也道：「說起打仗我就一肚子恨，那皇太極不知安的什麼心，每次都派你去最邊遠的前線，哪裏危險往哪裏去，分明是想借刀殺人，等著你陣亡呢。要我看來，他分明就不信任咱們兄弟，對這個假皇上的位置自己心虧，想讓你不明不白地死在戰場上才好。」

多爾袞冷笑道：「他的心思，你以爲我沒看出來嗎？每次得勝還朝，他一邊獎賞，一邊倒老大遺憾似的，還不是氣我不死。只是，我這樣拚命，自有我的道理。」

阿濟格詫異：「拚命也有道理？原來打朝鮮打察哈爾也都還好說，大家勢均力敵，現在要你去打明軍，每一戰都是艱苦卓絕，九死一生，你有命留下來還好，若丟了這條性命，什麼道理也都不要講了。他反正好好地盛京稱皇，安逸著呢。」

多爾袞正色道：「將在外，君命有所不受。盛京稱皇算什麼？最多也只是和明王朝分庭抗禮，況且我聽那些個太監說，這盛京宮比起北京皇宮來，十分之一都不及。我若稱王，要坐就坐北京皇宮裏的金鑾殿，到那時候，皇太極又奈我何？」

多鐸初而一愣，接著明白過來，忙站起來拱手贊道：「原來哥哥胸中早有成竹，果然深謀遠慮。論文才論武功，皇太極豈可與哥哥相比？大清帝王，捨你其誰？」

阿濟格卻仍不懂，問道：「你們兩個說什麼？皇太極現稱著皇上呢，我們不打他，倒替他去打北京，只會讓他把天下越坐越穩，卻如何掀他下來？」

多鐸笑道：「也不必掀他，只怕二哥打進北京的時候，他還在抱著宸妃的棺材灑馬尿呢。到時候，還怕他不把玉璽拱手相讓嗎？」

阿濟格這方明白過來：「你們的意思是，我們先不必理睬盛京朝廷，倒是按部就班地繼續拚命去，待到打下了北京城，也不用報訊，也不用邀功，就直接進去坐了金鑾殿便是。可是這樣？」

多鐸笑道：「你可算明白過來了。對明戰爭一直是由二哥掛帥，到時兵權在握，黃袍加身，皇太極鞭長莫及，何況就算他麾兵打我們也不怕，難道我們兩白旗還怕了紅旗不成？」

阿濟格鼓舞起來，大喜道：「果然是妙計。到時候只說戰事緊張，不住要求增兵，把八旗主力全部分散，我們這裏再設法拖住皇太極不叫他親征。等到二弟做了皇上，我們悄悄地裏應外合，打他個措手不及，逼皇太極退位，保準萬無一失。」

多鐸冷笑道：「到那時候，可不只是退位那麼簡單了。想想我們的母親是怎麼死的？我早就對自己發過毒誓，早晚要叫皇太極嘗嘗被活埋的滋味，就讓他替他的愛妃陪葬去吧。」

多爾袞卻道：「且別張揚。若是皇太極一直半死不活的倒也罷了，就只怕他過些日子重又振作起來，不好對付；況且對明作戰也不是一天兩天的事，誰知道到時候又有些什麼事故出來？」

阿濟格、多鐸也都默然，心知多爾袞所言不錯，皇太極心思縝密，手段毒辣，又豈是那麼容易上當的呢？這件事，總還得從長計議，小心處之才是。

且說素瑪自被送回了禪房，雖沒有再鬧著去死，卻每天坐在禪房一角，眼神渙散，口齒不清，嘀嘀咕咕地說些誰也聽不懂的話；要不就趕著綺蕾叫格格，還直問她爲什麼打扮得這麼古怪，非要服侍格格梳妝更衣不可。

綺蕾憐她癡心，不肯和瘋子理論，只得隨她妝扮。她原本和海蘭珠就酷肖，再換上海蘭珠的衣裳，簡直就成了一個人了。

一日兩人閒話時被哲哲撞見，乍看嚇了一跳，還當是海蘭珠復活了呢；細一看才發現分別，知道是綺蕾還了俗家裝扮，這倒提醒了她。八阿哥死了，海蘭珠死了，已經沒有一個人可以勸慰皇上，就連小阿哥福臨的出生都不能令天子展顏，太醫們束手無策，大臣們的上疏和妃子們的獻媚更是無濟於事。當初她和大玉兒曾經借著海蘭珠的酷肖綺蕾對皇太極演過一齣戲的，如今何不借著這點巧合再演一齣戲呢？

哲哲一生中大概就聰明了這麼一次，在整個後宮亂成一片、連前朝也群龍無首的時候，她這個一朝之后、天下之母終於站出來，以寬容和智慧挽救了皇太極的鬥志，也挽救了大清的命運。因爲這一點寬容和大度，她無愧於母儀天下的后位，做了生平最漂亮最偉大的一件事。

「你去陪陪皇上吧。」她對綺蕾說，「以前我因爲皇上寵你，沒少找你的麻煩，是我的不是。但是你是這麼聰明大度的一個人，你會體諒我後宮之首的爲難的，是不是？如今皇上整個人已經潰了，他要是倒下來，大清也就完了。你幫幫他吧。只有你才可以幫到他。他聽不進任何人的話，前朝的大臣、後宮的妃子們已經想盡了辦法，可是皇上一味沉溺在傷心中，把天下置之度外，他忘記了這不是他一個人的事，甚至不是後宮的事，這關係天下蒼生。他是皇上，他是不可以倒下來的！爲了救皇上，我願意做任何的事情，包括獻出生命，可是我幫不了他了。綺蕾，只有你能幫他，你肯不肯這麼做？」

當綺蕾聽到哲哲的決定時，大吃了一驚，幾乎不能相信這是從哲哲口中說出的話。

然而站在她面前的，的確是曾經恨不得置她於死地的哲哲，是那個口口聲聲稱她是「察哈爾刺客」的皇后，她說：「綺蕾，我知道你一直忌憚我，我也一直忌憚著你。但是皇上跟我說過，你是

個心懷天下的奇女子，不可以用常人的眼光來評價你。如果真是這樣子，綺蕾，你就該爲了天下人救救皇上，我如果只是一個普通人的妻子，也許寧可和丈夫抱在一塊兒死也不願意和別的女人分享他。但是我是皇后，當天下的利益和我個人的情感發生衝突時，我只能沒有了自己。我不是大度，也不是理智，我是責無旁貸。別說和你分享皇上，就是讓我把皇后的位置讓給你，只要救得了天下百姓，我也是心甘情願的。綺蕾，我替天下的百姓求你。」

哲哲說著欲跪，而綺蕾卻已經先她而跪下了，斬釘截鐵地說：「娘娘但有所命，綺蕾盡力而爲。」

她再次回到了關雎宮，再次站到了皇太極面前。

面對著這熟悉的地方，這熟悉的人，綺蕾的心中，不能不浮起一種人生如夢的感慨。眼前的這個男人，曾經是她恨之入骨的，卻也曾經與他肌膚相親，他們還曾經共有過一個兒子呢。後來海蘭珠代替了她的位置，住進了關雎宮，生下了八阿哥，可是，只是那麼短短的幾年啊，一切就像場夢一樣煙消去散了，八阿哥死了，海蘭珠死了，就好像他們從來沒有來過一樣。海蘭珠，簡直是踩著自己的足跡亦步亦趨地重走自己的路呢。

命運。

這命運的驚人的重合使綺蕾不能不對皇太極覺得同情，發自骨肉真心的一種同情。

她看著皇太極，他是一個帝王，主宰天下蒼生的天之驕子，她安慰他，等於安慰了整個天下，爲了天下，她一個小女子的獻身微不足道；同時，他又是一個可憐的男人，一個失去了愛妃與幼子的傷心的丈夫與父親，她對他的同情，是發自內心的，毫無委屈的，只要能夠幫助他，她什麼都願意做，什麼都可以做。

她，一個女人，一個他曾經愛過的女人，想要安慰一個男人，能做些什麼呢？能做的很多，也很少，但很管用。當年，她爲了對付他曾經學過很多本事，是下了苦功夫的，現在，她又要用到這些本領了。再一次，動用女人的原始本錢來改變命運。改變。命運。

綺蕾又開始跳舞了。

她對著皇太極，一層一層地，脫去她的衣裳，打散她的釵環。像花朵一瓣瓣地綻放，露出嬌嫩的花芯。

花的芯，女人的心，多麼誘惑。

曾經皇太極在看到她的最初，已經強烈地渴望過，渴望剝開她所有的衣裳，渴望可以像剝去層層衣服那樣層層剝去纏縛於她靈魂之外的重重束縛，然而他又害怕，當她赤誠相見，心底裏所有的不過是仇恨，僅僅是仇恨，再無其他。

他怎麼敢奢望，有一天，她會在他面前，主動讓自己赤裸？

她整個的服飾，是和海蘭珠生前一模一樣的。在她出現的第一瞬間，已經讓皇太極覺得錯愕，震動，顫慄，感慨。而隨著她的舞蹈，她的身分漸漸不明，她一會兒是綺蕾，一會兒是海蘭珠，而兩個女人，都是他生平至愛的。

他又一次恍惚了，如被蠱惑，如中魔咒，站起來，癡癡地，癡癡地，走向她，抱住她，伏在她的懷抱裏，痛哭失聲。

這是一個帝王的哭泣啊。這是一隻受傷獅子的哀鳴。這足以令天地震動，風雲變色，讓歷史的如椽之筆龍飛鳳舞，搖落銀河。

哭泣和淚水在清洗著皇太極地動山搖的傷心，而綺蕾一陣風樣溫柔而恬靜地擁抱著他，呵撫著他，拂動著他，喚醒著他，也解脫著他。

她脫盡了自己的衣裳，便開始脫他的，一層一層，彷彿脫去他所有的冷漠和傷心，脫去他對這世界的拒絕。而他由著她，由著她手的撫摸，由著她嘴的親吻，三年多的冰清玉潔並無損於她的靈巧柔軟，反而更使她有了一種凡人不及的誘惑與神奇。

這不是綺蕾，這是海蘭珠。只有海蘭珠才會這麼迎合於他，順從於他，邀媚於他。

他終於一絲不掛地站在她面前。一個赤裸裸的女人，一個赤裸裸的男人，他們可以做什麼？

皇太極前所未有地狂熱，前所未有地盡興，要了一次又一次，彷彿把所有的傷心和激情都釋放出來，又彷彿把所有的鬥志和生機都啓動起來，不知疲倦。而綺蕾盡態盡妍，俯仰承歡，將身體彎曲成各種幾乎不可能的姿勢來迎合他，取悅他，以女人最原始的能力來激發出男人最原始的動力。

他們這歡喜佛一般驚天動地的交合把鬼神都驚動了，不得不給予他們超乎常理的氣力和精力，讓他們一次又一次地縱性，從午夜，到天明。

隔了兩天，當皇太極再度走上金鑾殿時，臣子們驚訝地發現，他們的皇上竟然比以前更加神采奕奕、精力旺盛。八阿哥和海蘭珠接連的慘劇所帶給皇上的所有陰晦已經一掃而空，他處理奏章時，比以往更果斷，更英明，更有帝王之氣。

因爲他，終於真正得到了他一生中最想得到的那個女人。

這一次，是那個女人主動獻身的。這無疑是皇太極人生情史上最值得驕傲的一筆。

男人的永恆的驕傲在於征服。征服，而後擁有。

他曾經擁有那個女人，然而那女人兩度行刺於他，辜負於他，便始終不算是真正的擁有。但是有過了這一夜，她對他所有的虧欠都補償了，她爲他做的，遠不止一個女人對一個男人那麼簡單，而等於是給了他第二次生命。

她救了他，救了大清朝廷，救了一個時代。

第廿一章　沙場之上誰是真正的英雄

「天對地，雨對風，大陸對長空。來鴻對去燕，宿鳥對鳴蛩；三尺劍，六鈞弓，人間清暑殿，天上廣寒宮……」九阿哥福臨奶聲奶氣卻口齒清楚地背誦著，小小年紀，似乎已經很懂得聲律的韻味，念得抑揚頓挫，有板有眼。

娜木鐘躡手躡腳地走來，隔窗笑道：「莊妃大學士也太課子嚴苛了，才三四歲大的毛孩子，每天不是習武，就是學文，也該叫阿哥休息玩耍一會兒才是。」

莊妃只顧聽兒子背書，竟未留意到娜木鐘進來，聞聲忙起身含笑相迎，又嗔著丫環道：「貴妃娘娘進來，怎麼也不通報？越來越不懂規矩。」

娜木鐘笑道：「你別罵她們，是我不叫聲張，想進來嚇你一跳的。」

莊妃笑道：「你也是就快做娘的人了，怎麼反倒比前淘氣些。」因命忍冬帶福臨去裏屋做功課，叫看著不許偷懶，背熟這一篇對課才許休息。

娜木鐘搖頭道：「人間清暑殿，天上廣寒宮。我總不知你叫孩子念這些做什麼，咱們蒙古人，祖祖輩輩馬背上長大，草原上埋身，要那麼多詩詞學問有什麼用？正經學學彎弓射箭還差不多，明兒皇上打下中原，也好封個親王管理一方。」

莊妃微笑不答，心中不屑，暗道：封個親王？福臨將來是要做皇上，入主中原，坐殿金鑾的，不學習漢人的學問，又怎麼管理朝政，令漢人臣服呢？然而這番話卻不必與外人說起，因只看著娜木鐘的肚子問：「有三個月了吧？倒不大顯。感覺怎樣？」

娜木鐘道：「也沒怎的，只是每日裏從早到晚地想吃酸。」

莊妃「唉喲」一聲笑道：「酸男辣女，這是好兆頭呀，該不是我們福臨就要有弟弟了吧。」又道，「好在是夏天，新鮮果子多的是，想吃酸倒也不難，別虧著自己。」遂催著丫環撿極酸的果子送上來，又讓把西域才送來的還魂草沏一壺來。

娜木鐘忙止住說道：「皇上也賞過我的，只是那草茶怪香怪氣，我很不習慣，自從開罐嘗過一次，便放在那裏再沒有動過。你若喜歡，我叫丫環拿來給你。」隔一下又冷笑道，「這些吃的喝的，皇上倒是雨露均沾，不分彼此的，有東宮的，也必會有西宮的，甚至兩側宮的妃子也都有份，卻又值什麼呢？那年你給皇上寫摺子，說是『何必珍珠慰寂寥』，真真說得不錯。『人間清暑殿，天上廣寒宮』，我這麟趾宮早晚也該改個名字，叫做『廣寒宮』才好了。」

莊妃笑道：「喲，剛說想吃酸，這就拈上醋了。還好意思抱怨，要真是廣寒宮，嫦娥的肚子可就怎麼大起來了呢？難道果真是玉兔搗的靈藥，煉的仙丹，有這麼大本事不成？」

說得連丫環們都握著嘴笑起來，又不敢，只好死忍，擠眉弄眼地做出種種怪狀。娜木鐘不好意思起來，推莊妃道：「拿你當正經人說兩句心裏話，你倒編排這些巧話兒損人，倒讓奴才看笑話。如此我便走了，看誰以後再來理你？」

莊妃忙笑著拉住道：「別走，娘娘好歹原諒我這一回吧。我原本是看貴妃娘娘有孕在身，一心效仿那古人戲彩斑衣，逗娘娘笑一回解解悶兒，身子也好了，心裏也鬆快了，不想倒惹娘娘不高興，這才是弄巧成拙呢，小的便在這裏叩頭謝罪可好？」

弄得貴妃無法，啐道：「好也是你歹也是你，別說皇上，便是我也拿你沒法子。」

莊妃笑道：「要說皇上對你也還算好的，況且也不是冷著你一個人，自從松山、錦州一帶打起來，鬆鬆緊緊地打了兩年，咱們總也沒有占到什麼好處，可謂建京以來打的最艱難的一場仗。如今皇上枕戈待旦，一年裏倒有大半年不在京裏，難得回來幾天，倒讓你和綺蕾一齊懷了孕，還不夠慶幸的？」

娜木鐘恨道：「誰願同那罪人一道養胎？她也配？這件事，說起來都是皇后娘娘不好，怎麼悄沒聲兒地就把個罪人從禪房裏拉出來，又眼不見地塞給皇上了呢？想當年我們多不容易才把這狐狸精鎖進籠子裏，這倒好，她一聲不響，就又放虎歸山了。」

大玉兒一愣，「狐狸精」的說法她是第一次聽見，以往有人稱綺蕾爲那個察哈爾的刺客，那賤人，罪人，甚至那尼姑，也有過說她會妖術，擅使魘魔法兒，裝狐媚子媚主的，然而這樣直統統地稱其爲「狐狸精」卻是第一次，倒像是漢人的口吻。

不過細想一下，綺蕾還真是有幾分狐相：她尖尖的下巴，小小的嘴，還有那雙溫順裏帶著倔強、沉靜中露出鋒芒、忽然靈動起來卻是明光流麗的一雙眼睛，可不就像是一隻狐狸？

大玉兒很小的時候就跟著哥哥吳克善在草原上獵過狐，有一次獵到一隻受傷未死的白臉狐狸，一時興起便不許殺，竟帶回家養起來。當時已經長成一個大美人的姐姐海蘭珠格格曾嘲笑她說：「這種狐狸有個名字叫玉面狐，你又叫玉兒，難怪你喜歡牠。」後來因爲那狐狸咬斷繩索逃走，逃走前還咬死了兩隻雞，海蘭珠歎道：「這才是漢人說的，養狐爲患呢。」記得當時自己還取笑姐姐錯了，說那句成語該是叫做「養虎爲患」的。如今想來，竟還是姐姐說得對，簡直一語成讖。

現在，娜木鐘說綺蕾重新入主關雎宮是「放虎歸山」，那是又一次指狐爲虎了。大玉兒不僅深深歎息，也許，這便是命運吧？

那段日子她正在養息中，阿哥未滿百日，不許出宮。直到那日皇后娘娘送「百歲饅頭」來，才故意輕描淡寫地提起，皇上已經再納綺蕾爲妃，仍賜住關雎宮，雖無封號，但一切配享與五宮無異。

月子中的大玉兒聽了，直氣得眼冒金星，四肢無力。剛剛送走了一個海蘭珠，又來了一個綺蕾，這兩個人，一而二，二而一，怎麼竟是陰魂不散呢？人們傳說八阿哥和福臨是一條命，難道海蘭珠和綺蕾，也其實是一個人嗎，一個打不死送不走的九世狐狸？

但是她又能怎樣呢？一個月子中的產婦，難道能打炕上跳下來，奔去關雎宮找那個綺蕾理論不成？況且就算她可以出宮，又能對皇上說什麼呢？他是萬民之上，九五之尊，他要寵愛就寵愛誰，想封誰爲妃就封誰爲妃。而自己，只是他眾多的選擇之一，又能對他的其他選擇說什麼呢？

就像此時，她聽到了貴妃的抱怨，句句都是自己心聲，可是也決不能隨聲附和流露出絲毫怨懟之意，因爲皇后是自己的親姑姑，她不可以讓別人察覺到自己與姑姑的隔閡而反過來輕視了自己的勢力和背景。娜木鐘就是因爲看不透這一點，才一邊拉攏著巴特瑪一邊卻肆無忌憚地嘲罵貶斥她，而讓人們並不真正把她們看成團結的一派的。自己是要做大事有大志的人，卻不能這般沉不住氣。

因此任憑娜木鐘抱怨不休，大玉兒只是不動聲色，直到娜木鐘罵得盡興罵得累了，她才適時點了一句：「只要她一天得不到封號，就一天不可能越過你我的頭去；怕只怕她肚子裏究竟不知是男是女，俗話說母以子貴，如果她這回生了兒子，那麼皇上就可以這點理由冊封她了，豪格的娘不是封了繼妃嗎。」

娜木鐘一言驚醒，躊躇起來：「她和我腳跟腳兒地有了身孕，算日子還比我早著幾天，算起來最多再過兩三個月也就該有個信兒了。這倒要好好問問太醫。」忽又抿嘴兒一笑，擠眉弄眼地道，「我聽說，我聽說那狐狸精自有了身孕後，忽又裝起正經來，說什麼也不肯和皇上同房，且在宮裏面重新設立神座，每天拜神念經地，只差沒有重新吃起長齋來，不知是什麼意思。莫不是養精蓄銳，吸了陽氣就做起法來了？」

莊妃聽她如此胡謅，失笑道：「一派胡言。哪裏真有這麼邪門？不過是有孕在身，不爽快是有的。」

娜木鐘也笑道：「那便天保佑，她一輩子身子不爽也就罷了。」忽又想起一事，問道：「你每天看了詩書看兵法，又天天打聽前線戰報，到底知不知道皇上什麼時候回來？」

莊妃憂心忡忡地歎一口氣，答非所問：「崇禎這回派的可是洪承疇。」

娜木鐘道：「洪承疇便怎的？他很厲害麼，有三頭六臂？」

莊妃笑道：「是不是三頭六臂我倒沒見過，但是他的名字卻沒少聽說。他是薊遼總督，戰功無數，又是出名的常勝將軍，行軍帶兵都很有一套。年初我們的人兵臨錦州，本來已經占了上風的，但是明主朱由檢派了洪承疇統領十三萬大兵救援，內中又有吳三桂等八總兵，都是有名的大將，早先我陪皇上審奏章，看到前線抄來的邸報，上面說『援錦大軍，用兵異於前，錦州圍城之兵勢不可擋』，竟是要與我們決一死戰。要不，皇上也不會御駕親征，自己率八旗精銳馳援不算，還調集蒙古科爾沁、巴圖魯兩部協助，連我哥哥吳克善都領兵上了前線，奉命守衛杏山，聲援錦州。這一仗，必然會打得很吃力，勝負很是難斷。」

娜木鐘並不以爲意：「管他是天兵天將，皇上也一定旗開得勝。咱們大清的仗還打得少嗎？蒙古也好，滿人也好，都是馬背上長大、出生入死慣了的，不比那些明軍，養尊處優，腿腳早就懶了，哪裏還拿得動槍拉得開弓？洪承疇又怎樣？吳三桂又怎樣？咱們還不是有十四爺多爾袞、大阿哥豪格這樣的神武大將？」

莊妃原本意在閒談，再沒想到娜木鐘會突然提起多爾袞來，乍然聽到名字，倒彷彿有千斤重的大錘猛地當胸一擊般，頓覺心旌搖盪，耳鳴暈眩，一時竟是癡了，半晌說不出話來。

娜木鐘猶自絮絮不休，饒舌道：「十四爺的福晉死了這許多年了，說是多少王公大臣托人說媒，要把閨女許他，哪想都看不進眼裏去。竟不知到底想要個怎麼樣的天仙神女才肯結親？又說是他心裏其實早有了什麼人，卻不知爲什麼不肯光明正大地娶了來，只偷偷摸摸地往來。有人親眼看見的，三更半夜有轎子打王府裏出來，只不知是什麼人。」

一番話只聽得大玉兒心驚肉跳，哪裏還有心思答她，只含糊點頭道：「不過是傳說罷了，又不是你我眼見的，哪裏便好信他。」

一時娜木鐘去了，大玉兒猶自心潮起伏，滿耳裏只是娜木鐘說的多爾袞不肯續弦的話。多爾袞並不是一個忠貞的情人，他在睿親王府裏美姬無數，欲索無求，這些她也都是知道的。但是，他卻自睿親王妃死後，再沒有立任何人爲福晉甚至側福晉，她們只能是他的一時之歡，只是他身邊床上的一個擺設一個附屬，而從不會真正介入他的生命。他生命中最重要的女人，唯有自己。

自己才是他的夥伴，他的親人，他的真正的福晉——不，是他真正的皇后！稱王稱后，坐擁天下！這是他們的誓言，不是嗎？能做他的皇后的，唯有自己！而能最終取得皇位的，將是他們的兒子福臨！爲了這個目標，她隱忍，她律己，她課子嚴苛，枕席備戰，無一刻鬆怠。

然而，他們的雄心壯志，終究什麼時候才能如願呢？她和他，又要到什麼時候才可以堂堂正正地往來，比翼雙飛，蓮開並蒂呢？

想著，益發思如潮湧，相思之情難抑，遂命丫環鋪設文案墨硯，索筆題得七言律一首，詩云：

莫向春雨怨春雷，水自風流花自飛。
卓女情奔司馬賦，虞姬血濺霸王旗。
笛聲吹徹錦邊夜，鄉夢飛凌鳳殿西。
贈我青絲掛鹿角，為君金鼎煮青梅。

寫畢，擎在手中反覆吟詠，仍覺未能盡興，正欲再續一首。恰時福臨已經背課完畢，出屋來，看到母親題詩，便也站在一旁細讀，喜不自勝，朗朗評道：「請教額娘，這『笛聲』一聯套的可是『小樓吹徹玉笙寒』之句？這寫的是錦州的前線戰事，但是『鳳殿』一句又指咱們盛京皇宮，額娘是寫給父皇的嗎？那麼文君琴挑的典故好像不恰當。倒是尾聯最妙，兒子最愛這最後一句，逐鹿、問鼎、青梅煮酒論英雄都是中原稱主的絕佳典故，額娘這句是說等父皇得了天下，要洗手煮青梅，親自烹酒相迎。這一句氣勢好又吉利，父皇看到一定很高興。」

大玉兒不料他能看破，反驚訝起來，笑道：「福兒真是長大了，竟能鑒賞詩詞的好壞，還知道批評用典。額娘這首詩寫得不好，你說得對，用典很不恰當，這比喻也爲時過早。」說完隨手揉了。

福臨可惜起來，搶奪不及，埋怨道：「額娘怎麼撕了？爲什麼不交給兒子保存起來？」

莊妃笑道：「交給你保存？那是爲什麼？」

福臨昂然道：「將來我做了皇上，一定頒下御旨，命人將額娘的詩詞刊印傳世，奉爲經典。」

莊妃看到他這般說話，又喜又驚，繼則不安，正色道：「福臨，你身爲皇子，要以天下爲己任，想當皇上沒有什麼不對，但是不可以將這份心思表露得太早，更不能張揚太過。宮裏阿哥眾多，像你豪格哥哥那樣立過戰功的也不在少數，怎麼知道將來一定是你做皇上呢？你這樣說話，豈非招禍？」

福臨恭敬道：「兒子知錯了，額娘教訓得對。額娘曾跟兒子說過，皇子當謙和爲上，友愛弟兄，萬不可自視太高，目無旁人。兒子出語狂妄，請額娘罰我。」

莊妃又愛又歎，忍不住拉過福臨抱在懷中道：「你真是聰明的孩子，也的確是帝王之材。你不做皇上，誰來做呢？但是你一定要記得，越是皇子，越要謹言慎行，既不可妄自尊大，亦不可妄自菲薄，出語輕浮。做皇上的人，只有心腹，沒有知己。心腹是用來爲你賣命的，但是知己，卻是偷聽你的秘密的。而一個皇子，絕不可以與人分享心事，更不可讓人窺破先機，記住了嗎？」

福臨一一答應了，問道：「額娘，你幾時正式教我寫詩？」

莊妃道：「讀盡唐詩三百首，不會做詩也會吟。你如今筆力未健，倘若急於冒進起壞了頭兒，只會走上歪路，寫壞了筆，以後都難得校正過來。非得寧神靜氣，不急不躁，且把李、杜、白這三個人的詩讀遍了，細細領會，再把王摩詰、李商隱的詩通讀一遍。等到這些讀得熟了，再回過頭細領一回詩經和楚辭中的重要篇章，然後再學寫詩不遲。」

福臨歎道：「那得到幾時啊？若不學寫詩，額娘又叫兒子背對課做什麼？」

莊妃笑道：「這就叫學以致用，這個用不一定非是用於寫詩，亦可用於領略詩文的好處。你背熟了對課，再重新領略古人佳句裏的對仗工與不工。若工整時，便是和對課相合了；若不工，則問一回自己這裏何以要破。這就是精於工卻不必拘於工。像『落花人獨立，微雨燕雙飛』；『兩隻黃鸝鳴翠柳，一行白鷺上青天』等句固好；而『身無彩鳳雙飛翼，心有靈犀一點通』雖不工，卻也堪稱佳對，若拘泥於『雙飛翼』與『一點通』的對仗倒反而失掉了這份自然天成的韻味。」

福臨拍手道：「我懂了，就像額娘這句『贈我青絲掛鹿角，爲君金鼎煮青梅』。連用了兩個青字，原於詩理不合，然而不論是青絲還是青梅，若換作任何一字，都會失了這種江河急流一樣的氣勢。所以只要是好句，對仗工與不工，用字是不是重複，都不必太計較了。」

莊妃含笑道：「你果然明白了。不過你現在還是初入門，這些規矩還是要守的，直等寫詩寫到『物華似有平生舊，不待招呼盡入詩』的份兒上，到時候一揮而就，熟極而流，就可以不理這些規矩了。」

福臨自覺這番講談有醍醐灌頂般的清澈，渾身舒泰，嘻嘻笑道：「謝謝額娘，兒子領教了。兒子練武的時間到了，這就告別額娘，去鵠場練射了。」

莊妃點頭答允，忽見他口裏說去，眼中卻似有不欲之色，遂問道：「你是不是累了，不想去？如果實在不想去，休息一天也無妨，但是只可以休息一天，下不爲例。」

福臨忙道：「兒子不敢偷懶。兒子不是不想，是不敢，鵠場很可怕，老是有些古怪的聲音，兒子每每已經瞄準了鵠心，卻只是射不中。額娘，兒子可不可以換個地方習射？」

莊妃心裏一動，忙命丫環道：「這便傳我的話，告訴師傅，給九阿哥換個地場練習，以後不要再到鵠場那邊去了。」

福臨大喜，叩頭謝了自去。莊妃又追到門前，眼巴巴地看著兒子走遠，想起兩宮僕從勒死鵠場的慘事，大爲不安。那時自己正逢分娩，鵠場上十幾條冤魂升天，那沖天怨氣曾一度籠罩永福宮徘徊不去，九阿哥生下來便爲怨氣所襲，受了驚嚇，雖文武雙全，舉止有度，膽量卻不足，夢中時有驚悸不安之狀。而鵠場上至今陰風陣陣，大白天裏人們經過也覺淒涼，雖幾次請神驅鬼都不能見效，倒是一塊心病。因此低頭苦思對策，沉吟不決。

笛聲吹徹錦邊夜，鄉夢飛凌鳳殿西。

錦州戰場的多爾袞並不知道，他親生的骨肉正在皇宮後苑一天天地長大，已經長成一個聰穎過人的小小皇帝——那真是一個天生的帝王之材，他稟承著多爾袞的骨血，卻冠名以皇太極的子孫，無論從哪一方面來說，他都該是大清王朝皇位的唯一繼承人——但他真是時時刻刻都牽繫著那鳳凰樓西的永福宮，那永福宮裏的大玉兒啊。

他在等待著，計算著，奮戰著，只爲了可以早一日得勝還朝，與卿團聚。他想她，想得這樣濃烈，以致於皇太極走到他身後都不曾察覺。

「十四弟，你已經在這裏站了好久了，可想出什麼攻城的好法子沒有？」皇太極朗朗笑道，「要是再想不出來，可就又要被范大學士搶功了。」

「范文程？」多爾袞好笑，「范大學士上次用反間計打敗了袁崇煥，這次又有什麼奇兵高見來對付洪承疇？」

「真是奇兵呢。」皇太極笑道，又指一指范文程，「范大學士，你自己來說吧。」

范文程笑著上前一步，先恭敬地向多爾袞行了大禮，這才緩緩說道：「這次是苦肉計。我聽說洪承疇是個孝子，所以派人到處搜捕他的家人，今天已經得了準信兒，他的母親、妻子、並一兒一女已經一個不落，全部在握，不日就要來到。屆時我們再挾家室以脅將軍，還怕他不就範嗎？」

多爾袞恍然道：「果然是一條毒計。難怪中文裏管敵人降服叫『就範』，我還一直納悶這『範』是什麼意思，敢情就是你范大學士的范字呀。」說得皇太極大笑起來。范文程羞赧，謙讓不已。

隔了兩日，果然清兵擒了洪承疇家人來到。皇太極厚禮相待，敬若上賓，於帳中設一席，親自打橫相陪。洪氏一家四口如石像木偶，凜然不懼，雖然被押送著風塵僕僕趕了數天的路，又饑又渴，卻視滿桌美酒佳餚於無物。且不但是洪氏婆媳如此，便連五歲的小女孩洪妍與弟弟洪開也是這樣，小小年紀，竟可忍饑捱餓，抵擋美食誘惑。

皇太極見了，心中暗暗敬佩，原以為婦孺之輩不足掛齒，既然被俘，自是啼哭求饒的，不想竟是這樣剛烈女子。遂親自斟了一杯酒，敬在老夫人面前道：「朕在京時，已久聞洪老夫人巾幗不讓鬚眉，今日得見，果然名不虛傳。此即邊塞，招呼不周，唯有水酒一杯，為老夫人洗塵。」

洪母置若罔聞，不語不動。皇太極無奈，又敬洪妻一杯，笑道：「洪夫人舟車勞頓，是朕怠慢了，特為夫人治酒壓驚，還祝夫人與洪將軍早日團圓，共為我大清效力，其樂如何？」

洪妻抬頭接過杯來，皇太極以為她心動，正自高興，不料洪妻將酒隨手一灑，正色道：「我們乃是大明子民，只知道真命天子乃是大明崇禎皇帝，爾一塞外胡虜，何敢在此枉自稱孤道寡？你放心，我們大明軍隊少時就要掃平滿賊，我與洪將軍自然團圓在望，不勞你掛慮。況且就算不能夠，然只要大明天下平安，縱我等家破人亡又何懼哉？」說罷將杯子用力擲下，嗆啷落地。

皇太極大怒，拔出劍來，指住洪妻喝道：「大膽刁婦，竟敢冒犯天威，就不怕朕立時三刻將你斬於劍下？」話音未落，猛不防那小女孩洪妍見皇太極恐嚇她母親，急了，一躍而上，竟然猛地抓住皇太極手腕，用力咬下。

皇太極一個不防為小女孩所襲，又驚又怒，猛一震臂，將女孩摔飛出去，直撞向壁。洪妻大驚，急忙撲前相救，而老夫人自始至終，瞑目盤膝，置若罔聞。

那小女孩在母親懷中抬起頭來，額頭一角已經擦破，流下血來，然而目光如炬，炯炯地望著皇太極，竟是毫無懼色。

皇太極一驚，忽然覺得這神情十分熟悉，竟好像在哪兒見過一般。回思之下，猛省起來，這不是那夜綺蕾試圖以琴弦勒殺自己而被自己震飛下床後的眼神嗎？這小小的女孩，這憤怒的眼神，清秀而蒼白，柔弱而倔強，儼然又是一個綺蕾了。不禁一時心軟，咳地一聲，拔腳離去。

侍衛已經聞聲衝進帳來，跪聽皇令：「請皇上吩咐。」皇太極揮一揮袖，只道：「將他們看押好，不必捆綁，酒菜侍候，明日我有用處。」

是夜，洪氏一家被安置在清軍帳中，除了帳外有士兵把守外，並不加以更多束縛。而帳中案上，放滿了新衣玩物，並軍中能打點得到的各種水果糕點，便連皇太極平日與眾士兵同食同宿，也難得這般奢侈。然而洪家老小仍是不聞不問，彼此也並不議論交談，彷彿對眼前的困境早已成竹在胸毫無顧慮似的。

侍衛窺其動靜，如實報與皇上。皇太極聽了，暗暗納罕，細問：「大人也還罷了，難道兩個孩子也不吵不鬧嗎？」

侍衛答：「那個小男孩是餓的，有一次偷偷牽他姐姐的衣襟意思要吃的，但是他姐姐抱他到一邊去說了半天悄悄話，我們在帳外聽不到，後來小男孩就不鬧了。她們母親和祖母反而不關心。」

皇太極聽了，無法可想，歎道：「有這樣的家人，洪承疇之氣節魄力可想而知。若是大清也能得到這般猛將，何事不成？」遂傳令下去，兩軍交戰時，若遇洪承疇，盡可能生擒而返。

次日錦州城下，皇太極命八旗列隊，令士兵押著洪氏一家四口，推至大軍最前方，縛於柱上。又挑了數十個精通漢話的士兵一齊向城上喊話，許諾洪承疇只要降清爲臣，就赦免他全家無罪，且賞以高官厚祿，否則，便將洪門老小當眾開膛破肚，血祭戰爭中死去的八旗將士。

洪承疇於城頭之上見了，大驚失色，虎目含淚，大喊：「娘，恕孩兒不孝，不能相救。若娘今日有何不測，孩兒他日必斬清賊頭顱向母親謝罪。」明軍也都義憤填膺，交口大罵皇太極手段卑鄙，挾人母以邀戰，非男兒所爲。

皇太極哈哈大笑，令將士齊聲喊話道：「洪承疇，你枉稱孝義，難道要置老母幼子性命於不顧嗎？你又算什麼英雄？算什麼男人？」

如是三番，洪承疇只是痛罵不已，並從城上射下箭簇百支，射死了幾十個喊話的兵士。然而旗兵向來勇猛，並不畏死，但有士兵倒下，立刻便有更多人湧上，對著城頭叫罵喊話。那旗人士兵久在邊塞，有什麼不敢說不敢罵的，直將天下有的沒的，滿人的漢人的髒話混話只管滿口胡說，先還只是勸降，後來便只是罵人，漸漸愈發無狀，辱及婦女先人，甚或造謠洩憤，只管嘴裏盡興的，叫道：「皇上已經許了我們，將你夫人賞給三軍，每天侍奉一個賬蓬，讓兄弟們輪流享受，也嘗嘗漢人貴婦的滋味。」又道是，「昨晚上我兄弟已經享受過了，說是滋味好得很哪，今晚就輪到我了，我做了你老婆的男人，我不就成了你這個老匹夫了，那與你也算是有點交情了。」片刻之間竟將洪妻在口頭上姦淫了數十遍，直氣得洪承疇目眥欲裂，大聲喝命：「放箭！放箭！給我殺！」

瞬時之間，箭林如雨，旗人雖舉盾相擋，仍被射死無數。那些士兵們多有父子兄弟一齊上陣的，見親人死亡，又怒又痛，遂不管不顧，竟連皇太極的命令也不聽，將洪門一家自柱上解下，一邊押著後退，一邊用力鞭打，便當著城上城下千萬人的面，打了個撲頭蓋臉，且一邊打一邊仍唾罵羞辱，粗話不絕。

兩個孩子吃不住疼，只顧躲閃哭叫起來。洪老夫人仍是泥胎石塑一般，瞑目養神，不語不動。洪妻奮力掙扎著，喝命女兒：「洪妍，不許哭！洪開，不許哭！不許給你們的爹丟臉！不許給我們洪家丟臉！」

洪妍聽到娘教訓，立即收聲止住哭泣，雖疼得小臉扭曲抽搐也不哼一聲；洪開卻畢竟年幼無知，大哭大叫起來：「娘，我疼呀，爹，我疼呀。爹，你快來救我呀，救我呀！」

那些旗兵聽得哭聲，更加得意盡興，源源本本將這哭聲放大數十倍向著城頭喊話上去，一齊哭爹叫娘，學得唯妙唯肖，喊著：「爹啊，我疼啊，救我呀！」

那數十個粗魯漢子竟學三歲稚兒的口吻哭叫求救，本來甚是滑稽，然而城上的將士們聽了，卻是心如刀絞，不忍卒聞。洪承疇的親兵侍衛含淚請求：「將軍，我們打開城門衝出去吧，不能再讓他們這樣羞辱夫人和小公子！」

洪承疇鋼牙咬碎，卻只往肚子裏吞，斷然道：「萬萬不可！他們百般挑釁，就是等我們打開城門，如今我們的將士心浮氣燥，只想救人，不想廝殺，必會畏首畏尾，投鼠忌器。那時清賊勢必趁機破城，我洪承疇可就成了大明的罪人了。」

親兵道：「不然，就讓末將率百十精英殺出去，搶得夫人回來。」

洪承疇仍道不可：「我們想得到這一招，那皇太極豈有想不到的？說不定他就是等著我們用這一招了，屆時他們便可俘虜了我們更多的人做為要脅之資。若是犧牲我洪氏一家，便可保得大明萬代江山，我洪氏豈有憾哉？」眼看眾兵士先因旗兵百般辱罵洪夫人而俱感面上無光，灰頭土臉，便如被人當眾吐了一臉唾沫一般；繼而洪開又哭得軍心動搖，了無鬥志，都眼巴巴地望著自己拿主意。知道若是這一刻再拖延糾纏，必使軍心渙散，張惶無主。遂痛下決心，咬牙自親兵手中接過弓箭來，彎弓瞄準，竟然對著兒子洪開的胸口，一箭射去。

城上城下的人一齊大叫起來，救援不及，只聽得那小小的三歲孩兒慘呼一聲：「爹呀！」斃於箭下，死在他親爹的手中。洪妍撕心裂肺地大叫一聲「弟弟——」向前猛衝，卻掙不開押縛士兵的手，又急又痛，一口血噴出，竟暈倒過去。

一時兩軍將士都屏息靜氣，連絲喘息聲不聞。連皇太極與多爾袞等也都驚得呆了，再也意想不到洪承疇會出此置之死地而後生，殺子明志之計。

就在這時，一直沉默著的洪老夫人卻忽然睜開眼來，衝著城上大喝：「殺得好！兒子，殺得好！你不愧是我們洪家的人！殺呀，再給我一箭，殺了我，不要顧惜你的老母，你要爲了天下所有的母親而犧牲你自己，我將爲你驕傲，兒子！殺了我，殺出我們大明將士的志氣來，殺一個義無反顧，勇往直前，殺了清賊妄想覬覦我大明江山的賊子野心！」

任憑她唾罵喝叫，八旗士兵竟無一言可回，他們都被這老婦人的氣概驚呆了。一個手無寸鐵的老人，一個三歲孩子的祖母，竟可以這樣視生死於不顧，面對八旗百萬鐵騎而無懼色，他們都是自命英雄的好漢，豈能不愧？誰家沒有父母，誰人不生子孫，試問如果有一天易地相處，別人這樣凌辱他們的老母幼兒，他們又當如何？

眾旗兵一時垂頭喪氣，鴉雀無聲。押著洪家人的士兵都本能地撒開手來，任他們母子姐弟見最後一面。

洪夫人一步一步地走過來，抱起兒子，看著他柔弱嬌小的身子在自己的懷中軟綿綿地漸漸僵冷，只覺心膽俱裂，她抬起頭看一看城頭的丈夫又低下頭看一看懷中的兒子，幾乎不能相信眼前的一幕是真實的，這樣的人間慘劇竟然真的發生了，老天爺難道是沒有眼睛的嗎？

那洪夫人自小錦衣玉食，生來是大戶人家的千金小姐，被父母家人捧在手心裏長大，嫁了洪承疇之後更是使奴喚婢，尊榮威儀，平日裏便是粗話也不曾聽過一句，並連下人們鬥嘴也不敢叫她聽到，一生中何曾受過今天這般委屈。因此方才被士兵們在言語中百般侮辱的時候，她已經是存了必死的心，此刻見到兒子慘死於丈夫的箭下，更無生意。

死志即萌，萬念俱灰，她用手輕輕闔上兒子的眼睛，看也不看環繞周圍的士兵，卻低低地唱起一首催眠歌來。兒子睡著了，她不要兒子再看到眼前血腥的一切，她就像每天哄兒子入睡一樣地給他唱歌，讓他睡一個長長的好覺。

那溫柔的歌聲彷彿有一種奇異的力量，低沉而清晰，響徹兩軍，讓每一個人都聽得清清楚楚。漫天血雨都被母親的歌聲吹散了，利箭的傷痕也被母愛所撫平。她的兒子不會再痛苦，也不會孤單，她將會陪他一起遠離這廝殺，這羞辱，這脅迫，他們的靈魂將自由地飛走，一起回去溫暖的家中。

她放下他的身體，緩緩站起來，走向那些士兵。那些士兵竟然本能地後退，在這樣一個心碎的母親面前，他們終於覺得了愧意，爲他們方才那些肆無忌憚的粗俗和不敬覺得罪惡和不恥。這個女人，這個在眨眼之間失去了兒子的母親，這個剛剛才承受了極度的羞辱接著又眼見了極度的殘忍的悲痛的女人，她在此刻已經晉升爲神。

更讓人驚異的，是這個女神忽然笑了，笑得那麼坦蕩，明麗，毫無怨憤，她對著城頭的丈夫，對著大明的方向再望了深深一眼，猛回頭，向著一個士兵的長矛猛衝過來。那士兵躲閃不迭，矛尖貫胸而入，洪夫人雙手抓住長矛，再一用力，長矛穿過身體，將她自己釘死在立柱上。

她站在那裏，淚流下來，血流下來，面色痛苦不堪，嘴角卻噙著微笑，這笑容是如此痛楚而高潔，竟讓那個持矛的士兵忍不住對著她跪了下去，連他身後那些剛才辱罵過洪夫人的士兵也都一齊跪下來，彷彿在神的面前爲了自己的罪行懺悔。

洪承疇在城上見了，便如那長矛將他穿透了一般，痛不可抑，竟將牙也咬碎半顆。身後的將士們再也按捺不住，叫道：「將軍，再不要猶豫了，我們趁現在殺出去，爲洪夫人報仇！」

「爲洪夫人報仇！爲洪夫人報仇！爲洪夫人報仇！」將士們鬥志洶湧，群情激憤，都摩拳擦掌，只恨不得立刻殺出，殺他一個痛快。

洪承疇見此時再無後顧之憂，遂猛一揮手：「好！開城，殺出去，無論親仇，不須留情，我們洪家，豈可受滿賊要脅！」

「殺！」大明將士們一片歡呼，頓時打開城門，衝殺出去。此時將士們俱已紅了眼，以一當十，奮不顧身。

而八旗兵士再沒想到一場挑釁會是這樣的結果，都爲洪門一家的氣概所震懾，心中又愧又懼，被殺了個措手不及，哪裏還有鬥志，只草草應戰，便鳴金收兵，退之不已。轉眼不見，便連洪夫人及公子的屍體也被明軍搶回。

這一戰，清軍大敗而回，受到明清交戰以來最大的一次重挫。而皇太極，也繼綺蕾之後，終於又領略了一個女人的剛烈究竟可以達到怎樣的偉大和神奇。

第廿二章　相逢何必曾相識

正月三十這日一早，天上便落起雪粒子來，下得又急又密，直如篩沙一般。至午後雪勢漸緩，形容卻是越來越大，初如梅花，後似鵝毛，繼爾竟是搓棉扯絮，撲天蓋地。

宮殿屋宇俱是銀妝素裹，再也看不到黃綠琉璃紅牆紫架，觸目白茫茫一片，看得人心慌慌的，好像走在最熟悉的地方也會迷路似的。宮人們行步匆匆，走個面對面都看不清楚，食盒從御膳房端到鳳凰樓已經涼透，都說：「好大雪，多少年都不曾見過的。」

因五宮之中倒有麟趾、關雎兩宮主子都在坐月子，另開爐灶，哲哲索性停了鳳凰樓大殿的午宴之聚，只命各宮飲饌由丫環自去御膳房領取，回宮後重新開火加熱，各自用膳。只不曾廢了每日早請安的規矩。

這日福臨一早穿戴了往清寧宮來給皇后娘娘磕頭，哲哲含笑受了，命迎春賞下一早備好的金錁元寶，又賞壽麵。莊妃代謝了，又讓著各宮娘娘領面。各宮少不得也有禮物奉贈。

哲哲心中歡喜，笑道：「近來咱們後宮接二連三地大喜訊，可也真是好日子，難怪有這一場好雪。先是十四格格的滿月酒，剛喝過沒幾天，接著是十阿哥出生，今兒又是九阿哥的好日子，且一早皇上前線有信來，邸報裏說連戰大捷，皇上龍顏大悅呢。」

妃子們聽了，俱喜形於色，搶著問：「皇上有旨麼？還說了什麼？到底幾時回來？」

哲哲笑道：「說是松山、錦州俱已攻下，敵軍首將冀遼總督洪承疇也被生擒，這可是皇上近兩年來的最大腹敵呀。」

莊妃訝然道：「洪承疇被生擒？果然是大喜訊。」眾妃也都歡欣鼓舞，向福臨道：「今兒是九阿哥好日子，咱們便借這碗壽麵好好慶一慶。」

福臨卻緊擰了雙眉，扼腕歎息道：「前線戰事如火如荼，恨我不能上陣殺敵，助父皇一臂之力，藏在後宮裏養尊處優，不是男兒所爲。皇后娘娘，福臨今年已經五歲，是大人了，這便請娘娘允許我追隨皇阿瑪一起上戰場，英勇殺敵，建功立業。」

眾妃俱笑起來：「九阿哥五歲了麼？是大人了麼？」

福臨焦急，板起臉道：「不知娘娘們笑什麼？是福臨說錯了麼？師傅們也說過我騎射都已出師，可以做滿洲的巴圖魯。難道娘娘們不相信麼？」

說得妃子們都莊顏重色，點頭道：「說得不錯，是我們笑錯了，九阿哥著實英勇能幹。」卻又扭過頭擠眉弄眼而笑。唯莊妃一言不發，坦然自若。

哲哲招福臨過來坐在自己身邊，將手撫摸著他後頸，柔聲安慰道：「九阿哥文武全才，有勇有謀，再過幾年，真是可以領兵作戰，替皇阿瑪分憂了。不過這幾年，還是要在你額娘身邊多多受教，直到長得比你額娘還高了，才可以出征，知道嗎？你想想看，哪有比女人還矮的巴圖魯呢？」

福臨聽了，轉眼將莊妃看了一看，又比一比自己，這才作罷，低頭答應。眾妃俱又笑了，紛紛道：「還是娘娘金言，令人誠服。」大玉兒也忍不住笑了。

哲哲又道：「日子過得也真快，現在我記起九阿哥出生的情形還後怕呢，大夫們都說只怕生不下來，一轉眼倒這麼大了，都想著要上陣殺敵了。」

這話卻觸動了迎春的心事，不禁臉上一僵，心下黯然，便暗暗地向剪秋、忍冬招手，引她們出來，悄悄兒地道：「今兒是九阿哥的生日，也是伴夏的祭日，我心裏想著，咱們四個一同進宮，各自分房，雖然不是天天早晚在一處，心卻不曾分開過的，便如親姐妹一般。往年每每想著要替她焚些元寶蠟燭紙錢檀香，只恨咱們身在宮中，不得不守規矩，便心裏再有想頭，也不敢輕舉妄動。今天這雪下得好，倒叫我又想起她的冤情來，這轉眼也有五年了，伴夏的靈魂兒也不知安歇了沒有。我有心要祭拜一回，也算盡一盡姐妹的情份。也不用走遠，就到鵠場上告祭一回便好，扒開雪地化過紙錢，再用雪把灰燼一埋，日後雪化了，泥裏水裏，再沒人知道。不知你們怎樣說？」

剪秋、忍冬聽了，也都傷感難過，都說：「很是，正該如此。」

迎春又道：「等下娘娘要到關睢宮去宣旨，我少不得要跟著，等娘娘辦完了事，歇了午覺才好去找你們。你們且想著怎麼走一走守門太監的門路，放咱們出去，只是要做得隱秘，若傳出去給娘娘們知道，大不得了。」剪秋臉上微微一紅，思忖一回方道：「這個我去佈置，總之不叫一個多口舌的人知道咱們行動便是。」忍冬便說：「那我負責準備火燭紙錢。」

三人計議停當，迎春便抽身回來，剪秋和忍冬故意停一下才慢慢地捱進屋來，各自在淑妃莊妃身後站立，偷偷向主子臉上望去，卻見神色古怪，悻悻然的樣子，卻又不像是衝自己生氣，又聽哲哲說：「畢竟也算是一件後宮的大喜事，皇上既這麼高興，咱們總也得鼓舞起來，倒是商議著，怎麼替關睢宮賀喜慶祝一回才是。」越發摸不著頭腦，都猜不出這一會功夫又出了什麼新聞。

唯有迎春因爲一早陪哲哲閱過聖旨，知道是那事已經宣過了，打量著晨會將散，早取出大毛氅來備下。果然哲哲又說兩句話，便叫各宮散去，披了那氅，命迎春將灶上的粥盛了，用個裏外發燒的皮套子裹嚴，一個小太監打傘，另一個捧了聖旨，頂風冒雪地，一路向關雎宮來。

關雎宮綺蕾抱著初生的女兒擁被坐著，素瑪生起爐子來，又怕綺蕾冷，又怕被煙火薰著，百般調弄那煙囪，笑道：「人家說瑞雪兆豐年，這便是瑞雪了吧？」

忽然小丫環來報皇后娘娘駕到，素瑪忙跪迎接駕，綺蕾也放下女兒，在炕上向哲哲欠身請安。哲哲忙按住，坐在炕沿兒笑道：「快別起來，仔細著了風。」

綺蕾也趕緊相讓：「請娘娘脫了鞋炕上坐吧，素瑪剛燒過的，暖和些。」

迎春便過來替哲哲脫了鞋，哲哲縮腿上炕，素瑪又另取一床被來替她蓋住腿。哲哲猶呵著手抱怨道：「好冷的天兒，才幾步路就把人凍得僵直板板兒的。」命迎春端過粥缽子來，笑道，「這是梅花鹿茸粥，用梅花瓣兒摻著梅花鹿的鹿茸做的，最滋補不過。這還是那年貴妃的丫頭伴夏臨走的時候兒教給迎春的，統共她也只會這幾樣兒，可惜了兒的。」迎春聽了，益發感傷。

素瑪早過來接了粥缽，將碗燙過，盛了兩碗來，先端一碗給皇后，再端一碗給綺蕾。兩人吃過了，哲哲俟素瑪出門去洗碗，遂向綺蕾問道：「素瑪一年好似一年了。這最近沒有再趕著你叫格格吧。」

綺蕾道：「平日裏是再不會叫錯的，但若半夜裏驚醒，或是聽到我咳嗽，或是聽到我翻身起夜，往往趕過來問：『格格要什麼？格格怎麼樣？』還是不大清醒的。」

哲哲聽了歎道：「這丫頭也是癡心，珠兒一轉眼已經死了兩年了，她還是只管記著格格兩個字。」說著拿了絹子拭淚。

迎春忙勸道：「娘娘這是怎麼了?說是來報喜的，倒一直提起傷心的事來。」

哲哲被一言提醒，不好意思起來，笑道：「倒是迎春丫頭說的對，大喜的事兒，我今兒怎的，一再提起死了的人。好在是你，若是那小心眼兒，難保不忌諱。」

綺蕾道：「娘娘念舊，是娘娘宅心仁厚，綺蕾若是忌諱，也不叫素瑪跟著我了。」

哲哲這才抿嘴兒笑道：「你猜我今天來是爲什麼？一則看看你，二則還有件大喜的事兒要告訴你。」

綺蕾忙問：「可是前線大捷?」

哲哲道：「你果然聰明。剛才侍衛送來邸報，說清明兩軍膠戰這許久，月前忽然情勢急轉，如有神助一般，短短十天裏，明朝十三萬大軍損失殆盡，僅被斬殺者就有五萬多人，難道不是大喜訊麼?」

綺蕾歎道：「又不知有多少兵士妻離子散，家破人亡了。清人是人，明人也是人，難道不是父母所生，沒有兄弟姐妹的?又有那成了親的，知他妻子兒女怎麼樣?咱們在這裏賀喜，他們可不知有多麼傷心難過。」

哲哲笑道：「你這先天下之憂而憂後天下之樂而樂的性格還真是難，只管這樣想，一輩子也別想有開心的事兒。就好比你這裏的神佛，我聽說，你天天爲那些沙場上死難的亡靈兒祈禱，念安息經，念完了滿人的又念漢人的，我要是佛，我還嫌煩了呢。但有戰爭，總會有勝有敗，有人想活便有人要死，世上的事，哪裏有兩全的呢？」

綺蕾道：「話不是這樣說。比方我本來是察哈爾的人，我們察哈爾和你們蒙古、還有滿人，這都是大部落，時而爲盟，時而爲敵。爲敵時，你想著要滅了我，我想著要滅了你；爲盟時，倒又好成了一個人了。察哈爾先前和滿人拚得那樣你死我活的，戰火連年，也不知死了多少人；現在一旦歸順了，兩家又做了親，再想想當初，竟不知道那些戰事究竟何爲？那些死了的人，卻不是白死了？那些殺死人家兄弟姐妹的人，不等於是殺死了自家的兄弟姐妹？又好比今天的漢人，明清對敵時都只要對方死，但是將來不論是皇上取了天下，還是明軍得了勝利，總之戰爭總有結束的一天，到那時，今天的殺伐又是爲什麼呢？所以說，天下所有的戰爭，都無非是自己人打自己人，好比手足相殘一樣，總之是傷天和的。」

哲哲聽了，默然半晌，歎道：「你這番話似有禪機在裏面，我也不是很能聽懂，卻覺得是有幾分道理在內的。只是戰爭的事，終究不是我們女人家可以明白的。做女人的，只好在後宮裏祈禱親人的安全罷了。天下再大，我們所見的也不過這幾間屋子，這幾個人。不過你說的也是，我們在這裏總是念著咱們的隊伍勝利，豈不知那漢人的兒女也都在盼望他們的親人平安回來呢。」又拉著綺蕾的手貼心貼意地說，「你本來就是出了家的人，是我硬把你又送回這關雎宮裏來的。這件事，我一直很感激你。但是我不明白，你反正已經回宮了，又跟皇上生了十四格格，爲什麼倒又重新念起佛來，只管把皇上拒之門外呢？我竟不懂得你是怎麼想的。」

綺蕾低頭道：「這件事，皇后娘娘也謝過我多次了，以後可以不必再說這樣的話。總之一切都是我心甘情願，當初入宮是我自願的，這次重回關雎宮也是自願，十四格格是上天賜給綺蕾的禮

物，便是因綺蕾塵緣未了。恩怨生死，莫非因果，我佛曾以身飼虎，難道綺蕾反而不能……」說到這裏，卻又咽住。

哲哲微笑道：「你是要說獻身給皇上也好比佛祖以身飼虎是吧？那也沒有什麼不好說的，不是素來便有『伴君如伴虎』的說法兒麼？皇上那陣子神思恍惚，荒廢朝政，你本來已經是仙家人物，斬斷情緣了的，只爲了大清的天下子民，才犧牲了自身，重新踏進塵寰裏來，這是我誤了你。如今你既堅持在家侍佛，不戀浮華，我也不好多說的，但是你雖不在意凡間名利，得失都不在你眼中，卻不會不爲十四格格高興吧？所以我要告訴你的是，我今天來傳旨，前線大捷還是國事，另有一件和十四格格有關的大喜事才是專門對你一個人的，你可猜得到？」

綺蕾搖頭道：「皇上若可儘快得勝還朝，自然便是天大的喜事了，還有什麼喜事可以大過這個的呢？」

哲哲笑道：「我就知道你必猜不到。這大喜事，我今早已經向各宮妃子宣過聖旨了，現在特地來告訴你，皇上在前線收到你生了十四格格的喜信兒，高興非常，恰好便在這前後接連打了大勝仗，破了錦州，擒了洪承疇，所以特地傳聖旨說格格的出生乃是『天降祥瑞，勃興之兆』，冊封她爲建寧公主，享受固倫公主所有的俸祿。格格未滿歲即得破格冊封，這可是前所未有的殊榮啊，還不是大喜事嗎？」

綺蕾聽了愣住，心中大覺不安。哲哲笑道：「可是高興得傻了，還不謝恩麼？」綺蕾這才省起，連忙爬起來跪下謝旨，又抱起女兒磕頭。

哲哲抱過格格，逗著她的小臉笑道：「格格聽見了嗎？你有名字了，叫建寧公主。你們瞧，格

格聽得懂呢，格格在笑呢。看這好眉好眼兒的，跟她額娘一樣，將來又是一個美人胎子，等你長得大了，再叫你皇阿瑪指一門好親事，還怕不享盡一生榮華富貴麼？」

眾丫環僕從也都大喜，烏鴉鴉跪了一地，磕頭三呼萬歲，賀詞潮湧，俱感榮耀。原來按清宮規矩，只有皇后所生之女才可冊封為固倫公主，並且還要等到她十三歲以後才冊封；而庶出的格格最多只能冊封為和碩公主。所享俸祿不同。便連服侍的僕人所得月銀也都有不同。故而格格受封，這對於整個關雎宮來說都是一件天大的喜事，都說：「娘娘這是生了格格，皇上已經如此龍恩浩蕩；若是生個阿哥，皇上必得會像當年八阿哥那樣，說不定再頒一道大赦天下令呢。」

然而綺蕾心中卻不以為喜反以為憂，她當然明白自己當年是怎樣失去第一個兒子的，而這回保全女兒，一則是自己處處小心，並且自有身孕後便拒絕再承龍恩，每日清心寡欲，晨夕禮佛，雖然不曾恢復出家打扮，卻也是個在家的修士，帶髮的尼姑了；二則也是因為早早傳出她腹中乃是女兒的消息，讓眾妃子不再忌憚於她。不想皇上寵幸之至，即使只是一個格格，她仍然得到了無上的光榮，這勢必又要重新激起五宮乃至東西側宮嬪妃們對她的妒恨和中傷，她在宮裏的日子，只會更難過。又聽到人們將十四格格與死了的八阿哥相比，更非吉音，益發不安。

且說麟趾宮的貴妃娜木鐘，自從懷孕後便處處小心，層層設防，好容易懷胎十月，順利誕下十阿哥，其出生僅與建寧格格隔了一個月，滿以為母憑子貴，必然會邀得更多的恩寵。不料喜訊送到前線，皇上卻只是淡淡地說了些喜慶的現成話兒，除給阿哥取了名字叫作博果爾外，並無特別封賞。

娜木鐘接到回信，大失所望，自此更恨綺蕾。因自覺這番冷遇同莊妃生福臨時頗有同病相憐之處，遂與大玉兒親密，日間常往走動，反比往時與巴特瑪交情更好。

巴特瑪原是個實心的人，一無背景二無口才，因往日娜木鐘多肯照應她，她便一心一意地和娜木鐘好。忽然那邊疏遠起來，竟不知是爲什麼，每每上門求見，娜木鐘也只面子上淡淡的，不若往時交心，因此心下悶悶的，不知如何是好。

因這日是十阿哥博果爾百日，她一早預備了各色禮品，特特地來賀娜木鐘。麟趾宮院中已經擺下喜桌來，娜木鐘坐了首席，正與哲哲等把酒；旁邊另有一桌，上面鋪了紅氈，擺著各色寄名符、金鎖片等吉利物兒；宮人們出出進進，端喜麵來與大家吃。

巴特瑪看到，知自己又來遲了，倒覺委屈，麟趾宮慶宴，竟連知會自己一聲也無，這般的存心冷落，卻不知是爲了什麼。又見豪格之母繼妃在座，更覺疑心，想她連側宮庶妃也請了，倒獨獨落下自己一個，莫非是因爲自己沒有爲皇上生得一子半女便有意輕視嗎？

正胡思亂想，大玉兒倒先看到她來了，特意離座拉了她手笑道：「淑妃娘娘來遲了，可要先罰一杯麼？」

她這樣嚷出來，娜木鐘便也覺得了，忙迎上來笑道：「你怎麼才來？我已經打發人專去請你了。剛才還說呢，若再不來，我就親自去了。」

巴特瑪這方釋了心懷，笑道：「你叫人去衍慶宮了麼？我去過清寧宮，因沒見著娘娘，才知道你們都往這裏來了。」遂讓剪秋將禮物呈上來，入座坐了，又向哲哲請安。

娜木鐘遂接著方才的話題，仍與莊妃絮絮些育子養身之得，問道：「十阿哥晚間三更往往嘔奶，近來竟成慣例，卻不知怎麼是好？九阿哥小時也嘔過奶麼？」

莊妃笑道：「小孩子哪有不吐奶的？不過是積了食睡覺，又或者著了涼。雖不可小病大養，卻也不能掉以輕心。要說治這個病倒也簡單，只要忍得下心，晚上那一頓不給吃就好了。若仍不好時，我給你個方子，照方煎兩服藥，包好。」

巴特瑪聽得兩人說話，全插不進嘴去，越覺失落。悶悶地坐了一坐，便推禁不起戲班鑼鼓吵鬧，也不等著吃百歲饅頭，提前離席，逕自回宮來盤腿兒坐在炕上，獨自想了一回，悄悄地滴下淚來。

剪秋猜得她心中所想，卻不敢勸，只得搜心刮肚，想出些新鮮笑話兒與她解悶，因說：「娘娘可知道關睢宮的新聞麼？連貴妃娘娘也親口說那位主子是狐狸精變的，連十四格格也是小狐狸呢。」

巴特瑪原本無心閒談，然而剪秋這個題目著實新奇，少不得止了眼淚抬起頭來聽她說。

剪秋見自己一招奏效，更加三分顏色作大紅，繪聲繪色地講道：「說有人親眼看見的，每到月圓夜裏，那宮裏帷帳間就有白光閃出，建寧格格生來便是睜著眼睛出來的，不到半歲就會說話，又說開口說的第一句話不是『阿瑪額娘』，倒是清清楚楚的『建寧公主』呢。說來也怪，大家都只叫她十四格格，她怎麼知道自己的名字叫建寧，還是個公主呢？娘娘說，這可不是奇聞？」

巴特瑪聽出了神，問她：「你這些話，都是從哪裏傳出來的？」

剪秋笑道：「我們做下人的偶爾一處坐著說話，什麼新鮮事兒打聽不來？要不也不配做娘娘的眼線了。如今皇上不在宮裏，各宮娘娘來往反比先前少了，我們丫環們來往卻是不受影響的。又沒兄弟姐妹，又沒爹娘親戚，只這幾個一起買進宮來的異姓姐妹罷了，什麼話不能說？」

巴特瑪歎道：「倒是你們的情誼來得真誠。反是做主子的，今天你一夥，明天他一幫，到底沒有什麼真心朋友。」

剪秋勸道：「宮裏原本就是只講權不講情的，有的只是君臣主僕四個字。娘娘深得皇上歡心，凡皇后娘娘可以吃的玩的，娘娘也都有一份兒，還有什麼不滿足的呢？」

巴特瑪瞅她一眼道：「你哪裏知道我的心思。」

剪秋笑道：「娘娘不說我也知道了，不過是爲著老題目。娘娘雖沒有個阿哥格格撐腰，然而依奴才說倒也沒什麼不好，尋常老百姓想要兒子，不過是爲了養老傍身；娘娘們想要阿哥，卻是指著他將來可以封個親王貝勒甚至當皇上，豈不知天下的事並沒有一定的。原先皇上爲了八阿哥大赦天下那會兒，大夥兒都以爲將來八阿哥是一定要當皇上無疑的了，誰料想他卻短命得很，連宸妃娘娘竟也跟著去了。宮裏人都傳說八阿哥死得奇怪，又說當年靜妃娘娘那未出世的兒子也死得奇怪。就是現在，關雎宮有個建寧公主，不過是個格格，只因皇上多疼著她點兒，娘娘們已經多瞧不上的，事事處處與她做對，幸虧她是出家人不計較，不然不知惹出多少官司來呢。這樣看來，倒是沒有生孩子的省心。」

這一番話，卻是巴特瑪從來沒有想過的，聽了，不禁發起愣來，倒用力想了一回。

時交五月，天氣漸暖，宮人們脫去春裝，紛紛著紗披綢，比鬥彩繡功夫。後花園龍池裏荷葉滿坡，荷箭成簇，風過處，一片清涼冷香拂宮過殿，令人心曠神怡。各宮紛紛折了長枝荷花箭供在瓶中，預備著二十四的荷花生日。又因前線已傳準了信兒說皇上不日就要回京的，妃子們俱興興頭頭的，滿宮裏懸燈結彩，一團喜氣。

這日娜木鐘仍舊使人往各宮裏送玉簪花粉，獨永福宮的這一份，卻是親自攜來。大玉兒接了謝過，又命丫環看茶，笑道：「你倒是年年不變的，已經做了額娘了，仍舊喜歡這些脂粉花朵兒的。」

娜木鐘歎道：「外人看著咱們，只覺做娘娘的是多麼風光可羨的一回事；自己人卻不必裝腔作勢，直跟坐牢差不多少。不過是多吃幾口，多穿兩件，究竟要想多活兩年也不能，你看八阿哥就知道了，皇上將他寵上了天去，也不過那麼著。想想也真叫沒趣味，若再沒點子玩意兒，更活得不成人樣兒了。要說我這調脂弄粉，可也跟你苦讀詩書是一樣的，都不過怡情罷了。」

大玉兒聽了刺心，卻只得假意笑道：「你這是從哪裏來，這一車的牢騷話，不過說的倒也是實情。」

正說著閒話兒，福臨習武回來，進門便說：「額娘，我今天看到了一個人。」

娜木鐘先笑道：「都說九阿哥聰明過人，今兒個是怎麼了，連口齒都不靈了，什麼『看到了一個人』，你哪天不是看到許多人來人往？咱這宮裏別的沒有，還少見了人去？」

大玉兒也笑著拉福臨上炕道：「慢慢兒地說，是不是見了一個什麼特別的人？」

福臨笑道：「正是。我和師傅學騎射，在十王亭廣場上繞圈子，看到亭殿後面小屋子很多士兵把守的，裏面住著一老一小兩個人，卻不是咱們宮裏的。那小的是個小姑娘，跟我差不多大，長得可好看哪。」

娜木鐘又忍不住搶先笑起來：「喲，九阿哥才多大的人，就知道姑娘好看了。」

素瑪倒上水來，福臨接過一仰脖子喝了，莊妃忙止道：「這天氣一天天地熱了，瞧你這一頭的汗，小心喝得急了，把熱氣逼在心裏著病。」又問道：「你剛才說一個小姑娘？什麼樣的姑娘？怎麼住在宮裏，我們竟不知道？」

娜木鐘也被提醒了，問道：「就是的，咱們怎麼沒聽說宮裏住著兩個外邊女人？那小的和你差不多，老的卻有多大？」原以爲必是年輕女人，在小哥兒眼中二十歲已算老人了。待聽到福臨答說是那小女孩的奶奶，卻又放下心來，笑道：「哪裏來的祖孫兩個？難道是親戚不成？」

莊妃道：「必然不會。若是誰家的親戚，又是女眷，住到後宮裏來就是了，怎麼會安排在十王亭，又怎麼會派兵把守？」左右想不明會是哪個。

福臨又問道：「額娘，我現在下了課，可不可以去找那個小女孩玩兒？」

娜木鐘不禁又笑，莊妃因從不見兒子這般熱切，遂問道：「你喜歡那個小女孩嗎？」

福臨重重點頭，一派天真地答道：「我喜歡她，我想娶她爲妃。」

這一回，連大玉兒也忍不住笑了起來，道：「你才多大，就想娶媳婦兒了？況且，也還不知道人家女孩兒願不願意呢。也罷，你就去找她玩兒吧，如果她是親戚，額娘就替你先訂了親；如果她是尋常人家的孩子，就把她召進宮來做宮女兒，服侍你，好不好？」

福臨道：「她是個貴族，決不會是普通人家的女孩兒。額娘，你只要看見她就會喜歡上她了，她長得好漂亮，又好高貴，和宮裏所有的格格都不一樣，比淑慧姐姐還漂亮還高貴。」

娜木鐘已經笑得直揉胸口，大玉兒也掌不住笑道：「好了好了，你去吧，去找你的貴族小姑娘玩兒去吧，別忘了問清楚，她到底是誰家的女孩兒，額娘好跟她家大人商量，接她進宮來陪你。」

福臨聽得跳起來：「額娘說得果真？」遂蹦蹦跳跳地去了。倒勾起大玉兒一片好奇來，因福臨年紀雖小，卻舉止穩重，從不曾這樣手舞足蹈的，倒不知是何等樣的小姑娘，竟讓他只見了一面就這般掛在心上，連好色之心也有了。只是宮中阿哥們多有早熟的，便淘上天去，只要不出大格兒，便不當一回事。

娜木鐘笑道：「咱們的九阿哥倒是多情，小小年紀已經是個風流種子，長大了不知又有多少女人爲他爭風吃醋害相思。」

大玉兒只淡淡地道：「男孩子太重情並不是件好事，福臨別的尙好，只是生得太單薄秀氣些，若再於情上用心，更恐心血不足了。」

娜木鐘道：「若是別的人家，孩子心思古怪些或者叫大人操心爲難，但他是個阿哥，多情好玩些卻不是什麼大事，管他什麼人家的閨女，只要阿哥看上了，給幾兩銀子叫進宮裏來就是了；便是不給銀子，難道阿哥要她陪，她父母還敢不答應嗎？再稀罕的姑娘，只要弄到身邊兒來了，新鮮勁兒過去，也就不當一回事了。倒不必拘著他，反而擱在心上，越得不著越是當回事兒。」

大玉兒也深以爲然，微笑點頭。方說著，忍冬領著淑慧格格進來，給她母親請安。大玉兒看見女兒出脫得花朵兒一般，玉顏朱肌，骨骼停勻，倒也歡喜，遂拉過來坐在炕上，問她近日飲食寢臥諸事。

淑慧笑道：「額娘隔三差五要見的，每每見了都要問這一大堆，從來不變樣兒，您便不問煩，我答這十幾年，可也煩了。」

莊妃失笑道：「原來你已經十幾歲了，大了，會逗嘴兒頂撞額娘了麼？」

貴妃一旁搭腔道：「現在是問幾句話嫌煩還罷了，只怕再過幾年出了門子，便連回門見面也怕煩了。」

說得格格不好意思起來，低了頭，嘟噥著：「最是貴妃娘娘喜歡取笑人家，說的什麼呀。」一屋子的人也都笑了，淑慧便要找她弟弟說話，貴妃又搶著說道：「他認識了一個漂亮小姑娘，不稀罕跟姐姐玩兒了。」

淑慧詫異道：「什麼小姑娘？哪裏來的小姑娘？」

莊妃道：「竟連額娘也不清楚。可是的，去了這一會子，也該回來了。」便命忍冬去找來，又叫丫環擺飯，款留貴妃一同用膳，又問淑慧：「你是在額娘這裏一起，還是回你奶媽子那邊？」

淑慧想一想說：「我還是過去和姐妹們一道吧，來時並沒說過要在這邊晚飯，怕回頭他們又要囉嗦。」又撒嬌兒說，「我哪裏有弟弟那樣好福氣呢，可以天天同額娘一道用膳。我們那邊兒侍候的嬤嬤公公們，說是服侍我們，倒不如說是看管我們還更貼切些。略有些不到處，便嘀嘀咕咕有一車子的話。我們雖是主子，卻也畢竟是女孩兒家，又不好同他們理論的。」

莊妃眼圈一紅，心下過意不去，卻不便說話，只得看著淑慧去了，低頭半晌無語。娜木鐘也知她心裏不過意，打岔問道：「前些日子我恍惚聽誰說過一耳朵，好像誰家提親來著，是不是說的咱淑慧格格？」

莊妃道：「是我哥哥，要替科爾沁的一位新冊封的貝勒提親，倒也還門當戶對，滿蒙聯姻也是老例，並沒什麼不滿意處。只是我想著淑慧還小，總不捨得這麼早就叫她出嫁，說好放幾年再說的。」

貴妃笑道：「小？可也有十一了吧？今年放了訂，明年就好出閣了。那年你嫁咱皇上，不也才十二麼？」

莊妃眼圈兒又是一紅，隔了一晌方慢慢兒地道：「就是因爲這麼著，我才不叫女兒再走我的路。」

貴妃正要說話，卻見福臨跟著忍冬進來了，一臉悻悻，滿腹心事似的，大不如往常活潑，不禁笑道：「九阿哥可回來了，你姐姐在這裏等你好大一會子呢。」

福臨過來給莊妃、貴妃見過禮，臉上仍不見一絲笑模樣兒，飯也不肯吃，便要回屋去睡。

莊妃倒也不強迫他，只叫過忍冬悄悄兒地問是怎麼一回事。忍冬又是皺眉又是笑，回道：「我按娘娘說的，找到十王亭後面的小屋子去，果然看見阿哥在那裏，隔著門和一個小女孩子嗑牙，那女孩兒偏不理他，阿哥自個兒一會兒說笑話一會兒講故事，可是到我去的時候也沒逗到人家開心，所以在發脾氣呢。」

娜木鐘聽了詫異道：「有這等事？憑咱們九阿哥，誰敢不給面子？宮裏這些姐姐妹妹，哪個不是上趕著找阿哥玩兒，那小女孩什麼來頭，好大的威風！」

莊妃也覺意外，問素瑪道：「你問明白那孩子到底是誰家的了嗎？」

忍冬道：「我問了，侍衛不肯說。但是我隔著門看了，裏面一位老夫人，雖然穿得襤褸，可是好威風好體面的樣子；那小姑娘只有五六歲年紀，眉清目秀，生得果然好看。不是咱們宮裏的，也不像是誰家的親戚，從來不曾見過，而且她們的裝扮，倒像是漢人。」

莊妃益發詫異，再問不出什麼，只得擱下，命忍冬另收拾些飲食留在一旁，等會兒阿哥的氣消了再哄他來吃。

福臨這一夜卻只是放不下心，次日一早吃過飯，又忙忙地梳洗了往前朝來，徑穿過東掖門來到十王亭後身，尋著那間屋子，隔窗看見小女孩已經起了，正拿著一本書在讀。便隔窗問她：「你看的什麼書？」

女孩不答。

福臨又道：「我拿了果子來給你吃。」

女孩仍不理。

福臨無法，心想她既然讀書，必然學問不錯，必得如此這般或能吸引她注意。遂背手身後，仰頭念道：「花褪殘紅青杏小，綠水人家繞。枝上柳綿吹又少，天下何處無芳草。」

女孩兒愣愣地聽著，忽然抬頭道：「錯了，不是『天下』，是『天涯』。」

福臨笑道：「你總算說話了嗎？」

女孩察覺上當，臉上一紅，啐了一口，扭頭不答。

福臨故意長歎一聲道：「『牆裏秋千牆外道，牆外行人，牆裏佳人笑。笑漸不聞聲漸杳，有情反被無情惱。』古人形容得果然不錯，可惜只有一個字用得不恰當。」

那女孩又忍不住問道：「是哪個字？」

福臨詫異道：「你竟不知道嗎？就是牆字呀，應該用個窗字才恰當。你我明明是隔著一扇窗子的嗎。」

女孩終於笑了，道：「不聽你胡謅。」

福臨見女孩終於肯同他說話，直喜得抓耳撓腮，不知該怎樣恭維才好，問她：「你是誰？怎麼會來到這裏？」

不料女孩反而問他：「你又是誰？這裏是哪裏？」

福臨奇道：「你竟不知道嗎？這裏是盛京皇宮啊。你住在皇宮，倒不知道這裏是哪兒？」

女孩愣了一愣，臉上變色：「是皇宮？他們竟把我們抓到盛京皇宮裏來了？」

福臨更加奇異：「抓？他們為什麼要抓你？又是誰抓了你們？你告訴我，我替你報仇。」

女孩一雙黑亮亮水靈靈的大眼睛望著他，問道：「你替我們報仇？你住在宮裏，你是誰？」

「我是九阿哥福臨。」福臨挺一挺身，連母親最大的忌諱也忘了，男孩子當著女孩面吹牛是天性，這會兒他的童真天性萌發，遂大氣地許諾：「我是未來的皇上。等我做了皇上，就娶你為妃。」

「清賊的皇上？」不料那女孩竟是一臉鄙夷之色，凜然道：「我不與清狗說話！」

福臨見說得好好的，女孩忽然翻臉，大覺不捨，忙叫道：「你幹嘛罵人？我怎麼得罪你啦？」正欲理論，卻值忍冬找來，拉住他道：「九阿哥，你找得我好苦，娘娘喊你去上課呢。」

福臨雖不捨，也只得走開，人坐在課堂裏，卻哪裏聽得進書，浮想聯翩，滿心裏只是剛才那個伶牙俐齒的小姑娘。一時想她有多麼嬌俏好看，一時想她怎麼對談詩詞，一時又想起她生氣的模樣兒，便是蹙眉怒板臉也是另有一種可愛的，後宮裏的格格們也都算好看，可是總沒一個比得上她，只不知為什麼那麼痛恨清人，聽到自己是阿哥，何以會大發脾氣。

好容易等得下課，不及向師傅行禮，忙忙地又往十王亭來，卻已是人去屋空，哪裏還有什麼小女孩老祖母，便連那些侍衛也不見了。福臨這一驚非小可，呆呆地站了一回，猛然省起什麼似的，一氣奔回宮中，撞進大玉兒懷中，抓著手問道：「額娘，那小女孩兒呢？那女孩兒去哪兒了？」

莊妃一臉無辜：「什麼女孩兒？說過你幾次了，還是這麼慌慌張張的，瞧這一頭一臉的汗。」

福臨急得跳腳：「就是十王亭廣場後面那個漂亮的小姑娘呀。她跑到哪裏去了？早上還在呢，我上完課她就不見了。」

莊妃笑道：「我哪裏知道？從頭到尾我也只是聽你說，從來沒見過什麼小姑娘。」

「忍冬見過的，忍冬知道的，是有那麼一個小姑娘，忍冬今天早晨去找我的時候她還在呢，一定是你們趁我上課的時候把她弄走了。她說她是被抓進宮裏來的，是不是你們又把她抓走了，她在哪兒？」

福臨叫著，並且生平第一次大哭起來：「我要那個小姑娘，我要和她玩兒，我還不知道她的名字呢！」

然而不論他怎麼哭，怎麼求，莊妃只是不為所動，自始至終堅持自己不知道什麼十王亭的小姑娘，沒有人知道她說的是真話還是假話，沒有人知道真相。

福臨就這樣斷送了他生平第一次懵懂的初戀，爆發了生平第一次的傷心和叛逆。而從開始到結束，他都不知道，那個他渴望誓死捍衛的小姑娘究竟是誰，從哪裏來，又到哪裏去了。

他甚至不知道，她叫什麼名字。

第廿三章　參湯是一柄雙刃劍

崇德七年初，皇太極率兵入關，佔領薊州，深入河北、山東，破三府十八州八十八城，擄百姓二十六萬，奪金銀一百二十萬餘兩，牛羊五十五萬頭，並生擒明朝大將洪承疇得勝還朝，並囚於宮門之外不遠處的三官廟內，只隔著幾步遠的地方，押著他的母親和女兒。

這真是決定江山意氣飛揚的一戰。金鑾殿下，群臣跪服，三呼萬歲，慶賀皇上得勝還朝，開疆擴土——松錦冀魯先後攻陷，明朝山門已破，直搗黃龍也就指日可待了。貝勒額真們想著不日就要打進紫禁城去，見識真正的金鑾殿，俱摩拳擦掌，喜形於色。

皇太極論功行賞，自又是多爾袞居頭功，其餘豪格、阿濟格等也都有賞賜。賞謝既畢，復求計於群臣道：「此次擒得洪承疇、祖大壽等明將還朝，究竟該如何處治，還望眾愛卿獻計。」

文武百官七嘴八舌，也有說斬首祭旗的，也有說遊街示眾的，也有說零割了交鏢局送回北京城給崇禎老兒送禮，嚇他一個屁滾尿流的。唯多爾袞早知皇太極心思是要收服洪承疇以為己用，見百官提議俱大違聖意，遂投其所好，上前一步稟道：「祖大壽松山戰前已經降了我們的，其後又反悔，此次再度被擒，這等出爾反爾的小人，留他何用？即便他肯再降，也須殺一儆百，斬草除根；至於洪承疇，確是一員猛將，若能為我朝所用，來日之戰，必建奇功。」

皇太極深以爲是，撚鬚笑道：「十四弟所言甚是，只是那洪承疇對崇禎死心塌地，我聽侍衛說自從他被解來盛京，關進三官廟，已經絕粒數日，意欲以死明志，卻派何人勸降？」

多爾袞低頭思忖，也大爲遲疑。沙場之上，是他親手活捉了洪承疇獻給皇太極的，原以爲皇太極必先問及戰事，大出所料的是，他卻像個女人一樣，解下身上的貂裘披在洪承疇身上，還婆婆媽媽地噓寒問暖。當時幾乎沒把多爾袞看傻了，想了一想才明白皇太極這使的又是懷柔之策，然而洪承疇卻毫不領情，只是肩上一振便將裘氅抖落在地，是個軟硬不吃的好漢。說到勸降，談何容易？遂笑道：「讓我帶兵打仗可以，這動嘴皮子勸人鬥志的活兒卻不敢當，但臣願推薦一人，請聖上量度。」

皇太極笑問：「是誰？」

多爾袞道：「便是范大學士范文程。范先生也是漢人，又口才了得，請他勸降洪承疇，或可奏效。」

皇太極苦笑道：「這一計還須你說？那三官廟，朕早令范大學士去過兩回了，還不是碰壁而返？前日讓他與老母弱女相見，實指望可勸得他回心轉意，不料那老夫人更是忠義耿直，反說了許多迂腐道理給他。這一家人，無論老小，竟都是鐵打的骨頭。」

范文程也上前一步笑道：「臣有辱聖命，愧悔不及。然而臣察言觀色，卻發現那洪承疇意志雖堅，卻並非全無軟肋。」皇太極忙問何以見得。范文程道：「臣聞洪承疇血衣鐵甲，每日向著明朝方向三叩九拜，原也以爲他心堅如鐵。然而他每次拜過起身，必然仔細拂去膝上塵土。皇上試想，一個一心要死的人，連性命都可不顧，又怎麼會顧惜一件衣裳呢？故而臣由此斷言，那洪承疇其實口硬心軟，眷戀紅塵。」

百官聽了，俱不以爲然，只道范文程因不甘失敗，才說了這些遁詞出來，卻也不便指破，都顧左右而言他，仍舊互相吹捧功績，諛詞如潮。

皇太極下了朝，心事重重地往關睢宮來，方進門，不及太監通報，小公主已經咿咿呀呀地早在屋裏叫起來：「皇阿瑪，阿瑪抱抱建寧！」

「建寧，阿瑪來了。」皇太極開心地叫著，一步跨進門去，抱起建寧來，高高舉起，「建寧今天乖不乖？想皇阿瑪了沒有？」

小建寧拍著小手，咯咯地笑著，雖然不會說話，可是她的神情和聲音分明都在說：她很開心，很想皇阿瑪。皇太極抱著她，只覺一天的煩惱都散了，在這個小女兒的面前，朝廷瑣務、勸降洪承疇、甚至開疆拓土，究竟又能算什麼呢？他只想抱著建寧，陪著綺蕾，一生一世，好好地過日子。

「綺蕾，」他癡迷地看著他至愛的妃子，那朵不會笑的桃花，看了十年，仍然覺得她是一個謎。「綺蕾，如果我不是皇上，而只是一個普通的男人，你也只是一個普通的女人，我們一夫一妻，帶著建寧過日子，你會不會高興一點呢？」

綺蕾一震，抬起頭來，何等熟悉的言語哦。曾經有一天，有一地，有一個男人，也曾這樣對她說過的，說要帶著她遠走高飛，男耕女織，過最平凡的日子。當年，她拒絕了，爲了她的察哈爾；現在，她可以接受麼？她的身體早已重新接受皇太極，成爲他的妃子，他女兒的母親，爲了天下；然而，要到什麼時候，她可以真正爲自己活一回呢？難道真要像他所說，直到遠離了皇宮，做一個普通的女人，嫁一個普通的男人，她過的，才是自己要的日子嗎？

「皇上，」她低下頭，委婉地說，「您坐一坐，也該去各宮走走才是。大家都等著您呢。」

皇太極笑著歎了一口氣，彷彿早已猜到會是這樣的回答。他著迷地看著她，如醉如癡，即使是她的拒絕吧，在他眼中，也是這樣地委婉溫柔，令人心動。他親一親建寧粉紅飽滿的小臉蛋，笑著說：「那好，我便不煩你，去別的宮轉一轉吧。如果那些妃子能夠親耳聽到你的話，不知該多慶幸呢。」遂放下女兒，往麟趾宮來。

娜木鐘歡天喜地地接了，問道：「皇上是順腳兒來逛逛呢，還是就歇在這裏？」

皇太極笑道：「你這一天裏從早到晚，不是吃就是睡，怎麼我剛進門來，腳還沒踩實，你倒先問起歇不歇的話來了？」

娜木鐘也笑道：「若是皇上只不過來稍坐呢，我叫人沏茶就好；若是歇在這裏不回去呢，就該傳膳了。怎麼關心皇上，倒關心錯了不成？」

皇太極道：「錯是沒錯，只太性急了些。」一時奶媽抱出博果爾來磕頭。皇太極接過來抱了一回，仍復交到奶媽手中，向娜木鐘道：「十阿哥只比建寧小一個月，怎麼建寧已經會說話了，他還只是啞巴一樣？」

娜木鐘聽了大怒，掛下臉來道：「我說呢，原來是在關睢宮待過了才來的。只是關睢宮那位又會彈又會唱，生下的女兒又會說話，皇上何苦又到麟趾宮來跟啞巴生氣呢。」

皇太極蹙眉道：「你這幾年裏就說不得話，但凡見你，總有一肚子牢騷，竟越來越難相處

了。」便不肯多坐，只用了半盞茶，仍命擺駕。

娜木鐘倒又後悔不迭，自個兒守著燈生了半夜的氣。

是夜，皇太極仍宿於莊妃處，於枕間聊起朝廷之議，歎道：「滿朝文武，竟無一計良策，這洪承疇倒是一塊哽了喉嚨的雞骨頭，咽不下，吐不出了。」

莊妃笑道：「我原先聽說洪家母女被擒來宮中住過幾日，就幾次想偷偷過去看看來著，到底也沒敢輕舉妄爲。現在洪承疇本人被抓來了，更叫人好奇，臣妾便當面請求皇上，可不可以讓臣妾悄悄兒地去三官廟會會他。」

皇太極笑道：「你一個婦道人家，去看他做什麼？天下哪有妃子勸降敵俘的，傳出去豈不讓人笑話？」

莊妃道：「女人心細，說不定我去勸勸他，還能替皇上解了心頭之憂呢。」

皇太極更是不信，道：「你去勸他？朝中那麼多文武百官都拿他沒辦法，你有什麼辦法勸他？你是沒見過，那洪承疇的骨頭不知多硬，戰場上我綁了他的兒子要脅他，他都敢眼睛不眨地把親生兒子一箭射死，他會聽你的勸？」

莊妃道：「皇上剛才不是說過，范大學士勸降的時候，洪承疇雖不理不睬，對著明朝的方向不時叩頭明志，卻每次起身，必然拂拭膝衣嗎？」

皇太極道：「那便如何？這更說明他心意已定，志懷故國，要誓死以殉朱由檢呀。你不知道，他那一身盔甲滿是血漬，但他卻死都不肯脫下來更換清軍的服飾。寧可穿著又重又髒的明軍戰衣夜以達旦，真是一個鋼鐵漢子。」說罷不時歎息。

莊妃搖頭道：「皇上疏忽了，一個真正想死的人，怎麼會在乎衣襟乾不乾淨呢？他連一件已經渾身是血的衣服上的灰塵都無法忍受，可見活得有多麼精緻講究，強忍著不換衣裳只是一種矯情造作，其實他心裏不知多麼想脫下那件衣裳。這樣的人，絕不是真正無隙可尋的鋼鐵漢子。只是沒有人能夠找到他最柔軟的地方一劍刺下去，否則必會奏效。」

皇太極詫異起來，沉吟道：「你說的話竟和范文程如出一轍，今日在朝上，范大學士也說過洪承疇必有軟脅。只是，誰又知道他的軟脅是什麼呢？」

「請皇上允臣妾前往。」莊妃進一步請求道：「我相信只要能和他面對面地談一次話，一定能找出他的死穴，把他獻給皇上。只是，如果成功了，皇上賞我什麼呢？」

「賞你？等你成功了再說吧。」皇太極哈哈笑道，「不過你可以先說說看，你想要什麼封賞？」

「就賞我可以帶著福臨一起，陪您批閱奏章。」

「什麼？」皇太極一愣，頓感不安。

莊妃見時機不利，忙改口道：「就是您扔掉沒用的一些舊摺子，想請您賜給福臨，讓他學習一下，也知道些君臣道理的大規矩。他畢竟是皇子，唯讀些孔孟之書又怎麼能成大器呢？」

皇太極和顏悅色，笑道：「你想得很周到，好，朕許了。不過這也不算什麼賞賜，還是那句話，等你真正立了功再說吧。」

「那麼，皇上是許我去三官廟看熱鬧了？」莊妃笑著謝恩。其實在她心裏，絕對不像她表面上說的那麼輕鬆，她不是去看熱鬧的，她是去立大功奪皇權的。這次的三官廟對她而言，是一場不見刀光的戰爭，而且只許成功，不許失敗。因爲如果敗了，她再也等不來第二個介入國事的大好良機；一旦成功了，她就可以踩著洪承疇的頭，一步步地向那個金鑾殿上的玉璽伸出手去。

三官廟。明朝大將洪承疇已經整整三天未進水米了。

然而他無懼，亦無求。只盤膝而坐，對著大明的方向，闔目待斃。

屋裏靜得墳墓一樣。忽然門外一陣騷動，有士兵高聲唱禮：「請莊妃娘娘安。」

接著傳來一個女人嬌媚的聲音：「我奉皇上之命，來給洪將軍送參湯。」

莊妃娘娘？洪承疇心裏一動，這又唱的是哪一齣呢？送參湯，和披貂裘一樣，又是皇太極懷柔政策的新招術吧？說實話，當他第一次把貂裘解下，披到自己身上時，自己的心裏未嘗沒有幾分感動，可是，愛國壯志，報君忠心，又豈是一件貂裘可以收買？

洪承疇決定以不變應萬變，血衣盔甲巋然不動，盤膝閉目，如老僧入定。

莊妃進來了，鶯聲嚦嚦：「洪將軍，我親手爲你煮的參湯，喝一碗可好？」

他不語。她便自顧自坐在他身旁，一股說不出的幽香細細傳來，跟她的髮絲一起被風拂向他，黏向他，攸地便直鑽到心裏去，拔也拔不出來。

他怎麼也沒料到會是這一手，不禁面紅耳赤，卻強自鎮定，不語不動。不是沒想過皇太極會用美人計來勸降，他忍受過苦肉計，拒絕過高官厚祿，又豈會對付不了美色這一招？但是他怎麼也沒想到會是莊妃，皇太極再大方，也不可能送個枕邊人來給他享受吧？難道因爲他害怕自己不原諒他逼死自己妻子的仇恨，竟派了莊妃來償還他？如此胡思亂想著，身體便再不如先前僵硬。況且那樣一個暖玉溫香的身子依偎著他，廝磨著他，也不許他僵直下去。

半晌，忽聽得她「哧」地一笑，聲音幽細不可聞，卻是就響在耳邊：「你不喝，我來餵你。」她當真要餵了，噙一口參湯，湊過唇來，口舌相哺。那溫軟的唇壓在他暴裂乾結的嘴唇上，是一種心悸的難受，又是那樣舒服，彷彿有一種聲音從心底裏發出，像是嗚咽，像是呻吟，更像是無言的吶喊。

他猶豫著，躑躅著，要不要張開嘴來，接受了那一滴甘露，這樣冷硬，是否太絕情了。女人小小的舌尖伸一點點在唇外，於他結了痂的唇上輕輕舔逗著，太難受了，他就要叫出來，「哦……」方啓唇處，一口參湯驀地滑入，鮮美啊！

不等他回味，第二口湯又送到了，他毫不遲疑地喝下去。喝下去，同時噙住了那送湯的矯舌，那哪裏是舌，分明就是蛇。蛇妖嬈地舞，妖嬈地舞，舞在他的口中，翻騰跳蕩，如饑似渴。

「將軍，我熱……」衣服忽然綻開，露出酥胸如雪。雙臂如藤，抱住他，纏住他，女人整個的身體也化做了蛇，在他懷中不安地扭動，太不安份了，一隻手，在他身上游走，捏一捏，揉一揉，微微用力，不至於疼，可是癢，癢從千竅百孔裏鑽出來，受不了，受不了了！

那隻手，忽然插入胯下，驀地一抓，盔甲下，一柄麈根不由自主，騰地躍起如旗。旗到處，丟盔棄甲。

所有的堅持、主張、節義、忠烈都顧不得了，宇宙間只剩下這方寸之地供他馳騁，衝殺。

他猛然翻身坐起，將女人掀至身下，這就是他的戰場了，那高聳的雙乳便是丘陵山峰，微隆的小腹是平原曠野，接下來草原茂密，水源充足，他竭盡最後的力氣、全部的意志拚搏著，發洩著。逐鹿中原。他要征服她，佔有她，享用她，從而也被她徵用。

風住塵香，空氣中瀰漫著輕微的腥氣，一種治豔的味道。女人已經重新妝裹停當，他的盔甲也回到了身上，於是那股氣味便成了他們剛剛宣淫過的唯一物證。

還有，便是女人臉上不謝的桃花，和他自己的面如土色。

他敗了。他敗了。他敗了。

不僅僅敗在戰場上，更敗在了床上。

女人對鏡整理珠釵，一邊斜睨著他：「你一定在想，不如死了的好。」

洪承疇一愣，驀地抬頭，那女人是這樣直命要害地說出了他之所想。不錯，這一刻，他的確在思酌，太丟人了，已經沒臉再活下去，只等這女人一出門，他就要血濺壁板，不復偷生。可是，這想法竟被她看穿了，於是這丟人就更甚三分。他不僅僅在她面前赤身裸體，更連自己的思想都袒露給了她。丟人，太丟人了！

女人收回眼光，專注地向鏡中打量著一枝金步搖從髮間掛下來的搖盪，一邊漫不經心地說：「可是，如果你想死，為什麼不死在昨天，死在前天，死在被俘的時候呢？你絕食三天了，以此來表明不降之志。既然不食周粟，卻又享用了滿洲的女人，這可不是比食周粟更厲害？做都已經做了，現在卻又要後悔，來得及麼？除非你殺了我這個人，就當剛才你什麼都沒做過。你下得了手麼？」

乾乾脆脆幾個問題，如同鋒鋒利利四柄長劍，刺得他毫無還手之力。

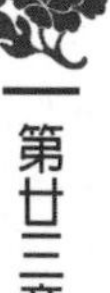

求死的念頭，忽然就散了，灰飛煙滅。

原來，他是連死也來不及的，沒資格選擇了。千古艱難唯一死，傷心豈獨息夫人。他懂得了，他現在懂得什麼叫死也艱難了。

她轉過身來，已經梳妝停當了，重新妖豔如桃花。可是他的眼中卻再也沒有了精氣，那裏是茫茫大漠，一片荒涼。

他的眼睛，已經死了，他的鬥志，也死了，可是，偏偏他的廉恥還活著，像一堆爛肉裏的一根骨刺，除了處處同自己做對，使自己疼痛難當之外，已經完全支撐不起那個腐爛的身體。

不，他殺不得她，不是因爲心軟，而正是因爲那最後一點羞恥之心。是她勾引了他，可是，並不是她強暴他，他是一個男人，做已經做了，悔又何爲？

一切正像她所說的，不食周粟，卻享用了旗人女子，沒有死在戰場上，卻用三分餘勇馳騁床第，就算他把她殺了，別人不知道他的窩囊，他自己的心氣卻已經散了，從此，他沒有面目再見江東父老，再報效朝廷，再自稱頂天立地大男人。他只是女人裙下的一條狗，輸得沒有半分立場。就是死，也已經太遲了。

遲了。

女人姍姍立起，俯向他，輕佻地在他頰上一抹，昵聲說：「我告訴皇上，就說你降了啊。」

他又是一震，卻沒有反駁，頭垂得更低了。

當洪承疇降清的消息傳出，最震驚的人不是皇太極，而是洪承疇的母親洪老夫人。她決不相信兒子是這樣貪生怕死的人，決不相信洪家會出了一個叛臣逆賊。

然而洪承疇跪在母親的面前，親口承認了這一切。

其實即使他不說一句話，他剃成葫蘆瓢的頭髮，他小帽輕裘的清人服飾，還有那些堆在她面前的美食華服也足以向她說明了：洪承疇已經變節，再也不是那個剛烈的明朝大將，再也不是她忠義節孝的兒子了！

洪老夫人張開口來，不待相問，卻猛地一口鮮血噴出，幾乎不曾跌倒。洪妍忙扶住了，叫道：「奶奶，你別著急呀！」

「妍兒，我們走！」洪老夫人被孫女的這一聲叫醒了，她不能再在這兒待下去，她已經有了一個叛徒的兒子，不能再有一個叛徒的孫女兒，她看著她的小孫女兒，那年僅六歲的小小姑娘：「妍兒，你是跟你這個豬狗不如的爹錦衣玉食，還是跟著你白髮蒼蒼一貧如洗的老奶奶相依爲命？」

「我跟奶奶走！」洪妍斷然答，然而又狐疑地望著父親，「爹，你真的變了嗎？」

洪承疇簡直沒法面對女兒清澈的目光，他扭過頭，囁嚅著：「母親，何必太固執？留下來，讓兒子服侍您……」

「呸！」不等他說完，洪老夫人早一口唾在他臉上：「我沒有你這樣的兒子！你忘了，你的兒子是怎麼死的？你忘了，你老婆又是怎麼死的？現在，你降了，你叛國了，你還配做我的兒子嗎？我就是乞討爲生，就是死，也不會吃一口嗟來之食的！」

那一天，大清的滿朝文武都看到了，往昔威風凜凜鐵骨錚錚的洪承疇是怎樣跪在他母親的面前，被罵得狗血淋頭的。他磕著頭，流著淚，一言不發。他是那麼萎縮，那麼怯弱，哪裏還有一點點馳騁沙場時的英武剛烈？

當他看著年邁的母親拉著六歲的女兒的手一步步走遠，他那灰敗的樣子，真像是一條狗。人們自動爲洪老夫人和洪小姐讓出一條路來，眼看著她們走出大清宮殿，沒有一人阻攔。她們沒有再回頭，彷佛當洪承疇已經死了，再不須看他一眼。

所有人都覺得匪夷所思，有這樣的娘，這樣的女兒，洪承疇怎麼就會降了呢？他們一直在想方設法地勸降洪承疇，說破了三寸不爛之舌，許遍了天花亂墜之恩，卻始終不見奏效。怎麼一夜之間，他就降了呢？

洪承疇的降清帶給八旗將士的不是成功的喜悅，反而是一種說不清道不明的惆悵之情。他們覺得失落，一個鋼鐵將軍就這樣變成了走狗，真正令人抱憾。倒反而是洪老夫人和洪小姐的割袍斷義，更令他們覺得欽佩而有真性情，在很長一段時間裏都議論不休。

是年五月癸酉，洪承疇正式剃髮易服，投誠大清，皇太極賜宴崇政殿，並許以重任。此後，洪承疇戴罪立功，堪稱清軍入關的「引路人」，替皇太極建下不世功業。然而，與其說洪承疇是在爲大清效力，倒不如說是在爲莊妃娘娘大玉兒效犬馬之勞，或許更爲恰當罷。

莊妃得到了她夢想的賞賜：皇太極特許福臨可以隨母親習閱奏章，甚至常常將國事與他母子談論講解，儼然將永福宮當成了小朝廷。她知道，目標已經一天天地接近，生了格格的綺蕾再也不是她的心腹大患，然而建寧公主卻仍然是橫在她心頭的一根刺——因爲，皇太極未免過於疼愛她了，遠遠超過了對福臨的重視。她可以不再爲自己爭寵，卻不能不爲兒子妒忌。

建寧已經三歲了。她一生出來，她父皇的基業就如烈火烹油、鮮花著錦一般地興旺，而他又把興旺都歸功於建寧身上，說她是父皇的開心果、幸運星，對她寵得如珠如寶，無法無天。

小小的建寧雖然只是一個庶出的格格，然而這宮裏卻並沒有第二個格格像她這樣得到過皇太極如此強烈的寵愛，他對她的縱容幾乎是無限的，便是她要天上的星星，只怕她的皇阿瑪也說什麼都要替她摘下來。這叫大玉兒，以及所有的嬪妃，都不能不為之妒恨。

就連皇太極自己，有時也會覺得驚異，不知為什麼，每次擁抱這個嬌豔如花的小女兒，他的心中就會湧起一種無可名狀的溫柔痛楚，就彷彿看到一朵即將消逝的春天的花，或者看到一抹天邊的霞一樣，感到一種不能久長的深沉悲哀。

他來不及地要疼愛她，帶著一種近乎贖罪的心，一種悲哀的情緒，一種不屬於滿洲巴圖魯的纏綿悱惻和柔情傷感。他也曾同范文程私下討論過，范大學士說那是多情的人面對完美事物時固有的一種無奈，是正常的。可是皇太極不信，如果是這樣，那麼為什麼他對待自己別的兒女時沒有這種悲哀和心痛呢？難道他們不夠完美嗎？難道自己不是一樣地疼愛著他們的嗎？

於是范文程又說，那是因為八阿哥早逝，皇上是把對已逝兒子的愛也一併給了建寧公主，所以才會在愛憐之餘同時感到傷心。

皇太極接受了這解釋，可是仍然悶悶不樂。他不想讓建寧弄得自己這般多愁善感，不像一個威嚴的皇上，倒像漢人閨院裏的小姐。他說，我是那種一輩子不可能吟詩作賦的人，我敬重學問人，可是討厭他們裝腔作勢無病呻吟的腔調。我不要那些無謂的情緒，它們會消磨鬥志。要是每個人都為了一朵花兒一隻蝴蝶落淚，還有誰去拿起武器來打仗呢？

可是現在他看著小女兒感到的那種悲傷，正是一個文人面對一隻美侖美奐卻挽留不住的蝴蝶所感受到的那樣，是一種無可奈何的心痛。

他變得絮叨起來，不管建寧聽不聽得懂，每次見到她，總要將她放在自己膝蓋上說很多很多話。

那可是皇上的膝蓋啊，是一對龍膝。作爲普通平民家的孩子，坐在父親的膝頭上也許不算什麼，可這是在宮裏，嬪妃無數，皇子眾多，建寧從來都記不清自己到底有多少兄弟姐妹，更不記得皇阿瑪有多少正側庶妃，只聽說光爲皇阿瑪生兒育女的妃子就有十五個，那麼父親的妃子該有多少啊？

但是可榮耀的是，那所有的阿哥格格中，只有自己才有權坐在皇阿瑪的膝頭，撫摸著他青青的鬍渣，同他說很多很多的話。一切正像是小戶貧門的一對普通父女一樣。

在普通人中間偶爾不平凡一次容易，可是在不平凡的人事中想偶爾普通一次卻是難比登天，而建寧，就是登上了天。她坐在天子的膝蓋上，也就等於坐在皇帝的寶座上，坐在萬民的頭頂上了。她的榮光，是無以盛載的，連半瘋半傻的素瑪都常常自言自語說：「這樣的福份，也不知是好事壞事，享福太過，只怕傷了天和啊。」她曾親眼目睹了舊時皇上對於八阿哥的寵愛，也撕心裂腑地經歷了八阿哥的慘死。如今建寧過分的尊榮，又會帶來怎樣的殊遇呢？

綺蕾更是益發地長齋禮佛，虔心誠意地爲女兒祈禱一生的平和安順。她那麼靈幽透剔，怎麼會看不到女兒的將來？一個盛載非凡福份的人，必定也會承受非凡的折磨苦痛。自從女兒降生後，她便拒絕再與皇太極同枕席，而只肯做他名義上的妃子，做他女兒的好母親。她從不肯與他單獨相處，然而每當他抱著建寧喁喁敘話，她卻常常耽在屋子一角，默默地看著他們父女親昵，可以一看就是一整個下午。

他抱著那如花的小女兒，笑容慈愛得近乎淒涼，對她說：「你將來總有一天要出嫁，要離開我的，那時候我將多麼哀傷。」他說：「可是我不會將你嫁得很遠，我要你嫁給八旗中最英勇的青年，最顯赫的貴族，讓你繼續停留在我的視線裏，讓我仍然可以常常見到你。」

可是，他沒有來得及看到他最愛的小女兒出嫁，他甚至沒有來得及看到她長大。就在說這些話的那年，他的命運遭遇了極具戲劇性的一次強大打擊，一次來自後宮的，來自床笫之上，因而毫不設防的打擊。

大清朝的歷史，就此改寫了。

那是崇德八年八月八日，皇太極赴睿親王府家宴。舞姬歌女的表演和金樽清酒的頻進使他覺得暈眩——這暈眩是自從錦州戰場上回來就開始了，近日發作得越來越頻繁，每日裏時常心悸，身上虛汗沁出，夜間也往往驚夢不斷。然而召太醫來診脈，卻又說不出所以然來，只開些寧神滋補的藥來交差。他自己便也當是勞累太過，長年征戰不得休息的緣故，便也不認真當一回事，只隨意調養著，不過想起來吃幾副藥罷了。

因這日又覺迷糊起來，便要退席小息片刻。多爾袞無法可想，令侍女扶皇上往自己房中休息，叫好好侍候。然皇太極寢時是不許有人在身邊的，便叫侍衛與侍女都在門外守候，隨時聽召，自己抱枕閉目歇息。不一刻朦朧睡去，恍惚見一女子走來，像是海蘭珠又像是綺蕾，欲語還休，目光帶淚。

皇太極初時以爲是綺蕾來接自己回宮，忽一想又覺不可信，再看那女子滿眼深情，再無懷疑，知是海蘭珠鬼魂來見，忙上前執手叫道：「愛妃，你想死我了。」

海蘭珠泣道：「皇上，自臣妾去後，無一刻不思念皇上，如今我夫妻團圓日近。然我雖渴望與皇上重逢，卻又不忍看皇上英年早逝，因此前來與皇上見上一面，請皇上勿以臣妾爲念，擅自珍重，不可輕信身邊人，免使奸人得計。」

皇太極聽了不懂，問道：「愛妃這說的是哪裏話？怎麼不可輕信身邊人，又是什麼奸人得計？」

海蘭珠歎道：「天機不可洩漏。臣妾如今身列鈞天部女史，本應跳脫紅塵外，斬斷兒女情，然而臣妾不能相忘當年皇上待我一片深恩，今見皇上有難，特瞞過天兵天將來見皇上一面，實爲擔心皇上安危。這便別過了。」說罷施禮欲去。

皇太極哪裏肯捨，追上喊道：「愛妃莫走！」身子向前一掙，卻把自己掙醒過來，手裏尤自扯著海蘭珠半截衣袖。一時內心酸痛不已，便拿那袖子拭淚。忽然醒悟過來，既然是夢，哪裏來的衣袖？

定睛看時，卻並不是什麼袖子，倒是一塊詩帕，想是擱在枕下床邊，被自己無意中扯出來的。帕子是綠緞湖錦，上面字體娟秀中透著英氣，寫道：

莫向春雨怨春雷，水自風流花自飛。卓女情奔司馬賦，虞姬血濺霸王旗。

笛聲吹徹錦邊夜，鄉夢飛凌鳳殿西。贈我青絲掛鹿角，為君金鼎煮青梅。

絹子一角，繡著小篆的「玉」字。皇太極看了，渾身冰涼亂顫，將那帕子收在袖中，往外便走。侍衛丫環在門外站了一地，見皇上醒來，嚇得撲地跪倒磕頭不迭，皇太極順起一腳，將個侍從踢倒，一言不發，逕自去了。唬得其餘一干僕從驚疑不定，一邊磕頭求饒，一邊悄悄兒地使眼色叫外邊侍候的人趕緊往前堂報信去。

待到多爾袞得了信兒，並不知爲著什麼，只好整頓衣帽忙忙追來，皇太極已將出府，直追到殿門廊下方趕上了，多爾袞因緊著行禮問候：「皇兄怎麼這便要走？是臣弟哪裏招呼不周？」

皇太極看也不看他，只打鼻子裏憤憤地「哼」了一聲，甩袖子便走。倒把多爾袞驚了個愣，立得旗杆樣兒，一動不動，眼睜睜看著皇太極去了，究竟不知到底是哪裏得罪了他。

皇太極回到後宮，逕自往永福宮來。大玉兒率著一眾宮人跪接了，皇太極點一點頭，面無顏色，只道：「玉兒，你跟我進來。」又叫：「忍冬出去！」

忍冬不明所以，只得帶著所有服侍的人一同出去，既不敢捱近，也不敢走遠，怕隨時招呼著，只得都坐在房簷兒底下聽宣。

莊妃看到皇太極這般做作，又知他是從睿親王府裏來，便已猜到三分——此情此景夢裏心裏也不知過過多少個遍兒，倒也並不驚惶，只溫婉地笑道：「皇上將人都遣去了，只得臣妾親自服侍您。皇上先略坐片刻，我外間剛煎了參湯，這便端一碗來給皇上醒酒。」

參湯？皇太極聽著刺心，益發想起另一宗往事來。當下倒不急著先問帕子的緣故，只向莊妃道：「玉兒，你老實說，那年你到底是用什麼辦法勸降了洪承疇？」

莊妃不意於此，倒吃了一驚：「怎麼？」

皇太極淡淡地道：「沒什麼，我只是想聽到實話。當初，你告訴我是用一碗參湯喚醒了他的思鄉之念，求生之志。我信了你。但是，事情不會這麼簡單，不會的。」

莊妃獻上參湯來：「皇上，喝一口吧。」她進前一步。只能進，不能退了，沒有後路。

「略嘗一嘗。」她媚笑，笑得幾近淒厲。是他逼她出手的，是他將她逼到了絕路，逼得太緊了，簡直逼上梁山。

本來不需要這樣急，本來還有餘閒，本來尚可從容。是他逼她的，退無可退，便只得進。

「皇上，喝一口吧。」她繼續勸著。

她勸得這樣殷切，笑得這麼卑微。讓他無法拒絕。他只得接了，喝了，咽了。喝了她的參湯，便先軟了幾分氣勢，把滿腔憤怒換成深深歎息：「玉兒，你當初也這樣勸洪承疇來著？我早應該想到，洪承疇一代名將，鐵骨男兒，不懼強權，不慕富貴，萬車金銀放在面前都不會動心，一碗參湯就可以讓他低頭？」

莊妃自知無幸，已是豁出去，笑問道：「皇上，您到底想說什麼？」

「告訴我實情！」皇太極上前一步，抓緊莊妃的肩搖撼，「我要知道真相！」

莊妃忍著沒有呼痛，只平靜地望著皇太極，一字一句地說：「真相是洪將軍降了您，這才是最重要的。」

「什麼？」皇太極一窒。

「結果最重要。至於用什麼辦法勸降，又何必細問？」

皇太極鬆了手，連退幾步，驚愕地看著莊妃。這個自己同床結髮十八載的女人，他覺得就要不認識她，是她成長得太快，還是，他根本從來就沒有看清過她？

她是這麼美，成熟嬌豔，正是一朵花開到最盛的時候，身體每一寸肌膚每一塊骨骼都發育得勻稱妖嬈，渾身向外散發著一股逼人的女性魅力，只有瞎子才會看不見她的美，只有石頭人才不爲她心動。

可是，自己就是那樣一個明目的瞎子，心軟的石頭。只爲，自己的眼裏只有皇權，只有戰爭，只有逐鹿中原的霸氣和鬥志。是的，結果最重要，他太沉迷於勝利的喜悅，太在乎勝利，於是，忽略了許多細節，忽略了眼前這個女人的美麗，更忽略了她的心機，她非同尋常的膽識和手段，以及毫不遜於自己的強大野心。

一個女人的身體是她最原始也是最強有力的武器，如果她不能用它來降服自己，至少可以用它來降服敵人，繼爾，以降服的成績來贏得自己的信任與重用。

歸根到底，自己還是敗在這女人的原始武器之下，通過洪承疇的被打敗而間接被打敗了。

當他嘉獎著她的成功的時候，其實就是彰揚自己的失敗。

是失敗，更是恥辱！只要是男人都不能忍受的恥辱！

驀然間，許多往事撞上心頭，圍繞著莊妃所發生的一切意外：綺蕾的流產，睿親王妃的死，八阿哥的死，九阿哥的早產，多爾袞形跡的可疑……難道……一陣心悸，皇太極忽然撫住胸口，一口鮮血噴出。

腥紅的血，夾著參湯特有的氣味，噴濺在床幃上，豔如桃花。

又是參湯。他忽然明白過來：「你沒有給洪將軍喝參湯，卻給我了！好！玉兒，玉兒……」

他的話沒有說完。他死了。

莊妃親手爲他除去外衣，將他的屍身平放在床上，然後，才打散自己的頭髮，驚惶地叫喊起來。

第廿四章　坐擁天下稱王稱后

皇太極死了。死於心肌梗塞。享年五十二歲。

太醫含含糊糊地說，這是由於房事用功太過的緣故，一時血氣上湧，抵擋不住，遂使心悸而死。其死狀，與當年的睿親王妃如出一轍。

也有的說，皇太極這一向就有頭昏暈眩的症狀，並不是突然病發。不過是今兒在睿親王府喝了酒，原本興奮太過，幾下裏湊成一處，遂使血氣奔湧不調而致命。

總而言之，皇上駕崩了，在史書上留了一筆「無疾而終」。並在莊妃的床上，以自己生命的終結完成了這女人後宮爭寵戰最後的勝利。

最完美的勝利——皇太極死在她的床上，還有誰能比她更徹底地擁有他呢？

男人的身體，男人的生命，還有，男人全部的思想與愛恨——他在生命最終念著她的名字死去，念得切齒銘心，無論，那是不是爲了愛。

後宮嬪妃哭得死去活來，那哭聲中的意義複雜非常，有嫉妒，有驚慌，有真正的傷心，也有虛浮的竊喜——改朝換代的時候到了，誰知道誰會登基，誰知道誰會得勢，誰知道誰會一人得道雞犬升天呢？

豪格之母、繼妃烏拉納喇氏的身分忽然前所未有地重要起來，東西側宮妃子一天三遍地前往請安，聚會得比五宮尤頻。人們紛紛議論：自古至今，皇上死了，都是太子繼位。皇太極雖然沒有立過儲君，可是長者爲尊，豪格自是理所當然的太子呀。

她們的猜測倒也不是空穴來風，前朝關於豪格繼位的傳言的確風傳日盛，尤其以兩黃旗爲首，都歃血盟誓：認爲豪格是先皇的大貝勒，又是戰績彪炳的肅親王，歷年來南征北戰，功績赫赫，由他繼承帝位是最合適不過的了，並打出了「父死子繼，立嫡立長」的旗號來，擁肅親王豪格爲帝。

但是兩紅旗的將士一致提出：早在努爾哈赤時期，代善就曾一度攝政，如今非常時期，非德高望重的禮親王不足以服眾。

阿濟格與多鐸則帶領兩白旗強烈聲援他們的兄弟多爾袞：當年努爾哈赤臨死，曾遺命大貝勒代善繼位，而後傳給多爾袞，卻被皇太極奪了先機。如今皇太極駕崩，帝位難道不該還給多爾袞嗎？

這種說法也得到了代善本人的贊同。他在這個多事之秋裏不避嫌疑，私訪睿親王府，稟燭夜話，老淚縱橫：「多爾袞，我欠你母親一個人情，十幾年來，這件事一直耿耿於懷，讓我不能安心。況且，當年先帝駕崩，也曾經命我繼位，等你年長後再傳位於你，現在，你既然有意奪回王位，我自當全力扶持，與你共進退，以慰你母親在天之靈。」

帝位之爭漸漸升級，索性連努爾哈赤時期的疑案也一併被重新翻出來，大福晉的慘死被人一再提起，皇太極與小福晉德因澤矯旨另詔竄位登基的隱秘也揭穿了，這叫兩黃旗的人怒不可當，紛紛指責兩白旗對先皇不敬。

然而到了這種時候，誰又顧及得到敬與不敬這樣的小事呢？倘若多爾袞登了基，他就是天之驕子，又需要敬誰去？

黃旗的人因此意識到，如果真是多爾袞登基，那麼首先發難的一定是自己人。多爾袞已經恨死了皇太極親領的兩黃旗，他已俯首稱臣這麼多年，一旦得勢，怎麼可能饒過自己呢？

這已經不是帝位之爭，而是生死之戰。兩黃旗的人因此更堅定了擁戴豪格的心，口口聲聲要輔佐皇太極的正宗嫡系登基，而決不許皇權旁落。他們看得清楚，禮親王代善已經一面倒地站在了多爾袞那邊，他雖已年邁，但是資歷老、地位高，手中仍握有兩紅旗的實力，他的支持與反對可以直接左右事態的發展。單以兩黃旗的力量是不足以與多爾袞抗衡的，他們要想繼位，必還得爭取更多的聲音，同等的支持，那就是兩藍旗。鑲藍旗主鄭親王濟爾哈朗是努爾哈赤的侄子，雖然他不是皇位的有力競爭者，但他的向背卻對各派系有著重大影響，也是唯一能與禮親王代善同重量級的人物。因此豪格與他的親信，在這段日子裏頻頻私訪鄭親王府，忙得夜以繼日。

按照朝規，初十日一天，王公大臣俱持齋戒，諸王率固山額真每早往靈堂哭臨一次，凡此七日，十三日之內舉國禁止屠宰。然而這些都只是一個形式，諸旗主親王最關心的，仍然是帝位之爭，而爭論的焦點，漸漸集中在大貝勒豪格和十四爺多爾袞身上，雙方旗鼓相當，各不相讓，漸成水火。

一場八旗混戰勢在必行，一觸即發。

然而就在這個晚上，莊妃大玉兒又一次錦衣夜行，偷偷潛入了睿親王府。沒有絲毫寒暄過渡，她只用一句話就擊敗了多爾袞：

「不要爭位，把皇位讓給福臨吧，他是你的兒子！」

無啻於焦雷炸耳，多爾袞被擊得暈了，幾乎不相信自己的耳朵。「你說什麼？」

「福臨，是你的兒子！」大玉兒一字一句，不容置疑，「多爾袞，你算一算日子，福臨是你的兒子！我是在懷了他之後才邀請皇太極臨幸的，就是爲了掩蓋懷孕的事實。」

多爾袞不能相信。可是又不能不信。他想起了那年端午朝堂上代善的代妃上疏，他聽說過那份奏章，當時已經猜出是大玉兒的手筆，只是不明白她爲什麼要這樣志在必得地爭寵邀恩。記得後來他當面問過她的，可是她笑而不答，只神秘地說將來會讓他知道的。

原來事實是這樣。她所以那麼苦心竭慮地求得皇上一夕之恩是因爲她懷孕了，懷了自己的兒子福臨！自己有兒子了，那就是九阿哥福臨！福臨是自己的兒子！自己親生的兒子！

多爾袞漸漸從震驚中清醒過來，接著喜悅之情就像波浪般地一浪接一浪地奔湧而來，他抱住大玉兒叫道：「你說的是真的？福臨是我的兒子？是你給我生的？」

大玉兒幸福地笑著，重重地點頭：「是的，是我們的兒子！他長大了，就要當上皇上了！」

他要當皇上？多爾袞冷靜下來，遲疑地看著大玉兒：「你要我擁福臨當皇上？」

「是的，這是最好的辦法，也是最可行的辦法！」莊妃一字一句地分析給他聽，「如果你堅持要當皇上，雖然不一定不可能，但是兩黃旗的人決不會輕易罷手，結果勢必兩敗俱傷。然而如果你推福兒做皇上，他也是皇太極嫡子，那麼兩黃旗的人就無由反對。代善的兩紅旗是你這邊兒的人，當然也不會反對；而我已經求准了姑姑，屆時她會站出來說話，下懿旨立福臨爲帝的，雖然她已是先皇之后，然而到底也有些份量，何況我們科爾沁家族的人也不會等閒觀之，這樣，方方面面都沒有足夠的理由來反對福臨登基，帝位之爭便可以兵不血刃地解決，豈不為美？」

然而多爾袞仍然遲疑：「你說的不是沒有道理，但是我苦苦爭戰這麼多年，難道是為了拱手讓人嗎？福臨即使是我的兒子，但是他現在這麼小，又怎麼能服眾望？」

「這個更簡單了。」莊妃輕鬆地說，「就是因為他小，你扶他才等於立自己呀。我已經替你籌畫好了，屆時你只要自動提出擁福臨為帝，自己願意攝政輔佐，自然不會有人反對。那麼實際的政權仍是在你手中。誰當皇帝又有什麼不同呢？如果你怕眾人不同意，不妨再立一位佐政大臣與你並肩，一則可以爭取多一位援助，二則也可以堵眾人攸攸之口。」

多爾袞微微心動：「那便是濟爾哈朗最合適。他是鑲藍旗主，如果我立他出來，那麼兩藍旗便也可為我們所用。有這六旗支持，還怕那豪格做什麼？」

莊妃笑道：「不止是六旗。兩黃旗的口號是立嫡為繼，可是福臨也是嫡系呀，而且豪格之母只是繼妃，我卻是西宮側妃，所以福臨的年齡雖小，又無戰功，但是出身卻遠比豪格高貴，只要立福臨為帝，兩黃旗也就沒有反對的理由了。所以，你是八旗在握，必勝無疑。」

多爾袞點頭沉吟，一時無語。

莊妃見他已經動搖，遂一不做二不休，索性更加知己說道：「多爾袞，今兒既然什麼都告訴你了，我便徹底跟你說吧，你知道皇上是怎麼死的？他是在你這裏做客，看到了我送你的詩帕，窺破了你我的事，要回去同我算賬呢。我自己的性命是不顧的，既然跟了你，便早晚等著這一天了；但是我不能不顧你的性命，為了不叫他有機會跟你發難，我便在參湯裏下了讓人心跳加疾加速的藥，這才……」說罷故做驚惶狀，拿帕子掩了面哭泣。

多爾袞見那帕子正是她舊日私自送給自己的那條，前些日子忽然不見了，還曾到處找尋過呢。細想起來，正是皇太極暴斃那天失蹤的，自然是被他拿了去質問大玉兒了。如此說來，自己和大玉兒的事情已經暴露，若不是大玉兒當機立斷，自己的這顆大好頭顱還在不在頸子上都很難說了。思想至此，更無遲疑，決然道：「玉兒，你這樣為我出生入死，不惜殺主保我性命，我還有什麼可懷疑的？福臨是我的兒子，他登基也就是我登基，他稱帝也就是我稱帝。既然你什麼都想到了，我便依你，明天朝堂之上，只須如此這般，皇位江山，便是你我二人的了！」

八月十四日，議政王會議於崇政殿前繼續召開，這已是爭位議事的第五天。

大殿之上，握有旗主頭銜的七位親王——禮親王代善、鄭親王濟爾哈朗、睿親王多爾袞、肅親王豪格、武英郡王阿濟格、豫親王多鐸、以及多羅郡王阿達禮按品分坐，各執己見。

而七人之中，自是豪格與多爾袞的名字被最頻繁地提起，而其中最為德高望重的當屬禮親王代善與濟爾哈朗，兩人偏又各有所傾，不肯同聲同氣。

大殿之外，兩黃旗與兩白旗的兵士劍拔弩張，將大殿守得水泄不通，只等一聲令下，即以武力奪權。

風雷隱隱，刀光爍爍，一場廝殺在所難免。

然而就在這時，忽然一聲嬌啼，莊妃大玉兒渾身縞素自內殿奔出，衝入朝堂，跪在群臣面前，淚下如雨，顫如梨花，痛哭請求：「各位王爺，各位額真，請允許我、博爾濟吉特氏以死殉主，跟隨皇上。」

她說：「我是皇上的寵妃，皇上深愛之人，皇上既死，我理應追隨皇上於地下，永侍皇上身邊。」

口口聲聲，一句一個皇上，是求告，更是示威。

所有的人都被這出乎意料的一幕給驚呆了。唯有多爾袞首先站出來反對：「萬萬不可，這兩年來，莊妃娘娘陪侍皇上左右，兢兢業業，克己自持。皇上與我們兄弟閒談時，每每說有莊妃陪伴批閱奏章，神清氣爽，事半功倍，並且特許莊妃與聞朝政。如今皇上駕崩，新帝推選在即，正是用著娘娘的時候，焉能輕談犧牲？」

接著眾大臣也紛紛清醒過來，連聲勸慰：「九阿哥年紀尚幼，皇上在天有靈，也是不忍心看你母子生生分離的。」

莊妃跪在地上，哭了又哭，謝了又謝，將額頭在青磚石上磕出血來，可是她的心底在笑。以退爲進，她又勝一招，勝得相當光彩。

而且，她以這種鮮明的方式讓所有的臣子都注意到了她，認識了她，並且同時省起，她有一個兒子叫福臨。福臨，也是皇上的嫡子呀，也同樣有著皇位繼承權的呀。

而且，她的母親是這樣的嫻淑貞烈，德才兼備，如果福臨登基繼位，莊妃是有能力擔起輔佐幼帝這個責任的。

於是，就有正黃旗猶猶豫豫地開口了：「或者，九阿哥也不失爲一個很好的繼位人選。」

此言一出，眾人先是一愣，只覺出乎意外，竟然一時無聲。

又是多爾袞率先表態：「如果福臨登基，我沒話說，甘願同鄭親王共任輔臣，爲幼帝左膀右臂。待福臨年長之後，再歸政於王。」

濟爾哈朗一愣，原本以爲這裏沒自己什麼事兒的，最多只是擁立豪格登基後可以偏著自己這方一點，如今卻忽然冒出一個輔臣來，這樣說來，倒是福臨登基自己的實惠最大了，因爲無論是代善、豪格、多爾袞還是多鐸繼位，都會獨斷專行，加強自己一旗的勢力，可是福臨只有六歲，他的登基只是一個形式，皇位等於仍然虛位以待，而自己既然做了輔臣，國家大事那是已經坐了一半交椅了，哪有不從之理，於是立刻表示：「睿親王既有效忠之心，老臣當然無可退讓，自當鼎力相助。」

兩黃旗諸臣相顧，暗自盤算，無論是豪格還是福臨，只要是皇太極嫡子繼位，兩黃旗就仍是天子自將之旗，地位顯赫，遂也都嘻笑點頭：「只要是先皇嫡子，我們一視同仁，理應報效。」

豪格自知大勢已去，眼看著情況急轉直下，因爲太過出乎意外，反而一時想不出什麼反駁的理由來，只好支吾點頭：「皇弟登基，我無異議。」

至此、紅、黃、藍、白八旗再無異議。

丹墀之下，居然再無一個不同的聲音。

歷時五天五夜的皇位之爭，竟這樣戲劇性地得到了解決，在毫無先兆的情況下意外地達成了共識——六歲的九皇子福臨登基，多爾袞和濟爾哈朗爲輔臣。

莊妃立在鳳屏之後，露出勝利的笑容。

這就是她要的結果——出其不意，出奇制勝，不鳴則已，一鳴驚人。

她熟讀歷史，不會不知道那著名的斷腕太后的傳說，遼太祖阿保機未立儲君而猝逝，述律皇后自己上殿申請以身殉主，因其子年幼而被群臣勸阻，遂自斷手腕入棺陪葬，以此感動了群臣，遂立幼子爲帝，而述律被尊爲太后。

現在，莊妃大玉兒重演了這一幕，一樣地剛烈忠貞，一樣地請殉不遂，一樣地立子爲帝。唯一的不同，是她才不肯斷腕。

她不捨得，她也不需要。因爲她有多爾袞。

她還要留著這雙手撫摩她的情人、取悅攝政王殿下呢。

多爾袞沒有辜負她的深情與厚意，更沒有違背她的意志與心願，他大度而決然地把帝位讓給了幼皇福臨，甘願退居爲攝政王，一錘定音。

丹墀之下，她剛才跪拜磕頭的鮮血猶自殷然，似桃花，更似旌旗。

現在她明白先帝臨死時吐出的那口鮮血像什麼了，那一口濺在永福宮床幃上的桃花血跡，正是皇太極親手授她的一面勝利之旗，更是玉璽的猩紅朱泥！

次日午後，多爾袞親自引著莊妃與九阿哥來到珍放朝儀的鑾駕庫房，一一指點與福臨，說明名稱及用途，以及行登基禮時皇上的行爲規範。

「這是鹵簿，這是法賀，這是傘蓋、儀刀、弓矢、槍、殳戟，這是麾氅、幡幢、節鉞、仗馬，這是星御仗、引仗、吾仗、旗、瓜、靜鞭、品級山……」

滿室裏金碧輝煌，耀眼生花，福臨一行答應，一行心中暗記。

這個記憶皇家儀仗的過程，也就是福臨一點點接近金鑾寶座的過程，每記住一樣，他就在心裏對自己說一遍：我要登基了，我要當皇上了。

當走出朝房的時候，他已經學會了用「朕」來稱呼自己。

他被忍冬帶回了永福宮休息，但是莊妃和多爾袞沒有。他們仍留在儀房內，看著那些儀仗禮器，體味著成功的不易與快樂。

終於得到了，進入到皇家鑾儀庫的一刻，足以與登上金鑾殿相媲美。這些美麗的禮器，它們象徵的是無上的權力與威儀，價值遠遠超過本身，儘管它們本身已經是世上最寶貴的金珠寶玉。

多爾袞撫摸著那些禮器，把玩著他原本唾手可得卻又失之交臂的皇位，百感交集。又一次，又一次他放棄了應得的皇位，爲了一個女人——那女人想她的兒子稱帝，於是他便屈服了。

如果母親地下有知，她看到這一幕是會欣慰還是會憤怒？

大玉兒沉靜地看著多爾袞，她的愛人，她兒子的父親。不必任何言語，甚至不需要一個對視的眼神，她已經清楚地讀懂了他心中的不捨與不甘。她微笑了，既然知道用什麼方法從他的手中拿走皇權，自然也就明瞭該用什麼方法讓他仍然擁有得到的感覺。要一個人犧牲不難，難的是如何讓他心甘情願地犧牲了，卻還以爲自己在得到。

她慢慢走向他，親手服侍他寬衣解帶，爲他一一穿上那龍袍，繫上那玉帶，遞上那權柄。她自己，卻並沒有穿戴起那鳳冠霞帔，相反地，她把它們堆在自己的周圍，然後面對多爾袞，微笑著，一件一件，一層一層地，脫去自己的衣裳。

她已經三十歲了，正是從青春走向成熟的當口，卻還不曾衰老，只是熟得透了，渾身的肉都有了一種熱力，是即將發福卻還沒有發起來的，那樣一種霸氣。

當她赤裸著身體，站在那些鳳冠霞帔間，那裸露的成熟的女人的肉體就額外地有了一種收穫的意味，彷彿金秋等待收割的稻麥，隨風擺蕩。每一陣波動都是一種誘惑，欣喜的，熱烈的，肉慾橫流的，彷彿不是生命給了肉體活力，而是肉體自身有了活力似的，可以脫離思想而存在，甚至脫離欲望而存在，因爲它就是欲望本身，就是誘惑的根源。

然後，她就這樣赤裸著跪下，跪在她男人的腳下，撫摸著他，取悅著他，以一種服從的姿態，鶯聲燕語：「臣妾給皇上請安。」

巍峨的龍袍，赤裸的女人，沒有比這更加令一個男人自豪而且興奮的了。這才是真正的勝者爲王，這才是真正的夢境成真，這才是真正的坐擁天下，稱王稱后！

就在這珍藏皇家權儀的鑾駕庫內，就在侍衛的層層把守之中，大玉兒，這先皇的遺妃、新皇的母后，和當朝攝政王多爾袞，在皇上登基大典之前，先預演了一場小規模卻是空前絕後驚世駭俗的登基典禮。

或者，這才應該是真正的皇上登基。

因爲他與她，才掌握著真正的皇權，擁有著整個的天下。

然後，他們便同時扯掉龍袍玉帶，赤裸著擁抱在一處，扭滾在一處，糾纏在一處，縱心縱慾地用他們的方式來宣洩最滿足的快樂。

這是慶功的日子，大局已定，他們志得意滿，心花怒放。還需要再忌諱什麼人呢？他們再也不必偷偷摸摸地來往，什麼叫苦盡甘來，什麼叫心想事成，什麼叫春風得意，這就是了。

狂潮退後，偃旗息鼓，他們看著那些龍袍鳳冠，沒有再重新穿上它們，卻心有靈犀地對視一笑，走過去，端端正正地並肩坐在了龍袍之上，坐在了天下萬眾的頭頂。

稱王稱后，坐擁天下。他們，真的做到了。

且說因皇上貼身侍衛及太監一併受命殉主，議命傳出，舉宮又是一番忙亂。忽然又聞得衍慶宮淑妃娘娘的貼身侍女剪秋撞牆而死，赤膽忠心，僕代主殉。

眾人都以爲異，唯有迎春和忍冬卻心裏明白，剪秋哪裏是殉主，殉的倒是大太監陸連科才真。兩人兔死狐悲，少不得又大哭了一場。

迎春道：「以前我聽說過，敬事房裏的那些太監，在死後要把命根子和身體合葬，這樣才算是全屍，下輩子才有機會重新投胎做人。不然，就找不回自己的命，投不成胎，做不成人啦。要是家裏有幾個錢的，還要替公公買個名義媳婦，把八字和他的一塊兒燒了，死後不至做個孤鬼。剪秋這孽障既然癡心至此，竟比人家真夫妻還仁義，若是能將他二人合葬，想他們便做了鬼，也會含笑的。」

忍冬難道：「話雖是這麼說，但這怎麼可能呢？太監們守著皇陵，剪秋是頂著淑妃娘娘的名頭殉的皇上，棺柩另在一處，如何合葬？難道我們兩個能把屍體偷出來掉包兒不成？」

迎春道：「雖不能偷運屍體，然而一兩件體己並生辰八字要想掉包兒還不難。」

忍冬省道：「果然是好主意。咱們想法子買通給他們裝裹的人，將他們兩人貼身小衫兒換過，兩個的生辰八字兒在紅紙上寫了，縫在衣襟裏，再替他們辦個冥婚，兩人便到了地下，也不至於分

離兩地了。果然他們的魂兒能遇上，廝守拉扯著，再一同投胎做人，來世果然做個真夫妻，也不枉了剪秋這一撞了。」

兩人計議已定，各自行事。

便在這時，宮裏卻又傳出一項大新聞——繼莊妃娘娘以退爲進的假意請殉、淑妃娘娘李代桃僵的僕替主殉之後，關睢宮真的有一位娘娘投環殉主了，這便是綺蕾！

那綺蕾自從皇太極裝殮入棺就請允了哲哲皇后，素服截髮，前往守夜陪棺，齋戒齋宿，已經接連五日夜。到了第六日，她已經想徹因果，下定決心。

明天就是下葬的日子了，與她恩怨糾纏了十二年的皇太極將永遠地離開她，獨赴黃泉。曾經她那麼地希望他死，兩度鋌而走險，冒死行刺。現在，他真的死了，卻不是死在她的手中，更不是死於她的意志。

她現在比任何人、比任何時候都更希望他活著，活著，寵愛他們的女兒，看著女兒長大。他死了，建寧怎麼辦呢？

綺蕾的眼中沒有淚。她早就是斷絕了塵緣凡欲的人，早就越足檻外了，是哲哲將她拉回來的，是皇太極把她拉回來的，是建寧把她拉回來的。然而現在，皇太極死了，保護建寧的人死了，哲哲的丈夫死了，她，還有什麼理由活著？

早知今日，何必當初？

本是乾乾淨淨地了斷了的，本是梅花樹下參仙了的，爲什麼卻又重新踏入塵寰、糾纏情欲、甚至生下女兒了呢。女兒，建寧，這是她最牽掛的，卻正因爲對她的牽掛，對她的保護，對她的防患於未然，而叫綺蕾清楚地預見，她自己，是只有死路一條了。

這一日，皇太極出殯的前夜，她終於站起來，一步一步，走向永福宮，走向黃泉路。

「回娘娘，關睢宮求見。」忍冬腫著眼睛，含含糊糊地稟報。

大玉兒正與多爾袞喝茶，聞言一愣，不禁躕躇。連多爾袞也驚訝地回過頭來，滿腹狐疑：綺蕾何以求見永福宮？有什麼事，該找清寧宮才對呀。難道她守夜守得通靈，窺破天機了？但是綺蕾按說不是那種輕舉妄動的人，便是猜破皇上死的蹊蹺，也必不敢說出，卻又來？卻也唯有端正了顏色，說一聲「請」。

他們早已不再避人，攝政王與皇太后商議政事，誰敢說個不字？因此多爾袞並不迴避，只仍坐著飲茶。

忍冬打起簾子來，綺蕾拉著建寧，由素瑪陪著進來，一進門便叫建寧給莊妃跪下。

莊妃見綺蕾已經恢復了禪家打扮，更加驚異，忙命左右：「快扶建寧格格起來。這是怎麼說的，好好兒的跪什麼？」

綺蕾只不許建寧起來，並連自己也跪下了，清清楚楚地道：「綺蕾請求莊妃娘娘看在相識一場的情份上，照料建寧。」

莊妃微微吃驚，問道：「這是從何說起？」

綺蕾道：「先皇待綺蕾恩深義重，今不幸乘鶴仙去，綺蕾自該請殉。唯有幼女建寧，是綺蕾心中一份牽掛，故來託付娘娘，求娘娘看在綺蕾份上收她爲女，綺蕾在天之靈也是安慰的。」

莊妃大驚，勸道：「你這是何苦？」

綺蕾低了頭道：「綺蕾心意已定，娘娘不必相勸。綺蕾初進宮時，原是住在永福宮的，承蒙娘娘照看我，一直無以爲報。如今又以托孤煩擾娘娘，是綺蕾不該，求娘娘恕綺蕾無狀。」又指著素瑪道：「她原本是娘娘的親姐姐宸妃的使女，後來跟了我，雖不如以前聰明伶俐，卻最是老實聽話，也求娘娘收留。」

聽到這一句，連多爾袞也是動容變色，心知這綺蕾已經算無遺策，將所有的後路都想得清楚：她知道，福臨要登基了，莊妃要做皇太后了，她不會放過她們母女的。除非，她主動請死，而將女兒托庇在仇人的翼護下，而素瑪的陪伴，則是爲女兒的平安長大找了另一份護惜，是沒有辦法中的唯一辦法。

爲了聲名，莊妃勢必會對建寧很好，很慈愛。所以，綺蕾的死，正是爲了保全建寧平安的生存。

置之死地而後生，這是建寧獲得生機的唯一理由。

多爾袞真正地服了綺蕾，那一刻他知道他在戰場上的英勇實在不算什麼，所有被歌頌的勇武有力也都不算什麼，在一個母親的毫無懼畏的犧牲前，那些蠻武的表現膚淺至極。

他想到的，莊妃也都想明白了，面對一個聰明人，她覺得自己沒有必要再多說什麼。綺蕾是非死不可的，既然她自己請死，便也省了自己的手勢；建寧是不能死了，然而一個小小格格，活著便活著，在自己的庇護下活著，成就自己賢良寬恕的美名兒，也沒什麼不好；至於素瑪，正像綺蕾說的，她不夠聰明伶俐，那更好，要的，就是她這份不聰明，卻忠心。

於是，莊妃放軟了顏色，溫和地說：「綺蕾，那麼你就放心去吧，不論是建寧還是素瑪，我都會善待她們，讓你在天之靈安心。」

建寧是早已經被教過了的，從進門來便沒有說過一句話，直到這時候才磕了一個頭，對著莊妃喊一聲：「額娘。」重新抬起頭來時，小臉上已經滿是淚水。多爾袞滿心歎息，他看著那小小的公主建寧。他在她的眼中看到一種熟悉的神情，一種破碎的東西，一種痛楚的陰影，他知道，那是死亡。

當年大福晉的悲劇在今天的永福宮裏重演了。

然而母親卻分身成了兩個人，一個是綺蕾，一個是大玉兒。這兩個人都以殉葬爲名，以退爲進，一個是爲了保福臨登基；一個是爲了讓建寧偷生。

母親臨死前夕的話響在了耳邊，那天，盛妝的大福晉抱著自己，定定地看著大貝勒代善，期待地問：「我死以後，你們兩個，真的可以繼承汗位嗎？你會替我照顧我的三個兒子嗎？」

代善回答她：「福晉放心，我一定不叫弟弟們吃虧。」

母親是這樣子去的，臨去之前，還曾笑了一笑，笑得那麼美，那麼淒婉。母親是爲了保護自己才自願殉葬的，綺蕾又何嘗不是？

且她的選擇較之母親更爲主動，英勇，徹底且決絕。

他的心強烈地疼痛起來。如果說他給了大玉兒自己一生的事業與愛情，那麼他不了解自己給過綺蕾的是什麼？知己之情？同仇之義？他看看綺蕾又看看大玉兒，一時竟恍惚起來，不知道她們哪一個更像是母親，更值得自己保護。

他只有對自己說：綺蕾的托孤，不僅僅是衝著大玉兒的，也是衝著自己。在自己的有生之年裏，他一定要保全建寧公主平安。

他願意相信自己的這一推斷，這使他覺得他和綺蕾之間仍有一種默契，一種血脈相連的同情知己，一如當年她在睿親王府的時候。他們之間早已沒有了盟約，也沒有了虧欠。然而每當他看到她，仍然還會感到那種熟悉的心痛。他曾經射過她一箭，差點要了她的命；而他又接她入府，千方百計挽回了她的命。他氣過她，也幫過她。如今，她的生命再一次走到盡頭，是她自願的。而他竟不能留。

他不能留。他不是皇太極，莊妃和綺蕾之間，他只能選擇一個。

他只能選，他兒子的母親。

莊妃大玉兒聽到綺蕾的種種說話，也不能不佩服，見她既然想得如此通徹，自己倒不必再做虛辭掩飾，遂親手拉起建寧來抱在懷中，又招呼素瑪過來站在自己身邊。

素瑪卻忽地福至心靈，若有所悟，抱住綺蕾的腿哭道：「格格，格格，你怎麼又要走？怎麼又不要素瑪了？」

綺蕾看也不看她，只冷冷地道：「素瑪，你又發瘋了，我不是你的格格，莊妃娘娘才是。」

素瑪糊塗起來，愣愣地瞅著莊妃半晌，忽然想起什麼似的，將手一拍，又重複給莊妃磕了一個頭，憨笑道：「二格格，咱們又在一塊兒了。你要不要騎馬？我去刷馬。」

莊妃聽她沿用的仍是當年在家時的稱呼，倒覺心酸，拉著她的手道：「好奴才，你是我姐姐最忠心的人，打小兒就在我家服侍我姐姐，現在你主子把你托了我，也是你我有緣，以後，你就跟了我吧。」又命忍冬帶她去換衣裳。

素瑪糊裏糊塗，憑忍冬拉著去了。建寧卻掙脫莊妃懷抱，跳下來走到母親身邊，抱著腿哀哀地道：「額娘，建寧不知道自己做錯了什麼事，額娘不要我了。額娘，你能不能再抱一抱建寧？」她的話，讓多爾袞這樣昂藏七尺的大男人也禁不住眼角潤濕，綺蕾卻忍著心，只做沒聽見，對著莊妃深深拜下去，行訣別大禮。

莊妃於心不忍，勸道：「你就再抱一抱她吧，別叫孩子心裏一直留著遺憾。」

綺蕾這才低下頭，猛地抱住女兒，將臉埋在女兒尚散著乳香的髮間，深深嗅聞。建寧原先因爲大人教過不許哭，故進門後一直忍著，然而一旦投入母親懷抱，卻再也忍不住，放聲大哭起來：「額娘，別不要我呀，建寧以後會學乖的，額娘，你抱我，別放手呀。每個阿哥格格都只有一個額娘，爲什麼你要我喊別人叫額娘？我不要叫別人額娘，我只有你一個額娘呀。額娘，別跟我分開，抱緊我……」

綺蕾肩上猛地一震，手上微微用力，將女兒緊緊一抱，轉身放下，撒手便走。自始至終，她的臉上沒有一絲悲苦，並且在她放下女兒後就再也沒有回頭看一眼，無視於她至愛的女兒淒厲的哭聲，一直地走出去，走過永福宮的長廊，走向死亡。

她的腳步並不見得沉重，也不躊躇，只是比平時略見急促。但是經過門檻時，她停了一下，彎下身來，拾起一隻斷了翅的蝴蝶，將牠輕輕地放在一叢蘭花樹下，便繼續往前走了。

那一刻多爾袞清楚地了解到這是一個感情有多麼強烈的女子。在她即將放棄這個世界，甚至連人類最根本的親子之情都決意放棄的時候，她卻在一隻蝴蝶的歸宿裏流露出了無限的情意。

所有的人都沒有說一句話，她也沒有再說一句話，直到宮女們從樑上解下那條白色的綾，人們都沒有就這個殉葬的妃子再多說一個字。

尾聲

八月二十六日，新皇登極典禮。

福臨一早換上繡有十二章的大領朝服，頭戴嵌頭珠、舍林的朝冠，肩擔日月，神態威儀，雖只是六歲稚兒，卻大有帝王之相，四平八穩，步出宮門。

一直等候在宮外的侍臣們忙迎上來，導引上輦。素瑪急急跟出來，捧出一件火紅的皮裘出來為幼皇加衣。福臨搖頭拒絕，小臉上一絲笑容也沒有。侍臣不解地問：「雖然還在八月，然而清晨天氣已涼，皇上為何不肯加衣？」

福臨板著臉答：「今天是朕登基大典，此裘是紅色而非正黃，焉可為衣？」又正色拒絕素瑪同車，命令道：「此為御輦，不是什麼人都能坐的。素瑪，你回去告訴額娘，從今日起，朕就是皇上了，不再需要乳母宮女，所有侍候的人，一律換成太監。」

他神色的威嚴，連領路的朝臣也被折服了，不禁暗歎：且不論幼皇是怎樣登基的吧，但他的確是新一任的真命天子，真正的皇上，正該如此！

眾侍臣遂擁著龍輦出東掖門，來到崇政殿，諸王、貝勒、大臣已在殿前齊集跪迎。福臨下御輦，上御殿，端坐在金龍寶座之上，接受群臣三跪九叩，頒行登極大詔，改第二年為順治元年。正式宣告了大清王朝新篇章的開始。

次年，多爾袞殺進北京，崇禎縊死煤山，滿清大軍入關，稱主中原。皇太極的遺志終於在他死後一年得以實現。

只是，他再也看不到了。

莊妃大玉兒和她的姑姑哲哲並肩被尊爲兩宮皇太后，鳳輦一路穿過正陽門、大清門、承天門，經端門、午門抬入慈寧宮，招搖過市的那一刻，大玉兒的笑容一定很得意吧？

她雖不曾垂簾聽政，然而卻是實際掌握著那握有天下權柄的男人，而且是兩個男人：一個是她的兒子，一個是她的情人。她終於得到了至高無上的地位，歷史和皇族政治曾經給過她的那些不公平待遇，如今被她運用自己的聰明才智終於翻手爲雲、覆手爲雨了。也許她不是歷史上第一個改變自己命運的女人，但卻是第一個既掌握著實際政權、又擁有母儀天下的賢良名聲的皇太后。

她，才是真正的歷史英豪。

而她的可憐的情人多爾袞，那個一而再再而三捐出皇位的英勇王爺，在順治登基後，立爲攝政王，繼續浴血沙場，東征西戰，爲順治、爲大清打下了無限江山，卻並不能落下一個善終。

順治七年十二月初九，多爾袞在圍獵中傳奇地自他馳騁了一生的馬背上跌下來，猝逝於喀喇城。史書上說他是跌傷暴斃。然而一個馬背上長大的巴圖魯，一個滿清第一騎士，竟然會因爲跌馬而死，又怎能讓人置信？

但是不論怎麼說，他的死成全了福臨，這個多情而孱弱的少年天子，得以提前親政。只可惜，他並未能在皇位上坐得多久，便神秘失蹤，有人說是死了，有人說是出家，成爲清史上又一個懸而未解的千古之謎；同樣的，皇位在又一次眾說紛紜的爭執之後，落在了他八歲的幼子、後來的康熙帝頭上，孝莊皇太后遂得以再一次做了不垂簾的實權太后。

而那個可憐的建寧公主又將怎樣呢？她一直在永福宮裏長大，表面上享盡了皇太后的溫柔眷顧，並於十二歲那年，由皇太后親自指婚嫁與漢臣吳三桂之子吳應熊，成為清朝歷史上唯一一個下嫁漢臣的滿清格格。誰都明白，這次政治聯姻只是虛晃一槍，吳應熊與其說是額駙，勿寧說是人質更為恰當，格格自下嫁那一天起，已經註定是一個誘餌，一場悲劇。這可以說是大玉兒對於綺蕾最終也是最徹底的報復了。

至此，莊妃大玉兒終於獲得了她一生中最完美無缺的勝利，她的生命中，再沒有一絲遺憾一點陰影。但是假若時光重來，假若她可以得到皇太極最深的眷顧，假若沒有綺蕾或者海蘭珠，她，還會不會有今天的成就呢？

也許歷史的傳奇，朝廷的恩怨，政治上的翻雲覆雨，以及天地間的改朝換代，都不過只是為了成全一個女人的妒忌罷了。

西嶺雪作品

大清後宮

作　者　西嶺雪

出版者　風雲時代出版股份有限公司
出版所　風雲時代出版股份有限公司
地　址　105台北市民生東路五段一七八號七樓之三
風雲書網　http://www.eastbooks.com.tw
官方部落格　http://eastbooks.pixnet.net/blog
電子信箱　h7560949@ms15.hinet.net
服務專線　（〇二）二七五六－〇九四九
傳　真　（〇二）二七六五－三七九九
郵撥帳號　一二〇四三二九一

執行主編　劉宇青
封面設計　邱瑞芬
版型編排　楊佳璐
法律顧問　永然法律事務所　李永然律師
　　　　　北辰著作權事務所　蕭雄淋律師
版權授權　劉愷怡

出版日期　二〇一一年七月初版

定　價　新台幣三四〇元

總經銷　成信文化事業股份有限公司
地　址　台北縣新店市中正路四維巷二弄二號四樓
電　話　（〇二）二二一九－二〇八〇
行政院新聞局局版台業字第三五九五號
營利事業統一編號二二七五九九三五

國家圖書館出版品預行編目資料

大清後宮／ 西嶺雪 著 . -- 初版. -- 臺北市
：風雲時代, 2011.06
面；公分

ISBN　978-986-146-782-5（平裝）

857.7　　100007911